LUZIFER
VERLAG

GREIG BECK

DIE GEHEIMNISVOLLE INSEL

LEMURIA

This Translation is published by arrangement with SEVERED PRESS,
www.severedpress.com
Title: LEMURIA.
First Published by Severed Press, 2021.

LUZIFER VERLAG

Deutsche Erstausgabe
Originaltitel: LEMURIA

www.luzifer-verlag.de

Umschlag: Michael Schubert | Luzifer-Verlag
Übersetzung: Madeleine Seither

Printed in Germany

Dieses Buch wurde nach Dudenempfehlung (Stand 2023) lektoriert.

ISBN: 978-3-95835-827-0

Bibliografische Information der Deutschen Nationalbibliothek:
Die Deutsche Nationalbibliothek verzeichnet diese Publikation in der Deutschen Nationalbibliografie; detaillierte bibliografische Daten sind im Internet über http://dnb.d-nb.de abrufbar.

Vor hunderttausend Jahren waren Wollhaarmammuts in der nördlichen Hemisphäre von Spanien bis Alaska weit verbreitet. Doch dann setzte vor fünfzehntausend Jahren eine globale Erwärmung ein, die ihr Verbreitungsgebiet auf Nordsibirien und Alaska schrumpfen ließ.

Eis und Schnee zogen sich zurück, der Meeresspiegel stieg an, und Wasserstraßen, die einst aus Kilometern von Eis bestanden hatten, wurden zu Flüssen und Seen. Hochländer wurden zu Inseln, und eine solche abgelegene Insel im Nordpolarmeer wurde zum letzten Rückzugsort für das riesige Wollhaarmammut.

Während die mächtigen Mammuts überall sonst auf der Welt ausstarben, überlebten sie auf der Wrangelinsel bis vor viertausend Jahren. Das bedeutet, dass die Mammuts noch immer ihren letzten Rückzugsort durchstreiften, als die Ägypter ihre Pyramiden bauten. Und diese Kreaturen waren nicht die kleinwüchsigen Zwerge, die ihre Existenz unwesentlich größer als Ponys beendeten, sondern die fünfeinhalb Tonnen schweren Riesen mit dreieinhalb Metern Schulterhöhe der fernen Vergangenheit.

Leider besiegelten Inzucht und die Ausbreitung der prähistorischen Menschen letztlich das Schicksal der Mammuts. Doch das zeigt uns, dass es in unseren undurchdringlichen Dschungeln und tiefen Höhlen, auf unseren abgelegenen Berggipfeln und verschollenen Inseln Orte gibt, die wir noch nicht entdeckt haben. Und wenn wir das tun, werden dort vielleicht noch wunderlichere oder wundervollere Kreaturen als Mammuts darauf warten, dass wir sie finden.

In einem verschwundenen Land,
inmitten eines Meers gefrorener Tränen.

Sie ist verschollen, aber sie ist da.

LEMURIA

DIE GEHEIMNISVOLLE INSEL

PROLOG

1864 – Aufklärungsballon der konföderierten Armee, irgendwo über dem Nordatlantik

»Es ist eiskalt.« Jack Pencroft schlang die Arme um sich. »Und ich kann nicht mehr erkennen, ob wir über Land oder über Wasser sind.«

Die vier vor der Union Geflohenen versuchten, den Korb des Ballons auszubalancieren, indem sie sich auf alle Ecken verteilten, und spähten jetzt über die Bordwände. Pencroft hatte recht: Der Nebel war so dicht, dass es unmöglich war, Land oder Meer unter ihnen auszumachen.

Die kleine Gruppe war aus einem Gefängnis im Norden geflohen, als der Bürgerkrieg seinen Höhepunkt erreicht hatte, und hatte dann einen mit Wasserstoff gefüllten Aufklärungsballon gekapert. Zu Beginn schien der Plan brillant zu sein. Bis der Sturm aufzog.

Dann hatten die orkanartigen Winde sie tagelang umhergeweht, und ihr Ballon hatte unvorstellbare Höhen und Geschwindigkeiten erreicht. Zunächst glaubten sie, sie würden womöglich über dem Pazifik enden, aber der heftige Wind hatte sie stattdessen nach Norden katapultiert. Weit nach Norden. Und kurz bevor sie alles und jeden aus den Augen verloren hatten, hatten sie einen Eisberg gesichtet.

Cyrus Smith, ein Eisenbahningenieur, wahrscheinlich der klügste unter ihnen, spähte, mit seinen riesigen Händen den Rand des Korbes umklammernd, über die Seite. »Irgendwo über dem Nordatlantik, möchte ich wetten. Oder vielleicht sogar noch weiter nördlich.«

Pencroft fluchte. »Für diese Art von Kälte sind wir nicht angezogen. Wir werden erfrieren.«

Cyrus sah nach oben. »Es wird noch schlimmer. Der Ballon wird schlaff.«

Gideon Spilett, der Journalist, schnaubte. »Vergiss deine Wollsachen, Pencroft. Wenn der Ballon an Höhe verliert und wir ins Wasser fallen, sind wir binnen Minuten tot.«

Pencrofts Adoptivsohn Herbert gab ein kleines Wimmern von sich, während Cyrus' Hund Top ein Mal kläffte und versuchte, sich hinter die Stiefel seines Herrchens zu drängen. Cyrus sah hinunter und tätschelte den Kopf des kleinen Tieres. »Keine Sorge, Junge. Ich verspreche, dass wir nicht lange schwimmen müssen.«

Im nächsten Moment konnten sie etwas durch den dichten Nebel ausmachen. Und es war nicht das, was sie sehen wollten: Eine riesige Eiswand ragte plötzlich vor ihnen aus dem wabernden Nebel. Die Ballonhülle prallte zuerst dagegen, dann schlug der Korb hinein. Alle fünf Männer und auch der kleine Hund wurden zu Boden geschleudert.

Glücklicherweise landete der Ballon nicht sofort auf dem Wasser und dem aufgebrochenen Eis unter ihnen. Stattdessen zerrte sie eine steife Brise noch eine halbe Stunde lang an dem Gebilde entlang.

»Was ist los? Werden wir schneller?«, fragte Herbert.

Pencroft drehte sich um, die Stirn gerunzelt. »Spürt ihr das?« Er drehte sich wieder zurück. »Warme Luft.«

Im nächsten Moment erreichten sie einen riesigen Riss in der Eiswand, und als ob ein Riese einatmen würde, wurde ihr Ballon rasch hineingesaugt.

»Festhalten!«, rief Cyrus, als der Ballon in dem engen Korridor aus dunkelblauem Eis hin und her geworfen wurde.

Das Licht wurde schwächer und verschwand schließlich ganz, als sie in eine riesige Höhle gezogen wurden. Nur wenige Augenblicke später wurde der Ballon von der zerklüfteten Decke zerrissen und ihr Korb landete spritzend in einem großen Gewässer.

»Ich kann etwas erkennen … da vorn ist Licht«, bemerkte Herbert. »Und Land.«

»Paddelt, alle, ehe der Korb sinkt«, drängte Cyrus.

Die vier Männer schafften es, den Korb an den Strand zu manövrieren, und sprangen dann heraus, um ihn einige Meter weit auf den Sand zu ziehen. Weiter brachten sie ihn jedoch nicht, da der Ballon voller Wasser war und sich wie ein Anker verhielt.

Top, Cyrus' Hund, rannte über den Strand ins Dickicht und kläffte wie ein Verrückter, während sich die Männer in den Sand fallen ließen.

»Was ist das für ein Ort?«, fragte Spilett. »Es ist wie eine tropische Insel.« Er sah nach oben. »Und sind wir drinnen oder draußen?«

Flach daliegend, drehte Pencroft den Kopf. »Nicht besonders warm für eine tropische Insel.«

»Eins nach dem anderen. Wir brauchen Nahrung und Wasser. Sobald wir unsere Vorräte aufgefüllt haben, können wir klar denken und herausfinden, wo wir sind«, verkündete Cyrus. »Und was wir tun müssen, um nach Hause zu kommen.«

Pencroft und Spilett setzten sich auf und drehten sich um, um das Dickicht des Waldes hinter ihnen zu betrachten.

»Ich glaube, das könnte eine der Inseln von Neuseeland sein.« Pencroft zog die Augenbrauen hoch.

In diesem Moment ertönte aus den Tiefen des Dschungels ein gewaltiges Brüllen, das den Männern die Haare zu Berge stehen ließ.

Pencroft schüttelte langsam den Kopf. »Wenn ich es mir recht überlege, glaube ich nicht, dass das hier Neuseeland ist.«

Drei Monate später tauchte Gideon Spilett den Zweig in den Schnitt, den er in seinen Unterarm gemacht hatte, und benutzte das Blut als Tinte, um einen weiteren Satz auf den zerfledderten Pergamentfetzen zu schreiben, den er mit der anderen Hand offen hielt.

Seine Kleidung war zerschlissen, seine Füße nackt, und sein einziger Begleiter war Cyrus Smiths kleiner Hund Top, dessen Rippen deutlich hervortraten.

Er starrte das Tier an. Es sehnte sich immer noch nach seinem Herrchen, Cyrus. Sie hatten beide gesehen, wie der Mann in Stücke gerissen und dann gefressen wurde. Spilett hatte sich umgedreht, um wegzurennen, war aber stehen geblieben, um den Hund aufzuheben, ihn davon abzuhalten, sich heldenhaft, aber selbstmörderisch, in den Kampf gegen das Monster zu stürzen.

Er starrte das Tier weiter an, und ihm lief das Wasser im Mund zusammen. Er war am Verhungern, und der Hund würde ihn mehrere

Tage lang ernähren, wenn er ihn sparsam portionierte. Er schloss die Augen und schüttelte den Kopf. Aus Respekt vor Cyrus und den anderen könnte er das niemals tun.

Top winselte, und Spilett öffnete die Augen und kratzte an einem der zahlreichen Insektenstiche, die seinen Körper bedeckten. Auch der Hund hob ein Hinterbein, um sich zu kratzen.

»Ja, diese Sumpffliegen waren schlimm.« Er lächelte leicht und nickte dann. »Die Schlingpflanzen auch.« Seine Augen weiteten sich. »Und die Riesenkrabbe, die uns fast umgebracht hätte. Zum Glück hat dein Herrchen Wissenschaft eingesetzt, seinen Speer als Hebel und einen Felsen als Stützpunkt, und hat sie umgekippt.«

Er tätschelte den Kopf des Hundes. »An jenem Tag haben wir gut gegessen, nicht wahr?«

Bei der Erinnerung daran lief ihm das Wasser im Mund zusammen, und er ließ den provisorischen Federkiel und das Pergament sinken, um sich einen Moment zurückzulehnen. Sie hatten mehrere Monate lang überlebt, gekämpft, waren gerannt und hatten sich versteckt, doch am Ende überstiegen die Bestien, die auf dieser geheimnisvollen Insel lebten, alles, was er, ein Mann, der seinen Lebensunterhalt mit Worten verdiente, beschreiben oder sich überhaupt vorstellen konnte. Und schlussendlich hatten die Biester sie erwischt und einen nach dem anderen geholt.

Spilett seufzte. Er musste versuchen, jemandem zu berichten, was dieser tapferen und unglückseligen Ballonbesatzung zugestoßen war. Er hob sein Pergament wieder auf.

Spilett beendete seine Aufzeichnung im Wissen, dass er es nie tun würde, wenn nicht jetzt, denn seine Lebenskerze war beinahe auf den Docht heruntergebrannt. Dann rollte er das Pergament fest zusammen, zog die Flasche zu sich und entkorkte sie. Er stopfte die Seiten hinein, verkorkte die Flasche wieder und stand dann auf.

»Wen es interessieren mag.« Er warf die Flasche weit ins Wasser, wo sie mit einem Platschen landete und einen Moment lang auf und ab wippte.

Spilett sah zu Top hinunter. »Was hältst du davon, einen letzten Spaziergang am Strand zu machen, alter Freund? Mal sehen, was passiert.«

Top wedelte kurz mit seinem kleinen Peitschenschwanz und grinste zu ihm hoch. Doch dann verschwand sein Grinsen und sein Kopf drehte sich zum Wald mit seinen riesigen Farnwedeln, dem wabernden Nebel und den tiefen Schatten. Er begann zu knurren.

Spilett drehte sich langsam um. »Oder vielleicht auch nicht.«

Einen Monat später durchquerte das französische Schiff Arcole den nördlichen Atlantik auf seinem Rückweg nach Frankreich. Es bewegte sich langsam, denn der Wind war abgeflaut und die Segel hingen schlaff herunter.

Die beiden Matrosen an Deck rauchten und redeten, und ihre Zeit war mit zu vielen vom Kapitän befohlenen Wartungsarbeiten ausgefüllt. Es schien, als hätten sich ihre Aufgaben verdoppelt, sobald der Wind nachgelassen hatte.

Evian und François machten eine Zigarettenpause und blickten über die Bordwand auf das glatte, aber eiskalte Wasser.

»Hey, sieh mal!« Evian rannte los, um das lange Netz zu holen. »Halt meine Beine fest.«

François folgte der Aufforderung, und einen Moment später kam Evian mit einer Flasche im Netz wieder hoch.

»Da ist ein Zettel drin«, sagte er und löste den Korken.

»Rum wäre mir lieber«, beklagte sich François. »Was steht drauf?«

Evian überflog jede der Seiten und zuckte dann mit den Schultern. »Kannst du Englisch lesen?«

François streckte die Hand aus. »Ein bisschen.« Er betrachtete die Seiten kurz und schüttelte dann den Kopf. »Miese Schrift, mit zittriger Hand geschrieben.«

»Was haben Sie da?« Einer der wenigen zahlenden Passagiere kam auf sie zu geschlendert.

Evian sah auf und tippte sich an die Mütze. »Wir haben einen Zettel in einer treibenden Flasche gefunden, Sir.« Er zog die Augenbrauen hoch. »Können Sie Englisch lesen, Sir?«

Jules Gabriel Verne lächelte. »Natürlich. Ich wäre kein guter Schriftsteller, wenn ich nicht viele Sprachen beherrschen würde.« Er streckte die Hand aus. »Geben Sie her.«

EPISODE 01

»Wissenschaft – sie besteht aus Fehlern, aber es sind Fehler, die nützlich sind, denn sie führen Schritt für Schritt zur Wahrheit«

JULES VERNE

KAPITEL 1

*Vor 25 Jahren – Wikingerschiffmuseum,
Halbinsel Bygdøy, Oslo, Norwegen*

Der zehnjährige Troyson Strom drängte sich an seinem Vater vorbei, der gerade die Tür für ihn aufzog.

»*Hey.*« Sein Vater grinste, aber Troyson ging schnell weiter. Er breitete die Arme aus, legte den Kopf in den Nacken, drehte sich um und aalte sich in der gesegneten Kühle des Innenraums; eine Wohltat nach der Hitzewelle draußen.

Auf Troys Wangen zeigten sich Grübchen, als er lächelte, während er den Geruch von Bohnerwachs, Erde und altem Holz tief einatmete, und sein dichtes, dunkles Haar hatte sich dem Kämmen wie üblich verweigert. Es war der erste Urlaub, den er und sein Vater machten, seit seine Mutter vor etwas mehr als einem Jahr gestorben war. Troy spürte den Kloß in seinem Hals, der sich jedes Mal bildete, wenn er an sie dachte, und sperrte die Erinnerung rasch hinter eine Tür, wo er sie für später aufhob, damit sie diesen Tag nicht ruinieren konnte.

Orin, sein Vater, hatte ihn zurück in sein Heimatland Norwegen gebracht, um ihm seine Wurzeln zu zeigen, nachdem er sein ganzes Leben lang in Amerika, im ruhigen, grünen New Yorker Vorort Jericho, aufgewachsen war. Denn als er erfahren hatte, dass er von Wikingern abstammte, war das die coolste Sache überhaupt gewesen. Und auch wenn sein Vater eine Menge Geld mit einem Import-Export-Geschäft zwischen den USA und Europa verdiente, hatten die Bilder von Donnergöttern, Riesenwölfen und runenbesetzten Streitäxten das sofort übertrumpft.

Troy hatte sein Erbe in sich aufgesogen, es sich eingeprägt, und darüber gesprochen, als wäre er hineingeboren worden. Und jetzt war er ein kleiner Experte. Während der drei Tage, die sie in Norwegen verbringen wollten, hatte er verlangt, dass sie jedes Museum, jede Ausgrabungsstätte und jedes Artefakt besichtigten, das sie finden konnten. Und das Beste war, dass sein Dad einfach gelächelt und zugestimmt hatte.

Er ließ seinen Vater zurück und flitzte von Schaukasten zu Schaukasten, während er mit seiner neuen Digitalkamera alles fotografierte, was ihm in den Weg kam.

»*Dad …*« Troy zeigte auf eine offene Tür zum nächsten Ausstellungsraum.

»Klar, geh nur.« Orin winkte, als Troy im Raum mit den Booten verschwand. Troy war fast vor Vorfreude geplatzt, die geborgenen Langboote und anderen Artefakte zu sehen, sobald er davon erfahren hatte.

Im ersten Raum befand sich das berühmte Oseberg-Schiff, ein gut erhaltenes Wikingerschiff, das 1904 in einem großen Grabhügel auf dem Hof Oseberg in der Nähe von Tønsberg in der Provinz Vestfold entdeckt wurde. Es war nicht ungewöhnlich, dass Häuptlinge oder andere hochrangige Wikinger mit, oder in, ihren Langbooten begraben worden waren, damit sie ihnen in Walhalla, ihrer Version des Himmels, von Nutzen sein konnten.

Troy ging langsamer, um das Schiff auf sich wirken zu lassen, und staunte über die Schönheit seiner Linien. Es war eines der schönsten vollständigen Artefakte, die aus der Wikingerzeit erhalten geblieben waren. Das zweiundzwanzig Meter lange Schiff war vom Alter zu einem dunklen Mahagoni gefärbt worden, obwohl es fast vollständig aus Eichenholz bestand. Wissenschaftliche Untersuchungen legten nahe, dass Teile davon aus dem Jahr 800 stammten und andere Teile seiner Struktur möglicherweise noch viel älter waren.

Troy wollte es unbedingt anfassen. Das Holz unter seinen Fingern spüren, als ob seine Berührung irgendwie Erinnerungen an jene längst vergangenen Seereisen und Abenteuer vermitteln würde. Er sah sich langsam um und dachte darüber nach, aber ein älterer Wachmann nickte ihm zu und lächelte, und Troy lächelte zurück und ließ die Idee augenblicklich fallen. Für den Moment.

Schließlich ging er ein Mal um das Schiff herum, blieb unterwegs stehen, um einige Aspekte der Konstruktion zu betrachten und ein paar Fotos zu machen. Doch dann lief er in den nächsten Raum, der laufende Arbeiten und weitere obskure Artefakte aus der Wikingerzeit enthielt. Und das hatte seinen Grund. Es gab eine Sache, die seine Neugierde mehr befeuerte als alles andere, und sie war bis zum heutigen Tag eine Anomalie in der wissenschaftlichen Gemeinschaft geblieben.

Aufgrund der Temperierung war der schwach beleuchtete Raum kalt. Es gab mehrere Glaswände und Vitrinen, manche versiegelt, die angestrahlte Gegenstände enthielten, welche im Laufe der Jahre geborgen worden waren.

Doch der seltsamste Gegenstand, der den Raum dominierte, war das teilweise rekonstruierte Schiff hinter einer Wand aus bruchsicherem Glas. Die Überreste dieses Wikingerschiffs, der *Skidbladnir*, waren einzigartig, weil man es nicht vergraben gefunden hatte oder seine Deckbalken aus den Tiefen eines gefrorenen Sees gezogen worden waren. Stattdessen war es mitten in einem Eisberg eingeschlossen entdeckt worden, der sich, wie man annahm, vom schmelzenden Treibeis irgendwo vor Nordgrönland gelöst hatte.

Der Fund war ein Glücksfall gewesen, denn der massive Eisblock, der das Wrack eingeschlossen hatte, war gerade genug geschmolzen, um den Drachenbug des kaputten Schiffes freizulegen. Ein bisschen weniger Schmelze, und es wäre unsichtbar geblieben. Und wäre mehr geschmolzen, wären die Überreste auf den Grund gesunken und innerhalb weniger Wochen zu Schlamm zerfallen.

Troy blieb stehen und starrte es wie in Trance an. Nur der vordere Teil des Schiffes war geborgen worden und wurde noch immer restauriert. Selbst dieses Stück war größer als normal, was bedeutete, dass es eine Kombination aus Kriegs- und Reiseschiff war. Er wusste bereits, was es war: ein echtes *Drekiskip* – ein Drachenschiff. Und er wusste auch, warum der traditionelle Bug mit einem wütend dreinschauenden Drachen verziert war. Dieser hier hatte ein einzelnes verbliebenes isländisches Jadeauge, und im Neonlicht des Raumes funkelte die menschengroße Kugel noch immer in einem satten Grün.

Den Wikingern war Macht und Symbolik des Drachens wohlbekannt, denn er vermittelte Stärke und Tapferkeit und war ein Totem, das böse Mächte abschrecken sollte. Das Seltsame war, dass die Ära der Wikinger fast dreihundert Jahre andauerte und sich über mehrere Länder erstreckte, von denen alle ein auffallend ähnliches Drachendesign aufwiesen. Es war, als ob alle einem ähnlichen Motiv folgten. Oder sie hatten tatsächlich einen Echten gesehen.

Troy musste die Informationstafel neben der Restauration nicht lesen. Er wusste alles auswendig: Das gefrorene Schiff, die *Skidbladnir*, war von dem legendären Ulf Skarsgard gesteuert worden, und das wusste man, weil man im Eisgrab des Wracks auch die Scherbe einer prächtig verzierten Tonurne gefunden hatte, die die Geschichte seiner letzten Reise zu einer verborgenen Welt oder Insel erzählte. Oder zumindest einen Teil der Geschichte.

Ein leises Geräusch ließ ihn herumfahren. Er hatte erwartet, dass der Raum leer wäre, aber das war er nicht.

Der junge Troy umrundete die riesige, gewölbte Scheibe aus gehärtetem Glas und blieb wie versteinert stehen. Er senkte seine Kamera und starrte einen Moment lang geradeaus.

»Hallo«, sagte er leise.

Das Mädchen, vermutlich ein paar Jahre jünger als er und mit den weißesten Haaren, die er je gesehen hatte, starrte durch die Glasscheibe zum Boot. Sie drehte sich nicht um.

Er stellte sich neben sie und betrachtete sie einen Moment lang. Zu ihrem langen, nordisch blonden Haar und den Sommersprossen auf ihren Wangen hatte sie eine gerade, nach oben geneigte Nase. Aus irgendeinem Grund bekam er ein komisches Gefühl im Bauch, wenn er sie nur ansah. »Schmetterlinge«, hätte seine Mutter gesagt.

Troy drehte sich um, um ebenfalls zum Schiff zu schauen. »Ziemlich cool, *hm*?«

»Es heißt *Skidbladnir*«, sagte sie. »Weißt du, was das bedeutet?«

Er nickte. »M-hm, das bedeutet ›Holzklinge‹. Zum Schneiden des Wassers. Und der Kapitän war Ulf Skarsgard. Ulf war der Steuermeister, oder Kapitän. Sein Name bedeutet Wolf.«

»Das stimmt.« Endlich lächelte sie und drehte sich um. Sie schien ein wenig beeindruckt zu sein. »Du weißt eine Menge. Für einen Amerikaner.«

Er erwiderte das Lächeln, auch wenn er vorübergehend verblüfft war. Sie hatte die grünsten Augen, die er je gesehen hatte. Oder besser gesagt, ein Auge. Das andere war von einer rosa Augenklappe bedeckt.

»Dein Auge. Oh …«, sagte er unbeholfen. »Ist es entzündet?«

Ihr Lächeln wurde ein wenig schwächer und sie wandte sich wieder dem Boot zu. »Nein, ich, *äh*, habs verloren. Ist egal.«

»Es macht mir nichts aus.« Er zuckte mit den Schultern. »Und mein Vater ist Norweger, also, hier geboren, jedenfalls. Wir leben in New York. Wir sind zusammen hier.« Troy legte den Kopf schief. »Bist du Norwegerin?«

»Jeg er begge – Engelsk og Norsk«, antwortete sie.

»Du bist Engländerin *und* Norwegerin?«, grinste er.

»Du sprichst also ein bisschen Norwegisch.« Sie kicherte.

Troy mochte ihr Lachen. »Ich kann es besser verstehen, als ich es sprechen kann.«

Sie drehte sich um und sah zu ihm auf. »Ja, ich wurde hier geboren, aber meine Eltern ziehen geschäftlich hin und her.«

»Sind sie mit dir hier?«, fragte Troy.

Sie schüttelte den Kopf, breitete die Arme aus und drehte sich langsam. »Ich komme allein hierher. Das tue ich immer.« Sie senkte die Arme und sah ihn an. »Meine Brüder gehen lieber angeln, aber ich bin gern hier. Ich habe das Gefühl, dass ich hierher gehöre.«

Sie wurde wieder ernst, als sie zu den Überresten des Schiffes nickte. »Man sagt, es wurde 1869 in einem Eisberg gefunden, und die Strömungen in dem Gebiet könnten es bis von der Spitze Grönlands hergebracht haben. Sieh dir den *Drekahofud* an, das Drachenauge.« Sie seufzte. »Das ist das Schönste, was ich je gesehen habe.«

Er bemerkte jetzt, dass das grüne Jadeauge fast die gleiche Farbe hatte wie das Auge des Mädchens.

»Ja, es ist cool«, sagte er. »Es sieht fast echt aus.«

»Es ist echt.« Sie lächelte wieder. »Was glaubst du, was das Schiff da oben gemacht hat?«

»Es hat nach etwas gesucht«, antwortete Troy. »Sieh dir das an.« Er winkte sie zu einer kleineren Vitrine mit einem einzelnen Gegenstand im Inneren und zeigte darauf. »Sie haben nach einer verborgenen Welt gesucht. Eine Insel, glaube ich. Das steht auf der Urne. Zumindest die Hälfte der Geschichte.« Troy hob seine Kamera. »Sie wird Lemuria-Urne genannt.«

Wieder betrachtete sie die fünfundvierzig Zentimeter hohe Scherbe aus verziertem Ton. »Eine verborgene Insel«, wiederholte sie leise. »Ich frage mich, was dort versteckt ist.«

»Schätze natürlich.« Troy nickte zuversichtlich, während er die kleine Vitrine umrundete und Foto um Foto schoss.

»Und furchterregende Drachen, und Seeschlangen, so steht es hier.« Sie reckte das Kinn.

Er zuckte mit den Schultern. »Egal. Davor fürchte ich mich nicht.«

»Oh, ich auch nicht«, sagte sie leidenschaftlich und drehte sich zu ihm um. »Elleanor Burgan. Meine Freunde nennen mich Ellie oder Elle.« Sie streckte eine kleine, rosa Hand aus.

Er machte ein Foto von ihr. »Mein Name ist Troyson Strom, aber nenn mich Troy.« Er schüttelte ihre Hand, mochte sie augenblicklich noch mehr, und nickte dann zur Urne. »Eines Tages werde ich diese geheimnisvolle Insel in dieser verborgenen Welt finden.«

Sie starrte ihn einen Moment lang an, dann wieder die Urne. »Ich frage mich, was auf den anderen Teilen war.«

Troy wollte wetten, dass er es wusste. Langsam ging er um die Vitrine herum und sah Ellies eine Auge ihm durch das Glas folgen. »Viele Urnen wurden benutzt, um Geschichten zu erzählen.« Er blieb stehen und sah sie an der Scherbe vorbei an. »Und diese hier erzählt die Geschichte von Ulfs Reise zur Insel, und ich wette, das oder die fehlenden Stücke würden uns zeigen, wie man dorthin kommt.«

Sie nickte nur. Eine Hälfte ihres Mundes verzog sich wieder zu einem kleinen Lächeln.

Er kam wieder um die Vitrine herum. »Wusstest du, dass zwischen den Bootsplanken angeblich noch ein weiterer Gegenstand gefunden wurde, der noch nie ausgestellt worden ist? Es war ein riesiges Stück Eierschale. Kein Wissenschaftler konnte je herausfinden, wovon es kam – Vogel oder Reptil. Man konnte keine Übereinstimmung finden.« Er zuckte mit den Schultern. »Habe ich zumindest gehört.«

»Was denkst du, was es war?«, fragte sie mit einem großen Auge.

Er lächelte leicht. »Manche glauben, dass es von einer neuen Spezies von Riesenalligator stammt, die die Wikinger auf ihren langen Reisen in wärmere Klimazonen aufgesammelt hatten, und vielleicht haben sie die Eier als Nahrung behalten.«

»Alligator? Langweilig«, schnaufte sie.

»Aber es hieß, es sei zu groß«, antwortete er.

»Oh?« Sie drehte sich um. »Aber was glaubst *du*, was es war?«, drängte sie.

Troy konnte sehen, wie sie ihn mit einem weit aufgerissenen Auge anstarrte, ein Anflug von Furcht im Blick. Er erinnerte sich daran, was er sonst noch über die seltsame Schale erfahren hatte. Er hatte in einer alten Wissenschaftszeitschrift gelesen, dass viele Paläontologen aufgrund ihrer Größe und Form davon ausgingen, dass es sich um die fossilen Überreste einer unbekannten, mittelgroßen Echse handelte, eines Dinosauriers. Aber die Lebenszeit der Anomalie wurde auf die Zeit des Schiffes datiert, vor etwa tausend Jahren. Und das war unmöglich.

Viele andere Wissenschaftler nannten sie jedoch eine Fälschung, und inzwischen war sie in einem der Kellerschränke des Museums verschwunden, wo sie wahrscheinlich weitere tausend Jahre ungestört liegenbleiben würde.

Ellie drehte sich wieder zur Vitrine mit der Scherbe um. »Also, was?« Sie legte den Kopf schief.

»Ich glaube, es war …«

In seinem Herzen wettete Troy, dass es, was es auch war, von der Insel stammte, die Ulf Skarsgard gesucht hatte. Und vielleicht gefunden. Er drehte sich zu ihr um und lächelte. »Ich glaube, es war ein Zauberdrache. Aus einem geheimen Königreich.«

Ihr Lächeln kehrte zurück. »Ja.«

»Eines Tages werde ich den Rest dieser Urne finden«, verkündete er. »Und ich werde lesen, was da steht.«

»Sie wird dir sagen, wo die geheimnisvolle Insel ist. Und der vergrabene Schatz. Und die Zauberdrachen«, verkündete Ellie. »Und sie wird dich zu Odins Herz führen.«

»Ja. Und dann werde ich ein großes Boot kaufen und hinfahren. Und ich werde reich und berühmt werden«, verkündete er. Sein Lächeln schwand. *Was hat sie gerade gesagt?*

»Hey, Moment. Was ist das Herz von Odin?« *Davon habe ich noch nie gehört,* dachte er.

»Ein Geheimnis.« Sie legte einen Finger an die Lippen.

Troys Augenbrauen zogen sich zusammen. »Aber …«

»Troy.« Sein Vater betrat den Raum. »Es wird Zeit«, sagte er.

»Ich komme«, rief Troy zurück. *»Eine Minute«,* fügte er hinzu.

Ellie sah zu Troys Vater und wieder zu ihm. »Versprich mir, dass du mich mitnimmst, wenn du dorthin gehst.« Sie wich langsam zurück. *»Versprich es.«*

Er grinste. »Okay, ich verspreche es … eines Tages.«

Mit einem Zwinkern in ihrem einzigen grünen Auge eilte sie zu ihm zurück, packte die Schultern seines Shirts und zog sein Gesicht näher heran. Er dachte, sie würde ihm ein weiteres Geheimnis zuflüstern, aber stattdessen küsste sie ihn auf die Wange.

»Und ich weiß, dass du dein Versprechen halten wirst«, sagte sie, »weil du ein Junge bist, der zu seinem Wort steht, Troyson Strom. Das kann ich dir ansehen.«

»Äh, ich werde morgen hier sein«, setzte Troy schnell nach, während sich sein Gesicht glühend heiß anfühlte.

Ellie hatte schon davonlaufen wollen, doch dann blieb sie stehen. »Hey, glaubst du, dass noch jemand die Insel gefunden hat? Seit den Wikingern, meine ich. Und hingegangen ist?«

Troy wackelte kurz mit dem Kopf. »Es gibt viele Geschichten über Menschen, die untergegangene oder geheimnisvolle Inseln gefunden haben. Aber die meisten sind nur ausgedacht.«

Sie legte den Kopf schief. »Weißt du, ich wette, die Leute *haben* sie gefunden. Und vielleicht haben sie darüber geschrieben, aber wir *glauben*, dass sie sich das nur ausgedacht haben.« Sie wackelte mit dem Finger. »Aber ich glaube, manche Legenden sind wahr.« Und dann drehte sie sich um und verschwand.

Wie versprochen kam Troy am nächsten Tag und stellte sich neben das Boot. Während er es anstarrte, verlor er sich in Tagträumen, und seine jugendliche Fantasie nahm ihn mit auf eine Reise zu eisumschlossenen Kontinenten mit dunklen Passagen zu verborgenen Meeren und einer geheimnisvollen Insel.

Er stand immer noch dort, als sein Vater dreißig Minuten später kam, um nach ihm zu sehen. Er bettelte um etwas mehr Zeit, aber nach einer vollen Stunde ahnte er, dass Ellie nicht auftauchen würde. Dann erinnerte er sich daran, dass sie nie gesagt hatte, dass sie kommen würde.

Das macht nichts, dachte er. Aber er wettete, dass sie recht hatte und manche Legenden wahr *waren*.

KAPITEL 2

Gestern – Dorf Dunnet, Caithness, Schottisches Hochland

»Du solltest besser was unternehmen, Owen, weil es hier nämlich alles vollstinkt.« Morag McGregor hatte sich ein Geschirrtuch um die untere Gesichtshälfte gewickelt und die Hände fest in die Hüften gestemmt. »Meine Gäste beschweren sich höllisch.«

Constable Owen McGinley atmete durch die Nase aus und nahm einen tiefen Atemzug, durch die Zähne, um den Gestank der Fäulnis nicht riechen zu müssen. Der Fleischhaufen war ein kleiner, grauer Berg direkt an der Flutlinie. Er konnte beinahe die öligen Gasschwaden sehen, die von ihm ausgingen, während er in der Frühlingssonne verweste.

»Wir könnten es begraben.« Er wackelte mit dem Kopf. »*Ah,* nein, stimmt ja, mir fällt gerade ein, dass Jock den großen Bagger momentan in der Reparatur hat.«

»Also, du lässt das nicht einfach da liegen, das will ich dir gesagt haben«, warnte Morag. »Das ist eine Frage der öffentlichen Gesundheit. Ganz genau das. Davon werden die Kinder krank.«

McGinley seufzte. »*Ach*, Morag, ich glaube wirklich nicht …«

»Es vergiftet die Luft. Spreng es«, unterbrach sie ihn.

»Es ist nur ein toter Wal oder so.« Er runzelte die Stirn.

»Und weiter? Es ist mir scheißegal, ob es Moby Dicks Schwanz ist.« Sie starrte ihn an. »Spreng es in die Luft und vergrabe die Einzelteile. *Heute* noch.«

Constable McGinley kratzte sich am Kinn. »Tja, ich glaube, Jock hat noch ein kleines bisschen Dynamit übrig.«

»Na also. Mach es. Heute.« Morag rückte ihr Geschirrtuch zurecht und wackelte dann mit dem Finger. »Und komm heute Abend nicht in meinen Pub, wenn es nicht erledigt ist.«

»Och.« McGinley blickte zurück auf den riesigen Fleischhaufen, der gut mehrere Tonnen wiegen musste. Seine Größe verriet ihm, dass es ein Wal sein musste, aber er war mit seltsamen Stacheln und Beulen übersät.

Vielleicht einer von diesen komischen russischen Walen, dachte er.

Er sah auf die Uhr. »Okay, ich verwandle dieses Riesenvieh in Katzenfutter. Nur für dich, Morag.« Er tippte sich an die Mütze und ging zurück zu seinem Auto.

Einige Tage später leckte Mr. Blair Findlay, Inhaber von Dunnet Kuriositäten und Antiquitäten, seinen Zeigefinger ab, blätterte damit die Zeitung um und las sie mit einem wegen dem neben seines Gesichts aufsteigenden Pfeifenrauchs zusammengekniffenen Auge.

Eine rasch kalt werdende Tasse voll schwarzem Tee stand auf seinem Tisch, und endlich konnte er das Gebräu riechen. Das war wesentlich besser als der Gestank, der von dem toten Wal ausgegangen war. Der war nicht mehr viel größer als ein Brotlaib gewesen, als er an jenem Tag nach der Explosion hingegangen war. Er kicherte, als er sich daran erinnerte, wie dieser Trottel, Constable McGinley, das Ding über eine halbe Meile verteilt und es sogar geschafft hatte, mit seiner Explosion Möwen vom Himmel zu holen.

Obwohl es den Strand vollgestunken und die Flutlinie in eine schmierige Sauerei verwandelt hatte, hatte er einige Teile entdeckt, die ihn neugierig gemacht hatten. Er sah an einem seiner hohen Regale hinauf zu dem Ding im Einmachglas. Nur Stücke, aber interessante Stücke.

Die Vormittagssonne drang gerade erst durch die Fenster seines Kuriositätenladens. Es war ruhig, wieder einmal. Tatsächlich war die Stadt immer ruhig, da es nur wenige Einheimische gab und es erst der Beginn der frühjährlichen Touristensaison war.

Auch wenn Blair Mitte siebzig war, hatte die alte Mrs. Findlay keine Idioten großgezogen, und er hatte rasch gelernt, wie man das Internet benutzt, und dann einen Online-Shop eingerichtet, der dazu geführt hatte, dass er seine Waren auf der ganzen Welt verkaufen konnte.

Er verdiente gutes Geld und musste sich nur noch selten persönlich mit Menschen abgeben – und so gefiel es Blair.

Jetzt verbrachte er seine Tage damit, die Dinge, die er angespült fand, zu fotografieren, sie auf die Auktionsseite zu laden und sie dann zum Versand über das Postamt in Dunnet am Ende der Straße zu verpacken.

Blair blätterte die Seite um und las die politische Hauptmeldung. Er schüttelte den Kopf. »Scheißkerle«, murmelte er.

Er nahm die Pfeife aus dem Mund, nippte an seinem Tee und klemmte sich die Pfeife wieder zwischen die Zähne. Er blätterte die nächsten Seiten um, bis er zum Sportteil kam.

Seine Fußballmannschaft hatte verloren. »Scheißkerle«, fluchte er wieder.

Die kleine, fröhliche Glocke über seiner Tür läutete, als diese sich öffnete. Er schlug die Zeitung zu und sah auf. Ein großer Mann, *sehr* groß, in einem Mantel und einer bis zu den Augenbrauen heruntergezogenen Wollmütze, trat ein.

»Guten Morgen, Sir«, sagte Blair. »Nur zu Besuch, was?«

»Ja«, antwortete der Mann, nicht unfreundlich, aber auch nicht freundlich.

Blair bemerkte, dass er seine dunkle Brille aufbehielt. Der junge Mann hatte einen leichten holländischen oder finnischen Akzent, und er konnte gerade so ausmachen, dass das Haar unter der Wollmütze blond war. Am Kragen des Mannes zeigte sich außerdem etwas, das ein grünes Tattoo sein könnte. Keins von diesen auffälligen bunten Dingern, sondern eher hausgemacht.

Blair nahm seine Pfeife aus dem Mund. »Wie kann ich Ihnen an diesem schönen Tag helfen, Sir?«

Der Mann griff in seine Tasche, holte ein gefaltetes Stück Papier heraus und trat an die Verkaufstheke. Er faltete es auseinander, strich es glatt und legte es vor Blair hin.

Er tippte mit einem großen Finger darauf. »Dieses Stück. Ich möchte es kaufen.«

Blair sah auf sein eigenes Internet-Posting einer Scherbe von verblasster Wikingertöpferei hinunter. »*Ah*, das. Sehr beliebt.« Er schnalzte mit der Zunge und schüttelte den Kopf. »Und leider erst neulich verkauft.«

Der Mann stand da, als hätte er ihn nicht gehört.

»Tut mir leid.« Blair zuckte mit den Schultern und grinste dann. »Aber wie man so schön sagt: Da hätten Sie gestern kommen sollen, junger Mann.«

Der Mann drehte sich langsam um und musterte den kleinen Raum, betrachtete die Gegenstände in den Vitrinen und auf den Regalen, als überprüfe er, ob Blair die Wahrheit sagte. Schließlich richtete er seinen ausdruckslosen Blick wieder einen Moment lang auf Blair, ehe er sich vorbeugte. »Hatten Sie noch mehr Bilder davon?«

»Hatte ich, Sir.« Blair zückte sein neues Handy. Er entsperrte es, öffnete die Fotogalerie und wählte einige Bilder aus. Er legte das Telefon auf den Tisch und drehte es um.

»Drei Bilder.« Er zeigte ihm das erste. »Das ist …«

Der Mann vergrößerte das Bild mit den Fingern. Er wischte weiter, um das Nächste zu betrachten, und das Nächste.

Der riesige Mann musterte es mit der Intensität eines Juweliers, der einen kostbaren Edelstein untersucht. Es war, als versuchte er, die seltsamen Zeichen darauf zu lesen. Nach fünf vollen Minuten gab der Mann einen kehligen Laut von sich und richtete sich auf, und als Blair hinsah, bemerkte er, dass der große Kerl die Augen hinter seiner dunklen Brille geschlossen hatte.

»Ist alles in Ordnung, junger Mann?«, fragte Blair.

Der Mann sprach durch die Zähne. »Wem … haben Sie es *verflucht* nochmal verkauft?«, fragte er, leise und böse.

Blair schob das Telefon beiseite. Ihm gefielen weder Ton noch Ausdrucksweise des Mannes, und er stand langsam auf. Er war ein alter Mann, und der junge Mann war mehr als anderthalb Köpfe größer als er und an den Schultern zwei Axtstiele breiter, aber Blair war in seiner Jugend ein guter Amateurboxer gewesen und hatte nach wie vor ein starkes Rückgrat.

»Nun, Sie wissen, dass ich Ihnen diese Information nicht geben kann, *Sir.*« Blairs Augen wurden schmal. »Ich habe noch ein paar andere schöne Stücke. Warum atmen Sie nicht tief durch, legen Ihre Manieren wieder an und sehen sich um?«

Der Besucher war ungerührt. »Ich gebe Ihnen zweihundert Euro für den Namen. Ich will nur die Chance, es abzukaufen.«

»Ich bezweifle, dass sie es verkaufen wird. Sie schien sehr glücklich damit zu sein.« Blair behielt ein Lächeln im Gesicht, aber der große Besucher begann ihn zu verunsichern.

»Sie.« Der Mann dachte einen Moment lang über das Wort nach. »Natürlich.« Er schnaubte leise, dann richtete sich sein Blick wieder auf Blair. »Mach fünfhundert draus.«

Blairs Augenbrauen wanderten nach oben. Der Kerl musste dieses Stück wirklich unbedingt haben wollen. Plötzlich bereute er es, es so billig verkauft zu haben.

»Ich sage Ihnen, was ich tun kann. Sie geben mir Ihre Nummer, und ich rufe den Käufer an. Wenn s…*er* verkaufen will, werde ich ihm Ihre Nummer geben. Klingt das gut?« Er nahm einen Stift in die Hand.

Der große Mann legte eine geballte Faust auf die Theke. Blair gab sich Mühe, sie zu ignorieren. Er öffnete die Schreibtischschublade, um einen Notizzettel zu suchen, und entdeckte den aktuellen Verkaufsbeleg für das Stück. Er griff danach und zerknüllte ihn verstohlen in der Hand, während in seinem Verstand die Alarmglocken zu läuten begannen.

»Aber Sie haben doch ihre Nummer, oder?« Die Hände des Mannes sanken in seine Manteltaschen.

»Vielleicht hinten.« Blairs Blick wanderte zu seinem Handy auf der Arbeitsplatte. Es war noch entsperrt. Er griff danach.

Wie eine zuschlagende Schlange kam die linke Hand des Mannes aus der Manteltasche. Etwas Silbernes blitzte auf, und dann wurde Blairs Hand in den Holztisch genagelt; die spitze Klinge durchbohrte das Fleisch zwischen dem zweiten und dritten Mittelhandknochen.

Blair heulte auf. Der Besucher ignorierte ihn und ließ die Klinge an Ort und Stelle stecken.

Der große Mann hob das Handy auf. »Ich nehme an, ihr habt vor kurzem miteinander gesprochen.«

Er blätterte durch das Anrufprotokoll und nickte, als er sich die Liste der letzten Anrufe ansah. Er lächelte, denn er hatte wohl gefunden, was er suchte.

Zuletzt änderte er das Passwort, bevor er sich abmeldete und das Handy in seine Tasche fallen ließ.

Er brachte sein Gesicht nahe an Blairs. »Wenn Sie in der Zeit zurückgehen könnten, würden Sie dann mein Geld nehmen?«

»Verpiss dich«, sagte Blair durch die Wogen von Schmerz.

Schneller, als Blair reagieren konnte, riss der Besucher dem alten Schotten die Klinge aus der Hand und rammte sie ihm mit voller Wucht in die Schläfe, wo sie bis zum Griff eindrang.

So hielt er sie fest, während der Körper des alten Mannes eine Weile zuckte und zappelte. Dann zog er sie heraus und trat zurück, um dem einzelnen, wie von einem Schlauch aus dem Schädel ausgespuckten Blutschwall auszuweichen.

Blairs Körper fiel zu Boden. Der Besucher sah sich ein letztes Mal um, ging dann zur Tür, drehte das kleine Schild um, um »Geschlossen« zur Straße hin anzuzeigen, und verließ das Gebäude unter dem Läuten der kleinen, fröhlichen Glocke.

KAPITEL 3

Eine Woche später – Schottisches Hochland

Troy Strom stieg aus dem schwarzen Range Rover Geländewagen und streckte sich. Nachdem ihm in Edinburgh gerade ein riesiger Auftrag über Motorenteile entgangen war, benötigte er eine Auszeit, um den Kopf frei zu bekommen.

Tatsächlich hatte er diesen Auftrag wirklich gebraucht. Sein Unternehmen hatte nur noch wenige Bestellungen übrig, und billigere Alternativen zu seinen Produkten zehrten Tag für Tag an seinem neuen Geschäftsfeld. Nachdem er neun Jahre seines Lebens und sein ganzes Geld in das Unternehmen investiert hatte, war er, was neue Ideen betraf, an eine Grenze gestoßen.

Er atmete durch die Nase aus, als ihm ein alter Marketingspruch einfiel, der ihn heimsuchte: Ein Wettbewerbsvorteil ist nicht dasselbe wie ein *nachhaltiger* Wettbewerbsvorteil. Irgendwann wird der andere Kerl angreifen. Und wenn sein Produkt das gleiche ist wie deines, aber billiger, dann bist du aufgeschmissen, Kumpel.

Wie wahr. Er seufzte.

Troy betrachtete das Ingenieurwesen gerne als sein zweites Leben. Das saubere Leben. Das, welches er wirklich führen wollte.

Er hatte das College mit einem Ingenieurdiplom mit Auszeichnung abgeschlossen. Doch noch auf dem Campus wurde er von der CIA, *der Firma*, angeworben. Sie brauchten kluge junge Menschen aus verschiedenen Gesellschaftsschichten, die über den Tellerrand hinausschauen konnten, und die Welt, die sie ihm boten, war aufregend und herausfordernd. Er erinnerte sich daran, dass ihn all das umgehauen hatte. Und so war das Geheimagentendasein zu seinem ersten Leben geworden. Das hatte sich als das Dunkle und Schmutzige herausgestellt.

Mit den Jahren hatte er sich im Nahkampf und beim Schießen hervorgetan und verfügte über beeindruckende Ermittlerfähigkeiten. Er war bei seinen Kollegen beliebt und wurde von ihnen respektiert, und mit seinen Vorgesetzten war es das Gleiche.

Manche dieser Jahre waren die besten seines Lebens. Andere die schlimmsten. In seinem Kopf waren dunkle Missionserinnerungen gespeichert, die sich ihm des Nachts aufdrängten.

Troy lehnte sich gegen das Auto und legte den Kopf in den Nacken, um in den blassblauen Himmel zu schauen. Er hatte Menschen gerettet, sein Land gerettet, rief er sich in Erinnerung.

Allein der Gedanke daran war wie eine Zeitmaschine, die ihn zurücktransportierte. Er erinnerte sich an eine gemeinsame Mission mit dem britischen MI6 und der französischen DGSE, der Generaldirektion für äußere Sicherheit, beides Äquivalente der CIA.

Sie hatten Informationen erhalten, dass ein potenzieller globaler Terroranschlag geplant war. Etwas Großes in ganz Europa und den USA. Und als die Anzeichen auf die Involvierung eines biologischen Kampfstoffs hindeuteten, war das genug, um ihnen die uneingeschränkte Befugnis zu erteilen, mit äußerster Härte einzugreifen. Gemeinsame Informationen hatten sie zu einer Zelle mit Basis in Ohio geführt, und es war Troys Aufgabe gewesen, ein Team hinzubringen, um sie zu zerschlagen.

Die Terroristengruppe hatte ein kleines, unscheinbares Haus in der Garfield Avenue in Findlay gemietet, direkt gegenüber der Universität. Wärmescans deuteten auf eine Gruppe von sechs Männern im Gebäude hin. Außerdem drei Fässer mit einer nicht identifizierten Substanz.

In Frankreich und Großbritannien waren ähnliche Interventionen geplant, und alle waren so abgestimmt, dass sie zur gleichen Zeit stattfanden. Die Priorität lag darin, die Übeltäter auszuschalten, ohne dass sie die anderen Zellen benachrichtigen konnten, und ehe einer von ihnen die Chance bekäme, das biologische Mittel zu verbreiten.

Während die Sekunden abliefen, meldete sich Troy freiwillig und ging lässig zur Eingangstür. Er trug einen AT&T-Overall und hatte ein Klemmbrett und einen Werkzeugkasten bei sich.

Er klopfte. »AT&T.«

»Gehen Sie weg«, lautete die Antwort.

Troy klopfte erneut. »Breitband-Update. Das muss heute passieren, Kumpel. Es ist genehmigt worden.«

»Nein. Gehen Sie weg.« Die Stimme erklang direkt hinter der Tür.

»Kann ich nicht. Mein Chef tritt mir in den Hintern, wenn ich heute nicht alle Grundstücke in der Garfield Avenue abhake. Kommen Sie, Kumpel, ich brauche nur zwei Minuten.« Troy wusste, dass der Kerl ihn durch den Türspion beobachtete, und tat so, als würde er auf sein Klemmbrett sehen.

Dann schob Troy den entscheidenden Satz nach. »Sonst könnten Sie Ihre gesamte Telekommunikation verlieren.«

Drinnen war ein gedämpftes Gespräch zu hören, dann die Geräusche von Bewegungen und sich schließenden Türen.

Das machte nichts, weil sich Troy bereits mit dem inneren Grundriss auskannte und wusste, wohin er zu gehen hatte.

In seinem Ohr berichtete das Überwachungsteam leise davon, was die Männer taten: Sie verbargen sich in anderen Räumen. Draußen standen zwanzig schwer bewaffnete Agenten, alle im Verborgenen und bereit, loszulegen, sobald er das Zentrum der Zelle gesichert hätte.

»Los geht's«, flüsterte er.

Die Tür wurde geöffnet, und ein grimmiges Individuum packte ihn und schob ihn in den Flur.

»Hey, immer mit der Ruhe«, sagte Troy.

»Beeilung. Arbeit erledigen und verschwinden.« Er blickte auf Troys Werkzeugkiste. »Halt.«

Er riss sie ihm aus der Hand, öffnete sie und durchwühlte die Werkzeuge darin. Troy sah eine weitere Person am Ende des Flurs lauern, einen Arm versteckt, und er verwettete sein letztes Geld darauf, dass der Kerl eine Waffe in der Hand hielt. Und das war sein Zielraum – der mit den Fässern. Er musste dort hineingelangen, alle Verbrecher ausschalten und ihn bis zum Tod verteidigen. Oder bis das Team hereinstürmte.

Der Werkzeugkasten wurde geschlossen und ihm gegen den Bauch gestoßen. »Okay, los.«

»Na, danke.« Troy ging über den Flur, bis er auf der Höhe seines Zielraums war.

Er ließ die Werkzeugkiste fallen. »Hoppla.«

Wie erwartet richteten sich alle Blicke auf das heruntergefallene Werkzeug, nur ganz kurz, und als sie zu ihm zurückkehrten, hatte Troy eine Waffe in der einen und ein Messer in der anderen Hand.

Der Erste, der starb, war der Mann in der Tür, mit einem sauberen Schuss in die Stirn. In denselben wenigen Sekunden rammte er die Klinge in den Hals des Mannes, der ihn hereingelassen hatte. Dann betrat er schnell und zielstrebig den Raum. Dort war es dunkler, und die Fässer waren an der Rückwand aufgereiht, alle miteinander verkabelt. Obenauf stand ein kleiner Zündkasten, dessen Licht grün leuchtete. Im Moment.

Doch im Raum war noch ein Mann, dessen Reaktion, als er sah, dass sein Partner zu Boden ging und Troy zügig hereinkam, darin bestand, einen Kugelhagel auf ihn zu entfesseln.

Troy bekam einen Treffer in den Kappenmuskel ab, wo Hals und Schulter aufeinandertreffen, ignorierte ihn aber und schoss zweimal. Beide Schüsse trafen sein Ziel. Doch fanatische Entschlossenheit und Schnelligkeit ließen den Mann weiter auf den Zündknopf zusteuern. Also machte Troy einen Hechtsprung, um ihn abzufangen.

Ihm blieben nur Sekundenbruchteile, bevor die anderen im Haus den Raum betreten und das Blatt zu seinen Ungunsten wenden würden. Er kollidierte mit dem Kerl und stieß ihn von der Fernbedienung weg, dann rammte er ihm die Waffe in die Rippen und schoss zweimal, gerade als sich die offene Tür mit den drei übrigen Hausbewohnern füllte.

»Böse Jungs am Tor«, sagte er in sein Kehlkopfmikro.

Die drei Terroristen schrien ihre Wut heraus, aber in ihrer Eile verkeilten sie sich im Türrahmen. Troy hob den Körper des Mannes, den er gerade ausgeschaltet hatte, hoch und benutzte ihn als Schild, gerade rechtzeitig, als mehrere Kugeln in das tote Fleisch einschlugen.

Dann wurde die Eingangstür nach innen geschleudert, als die Kavallerie eintraf, und hundert Kugeln zerfetzten die drei Männer in der

Tür. Außer einem blutigen Nebel und waberndem Pistolenrauch blieb nichts übrig.

Troy ließ den kugelzerfressenen Körper fallen und spürte augenblicklich, wie das Adrenalin seinen Körper verließ. Ihm wurde schwindelig und übel. Er beugte sich vor und atmete mehrmals tief ein.

Sein Team kam zu ihm, klopfte ihm auf den Rücken und half ihm auf die Beine. Der Sanitäter untersuchte ihn und erklärte, die Wunde sei schmerzhaft, aber nicht gefährlich. Ein paar Tage auf den Bahamas und ein paar Biere, und er wäre so gut wie neu, hatten seine Freunde gescherzt.

Das waren die guten Zeiten, dachte Troy und lächelte, während die schottische Sonne ihm ins Gesicht schien. Ja, dieser Tag war ein guter Tag für die guten Jungs gewesen, erinnerte er sich. Und ein paar Siege wie dieser hatten ihn entschieden schnell in der Agency berühmt gemacht.

Doch dann kam der dunkelste Tag. Der Tag, an dem einer durch die Maschen schlüpfte und ihn aus der Bahn warf.

»Nein«, sagte er laut. Er weigerte sich, darüber nachzudenken.

Troy stieg wieder ins Auto und trat den letzten Teil seiner Reise an. Es könnte seine letzte für eine Weile sein, oder zumindest die letzte, die er sich leisten konnte. Deshalb hatte er sich für einen Urlaub mit dem Auto an einem seiner Lieblingsorte in Schottland entschieden. Es war eine dreihundertachtzig Kilometer lange Fahrt über die A9 und durch Inverness, zur Spitze der Insel bei Thurso, und dann ein kurzer Abstecher auf die andere Seite in das winzige Dorf Dunnet in Caithness, in den schottischen Highlands.

Die Landschaft hier war smaragdgrün und immer kalt, aber die kleinen Häuser waren so warm wie die Herzen der Einheimischen. Troys Mund verzog sich zu einem Lächeln. Genau wie ihre Pasteten und ihr Bier.

Das war es, was er wirklich liebte: obskure Gegenstände aufzuspüren, die seine Obsession mit Lemuria, der geheimnisvollen Insel der Wikinger-Legende nährten. Seit seiner Kindheit war Troys Liebe zur Wikingerzeit ungebrochen, und er hatte eine umfangreiche Sammlung von Wikingerartefakten aus der Eisenzeit zusammengetragen.

Aus dieser Gegend kam er immer mit etwas Interessantem zurück. Besonders aus Dunnet, wo ein Gegenstand, der seine Fantasie beflügelt hatte, online im Kuriositäten- und Antiquitätenladen des alten Blair Findlay aufgetaucht war.

Die Bilder der zerbrochenen Tonscherbe, die Blair online gestellt hatte, waren zu schön, um wahr zu sein, und wenn es das war, was er vermutete, musste er es einfach haben. Selbst als Erwachsener träumte er immer noch davon, das sagenhafte Lemuria zu finden. Sein Verstand sagte ihm, dass es nur eine Legende war. Aber sein Herz flüsterte ihm zu, dass es echt war. *Manche Legenden sind eben doch wahr,* hatte ihm jemand vor langer Zeit gesagt.

Er seufzte. Das Problem war, dass Blair nicht auf seine Anrufe reagierte.

Troy fuhr langsamer, als er sein Zuhause für die nächsten Tage erspähte: das Northern Sands Hotel neben der Dorfkirche. Es hatte nur ein Dutzend Zimmer, einen Speisesaal mit niedriger Decke und eine kleine, freundliche Bar, und wenn er hereinkam, verdoppelte sich normalerweise die Zahl der Gäste, aber all das war ihm recht.

Die Stadt war extrem alt und ihre Lage an der windgepeitschten Küste bedeutete, dass seit Tausenden oder vielleicht Millionen Jahren Dinge aus der Nordsee, der Labradorsee und der Norwegischen See angeschwemmt wurden.

Das Haus, in dem Troy übernachtete, lag direkt an der Küste, und von seinem Zimmer aus konnte er nach Süden über den weichsten Teppich aus jadefarbenem Gras blicken, den man sich vorstellen konnte. Und wenn er nach Norden schaute, war dort der glitzernde Ozean, klirrend kalt, aber trügerisch einladend.

Jetzt gerade war Ebbe und die Sandebene erstreckte sich fünfhundert Meter weit bis zum Wasser. Deshalb war das Durchkämmen des Strandes so lohnenswert: Gegenstände wurden von den Wellen hereingebracht, die Flut ging zurück, *weit* zurück, und auf dem weißen Sand stachen sie hervor wie Schokostückchen auf einem Snow Cake. Dann krempelte man einfach die Jeans hoch und schlenderte hinunter, um sie einzusammeln.

Er fragte die Hotelbesitzerin, Morag, ob Blair an diesem Abend kommen würde, und sie erzählte ihm, dass man den alten Gauner seit mehreren Tagen nicht mehr gesehen hatte und davon ausging, dass er auf einer seiner Jagdtouren entlang der Küste war, bei denen er manchmal so weit fuhr, dass er am Ende in seinem Lieferwagen übernachtete.

Es war noch früher Nachmittag, also schnappte sich Troy seinen dicken Mantel und seinen Schal und ging zu Blairs Kuriositäten- und Steinzeugladen an der Hauptstraße, um nachzusehen, ob er zurück war.

An der Tür sah er das Geschlossen-Schild und wollte sich gerade abwenden, als er das ölige Kondenswasser bemerkte, das an der Innenseite des Glases herunterlief.

Seltsam, dachte er.

Er legte die Hände an die Schläfen und spähte durch die Scheibe. Wegen der Feuchtigkeit konnte er kaum etwas sehen. Normalerweise ließen nur eine laufende Badewanne oder ein kochender Teekessel in der Nähe Fenster derart beschlagen.

Er wollte sich wieder abwenden, zögerte aber. Es gab noch etwas, das einen Raum beschlagen ließ, und das kannte er noch aus seiner Zeit bei der Agency. Diese eine Sache beunruhigte ihn außerordentlich, weil Blair schon lange nicht mehr gesehen worden war.

Troy änderte den Blickwinkel und sah genauer hin. Tatsächlich war das Kondenswasser mehr als nur Wasser. Es sah aus, als enthielte es Öl oder Fett. Noch ein schlechtes Zeichen.

Er klopfte, wartete, dann hämmerte er an die Tür. Es kam keine Antwort. Dann versuchte Troy es mit der Klinke und fand die Tür verschlossen vor. Er sah sich rasch um, aber wie erwartet war die Straße leer, es war kalt und die Nachmittagssonne wurde schwächer.

Was soll's?, dachte er. Wenn er sich irrte, würde er Blair einen Zettel und ein wenig Geld für ein neues Schloss hinterlassen.

Troy stemmte sich mit der Schulter gegen die Tür. Er war ein großer, durchtrainierter Mann, und es dauerte nicht lange, bis der Holzrahmen splitterte und die Schließzunge das alte Holz durchbrach. Sein Eintreten löste das Läuten einer kleinen Glocke aus, das fehl am Platz war.

»*Uff.*« Er legte einen Arm vor seine untere Gesichtshälfte. Er musste den Namen des Mannes nicht rufen, denn der Gestank verriet ihm alles, was er wissen musste.

Troy zog seinen Schal um Mund und Nase und trat ein. Die Luft im Inneren war zäh von einer Feuchtigkeit, in der sich Methan, verrottende Fettpartikel und Wasserdampf mischten, die an der Haut kleben blieben. Seine Erfahrung sagte ihm, dass das der »Nebel des Todes« war, der die Fasern der Kleidung von Rettungskräften derart durchdrang, dass diese Kleidungsstücke manchmal vernichtet werden mussten, denn ganz gleich, wie oft man sie wusch, der Geruch einer verwesenden Leiche war nicht zu entfernen.

Es dauerte nicht lange, bis er die Spitze eines Stiefels hinter dem großen Schreibtisch, den Blair als Ladentisch benutzte, hervorlugen sah, und er ging rasch darauf zu.

»Scheiße.« Troy sah, dass der alte Mann auf dem Rücken lag, die Augen weit aufgerissen und milchig, die Haut durchscheinend und wächsern, und sein Kopf klebte in einer Lache aus dunklem und noch zähflüssigem Blut am Boden.

»Ach, Blair, mein alter Freund, was zum Teufel ist hier passiert?« Er strich dem alten Mann die Haare aus der Stirn. Er sah die Einstichwunde an der Schläfe, und als er den Blick wieder über die Leiche schweifen ließ, bemerkte er, dass auch in der Hand des alten Mannes ein Loch klaffte.

Es gab keine Brand- oder Schmauchspuren, und die Wunden waren sauber, was auf eine Stichwaffe in der Art eines dünnen Stiletts hinwies. Das Werkzeug eines Killers, jemand, der mit gewaltsamen Absichten hergekommen war.

Die andere Hand war fest geballt, und dann sah er den Zettel, der aus der geschlossenen Faust ragte. Er drückte die Hand auf, was den verkürzten Sehnen in den Fingern einiges Knacken entlockte, und zog den zerknitterten Papierfetzen heraus.

Troy faltete ihn auseinander und erkannte einen Verkaufsbeleg. Er enthielt einen Namen, eine Telefonnummer und eine Beschreibung des Gegenstands – *die Urnenscherbe,* diejenige, die er kaufen wollte. Er vermutete, dass Blair ein besseres Angebot bekommen hatte.

Troy sah sich den Namen an: nur ein Nachname und ein Initial des Vornamens – E. Kristiansen. Der Verkaufspreis lag bei zweihundert Euro. Ein hübsches Sümmchen für eine Tonscherbe. Aber ihm war klar, dass er das Doppelte, nein, das Zehnfache gezahlt hätte, wenn sie das war, wonach er suchte.

Er starrte auf den Zettel. Warum hatte Blair sich bis zuletzt daran geklammert? Hatte die Person, die ihn getötet hatte, die Urne gekauft, und er wollte damit eine Nachricht übermitteln?

Kann nicht sein, dachte er dann, denn der Beleg war auf vor über zwei Wochen datiert und Blair schien seit etwa einer Woche tot zu sein. *Also jemand, der später gekommen war.*

Indem er Blairs Hand geöffnet hatte, hatte Troy bereits Beweise verfälscht. Den Zettel mitzunehmen, wäre also nur ein kleiner Extraschritt. Er steckte ihn in seine Seitentasche. Ihm war klar, dass er die örtliche Polizei einschalten musste, und er stand auf.

Nach wie vor hatte er das ungute Gefühl, dass die Scherbe Blair auf die eine oder andere Weise umgebracht hatte. Und wenn nicht sie, was dann? Hatte Blair noch etwas anderes gefunden?

Er sah sich um und bemerkte ein großes Glas auf einem hohen Regal. Zwischen all dem Treibholz, den Bootsteilen und den abhandengekommenen Fischerbojen war es fehl am Platz. Das Glas war etwa fünfundzwanzig Zentimeter hoch, fünfzehn Zentimeter breit und mit etwas Fleischigem gefüllt, das in einer gelblichen Flüssigkeit schwamm. Troy griff danach und drehte es mit einer Hand, um in seine milchigen Tiefen zu blicken.

Darunter befand sich ein Herkunftsvermerk, vielleicht um dem alten Blair auf die Sprünge zu helfen, wenn er danach gefragt wurde. Troy las: *Fragment angespült gefunden am 12. März. Hautstreifen von einem teilweise verwesenden Kadaver. Möglicherweise eine Art Wal, sah aber knochig und uneben aus, wie ein Alligator oder ähnlich.* Troy schnaubte, als er den letzten Satz las: *Von den Bullen in die Luft gesprengt.*

Troy hob das Gefäß herunter, um es aus der Nähe zu betrachten. Es war eine Rolle aus Haut, jetzt von blaugrauer Farbe, und das Fleisch war ausgebleicht und ausgefranst. Blair hatte recht, sie unterschied sich insofern von der Haut eines Wals, als dass sie nicht glatt war, sondern knöcherne Auswüchse hatte – Schilde, erinnerte er sich, wurden sie genannt.

Er sah das Ding stirnrunzelnd an. »Was zum Teufel bist du?«

Vorsichtig schraubte er den Deckel auf. *»Verdammt.«* Er drehte den Kopf, schloss das Glas schnell und schraubte es wieder zu. Seine Augen tränten von dem, was Blair als Konservierungsmittel benutzt hatte, und er blinzelte, um sie zu beruhigen.

Troy dachte kurz nach und schob dann auch das Glas in die große Seitentasche seines Mantels. Dann wollte er seine Brieftasche zücken und etwas Geld dafür zurücklassen, als er innehielt. Dass er hier war, war eine Sache, aber Bargeld mit seinen Fingerabdrücken darauf könnte zu unangenehmen Fragen führen.

Er steckte sein Portemonnaie weg. »Ich werd dir Blumen zu deiner Beerdigung schicken, alter Freund.«

Dann kehrte Troy zum Hotel zurück, und als er eintrat, verging Morag ihr strahlendes Lächeln, sobald sie seinen Gesichtsausdruck sah.

»Rufen Sie die Polizei, schnell«, sagte er und entfernte in dem viel zu warmen Empfangszimmer den Schal von seinem Hals. »Es ist Blair. Er ist tot. *Ermordet.*«

KAPITEL 4

Autobahn A90,
Stadtrand von Edinburgh, Schottland

Troys Verstand quälte ihn, als er nach Edinburgh zurückfuhr. Der alte Blair tat ihm leid, allein und hilflos in seinem Laden, als er ermordet wurde, und obwohl er Morag gebeten hatte, ihn über die polizeilichen Ermittlungen auf dem Laufenden zu halten, wettete er, dass man nie herausfinden würde, wer dahintersteckte.

Angesichts seiner Erfahrung in der Firma erschien ihm das alles einfach zu professionell, nicht wie ein missglückter Raubüberfall, ein Verbrechen aus Leidenschaft oder ein einzelner Verrückter.

Außerdem hatte er es nicht geschafft, die Urnenscherbe zu erwerben, nach der er jahrelang gesucht hatte. Darüber hinaus hatte er das ungute Gefühl, dass die tausend Jahre alte Wikinger-Keramik die Ursache für das ganze Chaos sein könnte.

Verdammt, dachte er. Jetzt wollte er sie nur noch mehr, und er war sauer, dass er sie nicht bekommen hatte. Er schlug mit der Handfläche gegen das Lenkrad. *Mein Geschäft, mein Leben, meine Träume, alles geht den Bach runter,* dachte er wütend.

Doch die Ereignisse hatten eindeutig seine Sinne geschärft. Vorher hatte er sich gefragt, ob die Tonscherbe wirklich das fehlende Teil der Skarsgard-Urne war. Irgendjemand glaubte das anscheinend, und das bedeutete, dass eine oder mehrere Personen sie genau so sehr haben wollten wie er. Nein, es bedeutete, dass sie sie mehr gewollt hatten, und zwar genug, um dafür zu töten.

Und das ließ ihn eines glauben: »Die geheimnisvolle Insel Lemuria gibt es wirklich.«

Dieser Gedanke ließ ihn vor Aufregung schwindelig werden, und ihm war klar, dass er jetzt noch besessener davon sein würde, die Geheimnisse der verlorenen Insel zu ergründen.

An der nächsten Ampel hielt Troy das Auto an und warf einen Blick auf das Glas in der Schachtel auf dem Beifahrersitz. Wenigstens etwas hatte er. Und es stellte eine interessante Kuriosität für seine Sammlung dar.

Troy holte das große Glas heraus und hielt es hoch. Er schüttelte es. Schon jetzt bezweifelte er, dass es von einem Krokodil stammte, denn die Knochenkämme, oder Schilde, wirkten zu groß und auffällig. Er hatte gehört, dass die riesigen Störe in Russland bis zu siebeneinhalb Meter groß werden und bis zu fünfzehnhundert Kilo wiegen konnten. Und sie hatten prähistorisch aussehende Kämme auf dem Rücken und an den Seiten, die an Zähne erinnerten. Er blinzelte in die trübe Flüssigkeit. Ein bisschen so wie bei diesem Ding.

Er hatte keine Ahnung, was es war, aber er kannte jemanden, der es vielleicht wusste. Vor etwa einem Jahr war er mit Anne Walsh, einer Forscherin am schottischen Nationalmuseum in Edinburgh, ausgegangen, und das lag in der Nähe seines Hotels.

Anne hatte ihm von ihrer Arbeit auf dem Gebiet der Paläobiologie erzählt und dass das Museum Sammlungen besaß, die weltweit für ihre Exemplare von Eurypteriden, fossilen Fischen und frühen Tetrapoden bekannt waren, die zu den vielfältigsten der Welt gehörten. Damals hatte ihm das wenig bedeutet, aber er vermutete, dass sie genau die Richtige war, um ihm ein paar Einblicke zu geben oder ihn zumindest in die richtige Richtung zu weisen.

Falls sie noch mit mir spricht, überlegte er.

Die Ampel sprang um und er stellte das Glas in die Schachtel zurück. Nach wenigen Minuten bog er in die Northbridge Road ein und parkte dann vor seinem Hotel, dem Scotsman. Das prächtige alte Etablissement war ein neues Hotel in einem alten Gebäude, und wenngleich es nicht das beste in Edinburgh war, hatte es riesige Zimmer, ein tolles Außenrestaurant und den größten Innenpool, den er je in Schottland gesehen hatte. Und man begrüßte ihn wie ein heimkehrendes Familienmitglied.

Troy stieg aus dem Auto und übergab seine Schlüssel. Er musste nur sein seltsam aussehendes Glas mit der brackig aussehenden Flüssigkeit, in der ein klumpiger Fleischbrocken schwamm, tragen und dann seinen Schlüssel abholen.

Die junge Frau an der Rezeption erkannte er sofort, und sie ihn auch. »Jenny.« Er lächelte, während sie das Gebräu unter seinem Arm kritisch betrachtete.

Troy stellte es auf den Tresen. »Heute Abend wird gegrillt.«

»Ich bin jetzt schon neidisch«, sagte sie mit ihrem schönen schottischen Tonfall und streckte ihm mit einem vorgetäuschten Würgen die Zunge heraus.

Er lachte. »Ich brauche Ihre Hilfe bei etwas.« Er zog das Glas näher heran. »Können Sie das für mich persönlich an jemanden überbringen lassen?«

»Natürlich.« Sie lächelte. »Wohin?«

»Übersenden Sie es zu Händen von Anne Walsh im schottischen Nationalmuseum.« Er schrieb eine hastige Notiz dazu, überlegte, was er ihr sonst noch sagen sollte, schrieb noch mehr, und setzte dann seine Zimmernummer darunter. »Buchen Sie das auf mein Zimmer.«

Er reichte ihr einen 20-Euro-Schein. »Und das ist für Sie.«

»Vielen Dank, Mr. Strom.« Sie spähte auf die Probe und rümpfte die Nase. »Ich kümmere mich sofort darum.«

Troy nahm den Schlüssel von ihr entgegen und wollte sich gerade abwenden, als sie rief.

»Oh, warten Sie, da ist eine Nachricht für Sie.«

»Für mich?« Er runzelte die Stirn. »Wer weiß, dass ich hier bin?« Er nahm den kleinen Umschlag, winkte ihr damit, dann machte er sich auf den Weg zum Aufzug.

Wahrscheinlich noch mehr schlechte Nachrichten von seinem erfolglosen Unternehmen. Er seufzte, und sobald er in der Kabine war, öffnete er die Nachricht und las.

Halte stets deine Versprechen.

Seine Stirn legte sich in Falten. Die Schrift war eine perfekte Schreibschrift. Er schnupperte, bemerkte etwas und hob den Zettel an seine Nase. Er roch einen Hauch von Parfüm. *Nett,* dachte er.

Troy drehte den Umschlag um und untersuchte ihn, aber es gab keine weiteren Informationen oder Hinweise darauf, von wem oder woher er kam. Rasch roch er noch einmal an dem Parfüm, dann steckte er ihn in die Tasche. *Vielleicht an die falsche Person geschickt,* mutmaßte er.

Troy öffnete die Tür zu seinem Zimmer, entdeckte seine Taschen ordentlich an einer Wand aufgereiht und sah auf seine Armbanduhr. Es war erst zwei Uhr mittags, und er musste noch ein wichtiges Telefonat in die USA führen. Jetzt war eine gute Zeitzonenüberschneidung, und er setzte sich auf die Kante des großen Bettes und wählte.

Er hörte zu, wie das Telefon die Verbindung herstellte, und sein Herz begann zu rasen. Das war er, der letzte große Deal in seinem schrumpfenden Geschäftsbereich. Die McKenzie-Autovermietung war ein wichtiger Kunde für seine Firma, und er hatte ihr bereits fünfzigtausend Energiewandler verkauft. Und die sollten nun erneuert und ersetzt werden.

Beim ersten Mal war es ein Riesengeschäft gewesen, und dieses Mal, nach heutigem Geldwert, sollte es ein noch größeres Geschäft werden. Er hatte ein gutes Verhältnis zu Jim McKenzie, dem Eigentümer, und hoffte, dass er der Modernisierung grünes Licht geben würde.

Doch das Warnsignal und der Grund für Troys Beunruhigung war, dass Jim distanziert gewesen war und sich geweigert hatte, sich in jüngster Zeit mit ihm zum Abendessen zu treffen, was sie im Laufe der Jahre oft getan hatten.

Endlich wurde die Verbindung hergestellt, und es Jim antwortete, aber Troy bemerkte, dass seinem Tonfall die übliche Jovialität ihrer früheren Gespräche fehlte. Zunehmend niedergeschlagen hörte er zu, wie ihm binnen weniger Augenblicke sein Todesurteil erläutert wurde.

Ja, Mackenzie würde auf fünfzigtausend neue Konverter aufrüsten. Nur eben nicht über seine Firma. Troy fragte, wie die Werbung für das Angebot der Gegenseite aussah, und hoffte auf eine Chance, einige Hebel zu entdecken, die er umlegen konnte, um den Auftrag zurückzugewinnen. Doch Jims ernüchternde Antwort lautete, dass er sein Angebot um mehr als die Hälfte reduzieren müsste, um überhaupt in die gleiche Größenordnung zu kommen.

Troy ließ die Schultern hängen. So tief konnte er nicht gehen. Das würde ihn in den Bankrott treiben. Geschäftsaufgabe war eine Sache. Auszusteigen, während er der Bank und seinen Angestellten Millionen schuldete, war eine andere Sache.

Jim wartete, aber Troy lehnte es ab, ein Gegenangebot zu machen, und nach einigen höflichen Floskeln und einigen Sekunden peinlichen Schweigens einigten sie sich darauf, Freunde zu bleiben, und legten auf.

Troy spürte, wie ihm eine brütende Depression und die Müdigkeit der langen Fahrt die Laune verdarben, als er seine Schuhe abstreifte und sich rückwärts aufs Bett fallen ließ.

»Das war's dann«, seufzte er und schloss die Augen.

Er verbrachte wohl eine Stunde damit, sich andere Möglichkeiten zu überlegen, aber es gab keine.

Oder besser gesagt, es gab eine. Eine dunkle. Und dann öffnete sein Verstand die Tür zu diesem dunkelsten Tag. Jenem Tag, an dem einer durch die Maschen geschlüpft war und sein Leben bei der CIA aus der Bahn geworfen hatte.

Wenn die Agenten gerade nicht im Einsatz waren, befassten sie sich mit allgemeiner Bedrohungsanalyse. Die Zahl der Bedrohungen, die sich gegen das Land, Politiker, Orte oder ganz normale Menschen richteten, ging in der Regel in die Zehntausende. Wenn es eine Spur gab, blieb wenig Zeit, ihr nachzugehen. Einzelpersonen oder Gruppen wurden auf der Grundlage ihrer Risikobereitschaft identifiziert. Je nach Gefährdungsgrad wurden Ressourcen für ein sofortiges Eingreifen bereitgestellt. Oder sie wurden auf eine Beobachtungsliste gesetzt. Und wenn sie als geringes Risiko eingestuft wurden, wurden sie einfach fallen gelassen.

Einer von Troys Risikokandidaten, den er nur als Möchtegern-Großmaul eingeschätzt hatte, entpuppte sich als weitaus mehr. Damals gab es noch keine ausgefeilten Algorithmen, die das Internet durchforsten und Identitätsverknüpfungen erkennen konnten – was die Menschen nicht wissen, ist, dass ihr Schreibstil so unverwechselbar ist wie ein Fingerabdruck; ein Pseudonym kann binnen Sekunden mit einem anderen verknüpft werden. Aber damals geschah das alles nach Augenmaß und Bauchgefühl.

Sie hatten nicht gewusst, dass der Bursche noch ein anderes, geheimes Online-Pseudonym benutzte, unter dem er lernte, wie man eine Rucksackbombe baut. Die füllte er mit Nägeln und Kugellagern und ging dann damit zur Wahlkampfveranstaltung eines ansässigen Senators.

Er kam nie in die Nähe seines Ziels, aber das Publikum stand an diesem Tag sehr dicht gedrängt, als die Explosion stattfand. Sechs Menschen wurden ausgelöscht, Dutzende weitere wurden in Fetzen gerissen und unzählige andere wurden für immer traumatisiert.

Die interne Untersuchung kam zu dem Schluss, dass jeder in diesem Fall die Hinweise hätte übersehen können. Aber Troys schärfster Kritiker war Troy selbst, und er kündigte. Wie konnte er weitermachen, wenn er wusste, dass eine winzige Ablenkung bedeuten konnte, dass er wieder etwas übersah? Und dann starben gute Menschen. Auf böse Weise.

Er schüttelte die dunklen Wolken, die sich in seinem Kopf gebildet hatten, ab und fuhr sich mit einer Hand durch sein dichtes, dunkles Haar, das sich immer noch nicht kämmen lassen wollte. Das war vor elf Jahren gewesen. Er hatte sein Ingenieurwesen wieder aufgegriffen und mit dem Haus seiner Familie als Sicherheit ein Unternehmen gegründet, das Solar-Konverter herstellte, zunächst für Autos, dann für Lastwagen und Boote. Es war ein großer Erfolg. Am Anfang. Jetzt stand er vor dem Aus. Er konnte einfach nicht mit jemandem konkurrieren, der das gleiche Produkt in der gleichen Qualität zum halben Preis herstellte.

Die Sache war die: Wenn Troy wirklich Arbeit brauchte, gab es eine Menge ehemaliger CIA-Mitarbeiter, die Jobs für ihn hatten. Diese Jobs liefen unter der Hand, wurden gut bezahlt, und reichten von einfachen Aufträgen als Leibwächter für irgendwelche zwielichtigen Gestalten bis hin zu *Auftragsmorden*, von denen schon ein einziger fünfzigtausend Dollar einbringen konnte.

Er seufzte. *So weit bin ich noch nicht,* dachte er.

Stöhnend beschloss er, seine Aufmerksamkeit vom Geschäft abzulenken und sich mit etwas zu befassen, das ihn aufmuntern würde. Er dachte wieder an die Legende der geheimnisvollen Insel und ordnete ein, was er erfahren und was er übersehen hatte. Vielleicht würde die Urnenscherbe auf einer Auktionsseite auftauchen, und er sollte danach Ausschau halten. Und vielleicht würde derjenige, der Blair getötet hatte, das Gleiche tun.

Er knirschte mit den Backenzähnen. Er hoffte nur, dass er die Gelegenheit bekäme, ihm über den Weg zu laufen, herauszufinden, wie dieser mörderische Mistkerl vorging, wenn er auf jemanden traf, der kein gebrechlicher alter Mann war.

Troy atmete aus und sank tiefer in das weiche Bett und den warmen Raum, und nach wenigen Augenblicken konnte er nicht anders, als in einen tiefen Schlaf zu fallen.

Doch sein Schlummer wurde von Träumen gequält, in denen der alte Blair erstochen wurde. Dann träumte er von Wikingern, die mit einem Langboot an einer gefrorenen, nebelverhangenen Küste entlang ruderten und nach dem Eingang zu einer verborgenen Welt suchten, die eine Insel inmitten eines warmen Meeres war.

Als sie sich einer Eishöhle näherten, brüllte etwas im Inneren, und zwei Augen wie glühende Kohlen starrten aus der Dunkelheit. Sie stürzten sich auf sie.

»Grundgütiger!« Troy setzte sich auf und rieb sich das Gesicht.

Draußen wurde es dunkel, und als er einen Blick auf die Uhr auf dem Nachttisch warf, erkannte er, dass drei Stunden verflogen waren.

Immer noch müde schwang er die Beine über die Bettkante. Er hätte sich einfach wieder hinlegen und weiterschlafen können, aber er wusste, dass er dann wahrscheinlich gegen zwei oder drei Uhr morgens aufwachen würde, völlig erholt und ohne etwas zu tun zu haben.

Er überdachte seine Optionen. Zimmerservice und ein Film oder vielleicht eine Dusche und ein paar Drinks und ein Abendessen im Außenrestaurant.

»Beweg deinen Hintern, du fauler Sack«, sagte er ins leere Zimmer. *Das ist wahrscheinlich, nein, definitiv, das letzte Mal, dass ich hier bin.*

Oder zumindest, dass ich es mir leisten kann, hier zu sein, dachte er. Troy schlurfte ins Bad, um zu duschen.

Zwanzig Minuten später war er angezogen und fühlte sich erfrischt, und da es sechs Uhr war, reservierte er für sieben Uhr einen Tisch zum Abendessen, sodass er noch Zeit für ein paar entspannende Drinks in der Bar hätte, wie er überlegte.

Troy sah sich ein letztes Mal um und fragte sich, ob sein Glas voller Rätsel schon an seinem Ziel angekommen war.

»Viel Spaß mit meiner Monstersuppe, Annie.« Er ging zur Tür.

EPISODE 02

»Im Angesicht der großen Erschütterungen der Natur
ist der Mensch machtlos.«

JULES VERNE

KAPITEL 5

Die Dänemarkstraße, zwischen Island und Grönland – an Bord des Fischkutters Arctic Princess – Heute

»Vielleicht sind sie alle über den Winter in den Süden geflogen.« Jorgan Nilson hatte den Feldstecher vor den Augen, senkte ihn aber, um sich umzudrehen und zu grinsen.

»Nur wenn es fliegende Fische sind.« Björn Burgan grinste zurück.

»Und es ist nicht Winter«, erwiderte Elrik Burgan.

Elrik war der Kapitän des Schiffes und Björns älterer Bruder. Die beiden, sowie Jorgan Nilson und Astrid Johansen, die zuständige Amtsveterinärin, saßen dicht gedrängt im Steuerraum des Schiffes.

Elriks Augen waren vom Beobachten des Wassers müde geworden. Normalerweise wimmelte es zu dieser Jahreszeit von Makrelen, Kapelanen, Kabeljauen, Heilbutten und zweihundertfünfzig anderen Fischarten. Und jetzt: nichts.

Irgendetwas stimmte nicht.

»Nach Süden geflogen, nein, das Gegenteil sollte der Fall sein«, antwortete er. »Die globale Erwärmung sollte eigentlich dazu führen, dass mehr Fische weiter nach Norden in Richtung der Gewässer Grönlands wandern.«

»Und wo sind sie dann?«, fragte Björn.

»Das ist die Frage, nicht wahr, kleiner Bruder?« Elrik verlangsamte die Arctic Princess, einen mittelgroßen Fischkutter, auf etwa drei Knoten und lehnte sich seitlich aus dem Steuerhausfenster, um auf das kalte, stahlgraue Wasser hinauszublicken. »Irgendwohin sind sie nämlich gegangen, das ist sicher.«

»Verscheucht?«, fragte Jorgan. »Vielleicht ein Rudel Killerwale, das würde reichen. Astrid, was meinst du?«

Sie wippte mit dem Kopf. »Vielleicht, aber Killerwale sind in diesen Gewässern extrem selten. Von daher denke ich, es ist etwas anderes.«

Neben den vier Personen im Steuerhaus hatte die Arctic Princess eine achtköpfige Besatzung und fischte mit Schleppnetzen in mittlerer Wassertiefe. Sie war außerdem eines der wenigen Schiffe, die Robben fangen durften, und dann durften sie sie nur mit Gewehren vom Boot aus jagen. Und die Tiere mussten über ein Jahr alt sein. Was hieß, es durften nie wieder rehäugige, weiße Babyrobben zu Tode geknüppelt werden.

Außerdem mussten sie von einem Amtsveterinär begleitet werden, um sicherzustellen, dass die Robben nicht litten. Das war einer der Gründe, warum Astrid bei ihnen war. Aber weil Björn und sie ein bisschen was am Laufen hatten, war sie meistens mit an Bord, egal, ob sie Robben fingen oder nicht.

»Was wäre mit Mützenrobben? Die können locker vierhundert Kilo wiegen.« Jorgans Augenbrauen zogen sich hoffnungsvoll in die Höhe. »Die könnten wir doch nehmen.«

Astrid wippte mit dem Kopf. »Vielleicht.«

»Glaubst du, die Schmelze hat den Fischen geschadet?« Jorgan hatte wieder das Fernglas vor den Augen. »Ich habe noch nie so viel offenes Wasser gesehen. Und jedes Jahr sehen wir mehr.«

»Möglich«, antwortete Astrid. »Die Schmelze würde viel mehr Süßwasser ins Meer bringen, und vielleicht hatten die Fischbestände ein Problem damit. Und wenn es schnell passiert ist, dann würde ich zustimmen, dass das der Grund sein könnte«, sagte sie, ohne sich umzudrehen. »Aber diese Schmelze ist langsam passiert, über viele Jahrzehnte. Die meisten Fischarten hätten sich sicher daran angepasst.«

Elrik kratzte sich am Kinn. »Okay, wir fahren ein bisschen näher an die Küste heran. Vielleicht gibt es im flacheren Wasser ein paar Makrelen. Jorgan, hol dein Gewehr. Falls wir große Robben sehen, schnappen wir sie uns. Irgendwas bringen wir mit nach Hause.«

Astrid verzog das Gesicht. »Elrik, das ist die grönländische Küste. Die liegt ein wenig außerhalb deines erlaubten Jagdgebiets.«

»Ich will ja nur mal nachsehen.« Er zwinkerte ihr zu. »Das kann nicht schaden. Außerdem ist diese Gegend unbewohnt und niemand kommt hierher.«

»*Früher* kam niemand hierher, weil man nicht herkommen konnte«, spottete Björn.

»Und in sechs Monaten wird das auch nicht mehr gehen, wenn sich die Eisdecke wieder ausdehnt«, antwortete Elrik.

Björn streckte einen Finger aus. »Schaut, jetzt ist alles offen.«

»Da haben wir aber Glück.« Jorgan hob einen Arm, um durch den kalten Nebel zu zeigen und einen Weg durch das glatte, klirrend kalte Wasser zu beschreiben. »Da lang. Durch den Nebel.«

Das Boot wurde langsam durch die wippenden Eisberge gesteuert, und Björn blinzelte durch den dichten Nebel. »Warum ist es hier immer neblig? Zu jeder Jahreszeit, am Tag, in der Nacht, egal wann. Er lichtet sich nie.«

»Das war schon immer so«, antwortete Elrik. »Weißt du, wie die Alten das früher nannten? Den Atem des Drachen.«

»Eher noch ein Nebeneffekt der Erwärmung«, antwortete Astrid. »Aber Nebel entsteht normalerweise, wenn entweder warmes Wasser oder feuchte Luft auf eine kalte Atmosphäre trifft.«

Elrik kratzte sich am Kinn. »Und woher sollte die warme, feuchte Luft kommen? Außer von einem Drachen?« Er blinzelte.

Niemandem fiel eine gute Antwort ein, also fuhren sie eine halbe Stunde lang schweigend weiter, bis sie in eine große, offene Wasserfläche steuerten. Sonar und Radar knisterten und flimmerten weiß.

Jorgan fluchte. »*Mist,* wir verlieren unsere Augen und Ohren. Und in diesem Nebel können wir überhaupt nichts sehen.«

»Die Russen«, sagte Elrik wütend. »Wahrscheinlich benutzen sie eine Art Störsignal.« Er reichte Jorgan ein großes Fernglas. »Streck den Kopf raus und sag mir, was du sehen kannst.«

Der jüngere Mann lehnte sich seitlich aus dem Kabinenfenster und stellte den Feldstecher ein. »Hey, warte, warte. Da bewegt sich was. Springende Fische.« Jorgan streckte sich, beide Hände am Fernglas. »Makrelen, ein großer Schwarm«, rief er. »Ich hab sie noch nie direkt an der Oberfläche gesehen. Irgendetwas scheucht sie hoch.« Er drehte sich um und wackelte mit den Augenbrauen zu Astrid. »Schon wieder diese unsichtbaren Killerwale.«

Astrid sah aus dem Fenster und runzelte die Stirn. »Wo sind sie denn dann? Die Wale?«

»Solange sie sich von unseren Netzen fernhalten, ist mir das scheißegal.« Elrik nahm das Mikrofon in die Hand und rief die Deckmannschaft zum Einsatz.

Nach wenigen Minuten hatten er und Björn einen großen Kreiskurs festgelegt, während die Pelagialnetze hinter dem Boot ausgebracht wurden.

Elrik beobachtete das Wasser, während Björn versuchte, das Sonar abzulesen, das immer wieder anging und ausfiel, weil die Instrumente ständig gestört wurden.

»Der Schwarm sammelt sich, oder …« Björn runzelte die Stirn. »Da unten ist etwas Größeres, das sie frisst. Ich kann es nicht genau erkennen, weil diese verdammte Maschine ausflippt.«

Elrik konnte sehen, wie die Fische ab und zu die Oberfläche durchbrachen, aber er sah auch gelegentlich aufsteigende Luftblasen. Irgendwas anderes *war* dort unten. Und es war ein Luftatmer. Vielleicht hatte Jorgan mit den Walen doch recht gehabt.

Elrik verlangsamte das Boot und nahm das Funkgerät, um die Deckmannschaft anzuweisen, die Netze in einer dreihundert Meter weiten Schleife auszuwerfen. Er würde sie auf dreißig Meter sinken lassen und dann damit beginnen, sie wieder einzuholen, um sie wie einen riesigen Sack zu schließen.

»Ich schalte die Motoren aus«, sagte er.

Das Schiff begann zu treiben. Die Arctic Princess war ein älteres, aber großes und solides Fischerboot, das vom Bug bis zum Heck fünfundzwanzig Meter maß, und sie glitt immer noch mühelos durchs Wasser.

»Björn, übernimm das Steuer.« Elrik zog seine Zigaretten aus der Tasche und steckte sich eine in den Mund. »Ich weiß nicht, was noch da unten ist, aber hoffen wir mal, dass wir am Ende nicht nur einen Sack voller angepisster Robben haben.« Er bot Astrid eine Zigarette an, aber sie schüttelte den Kopf.

»Brauchst du mich?«, fragte Jorgan.

»Nein, du bleibst warm und gemütlich. Wir machen die ganze Arbeit«, gluckste Elrik.

»Ich hatte gehofft, dass du das sagen würdest.« Jorgan salutierte leicht.

Elrik und Astrid traten aus der Steuerkabine und folgten der Reling. Er zündete sich die dicke Zigarette an und lehnte sich ans Seitendeck, um zuzusehen, wie die Mannschaft die Netze einholte, während Astrid fest die Arme vor dem Körper verschränkte.

Elrik inhalierte eine Lunge voll heißen Rauches und unterdrückte einen Hustenanfall. Er wusste, dass ein Netz voller Makrelen oder Kabeljau bedeutete, dass sie ihren Laderaum füllen und früher nach Hause fahren konnten. Sogar halb voll war gut, denn dann konnten sie entscheiden, ob sie die Netze für einen weiteren Fang auslegen wollten. Aber ein leeres Netz oder ein minderwertiger Fang bedeutete mehr Fischerei, mehr Arbeit und mehr teuren Treibstoffverbrauch. Und das trieb sein Konto in die roten Zahlen. *Noch* tiefer in die roten Zahlen.

Die Mannschaft arbeitete hart und schnell, und im Handumdrehen waren die Maschinen in Betrieb und die Netze wurden von der riesigen Winde eingezogen, die tausende Kilos durchnässtes Netz und Fisch mit einer Geschwindigkeit von dreißig Metern pro Minute einholen konnte.

Die Netze kamen schnell herein, und zu Beginn gab es einige Makrelen, Kabeljaue, Heilbutte und andere pelagische Spezies. Nicht genug. Elrik blies eine Rauchfahne aus, während seine Zuversicht zu schwinden begann.

Doch als sich der riesige Netzsack vollständig in der Tiefe schloss, erklang das Ächzen von Stahl, und die Winden beschwerten sich wie ein alter Mann, der aus seinem Lieblingssessel aufsteht.

Elrik richtete sich auf. *Verfangen,* dachte er. *Woran?*

Die Deckmannschaft brüllte Befehle, als sich die Netzleinen strafften und wie Klavierdraht durchs Wasser schwirrten. Dann wurde das Boot rückwärts gezogen.

»Was zum Teufel?« Elrik drehte sich zum Steuerhaus und formte mit den Händen einen Trichter um den Mund. »Björn, fahr zurück, *sofort.*«

»Schon dabei, schon dabei«, rief Björn zurück und legte den Rückwärtsgang der Arctic Princess ein.

Elrik wusste, dass das große, mächtige Schiff keine Gefahr lief, unter Wasser gesetzt zu werden, denn das schaffte nicht einmal ein Wal. Aber sie hatten etwas in den Netzen aufgesammelt, das sich nicht einfach nur verfangen hatte, sondern das sich zu wehren schien.

Elrik drehte sich zu Astrid um und schnaubte. »Schon wieder einer dieser verdammten unsichtbaren Wale?«

»Oder so«, antwortete sie.

Endlich gewannen die Winden das Kräftemessen und begannen, die Leine zunächst einige Zentimeter einzuholen, dann ein paar Meter, und dann bewegte sie sich geschmeidig zurück. Allerdings stellte Elrik fest, dass sie immer noch straff war.

»Was immer uns ins Netz gegangen ist, ist noch da drin. Maschinen stopp!«, rief er und Björn schaltete die Motoren aus.

»Jorgan.« Elrik wartete, bis sich sein Freund aus der Steuerhaustür beugte. »Hol deine Waffe.«

Der Mann verschwand im Inneren und tauchte Sekunden später mit dem Gewehr in der Hand wieder auf.

»Nicht schießen!« Astrid rannte ihnen hinterher. »Egal, was es ist.«

Elriks Verstand überlegte hin und her, um was es sich handeln könnte. Er glaubte nicht, dass es ein Buckelwal, ein Finnwal oder ein Grönlandwal war, weil die groß genug waren, um die Netze zu zerreißen. Aber es könnte ein Narwal oder vielleicht sogar ein Zwergwal sein. Diese Tiere hatten einen Handelswert. Fleisch, Öl, Haut, sogar die Zähne konnten verkauft werden.

Endlich kamen die Netze ganz herein, und der Windenkran hatte Mühe, sie über die Seite zu heben. Seine Netze bestanden aus synthetischem Garn, und die Kabel der Winde waren aus Gewindedraht und damit robust genug, um jede Fischladung zu bewältigen.

Elrik konnte den Blick nicht abwenden, denn irgendetwas an diesem Fang beunruhigte ihn.

Die Deckmannschaft stand mit den Gaffen bereit, um den Fisch zu sortieren. Die Männer trugen dicke Mäntel, Regenhosen,

Gummistiefel und schwere Handschuhe, um sich vor dem eisigen Seewasser zu schützen.

Als der Sack, aus dem das Wasser noch ablief, über die Bordwand kam, sah Elrik, dass statt des Zappelns hunderter Fische etwas Großes, Eingerolltes darin war.

»Was ist das?«, hauchte Astrid.

»Da stimmt was nicht.« Elrik schnippte seine Zigarette weg und kam die Treppe vom Oberdeck herunter, als der Sack gerade an Deck geöffnet werden sollte.

»*Wartet* ...«, rief er.

Zu spät. Die Netze wurden geöffnet und spuckten ihren Fang auf das schlüpfrige Deck. Elrik blieb wie angewurzelt stehen.

»*Meereskrokodil*«, schrie jemand mit hoher Stimme. *Das ergibt überhaupt keinen Sinn,* dachte er. *Wir sind zu weit von der Küste entfernt.* Er hatte zwar gehört, dass man sie trotzdem manchmal in den Gewässern Nordaustraliens antraf, wo sie sich meilenweit von der Küste entfernen konnten, aber nicht hier, niemals hier.

Die Netze wurden hochgezogen, und das Ding rollte sich auf und lag auf dem glatten Deck. Es musste neun Meter lang sein, mit einem kräftigen Körper, Flossen und einem knochigen, keilförmigen Kopf voller Zähne.

»Das ist kein Wal.« Astrid bewegte sich wie in Trance vorwärts.

Elrik packte sie am Rücken und konnte das Ding nur mit offenem Mund anstarren. Das schwache Sonnenlicht auf seinem Rücken ließ die Schuppen schimmern, aber sie waren nicht wie die eines Fisches, sondern rautenförmig. Und sie waren aufgerichtet wie ein Panzer. Zu der bizarren Form kam noch ein langer, sensenförmiger Schwanz, wie der eines Hais.

Kein Krokodil. Ein Seedrache, dachte er irrwitzigerweise.

Das Tier zischte und schnappte mit dem Maul nach dem nächststehenden Mann. Seine vier paddelförmigen Flossen waren nicht für das Land gemacht, aber es beschloss, dass es genug hatte, steuerte die Seite des Schiffs an, und bewegte sich tatsächlich auf seinen Paddeln fort.

»Lasst es nicht entkommen!«, schrie Elrik und tastete nach seiner Handykamera.

Jorgan hob sein Gewehr. »Auf dein Kommando.«

»Nicht schießen«, rief Astrid zurück.

Die Deckmannschaft schrie und fluchte, wedelte mit ihren Gaffstielen, und ein Mann, Oddvar, holte eine Harpune, die sie für allzu aufmerksame Killerwale benutzten, und versuchte, sie dem Ding in die Seite zu rammen. Als er das tat, zischte es wie eine wütende Dampflok, und diese Beschreibung war treffend, weil es so aussah, als würde Dampf aus seinem Mund und seiner Nase aufsteigen.

Das Ding ist warmblütig, dachte Elrik.

Oddvar wollte es noch ein bisschen mehr aufmuntern, aber diesmal war es bereit und griff ihn schneller an, als er ausweichen konnte.

Er riss den Arm hoch, um sich zu schützen, und Elrik hielt den Atem an, als sich der ein Meter lange, keilförmige Kopf wie eine riesige Bärenfalle öffnete und wie der einer Schlange vorschnellte. Das Ding verbiss sich mit einem schrecklichen Knirschen von Knochen in Oddvars erhobenen Arm.

Oddvar schrie auf. Seine Augen weiteten sich. Die riesige Kreatur warf den Kopf zur Seite und riss ihm den kompletten Arm ab. Blut spritzte im hohen Bogen.

Schreie, Panik, zerrissene Kleidung, Blut und Fleisch überzogen das Deck und machten es glitschig, was das Chaos noch verstärkte.

Dampf stieg aus dem Stumpf des Verwundeten auf, als heißes Blut auf eiskalte Luft traf. Elrik filmte weiter, denn er wusste, dass er etwas Unglaubliches bezeugte, und ohne Aufzeichnung würde es auch unglaublich bleiben.

»Elrik!«, schrie Jorgan.

Wie in Trance filmte er weiter. *»Was?«* Als er sich umdrehte, um den Mann mit der fest in die Schulter gestemmten Waffe anzusehen, und dann wieder zurück auf das Deck seines Schiffes, das mit Blut und Schreien und seiner tapfer gegen das Ding kämpfenden – und verlierenden – Crew überflutet war, brachte ihn das wieder zur Besinnung.

»Ja, *schieß, schieß.*« Er nickte energisch.

Jorgan schoss. Die Kugel traf den Rumpf des Dings, und es drehte den keilförmigen Kopf. Winzige, teufelsrote Augen starrten sie ein oder zwei Sekunden lang an, und Dampf kam in zwei Strahlen aus seiner Nase. Dann verschwand es mit einem mächtigen Schlag seines muskulösen Schwanzes über die Bordwand.

Das fünfundzwanzig Meter lange Schiff schaukelte, während Jorgan langsam das Gewehr senkte. Elrik schluckte. Sein Herz galoppierte wie ein kleines Pferd in seiner Brust.

»Versorgt den Mann!«, rief Astrid, eher zu sich selbst, und rannte los, um den verwundeten Besatzungsmitgliedern zu helfen.

Elrik fuhr sich mit der Hand übers Gesicht. »Räumt das Deck und sichert die Netze«, sagte er leise.

»Was zum Teufel war das?«, fragte Jorgan, während er auf das inzwischen ruhige, dunkle Wasser hinausblickte.

»Ein Seemonster.« Elrik setzte sich schwerfällig auf die Stufen.

»Aber von wo?« Jorgan runzelte die Stirn, während er die Wasseroberfläche absuchte.

»Von dort, wo alle Monster herkommen.« Elrik schloss die Augen. »Aus der Hölle.«

KAPITEL 6

The Scotsman, Gästebereich der Bar,
Edinburgh, Schottland

Troy stand in der Tür zur Bar und nahm das Ambiente aus Ledersesseln, Reihen bunter Schnapsflaschen und angenehmen Düften von Rasierwasser, Parfüm und Bier in sich auf.

Ein paar Frauen drehten sich um, um ihn zu mustern. Troy war fast eins neunzig groß und wusste, dass er die kräftige Kieferpartie, das dichte dunkle Haar und die sturmgrauen Augen seines Vaters geerbt hatte, von denen es hieß, dass eine Frau hineinfallen und darin ertrinken konnte.

Die Frauen starrten ihn weiter an, alle außer einer an der Bar, die mit dem Rücken zu ihm saß, aber eine fantastische Figur hatte, kurzes weißes Haar und ein Tattoo von einem langen Drachen auf der Schulter, das sich über ihren Arm zog.

Er ging auf die Bar zu.

»Was darf es sein, Sir?« Der Barkeeper legte beide Hände auf den Tresen.

Troy betrachtete die Flaschenreihe. »Ein Pint Belhaven Ale, und …«, beschloss er, »… einen Doppelten Glenfarclas.«

»Ausgezeichnete Wahl. Kommt sofort.« Der Barkeeper eilte die Bar entlang, um zuerst das Bier zu zapfen.

Troy wollte sich den vierzig Jahre lang gereiften Whisky gönnen. Er war rauchig, torfig und so dunkel und kräftig wie Mutter Erde selbst.

Das Bier kam zuerst, und er nippte an dem frischen, trockenen Lager. Dann kam die dunkle Flüssigkeit in dem Kristalltumbler. Das kleine Glas, etwa ein Drittel voll, kostete ihn sechzig schottische Pfund, ungefähr achtzig Dollar. *Was soll's, meine Reise ist vorbei, alles ist vorbei, und außerdem fahre ich morgen nach Hause.*

Sämtlichem Lächeln der Barbesucher ausweichend, trug er seine Getränke zu einem Tisch und sah sich um. Die geheimnisvolle Frau war in eine Lektüre vertieft. Aus irgendeinem Grund faszinierte ihn alles an ihr.

Er bemerkte, dass ihr Getränk fast leer war, und als der Barkeeper vorbeikam, um die leeren Gläser einzusammeln, hob er eine Hand. »Entschuldigung.«

»Ja, Sir?« Der Mann blieb stehen.

»Die Dame an der Bar. Können Sie ihr noch etwas von dem bringen, was sie gerade trinkt? Auf meine Rechnung.« Er lächelte.

Der Barkeeper lächelte schwach zurück und schüttelte dann den Kopf. »Das würde ich gerne, aber sie hat die Anweisung gegeben, nicht gestört zu werden, und schon mehrere Interessierte abgewiesen.«

Troy zuckte mit den Schultern. »Okay, verstanden, danke.« Er sah keinen Ehering an ihrem Finger, aber das bedeutete nicht, dass sie nicht die andere Hälfte eines verliebten Paares war.

Er betrachtete sie weiter. Ihre Drachentätowierung schien ein nordisches Motiv zu sein. Er wusste, dass die Drachen der nordischen Mythologie in der Regel mächtige Kräfte der Zerstörung und des Bösen repräsentierten.

Die Frau bewegte sich ein wenig, und ihr Kleid rutschte zur Seite und zeigte noch ein Tattoo. Er blinzelte. Runen, diesmal.

Er lächelte. Ihm gefiel, was er sah, und er wollte die Geschichte dahinter erfahren. Aber verdammt, sie hatte einen Zaun um sich errichtet.

Er seufzte. Seine gesamte Reise entpuppte sich als eine Menge verpasster Gelegenheiten. Er wandte sich von der jungen Frau ab. *Dann ist es eben so,* dachte er.

Troy sah auf seine Uhr: zwanzig vor sieben. Damit blieb genug Zeit, um seinen Drink auszutrinken und zum Abendessen zu gehen. Er warf der Frau einen letzten Blick zu, als sie gerade ihre Lektüre anhob, um eine Seite umzublättern.

Seine Augenbrauen zogen sich zusammen. *Was zum Teufel?*

Er stand auf. Ungeachtet der Anweisungen ging er wie in Trance auf sie zu, als wäre er dazu gezwungen. Sein Blick wich nicht von ihrem Dokument, und plötzlich stand er hinter ihr und starrte darauf hinunter.

»Starren ist unhöflich«, sagte sie mit einer Stimme, die einen kleinen Hauch eines niederländischen Akzents enthielt.

Sie hatte den Kopf gehoben und schaute jetzt zur Bar, und er folgte ihrem Blick. Im Spiegel hinter den aufgereihten Flaschen sah ihm die Frau wieder in die Augen, todernst.

»Tut mir leid, ich wollte nur …« Er zeigte auf ihr Buch. »*Das* da.«

»Ja?« Sie drehte sich langsam auf ihrem Hocker um.

Ihre Augen waren beinahe leuchtend grün, und er fand sie faszinierend. Er zeigte weiter auf ihr Buch. »Die Lemuria-Urne im Museum. Ich kenne sie, ich habe sie gesehen. Oder zumindest die Hälfte davon.«

»Ein Glück für Sie. Denn das wird niemand mehr tun.« Sie lächelte. »Weil sie nämlich gestohlen wurde.«

»Was?« Er runzelte die Stirn. »Wann?«

Troy wusste, dass die Sicherheitsvorkehrungen im Museum gering waren, da es sich um ein obskures Artefakt handelte, das wahrscheinlich nur für einige wenige eingeweihte Sammler von Wert war, von denen keiner eine Geldbuße oder Gefängnisstrafe riskieren würde, um sie zu stehlen.

Andererseits vermutete er, dass das fehlende Stück gerade jemanden das Leben gekostet hatte. Also fanden eine oder mehrere Personen, dass sie einen Wert von Leben oder Tod hatte.

»Sie wurde vor fünf Tagen gestohlen«, antwortete sie gleichmütig.

Am anderen Ende der Bar trocknete der Barkeeper ein Glas ab und beobachtete sie mit einem kleinen Lächeln.

»Ah, das wird sich jetzt seltsam anhören …«, begann Troy, »… aber ich habe gerade versucht, das lang vermisste Stück dieser Urne zu erwerben. Doch jemand ist mir zuvorgekommen. Und jetzt ist das erste Stück verschwunden? Das ist ein viel zu großer Zufall.«

»Warum wollten Sie es haben?«, fragte sie.

»Weil es eine Geschichte erzählt.« Er schnaubte leise. »Oder besser gesagt, eine Geschichte zu Ende erzählt.«

»Hmm.« Ihre Mundwinkel zogen sich einen Moment lang nach unten. »Dann frage ich mich, was die Geschichte uns hätte erzählen können, wenn die Urne wieder zusammengesetzt worden wäre.«

Er lächelte leicht. »Wundersame Dinge, wette ich.«

»Von einer verborgenen Welt? Vielleicht sogar von Lemuria selbst.« Sie drehte sich wieder nach vorn um, aber er sah in ihrem Spiegelbild, dass ihre Augen nach wie vor auf ihn gerichtet waren.

Troy betrachtete das Profil ihres Gesichts, musterte es nun wirklich, und glaubte, sie wiederzuerkennen. Ihre Augen hatten etwas an sich. »Sind wir uns schon einmal begegnet, Miss …?«

Sie leerte ihren Drink. »Elleanor. Elleanor Kristiansen.« Sie streckte die Hand aus. Ein kleines Lächeln umspielte ihre Lippen und ihre Augen funkelten.

Ihm ging ein Licht auf. »Sie.« Er zeigte auf sie. »Sie haben die Scherbe gekauft.« Er tastete nach seinem Handy und rief das Bild auf, das er von dem Verkaufsbeleg gemacht hatte. Er runzelte die Stirn. »E. Kristiansen. Das ›E‹ steht für Elleanor.« Er drehte es um und zeigte es ihr.

Sie nickte. »Wie ich sehe, könnte der alte Blair nicht mal ein Geheimnis bewahren, wenn sein Leben davon abhinge.«

Troy zog den Arm zurück. »Ja, ich glaube, sein Leben hing davon ab. Er ist tot.«

Diesmal war sie es, die von der Enthüllung schockiert war. »Was? Wie?«

»Ermordet. Ich habe ihn gefunden. Vor zwei Tagen erst.« Er setzte sich hin. »Erstochen.«

»Scheißkerl.« Ihre Augenbrauen zogen sich für einen Moment zusammen, doch dann wurde ihre Miene weicher. »Der arme Blair.« Sie schüttelte den Kopf. »Ich hatte keine Ahnung. Er war nett.«

»Wollen Sie wissen, was ich denke?« Er bestellte noch einen Drink, und diesmal erlaubte sie ihm, ihr einen auszugeben. Sie warteten, bis der Barkeeper gegangen war. »Ich glaube, wer immer ihn getötet hat, wollte diese Scherbe. Denn jetzt hat er das erste Stück.«

»Er hat es aber nicht bekommen, richtig? Weil ich es nämlich habe.« Sie drehte sich um und starrte ihn an. »Und bevor Sie fragen: Ich hatte nichts mit Blairs Tod zu tun.«

Er nickte. »Das habe ich mir schon gedacht. Warum sollten Sie ihn töten? Sie haben die Scherbe Wochen vor seinem Tod gekauft.

Zumindest steht das auf dem Beleg.« Er seufzte und hob sein Glas. »Aber wer immer nach Ihnen kam, hat seine Chance verpasst. Und wenn er sie dringend genug haben wollte, um Blair zu töten, dann bezweifle ich, dass er so leicht aufgegeben hätte.«

Troy sah ihr über den Rand seines Glases hinweg in die Augen. »Ich glaube, dass die nach Ihnen suchen werden, und schlimmer noch, dass die wahrscheinlich schon wissen, wer Sie sind.«

Sie legte den Kopf in den Nacken. »Dann werden sie zu meinem Haus gehen. In Norwegen.« Sie lächelte. »Und dort bin ich nicht, richtig? Denn ich bin hier.«

»Sie müssen es der Polizei erzählen«, sagte Troy.

»Und ihr was sagen? Dass sie Ausschau halten soll? Nach wem genau? Und vielleicht wird man sagen, ›wir brauchen die Urne, während wir ermitteln‹, und sie ein Jahr lang wegschließen. Oder schlimmer noch, das zerbrechliche Stück wird dank unsanfter Behandlung zerstört. Also, keine Chance.« Sie schüttelte den Kopf. »Aber was hat die Polizei Ihnen über den alten Blair erzählt?«

Er seufzte. »Nicht viel mehr, als ich schon festgestellt hatte. Aber ich hab denen nicht alles erzählt.«

»Über die Urne?« Sie zog eine Augenbraue hoch.

Er nickte.

»Über den fehlenden Teil und warum Sie ihn haben wollten?« Sie lächelte.

Er nickte wieder.

»Über die geheimnisvolle Insel Lemuria?« Ihr Blick fixierte seinen.

»Nein.« Seine Mundwinkel zogen sich kurz nach unten. »Warum sollte ich? Für sie wäre es bedeutungslos. Außerdem ist es doch nur ein Märchen.«

»Ist es das?« Wieder hatte sie ein Funkeln in den Augen. »Ich glaube nicht, dass Sie das glauben.«

Oder zumindest in einem Auge. *Muss am Licht liegen,* dachte Troy.

»Es soll ein Ort gewesen sein, an den Odin Krieger schickte, um sie zu prüfen, bevor sie Walhalla betreten durften«, sagte sie. »Um sich als würdig zu erweisen. Kennen Sie die Legende?«

»Ja.« Troy musste nicht tief im Gedächtnis kramen. »In der Mythologie der Wikinger werden Krieger, Männer wie Frauen, die in der Schlacht fallen, von den Walküren emporgehoben und über die Regenbogenbrücke nach Asgard getragen, wo sie sich zu Odin in dessen großer Halle gesellen und auf den Ruf des Allvaters zur letzten Schlacht von Ragnarök warten.«

Das hatte er auswendig gelernt. Er fuhr fort: »Aber an der Legende ist noch mehr dran. In Zeiten ohne Krieg oder Invasion, in jenen Friedenszeiten, wie sollten die Krieger Einlass nach Walhalla erhalten? Nun, dem Mythos nach hat Odin darüber nachgedacht und dann in seiner Weisheit beschlossen, einen Ort von großer Schönheit und großer Gefahr zu erschaffen, und ihn Lemuria genannt.« Er trank und fuhr fort.

»Dann spaltete Odin die Berge aus Eis und grub ein Loch in das Land von Grœn, und das Wasser strömte hinein. Dort schuf er eine geheime Insel und platzierte sein weiter schlagendes, mächtiges Herz in ihrer Mitte, um als Signal zu dienen, zu dem die Krieger hingezogen werden sollten.« Troy prostete ihr zu.

Elleanor nahm den Faden der Geschichte auf. »Nur die Klügsten fanden Odins geheimnisvolle Insel. Und nur die Tapfersten überlebten sie. Diese Wenigen wurden dann für würdig befunden, in seiner Halle zu sitzen.«

»Sehr gut«, sagte er.

Sie hob ihr Glas und prostete ihm auch zu. »Danke.« Sie trank einen Schluck und stellte das Glas wieder auf die Theke. »Dieses verborgene Land, Lemuria, soll ein so furchterregender Ort sein, dass Odin es versteckt und mächtige Mauern aus Eis darum errichtet hat. Und ein Tor aus Eis, um es abzusperren.«

»Odins Tor«, beendete er. »Man musste hindurchgehen, um auf die Insel zu gelangen.«

»Erst einmal musste man es finden.« Sie stützte ihr Kinn auf die Hand. »Und selbst wenn Sie das alles für ein Märchen halten, was Sie, wie ich weiß, nicht tun, scheint es so, als ob jemand anderes das definitiv nicht glaubt, und der Geschichte auf der Spur ist.« Sie hob ihren

Blick zu seinem. »Aber wer es auch ist, er hat nur einen Teil der Urne. Und einen Teil des Rätsels.«

»Genau wie Sie«, antwortete Troy.

»Dann haben wir eine Pattsituation.« Sie legte den Kopf schief. »Oder nicht?«

»Für den Moment.« Er zuckte mit den Schultern. »Vielleicht taucht es auf dem Schwarzmarkt auf.«

Sie lächelte. »Nach all den Jahren wollen Sie immer noch dorthin gehen. Sie wollen zu der verborgenen Insel Lemuria segeln und Ihre magischen Drachen finden.«

Seine Augenbrauen zogen sich leicht zusammen, als er wieder dieses wissende Funkeln in ihren Augen sah. »Das will ich. Das habe ich als Kind gesagt.« Ein leiser Verdacht keimte in seinen Gedanken auf. »Zu einem schlanken, kleinen Mädchen in einem Museum. Ellie war ihr Name. Und ich glaube, Ellie Bor, Burg …«

»Burgan, Ellie Burgan.«

Sie hob ihr Glas. »Und sie hat jahrelang darauf gewartet, dass du dein Versprechen einlöst, Troyson Strom.«

Halte stets deine Versprechen – dieser Satz auf dem Zettel, den man ihm im Hotel hinterlassen hatte. Er richtete sich auf. »Du hast mir die Nachricht im Hotel hinterlassen. Aber wie hast du …?«

»Wie ich dich gefunden habe? Komm schon, so viele Troyson Stroms gibt es nicht, und du stehst im Geschäftsverzeichnis.« Sie stieß mit ihm an. »Das war leicht.«

»Und aus Burgan wurde Kristiansen. Hast du irgendwo Familie?«, fragte er.

»Nein. Ich meine, nicht mehr. Wir sind schon lange getrennt.« Einen Moment lang wurde der Blick in ihren Augen abwesend. »Er war ein guter Mann, zumindest am Anfang. Aber er neigte zur Gewalt.« Sie lehnte sich zurück. »Aber wir haben unsere Differenzen beigelegt, und ich bin abgesichert gegangen.« Sie lächelte wieder. »Also, wirst du jetzt dein Versprechen halten, und wir werden diese verborgene Welt namens Lemuria finden? Zusammen?«

»Weil du jetzt eine halbe Urne hast?«, fragte er und trank aus.

»Eine halbe. Ja.« Ihre Mundwinkel verzogen sich. »Weißt du, dass ich selbst daran gedacht habe, die andere Hälfte zu stehlen? Ich hätte es tun sollen. Ich hätte sie retten können.«

Er lachte, glaubte ihr, und mochte sie dafür umso mehr. Wieder fiel ihm auf, dass eines ihrer Augen nicht das gleiche *Leben* wie das andere besaß, und plötzlich erinnerte er sich, warum.

»Dein Auge«, bemerkte er. »Das kleine Mädchen, das ich kennengelernt habe, hat mir erzählt, dass es einen Unfall hatte.«

»Na ja, ein Unfall der Natur. Es ist bei der Geburt passiert.« Sie lächelte. »Ich wurde nur mit einem Auge geboren. Meinen Eltern sagte man, es gäbe keinen Grund dafür, dass da kein Auge sei, aber irgendwie scheint mein Körper vergessen zu haben, eins reinzustecken.« Sie zog eine Augenbraue hoch. »Hat es die Pupille verraten?«

»Nein. Tut mir leid, dass ich es erwähnt habe«, antwortete er und fühlte sich wie ein Idiot, weil er es angesprochen hatte.

»Ich habe zwei, eine Version für den Tag und eine für die Nacht, mit einer größeren Pupille.« Sie seufzte. »Aber der Wechsel von einem hellen zu einem dunklen Raum verrät alles.«

»Es sieht sehr gut aus. Wunderschön.« Er meinte es ernst.

»Danke.« Sie wandte sich ab.

Eine Weile saßen sie schweigend da, bis Troy sich auf die Theke stützte und sie ansah. »Du hast mich doch nicht nur ausfindig gemacht, um mir zu sagen, dass du die Scherbe der Lemuria-Urne hast, oder, Elleanor?«

»Elle genügt. Und nein, habe ich nicht.« Sie wandte sich ihm zu. »Alles scheint sich zu fügen. Ich glaube, Lemuria wird bald wieder enthüllt und vielleicht zum ersten Mal seit tausend Jahren wieder zugänglich sein.«

Sie sah zu ihm auf. »Wusstest du, dass es hier so warm ist wie seit vielen Jahrhunderten nicht mehr? Und in den Sommermonaten sind die Seewege jetzt genauso offen wie damals, als die *Skidbladnir* und ihre Besatzung auf der Suche nach ihrer geheimnisvollen Insel waren. Diese Zeit damals wurde mittelalterliche Warmzeit genannt und ging mit dem Aufstieg der Wikinger einher.«

»Das habe ich gehört. Anscheinend befinden wir uns in einer Zwischeneiszeit, und im Sommer zieht sich das Eis zurück und legt Land und Wasserwege frei, die wir seit vielen Jahrhunderten nicht mehr gesehen haben. Mitte des 19. Jahrhunderts hatten wir auch eine kurze Schmelze, die einige Jahrzehnte anhielt«, antwortete er und starrte die faszinierende und schöne Frau gespannt an.

Sie nickte. »In den letzten Jahrzehnten ist es wieder passiert. Dinge tauen auf, öffnen sich und werden enthüllt. Vielleicht ist sogar Odins Tor jetzt offen.« Sie sah zu ihm auf. »Man muss nur danach suchen.«

»Und wissen, *wo* man suchen muss«, antwortete er. »Wenn es echt ist.«

»Die Urne würde es uns verraten, oder?« Sie lächelte leicht.

»Wenn wir die ganze hätten.« Er schwenkte seinen Drink. »Es ist eine interessante Legende. Die Heimat von Schätzen und Drachen.«

»Drachen.« Sie schnaubte leise. »Ich möchte meinen, dass jedes seltsame und ungewöhnlich große Reptil oder Tier von den Wikingern für einen Drachen gehalten wurde. Wusstest du, dass es in Australien eine Kreatur namens Megalania gab? Wie ein Komodowaran, aber dreimal so groß und schwer? Sie hat vor nur zwölftausend Jahren gelebt, als es dort schon erste Menschen gab. Sie war ein Monster und machte zweifellos Jagd auf Menschen. Für sie existierten Drachen und Monster also wirklich.«

»Ein beängstigender Gedanke.« Er leerte seinen Drink. »Aber das ist trotzdem nicht das, was ich mir unter einem Drachen vorstelle oder was die Wikinger in ihre Boote geschnitzt haben.«

Sie hielt einen Finger hoch. »Eins noch, zum Nachdenken.« Sie beugte sich vor. »Odins Tor könnte jetzt schon offen sein. Und weißt du, was normalerweise passiert, wenn ein Tor offengelassen wird?«

»Menschen können durchgehen?« Er zog die Augenbrauen hoch.

»Klar, das ist das Eine.« Sie nahm ihr Handy in die Hand. »Menschen können durchgehen. Aber außerdem können Menschen und alles andere, was dort drin ist, rauskommen.«

Sie entsperrte das Telefon und stöberte einen Moment in ihren Dateien. Als sie gefunden hatte, was sie suchte, legte sie es auf den Tresen und ließ ein Video laufen.

»Meine Brüder besitzen ein Fischerboot. Sie haben mir das hier geschickt.« Sie tippte auf das Telefon. »Das hat meine Fantasie so richtig beflügelt.«

»Ich erinnere mich. Deine Brüder, die gerne angeln.« Er beugte sich über den kleinen Bildschirm. »Was ist das?«

»Schau es dir an, dann sagst du es mir.« Sie stützte ihr Kinn wieder auf die Hand, während sie ihn beobachtete.

Troy erkannte, dass ein Video auf dem Bildschirm pausiert war, und tippte es an, um es zu starten.

Dem Clip ging ein fremder Text voraus, von dem er glaubte, dass er Niederländisch sein könnte. Das wurde bestätigt, als die Stimmen erklangen. Es war Jahre her, dass er die Chance gehabt hatte, die Sprache anzuwenden, und er war ein wenig eingerostet.

Der Film begann damit, dass ein volles Fischernetz über die Seite eines mittelgroßen, gewerblichen Schiffs gehievt wurde. Der Film zoomte darauf, und es wurde deutlich, dass es etwas Schweres enthielt, das sich allerdings geschmeidig bewegte, ungleich des wilden Zappelns von hunderten silbernen Fischen.

Das Netz öffnete sich und spuckte seinen Inhalt aufs Deck. Keine Fische, sondern ein einzelnes Ding.

Und was immer es war, es rollte sich aus.

Zuerst hielt Troy es für einen Hai, dann für einen riesigen Riemenfisch, dann für eine Art Barrakuda und dann hatte er keine Ahnung mehr, denn wo immer hier gefischt wurde, es schien zu kalt für sämtliche Arten, die er vermutete.

Verglichen mit den Männern, die auf dem Seitendeck Abstand nahmen, war die Kreatur lang, vielleicht neun oder zehn Meter, mit einer schillernden, blaugrauen Schuppung auf dem Rücken, aber einem blassen Bauch. Die Tarnung eines Lauerjägers: unsichtbar von oben und unten.

Dann schien das Ding seine missliche Lage zu erkennen und wurde unruhig. Es bäumte sich auf und zischte. Sein langer, dreieckiger Kopf öffnete sich wie eine V-förmige Bärenfalle und enthüllte eine äußere Reihe scharfer, konischer Zähne.

Männer schrien und fluchten. Die Kamera wackelte, und die Kreatur breitete einen sensenartigen Schwanz aus. Troys Augen weiteten sich, als er die riesige Kreatur in voller Pracht sah. Er war sich sicher, dass er schon einmal Bilder von diesen Dingern gesehen hatte, und viele davon waren weitaus größer.

Einer der Decksmänner stieß mit einem Speer danach, und die Kreatur wirbelte zu ihm herum und riss dem Mann blitzartig den Arm ab. Dampf stieg auf, und auf dem Deck brach absolutes Chaos aus.

»Oh mein Gott«, flüsterte er.

Blut floss in Strömen, weitere panische Schreie erklangen, dann ertönte ein Schuss und die Kreatur schlug mit ihrem mächtigen Schwanz, sodass Männer und Ausrüstung durch die Luft flogen. Und dann verschwand sie über die Bordwand.

Der Film war zu Ende. Troy saß reglos da und starrte auf den kleinen Bildschirm.

»Und?«, fragte Elle leise.

Er spulte den Film zurück und pausierte ihn bei der Kreatur. Sein Verstand arbeitete wie wild, aber es war, als gäbe es eine Art Kurzschluss in seinem Gehirn.

Sie legte ihm eine Hand auf den Arm. »Troy?«

»Hm?« Er blinzelte die Gedanken weg. »Nein, auf keinen Fall. Unmöglich. Eine Fälschung.«

»Wirklich?« Sie rückte näher. »Du hältst es nicht für echt?«

Er gab ihr das Telefon zurück, obwohl ein kleiner Teil von ihm den Film wieder und wieder ansehen wollte.

»Heutzutage kann man mit Spezialeffekten alles machen.« Er lächelte leicht. »Sogar Amateure fälschen alles, vom Monster von Loch Ness bis hin zum durch die örtliche Mall schlendernden Elvis Presley. Hast du schon mal von einem sogenannten Deep-Fake gehört? Ich würde deine Brüder fragen, wer das gedreht und an sie geschickt hat.«

»Hmm, interessant.« Sie nahm das Telefon, ließ es aber auf der Theke liegen. »Weil ich mir nämlich die Mühe gemacht habe, den

Film verifizieren zu lassen und ihn sogar an die Ichthyologie-Abteilung der Universität von Kopenhagen geschickt habe. Diese Menschen verbringen ihr Leben damit, alles über Fischbiologie zu studieren, einschließlich Anatomie, Verhalten und Evolutionswege.«

Sie lächelte zu ihm hoch. »Weißt du, was sie gesagt haben?«

Er schüttelte den Kopf.

»Sie sagten, es könnte eine Mutation sein. Aber dann empfahlen sie mir, es an ihre paläontologische Abteilung zu schicken. Zu ihren Dinosaurier-Experten.« Sie zog die Augenbrauen hoch. »Ich frage mich, warum?«

Troy lachte leise. »Okay, ich beiße an. Was denkst du, was es war?«

»Ich glaube, es war ein Sjøorm, eine Seeschlange.« Ihr Blick wurde hart. »Und ich weiß bereits, wer die Aufnahme gemacht hat. Meine Brüder. Sie sind Augenzeugen. Und sie sagen die Wahrheit.« Sie steckte ihr Handy weg. »Willst du wissen, was ich wirklich denke?«

Er zuckte mit den Schultern. »Klar.«

»Für mich sieht es so aus, als ob Drachen und Seeschlangen gerade wieder in unserer Welt aufgetaucht sind.« Sie lächelte selbstbewusst.

Er lächelte nur schwach. »Wenn ich ein Kind wäre, würde ich das verschlingen.« Er holte tief Luft. »Aber mittlerweile haben sich die Dinge geändert.«

»Das glaube ich nicht, Troyson Strom. Und ich weiß, dass du das auch nicht tust.« Sie drehte sich wieder zur Bar um.

Elle nippte an ihrem Drink und starrte geradeaus auf ihr Spiegelbild. Sie sprach leise. »Dort schuf Odin eine geheime Insel und platzierte sein weiter schlagendes, mächtiges Herz in ihrer Mitte, um als Signal zu dienen, zu dem die Krieger hingezogen werden sollten.«

»*Mm-hmm,* die Legende von Odins Herz«, antwortete er. »Ich habe sie nach unserem ersten Treffen nachgeschlagen.«

»Aber weißt du auch, was genau dieses weiter schlagende Herz sein soll?« Sie legte den Kopf schief und zog die Augenbrauen hoch.

Er wartete.

»Ein Rubin.« Sie lächelte. »So groß wie der Kopf eines Mannes. Von perfekter Reinheit und von einem puren, leuchtenden Rot, wie ein feiner Wein.«

»Diesen Teil der Legende habe ich noch nie gehört.« Troy lauschte aufmerksam.

»Sie wurde 1003 als letzte Worte von Erik dem Roten niedergeschrieben, dem Wikinger, der angeblich Grönland gegründet hat. Es war das letzte Mal, dass das Tor geöffnet war.« Sie neigte den Kopf. »Ich habe noch eine Frage für dich: Weißt du, welcher der teuerste Rubin der Welt ist?«

Er schüttelte den Kopf. *»Neiiin.«*

»Der Jubiläumsrubin mit einem Gewicht von 15,99 Karat wurde für 14,2 Millionen Dollar verkauft. Das macht 885.000 Dollar pro Karat.«

Troy pfiff.

»Und jetzt stell dir einen lupenreinen Rubin vor, der zwischen hundert und hundertzwanzig Karat wiegt.« Sie nippte an ihrem Getränk. »Tja, rechne selbst.«

Er dachte kurz nach. »Etwa einhundert Millionen Dollar.« Er schnaufte. Sein Herz schlug ein bisschen schneller. Selbst für einen Teil davon könnte er sein gesamtes Unternehmen neu finanzieren.

Elle stand auf, und zum ersten Mal fiel ihm auf, wie groß sie war: um die eins achtzig. Ein kleines Lächeln umspielte Elles rubinrote Lippen. »Dieses Tor steht offen, Troyson Strom. Wahrscheinlich zum ersten Mal, seit Ulf Skarsgard es durchschritten hat. Zeit, deine geheimnisvolle Insel Lemuria zu finden. Und deinen Schatz.«

»Zum ersten Mal seit tausend Jahren«, flüsterte er und hob den Blick zu ihr. Er nickte.

KAPITEL 7

Das Jahr 1020 –
die letzte Reise der Skidbladnir zur mysteriösen Insel

Sie hatten gefrorene Meere überquert. Nebelschleier durchquert, die so dicht waren, dass sie wie Gaze auf den Augen lagen. Sie hatten verfluchte Höhlen mit unsichtbaren Bestien betreten, die Menschen in den Tod zerrten. Und dann hatten sie ihr Lemuria gefunden. Doch niemand freute sich. Keiner sprach auch nur ein Wort. Denn es war ein Ort so kalt wie ein Grab, und der Tod war überall.

Häuptling Ulf Skarsgard, der von Ragnar Lodbrok, dem legendären Wikingerhelden des 9. Jahrhunderts, abstammte und für seine Grausamkeit in der Schlacht bekannt war, befahl, ein Lager zu errichten, während die Dämmerung zu nächtlicher Dunkelheit heranwuchs. Die Schatten wurden tiefer, doch die Bewegung in ihnen hörte nicht auf.

Njal, der Krieger, mit Schultern so breit wie ein Pferd, zog mit einem kleinen Jagdtrupp in den Wald und brachte ein Tier von der Größe eines großen Schweins zurück. Doch statt der borstigen Haare auf der Haut und einer flachen Schnauze hatte das Ding Schuppen und ein Maul ähnlich eines harten Papageienschnabels.

Die Männer wagten es nicht, Feuer zu machen, und so schnitten sie das Fleisch von den Knochen und aßen es roh. Doch es war eine verdrießliche Mahlzeit, denn das Fleisch war widerlich, und nachdem das Blut abgeflossen war, hatte es die Farbe von Geflügel angenommen und schmeckte wie verdorbener Fisch.

Es spielte keine Rolle. Alle aßen, denn ihre Körper waren allein von den wenigen Tagen, die sie durch den dichtesten Wald gewandert waren, den Ulf je in irgendeinem Land gesehen hatte, ausgehungert und erschöpft.

Oft hatten sie umkehren oder einige der Biester, denen sie gesehen hatten, umgehen müssen. Wenngleich Ulf eine Gruppe von dreißig starken und kampferprobten Kriegern bei sich hatte, waren die Kreaturen wie bewegliche Berge, und er bezweifelte, dass ihre Haut selbst mit dem stärksten Arm und der schärfsten Waffe durchdrungen werden konnte.

Einen guten Mann hatten sie bereits verloren: Isgar ging fort, um sich zu erleichtern, und kam nicht zurück. Brunhilde und ein Trupp machten sich auf die Suche nach ihm, aber nach wenigen Stunden kehrte sie zurück und schüttelte schlicht den Kopf. Er war fort, und Ulf bezweifelte, dass er freiwillig weggegangen war.

Wieder sah er die riesenhafte Frau an und spürte, wie seine Laune stieg und sich sein Herz mit Mut füllte. Mit den grünen Drachentätowierungen, die Brunhildes muskulöse Arme umrundeten und in Streifen über jede ihre Wangen liefen, war sie so groß wie die meisten Männer. Ihr langes weißes Haar trug sie in Zöpfen, in die Jade und Tierknochen eingeflochten waren. Über einem Auge, das sie im Kampf verloren hatte, saß eine Lederklappe. Er lächelte leicht. Sie war eine der wildesten Kriegerinnen in der Schlacht, neben der er gekämpft hatte. Er wusste, dass sie eine gute Ehefrau sein und ihm starke Kinder gebären würde.

Doch jetzt saß sie schweigend abseits der Gruppe. Ihre einzige Bewegung war das ständige Wetzen eines Schleifsteins über die Schneide ihrer Klinge, in kleinen Kreisen, beinahe lautlos. Ihre Augen waren darauf gerichtet, aber nicht fokussiert. Sie war bei ihnen und auch nicht.

Die Männer unterhielten sich leise. Es war noch zu früh zum Schlafen. Als ob auch nur einer von ihnen das an diesem Ort gefahrlos tun könnte.

Ulf hielt seine sehr schwielige Hand hoch. Die grüne Kugel lag auf seiner Handfläche. Sie zeigte immer noch zur Mitte der Insel. Morgen hofften sie, Odins Herz zu erreichen, ihren Tribut zu hinterlassen und ihren Gott zu ehren. Und dann konnten sie nach Hause zurückkehren, in der Gewissheit, dass sie nach ihrem Tod einen Platz in der großen Halle hätten, um auf den Ruf des Allvaters zur letzten Schlacht von Ragnarök zu warten.

Er steckte die Kugel weg. Dreißig Meter weiter im dunklen Wald erklang das Geräusch eines umfallenden Baumes. Vielleicht hatte der Geruch des Fleisches ein Tier angelockt. Die Männer standen langsam auf. Brunhilde packte ihre lange Klinge mit beiden Händen, ihr Auge jetzt fokussiert und funkelnd. Alle warteten schweigend. Manche hielten sogar den Atem an.

Nein, in dieser Nacht würde es keinen Schlaf geben.

EPISODE 03

»Die Erde verbirgt unsere Fehler, unsere Geheimnisse und unsere Schätze. Allerdings nur für eine Weile.«

GREIG BECK

KAPITEL 8

Küstenstadt Veile, Jütland, Dänemark.

Guus Sorenson bediente den Baggeraufsatz seines Traktors, um in den Hang zu graben. Zu dieser Jahreszeit war die Erde nicht so hart, und er vermutete, dass er noch dreißig Minuten zu graben hatte, bis das Loch tief und breit genug war, um der Platte für die Kellerebene des neuen Hauses Platz zu bieten.

Sorenson bediente die verschiedenen Schaltknüppel und streckte den Baggerarm aus, um eine weitere Schaufel Erde auszubaggern. Er war auf der Hälfte der Aushöhlung, als die Schaufel auf etwas Hartes traf, und die Vibration und das begleitende *Klonk* fuhren direkt durch die Kabine und bis in seine Backenzähne.

»*Uff*, was ist denn jetzt?«

Rasch zog er den mechanischen Arm zurück. Natürlich war da ein Felsen im Boden, aber ihm war augenblicklich klar, dass er größer als die anderen vereinzelten Gesteinsbrocken war.

Er schaltete den Scheinwerfer der Kabine an und betätigte den Arm wieder, streckte ihn vorsichtig aus und schabte vorsichtig mit der Schaufel an der Wand aus dunkler Erde entlang, um sich einen Eindruck von dem zu machen, womit er es zu tun hatte.

Die Erde löste sich, und dieses Mal sah er, worauf die Schaufelzähne gestoßen waren: Es war kein großer Felsen, sondern stattdessen eine Wand aus ineinandergreifenden Steinen. Und sie sahen so alt aus wie die Zeit selbst.

»Was haben wir denn da?« Sorenson nahm eine Taschenlampe und kletterte aus der Kabine. Von Nahem erkannte er die Wand deutlich, und auch die Schrift auf den Steinen. Mit der Handfläche wischte er Erde vom freiliegenden Teil der Wand, und sein Mund verzog sich zu einem Grinsen.

»Wikinger«, flüsterte er.

Hier gab es Geld zu machen. Wenn es Artefakte gäbe, würde er einen hohen Preis verlangen können. Selbst die Steine mit ihrer altnordischen Schrift besaßen Wert. Doch es wäre das größte Geschenk, wenn etwas hinter der Wand läge.

Er kehrte zur Kabine seines Traktors zurück, zog ein Brecheisen heraus und schritt zur Wand zurück. Er hätte die Baggerschaufel einsetzen können, um die Wand umzustoßen, aber sie könnte nach innen fallen, und er wollte nicht womöglich die Schriftsteine oder etwas dahinter zerstören.

Er dauerte fünfzehn Minuten, bis er um einen der Steine herum gegraben und ihn umgestoßen hatte. Danach waren die anderen leichter zu entfernen.

Sorenson hielt inne, richtete seine Taschenlampe in den Hohlraum und holte Luft. Sein erster Eindruck war der Geruch von abgestandener Luft und feuchter Erde, und er sah mit schmalen Augen in eine Dunkelheit, die so endlos wie der Weltraum wirkte. Er bewegte sein Licht durch den kleinen Steinraum.

»Ahh!« Sein Lichtstrahl schwankte von dem Schreck, als er die sitzende Gestalt beleuchtete, die ihn mit ihren grausig leeren Augenhöhlen anstarrte.

Sorenson schluckte mit trockenem Mund und trat wieder ins Loch. Seine Augen wurden schmal, während er zu dem Skelett hineinstarrte. Es war groß und trug die Überreste eines Fellmantels um die Schultern.

Der uralte tote Mann saß in einem Langboot, jedoch auf einem Thron, und hatte einen prächtigen Eisenhelm auf dem Kopf, unter dessen Seiten weißes Haar hervorlugte. Die Knochen waren von allerlei Waffen umgeben, und er wollte wetten, dass sie aus Silber waren, mit juwelenbesetzten Griffen, und vielleicht waren sogar Goldfäden hineingearbeitet.

Der Mann musste tatsächlich ein berühmter Häuptling gewesen sein. Doch das bedeutete, dass der Geschichtsverein, wenn er ihm davon erzählte, wie er es tun sollte, den gesamten Bereich einzäunen und alles für sich beanspruchen würde. Dazu kam, dass das Grundstück für das neue Haus Sorensen nicht gehörte, und so hatte er überhaupt keinen

Anspruch. *Wie genau könnte dieser Fund einem armen Bauarbeiter helfen?*, fragte er sich.

Sorenson war ein patriotischer Däne und respektierte die Wikingerkultur, aber wenn er ein einzelnes Teil mitnähme, würde man das sicher nicht vermissen. Wenn er nicht gewesen wäre, wäre diese Kammer schließlich nie entdeckt worden. Und dafür, beschloss er, schuldete man ihm etwas.

Wieder bewegte er seinen Lichtstrahl umher und überlegte, was er mitnehmen sollte. Dann sah er es: Neben der sitzenden Gestalt war eine Axt.

Sie hatte einen ungewöhnlich langen und dicken Stiel und einen Kopf mit Doppelklinge, kleiner als üblich, aber so wie das Metall an manchen Stellen noch glänzte, wettete er, dass es solides Silber war. Es war zweifelsfrei eine zeremonielle Klinge.

Eisenwaffen wurden von Sammlern überaus geschätzt. Aber Silber war etwas völlig anderes. Das war seine Bezahlung.

Er konnte sie nicht inserieren oder gar anderen Einheimischen davon erzählen. Aber er kannte jemanden, der sie kaufen würde. Ein riesiger Mann war vor einigen Monaten in den Pub gekommen und hatte bekanntgegeben, dass er nach Wikingerartefakten suchte.

Der bärtige Mann war größer gewesen als alle anderen im Raum und hatte so gemein ausgesehen wie der Hund eines Schuldeneintreibers. Auf seinen Armen und an seinem Hals waren traditionelle grüne Tattoos gewesen, die aussahen, als besäßen sie ein Eigenleben. Er hatte eine Nummer an die Wand geschrieben und gesagt, dass er für die richtigen Stücke gutes Geld zahlen würde.

Sorenson machte sich daran, weitere Steine zu entfernen, und binnen kürzester Zeit betrat er den dunklen Raum wieder. Er grinste und hob die Axt auf. Heute Nacht schon hätte sie ein neues Zuhause. *Und ich werde ein nettes kleines Taschengeld für meine Mühe bekommen*, dachte er.

Er wollte sich abwenden, doch etwas veranlasste ihn, sich wieder umzudrehen, und er schwang seine Lampe durch den dunklen, feuchten Raum. Dann hob er sie zur hinteren Wand, an der sitzenden Gestalt vorbei.

»Mutter Gottes«, flüsterte er.

Dort war ein gemaltes Fresko, dessen Farben noch immer lebendig waren, und es war zudem mit einer runischen Inschrift versehen. Es gab ein Wikingerschiff unter vollen Segeln auf einem Meer voller Eisberge. Das nächste Bild zeigte eine Eiswand, die das Schiff überragte, doch in ihrer Mitte befand sich eine dunkle Eisschlucht.

Sorenson bewegte seinen Lichtstrahl zum nächsten Bild weiter, welches das Schiff dabei zeigte, wie es in den massiven Riss im Eis hineinfuhr. Dort stand etwas geschrieben, aber er konnte nur wenige, vereinzelte Worte entziffern, und die meisten konnte er nicht lesen. Das zweitletzte Bild zeigte, wie das Schiff den Hohlraum in Fels und Eis durchquerte und auf eine Insel in ruhiger See zusteuerte. Merkwürdigerweise schien der gemalte Himmel entweder aus tiefhängenden Wolken oder Eis zu bestehen.

Dann folgte eine Abbildung von einer Insel, mit Bergen, Flüssen und dicht bewaldeten Bereichen, und zu ihrer Mitte hin war ein Ort, der mit einem roten Herz markiert war. Es war eine grobe Karte, und darunter stand ein Wort, das er lesen konnte: *Lemuria.*

»Großartig«, sagte er und wünschte sich, er hätte eine Kamera dabei.

Die Wissenschaftler werden es lieben, dachte er, *und es ist bestimmt wertvoller für sie als eine einzelne Axt.*

Sorenson hob die schwere Waffe an. Alle würden glücklich sein. Aber zuerst hatte er etwas zu verkaufen.

An diesem Freitagabend rief Guus Sorenson die Nummer an der Wand der Bar an, erklärte, was er hatte, und die tiefe Stimme sagte ihm, er solle bleiben, wo er war; er wäre innerhalb einer Stunde da. Sorenson machte es optimistisch, dass der Mann so schnell kam. Es bedeutete, dass er das Artefakt wirklich haben wollte.

Er hielt sein Wort und war binnen einer Stunde angekommen. Draußen war der Mann, der im Schatten stand, leicht zu entdecken, denn er war ein breitschultriger Riese und viel größer, als Sorenson ihn in Erinnerung hatte. Mit einem Mal war er nicht mehr so zuversichtlich, dass er hart mit dem Mann verhandeln könnte.

»Zeigen Sie mir die Axt«, knurrte der Riese.

Sorenson reichte sie ihm.

Der große Mann betrachtete sie, erst von einer Seite, dann von der anderen. Er hob die schwere Waffe hoch und schwang sie dann, als würde sie nichts wiegen. Dann hielt er sie sich seltsamerweise ans Ohr, klopfte auf den Holzgriff und lauschte. Er lächelte kurz, aber dann ließ er sie sinken.

»Interessant, aber nichts Besonderes«, sagte er. »Was haben Sie sonst noch?«

Ein wenig ernüchtert, zuckte Sorenson mit den Schultern. »In der Gruft waren ein Skelett, Felle, ein Helm, ein paar andere Waffen und ein paar Gemälde an der Wand.«

»Von was?« Der Mann trat näher.

Sorenson wackelte mit dem Kopf, während er sich erinnerte. »Von einer Reise. Zu einem Ort namens Lemuria.«

Der Mann erstarrte, und seine Augen wurden schmal, während er aufmerksam zuhörte.

Sorenson nickte. »Ja, es ging um ein Wikingerschiff, das in eine Eisschlucht gesegelt ist. Oh, und da war auch eine Insel. Und jede Menge alte Schrift, die ich nicht lesen konnte, außer diesem einen Wort.«

Der Mann starrte ihn mit Augen an, die so weit aufgerissen waren, dass sie fast hervorquollen. »Bringen Sie mich dorthin.«

Sorenson seufzte. »Nicht heute Abend, ich …«

Der Mann streckte blitzartig eine große Hand aus, packte Sorenson an der Vorderseite seines Hemds und hob ihn hoch. Sorensons Zehen verließen den Boden. Der Riese zog gerade sein Gesicht nah an sein eigenes, als ein anderer Gast aus der Bar kam und ihn anstarrte.

Als der Riese ihn sah, ließ er Sorenson herunter und lächelte sanft. »Entschuldigung, ich begeistere mich leicht und bin mir meiner eigenen Kraft nicht bewusst. Egal, ich habe beschlossen, Ihre Axt zu kaufen. Wie viel wollen Sie?«

»Fünf…« Er hustete. »… siebenhundert Euro.« Sorenson strich sein Hemd glatt.

»Das ist eine Menge Geld.« Der Bart des großen Mannes hob sich, als er lächelte. »Aber ich gebe Ihnen Ihre siebenhundert Euro, für die Axt, und nochmal eintausenddreihundert, wenn Sie mir das Grab zeigen. Heute noch.«

Sorenson dachte darüber nach, weil der Kerl ihm ein bisschen Angst machte. Aber zweitausend Euro waren ein Batzen Geld und würden eine Menge seiner Probleme lösen. Er entschied sich.

»Wir haben einen Deal«, sagte er.

Eine Stunde später stand der riesige Mann vor dem Wandgemälde, die Arme weit ausgebreitet, als würde er die Bilder des Grabes in seine Seele aufnehmen.

Guus Sorenson stand beim Eingang und beobachtete ihn. Dieser Mann war ihm nicht geheuer und mittlerweile glaubte er, dass es ein Fehler gewesen war, ihn herzubringen. Er war eindeutig labil oder eine Art religiöser Spinner.

»Was verloren war, wird gefunden werden.« Langsam senkte der Riese die Arme und drehte sich um. »Das Herz des Allvaters ruft mich nach Lemuria.« Er streckte einen Finger aus. »Und er zeigt mir den Weg.«

»Das ist schön.« Sorenson bemühte sich, interessiert auszusehen. »Wenn Sie mir jetzt noch mein Geld geben, ist unser Handel abgeschlossen.« Er grinste nervös. »Ich werde gleich gehen, aber Sie können gerne noch bleiben. Seien Sie einfach bis Montagmorgen weg, okay?«

Der Riese ignorierte ihn, senkte die Axt, um sie gegen sein Bein zu lehnen, und zückte sein Handy, um die Bilder an der Wand zu fotografieren.

Kurz darauf räusperte Sorenson sich. »Hey, die Axt und der Besuch? Zweitausend Euro, schon vergessen?«

Endlich schien ihn der Riese zu hören. »Die Axt?« Er hob die uralte Waffe auf und drehte sie in den Händen, um die Klinge einen Moment lang zu betrachten. »Behalten Sie sie.« Der Riese warf die Axt gekonnt. Sie drehte sich ein Mal in der Luft und die schwere Klinge durchdrang Sorensons Brustbein, spaltete seinen Brustkorb und bohrte sich tief in sein Herz.

Sorenson sank zu Boden. Er konnte weder atmen noch seine Beine spüren. Ihm wurde kalt und er blickte auf, als sich der Riese über ihn stellte und sich seine Mundwinkel hinter dem Bart nach unten zogen.

»Du bist nichts als ein Wurm, ein unwichtiger Grabräuber.« Er stellte seinen Stiefel auf Sorensons Bauch und riss die Axt unter dem Geräusch von knirschenden Knochen und Sehnen heraus. »Du bist unwürdig.« Der Riese drehte sich um und betrachtete wieder die Bilder.

Sorenson spürte, wie ihm immer kälter wurde und seine Welt schrumpfte, bis alles dunkel war.

KAPITEL 9

Schottisches Nationalmuseum, Edinburgh –
Abteilung für paläontologische Forschungen

Nachdem der Kurier gegangen war, schloss Anne Walsh die Tür, zog die Nachricht aus dem Paket und begann, zu lesen. Sie blieb stehen.

»Im Ernst? Troyson Strom, *pff,* du machst wohl Witze.« Sie drehte die hingekritzelte Notiz um, aber die andere Seite war leer. Sie drehte sie zurück und las sie sorgfältiger, während sie sich hinsetzte und das schwere Paket vorsichtig auf den Schreibtisch stellte.

Etwas, um deine Neugier zu wecken.

Alle Antworten sind willkommen.

Dein Freund, Troy.

»Freund?« Annes Lippen verzogen sich zu einer schmalen Linie. Das letzte Mal, als sie ihren *Freund* gesehen hatte, hatte er ihr versprochen, sie anzurufen, nachdem sie mehrere Monate als Paar zusammen gewesen waren, vor einem knappen Jahr oder so. Sie hatte beschlossen, auf cool zu machen und zu darauf warten, dass er sich meldete. Doch ehe sie sich versah, war ihr vermeintlicher Freund wieder zu Hause in Amerika. Tja, die Sache mit dem Coolsein hatte für sie super funktioniert.

Sie warf einen Blick auf das seltsam geformte Ding. »Irgendwie glaube ich nicht, dass das ein großer Blumenstrauß ist«, murmelte sie, als sie die Verpackung öffnete.

An der Art, wie es sich im Paket bewegte, hatte sie schon vermutet, dass es flüssig war. Anne schob die Verpackung beiseite und rückte das große Gefäß einige Zentimeter zurück. Dann legte sie das Kinn auf den Tisch und spähte in die milchige Flüssigkeit.

Ihre Augenbrauen zogen sich zusammen, während sie versuchte, sich einen Reim auf das zu machen, was sie da sah. Rasch schob Anne ihre Schublade auf, holte eine Taschenlampe heraus und leuchtete damit auf den Fleischlappen im Inneren.

Sie starrte ihn an, während ihr Verstand arbeitete. Sie nahm einen scharfen Brieföffner vom Schreibtisch, um den Klebestreifen zu zerschneiden und den Deckel anzuheben.

Verdammt, dachte sie. Es schwamm in Formalin, eine Mischung aus Formaldehyd und Wasser. Das war billig und funktionierte, war aber normalerweise schädlich für genetisches Material.

Professionelle Konservatoren in Museen oder Laboren benutzten Ethanol, weil das die Integrität von DNA nicht beeinträchtigte, was bedeutete, dass eine spätere Analyse auf genetischer Ebene durchgeführt werden konnte.

Anne stand auf und ging zu einem Schreibtisch, auf dem einige ihrer Arbeitsgeräte in einer Kiste lagen. Sie stöberte einen Moment darin, bevor sie eine lange Pinzette, eine Schere und eine kleine Glasschale herauszog. Sie änderte ihre Meinung und ersetzte die Glasschale durch eine längere silberne Nierenschale.

Nachdem sie zum Glas zurückgekehrt war, hob sie das blaugraue Stück Fleisch vorsichtig heraus und legte es in die Schale, wo es sich entrollte, mit der äußeren Hautseite nach oben. Sie richtete sich auf, stützte die Hände neben die Probe und starrte sie einfach nur an.

»Was bist du?«

Nach einer Weile hatte sie immer noch keine Ahnung, was sie da vor sich hatte. Auf der einen Seite war das Fleisch matschig und zerlumpt, als hätte es schon angefangen, zu verwesen, bevor es in das Formalin getaucht worden war. Auf der anderen Seite sah es ein wenig wie Krokodilgewebe aus. Aber sie wusste, dass es das nicht war.

Sie stupste die Knochenauswüchse mit der Pinzette an. Sie waren fest und steinartig und definitiv wie nichts geformt, das sie wiedererkannte.

Anne kannte das Verfahren von hier an. Wenn sie die Probe nicht auf den ersten Blick identifizieren konnte, musste sie tief in die DNA eintauchen. Und auch wenn sie in Formalin getränkt war: Wenn es jemanden gab, der sie durchschauen konnte, dann war es Martin O'Keefe. Und der arbeitete gerade unten.

Mit Pinzette und Skalpell entnahm sie dem Fleisch ein kleines Viereck und legte es in ein großes Reagenzglas. Der Rest kam ins Glas zurück.

Sie wandte sich zum Gehen, hielt jedoch inne. Sie griff nach ihrer Tasche, öffnete sie, nahm einen kleinen Lippenstift heraus und schminkte die Lippen nach. Dann machte sie sich auf den Weg zum Labor für Molekulare Identität im Untergeschoss.

Dort verfügte Martin über Hilfsmittel, mit denen er selbst aus uralten Gewebeproben DNA extrahieren und eine Vielzahl von Resultaten erzielen konnte. Außerdem konnte er mit Hilfe von DNA-Sequenzierung feststellen, ob sie eine neue Art entdeckt hatten, oder DNA-Sequenzen von verschiedenen Organismen vergleichen und die Anzahl der Veränderungen – Mutationen – zwischen ihnen messen, um festzustellen, ob die Arten eng oder auch nur entfernt miteinander verwandt waren. Der Kerl war praktisch ein DNA-Zauberer.

Sie verließ den Aufzug und ging direkt zu seinem Labor. Der bärenhafte Mann mit dem buschigen Bart drehte sich mit seinem Stuhl um, als sie anklopfte. Sein Gesicht hellte sich auf.

»Na, na, das Mädchen aus dem Himmel, Annie Walsh, kommt hier runter, um sich mit uns Morlocks zu treffen?« Er stand auf.

»Du bist viel zu klug für einen Morlock, Marty. Und viel zu ansehnlich.« Sie lächelte, als sie sah, wie sich die Wangen über seinem struppigen Bart röteten.

»Honig um den Bart schmieren erfolgreich.« Er lächelte zurück. »Was kann ich für Sie tun, schöne Frau?«

Sie hielt ihm die Probe im Reagenzglas hin. »Das ist gerade reingekommen. Ich kann nicht herausfinden, was es ist. Kannst du das eilig untersuchen?«

Er nahm es ihr ab, öffnete es, schnupperte daran und zuckte dann zusammen. »*Uff*, Formalin.«

»Ja, ich weiß. Kannst du damit arbeiten?«, fragte sie.

»Möglicherweise schon. Kommt darauf an, wie lange es schon da drin ist.« Er drehte sich zu seinem Schreibtisch um und nahm ein Skalpell, um das kleine Fleischstück in eine gläserne Probenschale zu befördern. Er wandte sich wieder zu ihr um. »Was genau willst du wissen?«

Sie zuckte mit den Schultern. »Wovon es stammt. Eine Übereinstimmung. Selbst die Abstammungslinie der Spezies reicht schon.«

Er atmete durch zusammengepresste Lippen aus. »Annie, komm schon, ich habe Arbeit für eine ganze Woche aufgestaut und bin gerade mittendrin.«

»*Biiitte.*« Sie zog einen Schmollmund.

Er musste grinsen. »Aber für dich …« Er zog einige Geräte heran, um die Probe für die Sequenzierung vorzubereiten. Er begann, eine hauchdünne Scheibe zu entfernen. Er hielt inne und drehte sich halb um.

»Gib mir eine Stunde.«

Sie ging zu ihm hinüber und küsste ihn auf den Kopf voller buschiger Haare. »Mein Held.«

»Das bin ich. Du musst nur was sagen, Mädchen.« Er drehte sich um und wackelte mit den Augenbrauen.

Sie lachte und winkte ihm über die Schulter zu, als sie sein Labor verließ. Draußen auf dem Flur wischte sie sich mit einem Taschentuch die Haare ab, die an ihrem Lippenstift kleben geblieben waren.

Fast genau eine Stunde später rief Martin sie an und schickte ihr dann die Ergebnisse der Sequenzanalyse per E-Mail.

Tuatara, hatte er kryptisch geschrieben. Das war die nächste Übereinstimmung, die er feststellen konnte.

Sie betrachtete seine Daten und dann seine zusammengefasste Analyse. Ihre Augenbrauen zogen sich zusammen. Dann legte sich ihre gesamte Stirn in Falten, während sie sich langsam aufrichtete.

»Blödsinn«, flüsterte sie.

Sie öffnete das Glas erneut und hob mit der Pinzette das Fleischstück halb heraus. Sie drehte es um, und mithilfe eines Vergrößerungsglases stellte sie fest, wie die harte, knochige Haut mit dem Fleisch verbunden war.

Es war echt, keine geschickte Fälschung. Es war ein Rätsel, und sie starrte das Stück Fleisch weiter an.

Anne hatte schon früher paläontologische Rätsel untersucht. Bei einer Ausgrabung im schwedischen Kristianstad-Becken hatten sie die versteinerten Knochenfragmente eines vierfüßigen Sauropoden gefunden, den sie zunächst für eines der größten Landtiere hielten, das je existiert hatte.

Der Oberschenkelknochen passte ohne weiteres zu denen von Dreadnoughtus und Titanosaurus. Aber dann fanden sie den Zahn. Oder ein Fragment davon.

Der Tyrannosaurus rex hatte die größten Zähne aller theropoden Dinosaurier. Viele waren drei Zentimeter lang, konisch geformt und nach hinten gebogen. Diese Zähne waren genauso. Nur dass die Fragmente, die man gefunden hatte, mindestens doppelt so groß waren.

Sie erinnerte sich an das Staunen und die Aufregung des Teams, mit dem sie gearbeitet hatte. Jede Antwort, die sie fanden, warf nur noch weitere Fragen auf. Die Zahn- und Knochenfragmente ergaben keinen Sinn, und man kam zu dem Schluss, dass die Knochen eine Kombination aus Theropoda und Vierfüßer waren, die sich vermischt hatten, vielleicht während einer Flutkatastrophe einen prähistorischen Fluss entlang gespült worden waren.

Obwohl weitere Untersuchungen durchgeführt wurden, blieb die endgültige Klassifizierung der Kreatur oder der Kreaturen bislang aus.

Anne verspürte die gleiche Aufregung wie damals. Sie legte die Probe in die Schale zurück und nahm Troys Zettel in die Hand, um seine Informationen schnell noch einmal zu lesen. Dann bewegte sich Annes Hand zu ihrem Telefon, und sie nahm den Hörer auf, um sein Hotel anzurufen.

»Hallo, Scotsman Hotel. Wie kann ich Ihnen helfen?«

Anne starrte einen Moment lang in die Ferne, dachte nach, dann legte sie langsam auf und unterbrach die Verbindung. In Sekundenschnelle packte sie die Probe wieder ins Glas, versiegelte es, klemmte es unter einen Arm und schnappte sich ihren Mantel.

Binnen weiterer Sekunden war sie auf dem Weg zu seinem Hotel.

KAPITEL 10

Am nächsten Morgen saß Troy zusammengesunken in einem der Plüschsessel seines Zimmers. Er hatte einen Kater von der letzten Nacht, aber das Pochen in seinem Kopf lenkte ihn kaum von der Depression ab, die er angesichts seiner geschäftlichen Situation empfand.

Ein über ein Jahrzehnt hinweg aufgebautes Unternehmen brach vor seinen Augen zusammen, und das innerhalb von zwölf Monaten. Sobald er wieder nach Hause kam, musste er einige Entscheidungen über die Abwicklung und die Entlassung von Mitarbeitern treffen.

Er nahm an, dass er einen gut bezahlten Job bei einem seiner Konkurrenten bekommen könnte, aber nachdem er jahrelang jedem auf dem Markt erzählt hatte, dass die Produkte und Dienstleistungen der anderen nicht so gut waren wie seine, würde er ganz schön zurückrudern müssen, und der Gedanke daran gefiel ihm nicht.

Und er war immer noch nicht bereit, ein glorifizierter Babysitter oder Aufräumer für die Maschinerie der Ex-CIA zu werden.

Vor allem aber freute sich Troy nicht gerade darauf, Mitte dreißig und ohne Geld zu sein. Noch geriet er nicht in Panik, weil er zuversichtlich war, dass er sich etwas einfallen lassen würde. Das tat er immer. Ein paar Optionen blieben ihm noch, auch wenn einige davon im Moment noch wie reine Fantasie wirkten.

Sein Magen knurrte. Er sah auf die Uhr und begriff, warum er Hunger hatte: Es war nach Mittag, und das Frühstück war schon lange her.

Er lehnte sich in dem weichen Sessel zurück und dachte daran, Elle anzurufen, wenn nicht zum Mittagessen, dann vielleicht zum Abendessen. Irgendetwas an der exotischen Holländerin faszinierte ihn unendlich. Und es war nicht nur ihr Aussehen, sondern auch ihr zu seinem passenden Interesse an der Wikingerlegende, von der er schon als kleiner Junge besessen war. Und die Sache mit zwei Seelen, die einander nach so vielen Jahren der Trennung wiederfanden. Endlich gab es etwas, das ihn zum Lächeln brachte.

Es klingelte an der Tür und sein Lächeln wurde breiter, als er aufstand. Vielleicht musste er sie gar nicht anrufen. Er setzte seine coolste, unbekümmertste Miene auf und öffnete die Tür.

»Oh …« Sein Lächeln wurde schwächer, aber er belebte es schnell wieder. »Hi Anne … du hast also mein Rätsel bekommen?«

Sie legte den Kopf schief. »Wir leben, wir lachen, wir lieben … und dann verschwinden wir.«

»Anne.« Er sah sie mit einem Dackelblick an. »Das ist schon lange her.«

Sie schnaubte. »Dreizehn Monate sind *nicht* lange her.«

»Ich wurde ins Büro zurückgerufen.« Er zog die Schultern hoch. »Es tut mir leid, dass am Ende alles ein bisschen überstürzt war.«

»Vergiss es.« Sie winkte ab. »Ich hab nicht mal wirklich gemerkt, dass du weg warst.«

»Also, das tut weh.« Er runzelte zum Schein die Stirn. »Kommst du rein oder willst du mir von da aus auf die Nase hauen?«

»Ja. Zum Reinkommen.« Sie hielt das Glas hoch. »Deswegen. Nicht wegen dir.«

Er nahm ihr den Mantel ab und hängte ihn an den Haken neben der Tür. »Du siehst gut aus.«

»Ich weiß.« Sie lächelte. »Fitnessstudio, toller Lebensstil, weniger Stress.« Dann stellte Anne das Glas auf den Schreibtisch, drehte es leicht und verschränkte die Arme. »Okay, erzähl mal, woher du das hast.«

»Ich …« Troy zögerte. Er konnte nicht direkt sagen, dass er es aus dem Kuriositätenladen eines ermordeten Schotten hatte, also beschönigte er die Wahrheit ein wenig.

»Ich mache ab und zu Urlaub oben im Norden. Hast du schon mal von einem Ort namens Dunnet gehört?«

»In Caithness?«, fragte sie.

»Ja, genau dort. Ich bleibe an der Küste, und unter anderem sammle ich gerne Strandgut. Seit Jahrtausenden wird seltsames Zeug aus dem Meer angespült.«

»Es wurde angespült?« Sie zeigte darauf. »So, oder war es ein größerer Körper? Was war da sonst noch?«

Er zuckte mit den Schultern und erinnerte sich an den Zettel, den der alte Blair an das Glas geheftet hatte. »Es stammt von einem teilweise verrottenden Kadaver, der bei Ebbe am Strand zurückgeblieben war. Möglicherweise eine Walart, aber er sah ganz knochig und uneben aus, wie ein Alligator oder so. Ich konnte es nicht genau erkennen, weil es da schon eine Sauerei war.«

Ihr Blick war direkt. »Ich muss es sehen.«

Mist. Ich reite mich nur tiefer rein, dachte er.

Troy schüttelte den Kopf und zog die Schultern hoch. »Es ist weg. Die Flut kam, und als ich am nächsten Tag wiederkam, war nichts mehr da. Muss wieder raus gespült worden sein.«

»Alles?« Einen Moment lang machte Anne ein skeptisches Gesicht, bevor sie die Hände hochwarf. *»Mist.«* Einige Sekunden lang lief sie in einem kleinen Kreis umher, während sie nachdachte. Dann blieb sie vor ihm stehen. »Du musst mir trotzdem zeigen, wo es war.«

Er nickte. »Ich kann es dir auf der Karte zeigen, schätze ich.«

Sie atmete durch die zusammengebissenen Zähne aus. Ungeduld und Ärger standen ihr deutlich ins Gesicht geschrieben. »Das reicht nicht. Ich muss die genaue Stelle sehen. Dort könnten Knochen oder andere harte Überreste des Kadavers im Sand liegen.«

Er sah sie aus den Augenwinkeln an. »Du willst also bis zur Spitze von Schottland fahren, sofort, nur wegen dieses Fetzens einer Hautprobe, die ich dir geschickt habe?« Er beugte sich ein wenig näher zu ihr. »*Meine* Probe, im Übrigen.« Er verschränkte die Arme. »Also, erzähl mir, was dich so aufgeregt hat.«

Einen Moment lang wirkte es, als wollte Anne ausweichend antworten, bevor sie sich offensichtlich entschied. Sie seufzte und sah, den Kopf schief gelegt, zu ihm aufsah.

»Wir haben eine genetische Analyse an einem kleinen Stück dieser Haut durchgeführt, um herauszufinden, was es ist. Oder wenigstens eine nahe Übereinstimmung mit dem zu finden, was es sein könnte.«

»Okay, schön. Und, was ist es?«, fragte er.

»Das ist es ja. Wir wissen es nicht genau. Wir haben nur ein paar Anhaltspunkte.« Sie drehte sich um, um das Glas anzusehen. »Was angesichts des Umfangs unserer Genomdatenbanken unmöglich sein sollte.«

»*Hmm,* und?« Er wartete.

Sie drehte sich zu ihm um. »Hast du schon mal von etwas namens Tuatara gehört?«

»Klingt wie eine hawaiianische Insel.« Er lächelte.

»Das verbuche ich als ein Nein.« Sie lachte. »Aber wenige haben davon gehört, außerhalb von Reptilienkennern oder dem Südpazifik.« Sie starrte einen Moment lang in die Ferne. »Eine Tuatara, oder eine Brückenechse ist ein kleines, in Neuseeland endemisches Reptil. Es sieht ein bisschen wie ein Leguan aus, mit Stacheln und Kämmen auf Kopf und Rücken.«

»Klingt nicht besonders außergewöhnlich«, sagte er und hoffte, dass es etwas Interessanteres war.

Er wollte sich abwenden, aber Anne packte ihn am Ärmel.

»Das ist noch nicht alles. Die Brückenechse ist das einzige überlebende Mitglied einer Ordnung, die ihren Ursprung in der Trias vor etwa zweihundertfünfzig Millionen Jahren hat und ihre Blütezeit im Mesozoikum erlebte. Dieses Hautfragment kommt von etwas Derartigem. Aber nicht davon.«

»Aber von so etwas wie einem neuseeländischen Reptil. Wie groß ist es?«, fragte er.

»Unter einem Meter und ausgewachsen keine anderthalb Kilo schwer«, antwortete sie.

»Das verstehe ich nicht. Dieses Stück Haut wiegt ein paar Kilo …« Er sah über die Schulter zum Glas. »… und es stammt nicht von einer anderthalb Kilo schweren Eidechse.«

»Du hast recht, das tut es nicht. Aber du hast nicht aufgepasst.« Sie verschränkte die Arme. »Ich habe gesagt, es ist etwas *Derartiges*. Aber *nicht* das. Allerdings ist das die nächstliegende genetische Übereinstimmung, die wir finden konnten.«

»Und was ist es dann?«, fragte er. »Komm schon, rate einfach mal. Du bist doch die Expertin.«

»Na ja …« Sie starrte wieder auf die Probe.

»Anne, ich weiß, dass du eine Ahnung hast. Erzähl sie mir. Sie wird diese Wände nicht verlassen.« Er schlug ein Kreuz vor der Brust und hob eine Hand. »Versprochen.«

Sie nickte langsam. »Okay. Es ist nur eine verrückte Idee. Aber zur Zeit dieser Tuatara-Ordnung gab es noch etwas anderes. Und auch das tauchte erstmals in der Trias auf und entwickelte sich nach der Trias-Jura-Grenze vor ungefähr zweihundert Millionen Jahren zum vorherrschenden Landwirbeltier.« Sie lächelte. »Diese Vorherrschaft hat sich während der Jura- und Kreidezeit fortgesetzt und endete erst mit einem Asteroideneinschlag vor etwa sechsundsechzig Millionen Jahren.«

»Das gibt's doch nicht! Du meinst Dinosaurier, oder?« Er grinste. »Mein komischer Hautlappen stammt von einem Dinosaurier, willst du mir das sagen?«

Sie verschränkte die Arme. »Vielleicht schon. Immerhin werden Brückenechsen als die letzten lebenden Dinosaurier bezeichnet.«

»Das weißt du von der DNA?« Er starrte sie eindringlich an und wartete darauf, dass sie in Gelächter ausbrach, aber stattdessen leuchteten ihre Augen vor Begeisterung.

»Nicht nur von der DNA.« Sie ging zum Glas, drehte es um und beugte sich näher heran. »Das Hautfragment hat einzigartige Schuppen und möglicherweise Osteoderme. Das ist der eigentliche Hinweis.«

»Hab ich mir auch gedacht. Knochig, wie bei einem Krokodil«, antwortete er.

»So ähnlich, ja.« Sie nickte. »Wie ein Krokodil, aber auch wieder nicht. Wie eine Brückenechse, aber auch nicht. Wie auch immer, ich denke …«

Ein Klopfen an der Tür ließ beide den Kopf drehen. Troy zog die Augenbrauen hoch. »Hast du noch jemanden eingeladen?«

Ihre Lippen kräuselten sich leicht. »Wie ich dich kenne, ist es wahrscheinlich das Date von gestern Abend.«

»Das ist aber nicht sehr nett.« Troy öffnete die Tür, und seine Augenbrauen schnellten in die Höhe. »Elle?«

»Bingo«, spottete Anne.

Troy warf Anne einen strengen Blick zu. »Elle ist …«

»Eine Freundin«, sagte Elle mit einem Lächeln, als sie eintrat.

Sie war fünfzehn Zentimeter größer als Anne, und die Paläontologin sah sie mit hochgezogenen Augenbrauen an.

»Elleanor Kristiansen. Elle reicht.« Sie hielt ihr die Hand hin.

Anne dachte einen Moment darüber nach, bevor sie ihre Hand ergriff und sie desinteressiert schüttelte. »Anne Walsh. *Doktor* Anne Walsh.«

»Okay, gut, jetzt sind wir ja alle Freunde.« Troy kicherte, aber er konnte die Spannung im Raum spüren, als wäre sie eine Gewitterwolke, die über allen dreien schwebte und kurz davor war, knisternde Blitze zu entladen.

»Anne hat mir gerade ein Update über die Probe gegeben, die ich aus Dunnet mitgebracht habe. Sie sagt, es ist wie ein Reptil aus Neuseeland, das als lebender Dinosaurier bezeichnet wird.«

»Siehst du?« Elle tauschte einen Blick mit Troy und wandte sich dann wieder Anne zu. »Na, das ist doch gut. Ich habe mich gefragt, was es sein könnte, als Troy es beschrieben hat. Und was haben Sie noch herausgefunden?«

Anne fing den Blick auf und verengte die Augen. »Und ich glaube, hier fehlt was.«

Langsam wandte sie sich Troy zu. »Troyson Strom, du hast mir nicht alles erzählt, oder?«

Eine Sache an Anne war, dass sie ihm immer diesen Blick zuwerfen konnte, der verriet, dass ihr Schwachsinnszähler in den roten Bereich ausschlug.

Er breitete die Arme aus. »Wie bitte? Du hast mich doch noch gar nichts gefragt.«

Anne zeigte auf das Glas. »Ich bin mir nicht sicher, ob du mir die Wahrheit darüber sagst, woher du das hast, aber das ist im Moment nicht meine Priorität. Was für mich Priorität hat, ist, dass ich mitmachen will. Wenn du nach dem Rest suchst, komme ich mit.«

»Ich glaube, wir sollten uns fragen, was Sie uns verschweigen«, sagte Elle mit einem süßen Lächeln. »Warum erzählen Sie uns nicht alles, was Sie darüber herausgefunden haben, *hmm*? Wenn Sie wollen, dass Troy offen und ehrlich ist, finde ich, dass Sie das auch sein sollten.«

Anne bedachte Elle mit einem vernichtenden Blick und drehte sich dann um, um Troy direkt festzunageln. »Wenn du irgendwas unternimmst, was planst oder in Verbindung mit diesem *Exemplar* irgendwo hingehst, will ich dabei sein. Okay? Außerdem habe ich das Fachwissen, das du brauchen wirst.«

Troy starrte einen Moment vor sich hin. Er hatte nichts geplant, also wäre die Zusage ein Leichtes. Andererseits, wenn er etwas plante, wäre eine sachkundige Paläontologin von Nutzen.

Er hob eine Hand und setzte einen frommen Blick auf. »Du hast mein Wort.«

Anne betrachtete sein Gesicht noch einen Moment lang, ehe sie nickte. »Gut.« Sie schien sich ein wenig zu entspannen. »Du bist zwar ein kleines Arschloch, aber wenigstens ein ehrenwertes Arschloch.«

Elle lachte. »Erkenne ich hier eine kleine Geschichte?«

»Geschichte«, wiederholte Troy.

»*Läääängst* vergangene Geschichte«, stimmte Anne zu.

»Okay, berichte. Sag uns, was du noch herausgefunden hast oder zumindest vermutest.« Troy wartete.

»Setzt euch, nehmt euch einen Kaffee.« Anne setzte sich an den Tisch mit dem im Glas schwimmenden Fleisch. Sie drehte es minimal und starrte in seine milchigen Tiefen. »Ich habe euch eine Geschichte zu erzählen. Eine merkwürdige Geschichte. Und eine Theorie, die dazu passt.«

Die beiden setzten sich zu beiden Seiten von Anne, und Troy bemerkte, dass Elle genauso außerordentlich interessiert war wie er selbst. Er hatte noch keine Gelegenheit gehabt, herauszufinden, warum sie hier war, aber er vermutete, dass er es bald erfahren würde.

Anne begann. »Wie ich schon sagte, hat die schnelle Gensequenzierung, die wir durchgeführt haben, Ergebnisse geliefert, die darauf hindeuten, dass das Fleisch von etwas Ähnlichem wie der neuseeländischen Brückenechse stammt, eine sehr seltene und uralte Linie von Reptilien, die bis in die Trias zurückreicht. Das ist zwar interessant, aber nicht sehr aufschlussreich, was den Ursprung des Gewebefragments betrifft.«

Sie lächelte. »Aber es gab andere Hinweise, die mir geholfen haben, den geheimnisvollen Besitzer des Gewebes zu identifizieren. Und die befanden sich in der Oberflächenhaut.«

»Die Schuppen und Osteoderme, von denen du gesprochen hast«, fügte Troy hinzu.

»Ja.« Sie wandte sich an ihn. »Hast du gewusst, dass die Schuppen eines Alligators einzigartig sind? Damit meine ich nicht, dass sie ihn von einem Kaiman oder Krokodil unterscheiden, sondern dass die größeren, post-okzipitalen Schildmuster eines Alligators so einzigartig sein können wie Fingerabdrücke. Man sollte also meinen, dass es einfach wäre, herauszufinden, um welche Tierspezies es sich handelt. Immerhin war es nicht versteinert, richtig?«

Troy nickte. »Klar, das ergibt Sinn.«

»Gut, bleibt dran. Ich möchte euch an einen warmen Nachmittag im März vor etwas mehr als zehn Jahren in Fort McMurray, Alberta, entführen, wo sich ein Mann namens Shawn Funk mit einem Bagger durch die Erde grub. Was er fand, war wirklich erstaunlich.«

Elle beugte sich vor.

Anne fuhr mit ihrer Geschichte fort. »Während er sich in die Erde grub, kam er durch prähistorischen Sand, der mit Bitumen durchsetzt war, eine leicht zu durchdringende Substanz. Er kam an den Überresten längst verstorbener Meerespflanzen und -tiere vorbei, die vor über einhundertzehn Millionen Jahren existiert hatten. Keine große Sache. Die hatte er schon mal gesehen, und das Größte, was er fand, waren versteinerte Holzstücke und der eine oder andere versteinerte Baumstumpf. Doch dann stieß Funks Schaufel auf etwas viel Größeres und Härteres als die Erde und das Gestein drumherum.

Die harte Substanz hatte seltsame Formen, wie er sie noch nie gesehen hatte. Als Funk und sein Vorgesetzter sie untersuchten und einen der Brocken umdrehten, zeigte sich ein seltsames Muster, das Reihe um Reihe aus sandbraunen Platten bestand, die jeweils von einem metallisch grauen Stein mit scharfen Kanten umringt waren.«

»Schuppen, versteinerte Schuppen«, flüsterte Elle.

Anne nickte. »Genau. Versteinerte Schuppenmuster, Osteoderme, in schwerer Panzerung und von gewaltiger Größe.«

Annes Augen leuchteten vor Aufregung. »Shawn Funk hatte keinen Baumstumpf oder Teile einer versteinerten Kreatur gefunden, sondern etwas viel Wertvolleres und Fantastischeres. Was er entdeckt hatte, war eine nahezu perfekt erhaltene Kreatur, als Nodosaurus bekannt, ein riesiger, hundertzehn Millionen Jahre alter, gepanzerter Pflanzenfresser. Das am besten erhaltene Fossil seiner Art, das je gefunden wurde.«

Elle lächelte verträumt. »Er hat einen Drachen gefunden.«

»Einen Drachen?« Anne drehte sich zu Troy um.

Troy tat so, als wäre er verwirrt, und zuckte nur mit den Schultern.

»Das Muster dieses Nodosaurus ähnelt dem auf deinem geheimnisvollen Hautlappen stark. Viel kleiner natürlich, aber es könnte ein Jungtier gewesen sein.« Sie beugte sich vor und sah Troy geradewegs in die Augen. »Der größte Unterschied ist, dass Funk etwas aus Stein gefunden hat, und du hast mir etwas aus Fleisch gebracht. Etwas, das noch zehn Millionen Jahre nach seinem Aussterben herumgelaufen ist. Also, Mister, du bist dran: Woher kommt es?«

Troy drehte sich um und betrachtete das Glas, während sich seine Gedanken überschlugen.

Elles Gesicht verzog sich langsam zu einem breiten Lächeln. »Ich wusste es. Ich wusste, dass es kein Fossil ist.«

»Wo? Wie? Was wisst ihr?«, wollte Anne wissen. Sie packte ihn am Arm und zerrte daran, um seine Aufmerksamkeit zurückzugewinnen. »Hast du mich verstanden, Troy? Das Ding hat gelebt, nicht vor hundertzehn Millionen Jahren, sondern erst vor kurzem, und es ist *kein* Fossil.«

Sie lehnte sich zurück und sah Troy mit hochgezogenen Augenbrauen an. »Ich frage mich, was die wissenschaftliche Presse davon halten würde.«

Troy registrierte ihre Drohung unter einigem Blinzeln. »Nein, die Presse darf sich nicht einschalten.« Er rutschte nach hinten. »Wir wissen ein wenig, aber nicht genug. Wir haben einfach noch nicht alles zusammengefügt.«

Anne kochte vor Wut. »Troyson Strom, um Himmels willen, entweder du verrätst es, oder ich stelle es auf die Webseiten der Wissenschaftsgemeinde, und es wird einen verdammten Ansturm auslösen.«

Troy schüttelte den Kopf. »Mit Sicherheit weiß ich nur, dass dieses Ding an einem Strand in Dunnet angespült wurde, wie gesagt. Und zwar vor kurzem.«

»Ich weiß. Ich weiß, dass du mir gesagt hast, wo es gelandet ist. Aber was ich wissen will, ist, woher es angespült wurde?« Anne blieb hartnäckig. »Hör auf, mir etwas vorzuenthalten.«

»Das ist doch die große Frage, oder?« Elle lächelte gelassen. »Wir wollen auch wissen, wo es hergekommen ist. Aber im Moment haben wir nur eine Wikingerlegende und ein paar unvollständige Hinweise.«

»Ich kann helfen. Ich bin gut mit Puzzles«, antwortete Anne. »Ich bin Wissenschaftlerin, das ist mein Job, besonders auf diesem Gebiet. Kommt schon, weiht mich ein.«

Elle sah Troy an, und nach einem Moment schenkte er ihr ein fast unmerkliches Nicken.

»Ich glaube, wir sind dran«, sagte Troy.

Elle drehte sich wieder zu Anne um. »Haben Sie schon einmal von Lemuria gehört?«

Anne schien einen Moment darüber nachzudenken. »Der Name kommt mir bekannt vor, aber ich kann ihn nicht einordnen.«

»Er stammt aus einer alten Legende, die bis zu den ersten Wikingern zurückreicht, und zweifellos noch weiter«, begann Elle. »Es ist eine Legende über eine verlorene Welt, eine verborgene Insel namens Lemuria. Ein Ort voller Geheimnisse, Schätze und Drachen, von Odin selbst erschaffen.«

Anne lachte, dann fiel ihr offenbar auf, dass sowohl Elle als auch Troy ernste Gesichter machten. »Ihr haltet das für echt?« Dann wurde ihr Gesicht genauso ernst wie die der beiden. »Und ihr wisst, wo das ist?«

Troy schüttelte den Kopf. »Nein, wissen wir nicht. Noch nicht. Aber wir glauben, dass das jetzt enthüllt wird, weil das Eis hoch im Norden zurückgeht.«

»Hoch im Norden? Über Schottland.« Anne starrte ihn an. »Und du glaubst, dass die Probe von dort angetrieben sein könnte?«

Troy nickte.

»Wer weiß sonst noch davon?« Sie runzelte die Stirn. »Und überhaupt, warum wisst ihr beide davon und ich nicht? Und was sind das für unvollständige Hinweise, die ihr erwähnt habt?«

»Es gibt eine Urne, oder zumindest die Scherbe einer Urne, die die Geschichte einer Seereise zu einem verlorenen Kontinent oder einer Insel erzählt. Durch Recherchen haben wir es geschafft, die Legende von Lemuria zusammenzutragen und herauszufinden, dass es eine Art Prüfgelände für Wikingerkrieger ist, wo sie sich des Zutritts zu Walhalla würdig erweisen. Diese verlorene Insel ist Lemuria, und wir glauben, dass sie echt sein könnte«, antwortete Troy.

Er richtete sich auf und verschränkte die Finger ineinander. »Und um deine erste Frage zu beantworten: Wir glauben, dass noch jemand davon weiß. Und genau da wird es ein wenig schräg. Und gefährlich. Jemand hat einen der Hinweise aufgespürt und die Person ermordet, von der er dachte, sie könnte ihn zu ihm führen.«

»Ermordet?« Anne wurde bleich. *»Heilige Scheiße.«* Dann wackelte sie mit dem Kopf. »Aber das kommt vor. Ich habe schon von Forschern gehört, die ihre Kollegen wegen gestohlenen Forschungsergebnissen umgebracht oder verprügelt haben. Wir sind ein eifersüchtiger Haufen.«

»Also, ich glaube wirklich nicht, dass es ein Wissenschaftler war, der seine neueste Forschungsarbeit beschützt hat.« Troy lächelte schwach. »Und bis jetzt hat die Polizei noch keine Ahnung, wer das Verbrechen begangen hat. Aber Elle hat es geschafft, sich zuerst mit dem Mordopfer zu treffen und die Urnenscherbe zu kaufen.« Troy seufzte und sank ein wenig in seinem Stuhl zusammen. »Aber wer dieses Arschloch auch war, er …«

»Oder sie«, sagte Anne und warf Elle einen Blick zu.

Troy verdrehte die Augen. »Ja. Jedenfalls wurde das andere Stück der Urne aus dem Museum in Dänemark gestohlen. Das ist ein zu großer Zufall für mich, um zu glauben, dass das jemand anderes getan hat.«

»Mein Gott, Troy, das wird ja richtig ernst.« Anne runzelte die Stirn.

»Da hast du verdammt recht«, schnaubte Troy. »Und hier sind wir also. Mit der einen Hälfte des Puzzles und einem verrückten Killer mit der anderen. Also ein Patt.«

»Wohl eher Schachmatt«, spottete Anne.

»Nicht ganz.« Elle reckte das Kinn. »Ich glaube sogar, dass wir beide Teile des Puzzles haben. Wir sind also diejenigen, die einen Schritt voraus sind.« Sie lächelte. »Der Reiter schlägt die Königin.«

»Wie kommst du darauf?«, fragte Troy.

»Ich habe ein Stück der Urne. Und der Mörder hat das andere. Das Ziel ist nicht unbedingt, beide Teile der Urne zu haben, sondern beide Teile zu haben, damit wir die komplette Geschichte von Lemuria lesen können«, sagte sie.

»Das stimmt.« Troy wartete.

»Nun, wir haben ein physisches Stück und ein digitales Stück.« Elles Lächeln wurde breiter. »Weil ein gutaussehender Junge, den ich einmal kannte, das andere Stück hat, über mehrere Fotografien verteilt.«

Seine Stirn legte sich in Falten, während seine Erinnerung zurückkehrte. »Von meinem Besuch im Museum, als ich noch ein Kind war. Ich bin mir sicher, dass ich die Bilder noch habe.«

»Wir benutzen deine Fotos, um ein 3D-gedrucktes Segment zu erstellen. Wir haben alle Maße. Wir stellen die fehlende Urnenscherbe einfach nach«, erklärte Elle. »Das könnte funktionieren.«

»Das müssen wir gar nicht tun.« Er streckte die Hand aus und drückte Elles.

Annes Kiefer spannte sich an.

»Wie du gesagt hast, wir brauchen das physische Ding nicht. Und du hast recht, wir wollen nicht wirklich die Urne, sondern das, was hineingeschnitzt und darauf gezeichnet ist.« Er hielt die Finger hoch und zählte ab. »Wir müssen nur dein Stück fotografieren, es digitalisieren und hochladen. Dann fügen wir die Bildausschnitte zusammen, deine und meine, die aus den alten Fotografien bestehen.«

Er drehte sich um. »Ich habe sie noch. Das weiß ich. Ich habe alle meine alten Fotos in einer Datei aufbewahrt.« Troy ging zu seinem

Computer und rief sein Archiv mit den Familienfotos auf. Er schmunzelte. »Aus der Zeit, als ich geglaubt habe, dass ich der nächste Jimmy Olsen sein will.«

Er stöberte in verschiedenen Ordnern, vorbei an Bildern seiner Eltern, von Stränden, Urlauben in Italien, Bali, Skifahren in Colorado und von gesellschaftlichen Veranstaltungen seines Unternehmens. Dann kam er zu seinen eigenen nordischen Sammlungen. Es waren Hunderte.

Er fand einen Ordner mit dem Titel »Wikingerschiffmuseum«, und nachdem er ihn geöffnet hatte, hielt er bei dem Bild eines weißhaarigen Mädchens mit riesigen Schneidezähnen, einer spitzen Nase und einer Augenklappe inne, das breit in die Kamera lächelte. Er drehte es zu Elle um.

»Mein erster Schwarm.«

Elle lächelte. »Als die Sonne jeden Tag zu scheinen schien. Und gutaussehende Jungs mit Kameras einem das Herz stahlen.«

»Oh Mann.« Anne sah zur Decke hinauf und stöhnte.

Troy kicherte, dann fand er die Bilder, die er suchte. Er rief sie auf. Es waren etwa zwanzig Fotos. Die Schärfe war gut, aber nicht toll.

»Die Darstellung ist ein bisschen daneben, aber damals waren die Digitalkameras noch nicht so hochauflösend wie heute«, sagte er.

»Könnte schlimmer sein. Nur zehn Jahre früher, und sie wären zu Polaroids degradiert, die in deinem Sammelalbum stecken.« Elle beugte sich näher. »Wir können damit arbeiten. Aber wir brauchen einen 3D-Drucker, wahrscheinlich einen Techniker und …«

»Ich kann das machen«, sagte Anne. »Unser Labor hat eine Software zur Bestimmung zerbrochener Fragmente und deren Rekonstruktion. Ich kann sie sicher so programmieren, dass sie die Oberfläche der Urne nachbildet, sie flach darstellt, die Größe anpasst, und dann können wir sie ausdrucken. Wir haben sogar ein Programm, das die Bildauflösung korrigieren kann.«

Troy und Elle sahen sie an.

Anne verschränkte die Arme und lehnte sich zurück. »Hey, ich will euch nur helfen. Und ich finde, das kauft mich in das ein, was ihr vorhabt.«

Troy und Elle blieben stumm.

»Troy, du *weißt,* dass man mir vertrauen kann.« Schnaubend hielt sie die Hände hoch. »Maria, Mutter Gottes, ich kann nicht glauben, dass ich das überhaupt sagen muss.«

»Okay, okay«, sagte Troy. Er nickte langsam. »Ich kann dir die Bilder schicken.«

Anne drehte sich zu Elle um und zog die Augenbrauen hoch. Elle rührte sich nicht.

»Elle, ich kann …«, begann Anne.

»Nein, die Urne bleibt bei mir. Jemand wurde gerade wegen ihr getötet, und ich werde sie nicht aus den Augen lassen.« Sie lächelte angespannt. »Aus Sicherheitsgründen, und betrachten Sie es außerdem als Ihre *eigene* Absicherung.«

Anne zuckte mit den Schultern. »Na schön. Kommen Sie mit ins Museum, dann können wir sie gemeinsam kartieren.«

»Wir gehen alle«, sagte Troy. »Doppelte Sicherheit.«

»Ich weiß nicht, ob ich mich geschmeichelt fühlen oder beleidigt sein soll.« Anne bedachte die beiden mit einem skeptischen Blick. »Gut. Ich nehme an, jetzt ist der beste Zeitpunkt dafür.«

KAPITEL 11

Stadt Aarhus, Ostküste des Kattegat, Dänemark

Vissen Tygo saß in einem riesigen Ledersessel, die Fingerspitzen aneinandergelegt, und starrte auf die hell beleuchtete Urnenscherbe, die er aus dem Museum gestohlen hatte.

Die Ärmel des Mannes waren bis zu seinen großen, kräftigen Unterarmen hochgekrempelt, und auf beiden befanden sich auffallende grüne Tätowierungen. Auf seinem linken Arm war ein knurrender Wolf mit glühenden Augen – Fenrir, der monströse Wolf der nordischen Mythologie, der Ragnarök, das Ende der Welt, herbeiführen würde.

Auf seinem anderen Unterarm war Mjölnir, der Hammer des Donnergottes Thor und Symbol seiner Macht. Er war mit uralten Runen und Talismanen versehen.

Tygo behauptete, vom grausamen Ragnar Lodbrok abzustammen, dem Wikinger aus dem 9. Jahrhundert, der den größten Stamm in ganz Island angeführt hatte. Und durch sein Studium des Mannes und der Mythen, die sich um seinen Vorfahren ranken, hatte er von der verborgenen Insel hinter Odins Tor erfahren, und von all ihrem sagenumwobenen Reichtum.

Tygos Meinung nach gehörte sie den Wikingern, und da er sich selbst als wahres Mitglied des Wikingeradels betrachtete, bedeutete das schon, dass alles ihm gehörte. Jeder, der sich zwischen ihn und seinen Schatz stellte, sollte zerquetscht und aus dem Weg geräumt werden.

Tygo hatte jahrelang an seinem Plan gearbeitet. Er hatte ein Team zusammengestellt: Einige arbeiteten direkt mit ihm, andere in weiteren Teams, und der Auslöser wurde gedrückt, als das fehlende Stück der Lemuria-Urne auftauchte.

Aber es war ihm durch die Lappen gegangen.

Er drehte sich zu einer Wand und den großen Fotos, die er von den Gemälden im Grabmal gemacht hatte, um. Sie waren nun in ihrer

Reihenfolge aufgehängt und zeigten die Reise zur Eiswand, dann den Eintritt durch Odins Tor und schließlich die verlorene Insel Lemuria.

Er hatte geglaubt, dass sie, und die Urnenscherbe, ausreichen würden. Er hatte sich geirrt. Er atmete tief ein, füllte seinen breiten Brustkorb, verschränkte die Finger und saß, die Bilder studierend, da. Am Computerbildschirm hatte er hunderte möglicher Orte in Grönland, Norwegen und Island identifiziert. Er hatte versucht, einen Landeplatz mit dem abzugleichen, was er von der Urne und den Gemälden erfahren hatte.

Tygo hatte das Gefühl, dass er sie fast hatte, seine Position, aber noch nicht genau genug, um sie wahrhaftig zu finden.

»Die Welt ist ein viel zu großer Ort«, murmelte er, während er auf die verborgene Insel mit dem roten Herzen im Zentrum starrte. Er wusste jetzt, dass er das fehlende Puzzlestück brauchte. Er musste die Urne vervollständigen.

Er hatte sie nur um Tage verpasst. Aber sie war nach ihrem tausendjährigen Schlaf aufgetaucht, und nachdem er erfahren hatte, wer sie jetzt besaß, war er zuversichtlich, dass er das fehlende Teil bald finden würde.

»Du warst mir immer einen Schritt voraus.« Er lächelte grimmig.

Tygo setzte sich auf, nahm den Telefonhörer in die Hand und starrte ins Feuer. Die Verbindung war rasch hergestellt.

»Lars, hol Sven und Ord. Trefft mich hier in einer Stunde.« Er legte auf, stand auf und ging zu dem großen Eichentisch, wo er sich auf die Fingerknöchel stützte und schlicht auf die halbe Urnenscherbe starrte, deren fehlender Teil ihn verhöhnte, weil er zu langsam gewesen war, um sie aus Schottland zu holen.

Als die drei Männer eintrafen, starrte er immer noch wie in Trance auf die Urne. Er ließ sie herein und stellte sich vor sie. Aus seiner Tasche holte er ein Foto von Elleanor Kristiansen. Er trat vor jeden der Männer und blieb jeweils kurz stehen, um es ihnen vors Gesicht zu halten.

»Sven, Lars, Ord, seht euch diese Person genau an. Sie hat etwas, das mir gehört. Ihr werdet es zurückholen.« Er ließ das Bild auf den Tisch fallen.

Ord hob es auf, um es eingehender zu betrachten. Er sah auf. »Was ist das für ein Gegenstand, mein Kriegsherr?«

Tygo zeigte auf die Urne. »Es sieht aus wie das fehlende Teil der Urne, und es ist zerbrechlich. Seid vorsichtig, wenn ihr es an euch nehmt. Diese Frau wohnt im Balmoral Hotel in Edinburgh, Schottland. Wenn sie nicht da ist, durchsucht ihr Zimmer. Falls sie die Urnenscherbe bei sich hat, folgt ihr und nehmt sie ihr ab. Lasst es wie einen einfachen Raubüberfall aussehen. Tötet sie nicht«, warnte er.

Die drei Männer standen auf, und Tygo sah jeden einzelnen an. Sie waren alle beinahe eins neunzig groß, aber er war trotzdem einen halben Kopf größer und enorm muskulös.

»Sie hat sie aus einem bestimmten Grund mitgebracht. Sie hat etwas vor, und die Zeit wird knapp.« Er deutete auf jeden der Männer, einen nach dem anderen. »Enttäuscht mich nicht.«

KAPITEL 12

Es war bereits Abend, als Troy in Annes Auto darauf wartete, dass Elle ihren Teil der Urne holte.

Anne hatte schweigend dagesessen, seit Elle aus dem Auto ausgestiegen war, aber er konnte beinahe hören, wie ihr Verstand arbeitete.

Endlich sprach sie. »Und?«

»Hmm?« Er wartete.

»Warum hast du nie zurückgerufen?« Sie drehte sich um. »Versteh mich nicht falsch. Ich bin nicht auf eine Versöhnung aus. Aber in einem Moment hatten wir eine tolle Zeit und im nächsten bist du einfach verschwunden.«

»Ich dachte, du hast mein Verschwinden gar nicht bemerkt?« Er zog eine Augenbraue hoch.

»Sei kein Arschloch.« Sie sah nach vorn. »Das war eine faire Frage.«

Er lehnte den Kopf gegen die Nackenstütze des Sitzes und drehte ihn zu ihr. »Es tut mir leid, du hast recht, wir hatten eine tolle Zeit zusammen, aber ich musste dringend nach Hause zurückkehren und versuchen, die Firma zu retten. Ich wusste nicht, ob ich je zurückkommen würde, und ich wusste nicht, wie ich es dir sagen sollte. Es hat mir wehgetan, aber es ist einfach passiert.«

»Es hat wehgetan, *hm*?« Der Anflug eines Lächelns war zu sehen. »Gut.«

Er hatte richtig vermutet: Ihr Ego war schlimmer verletzt als ihr Herz.

»Und die holländische Barbiepuppe? Wann ist die aufgetaucht?« Anne schenkte ihm ein süßes Lächeln.

»Elle ist ein nettes Mädchen, das ich schon vor langer Zeit kennengelernt habe«, antwortete er. »Und wie du sehen kannst, haben wir gemeinsame Interessen.«

»Den Typ kenne ich. Sie wird dir das Herz brechen. Das kann ich dir sagen.« Anne schaute weg.

Elle kam mit einer Umhängetasche zur Tür ihres Hotels. Raschen Blicks überprüfte sie die Straße, dann überquerte sie sie zu den beiden hinüber und schlüpfte schnell auf den Rücksitz des Autos.

»Fahren wir«, sagte sie.

Anne brachte die beiden zum Hintereingang des Museums und öffnete mit ihrer Zugangskarte die Garage. Sie fuhr die Rampe hinunter.

»Um diese späte Zeit sollte hier nur Bernie seine Runden drehen. Alle anderen sollten schon weg sein, also gehört der Ort uns.«

Kurz darauf fuhren sie mit dem Aufzug von der unteren Parkhausebene nach oben und hielten im vierten Stock an, wo sich die meisten Forschungslabore befanden. Anne führte sie in ein großes Büro, das dunkel war, aber trotzdem ein wenig nach Elektronik roch. Sie schaltete das Licht an, und sie sahen einen riesigen Raum voller Computerserver, Bildschirme und allerlei Geräten, die zwischen der Größe eines Toasters und der eines Doppelkühlschranks rangierten.

Sie führte sie zu einer Werkbank. »Schritt eins: Ich muss den 3D-Computer dazu bringen, Elles Teil der Urne zu fotografieren, und dann alle Bilder von Troy einspeisen.« Sie drehte sich zu Elle um und wartete.

Elle öffnete ihre Umhängetasche und holte ein in ein weiches Tuch gewickeltes Päckchen heraus. Troy beugte sich vor. Die Neugier fraß ihn auf.

Sie wickelte das Urnenstück aus und stellte das fünfundvierzig Zentimeter hohe, krugähnliche Ding auf den Tisch. »Seien Sie vorsichtig«, sagte sie leise. »Es ist tausend Jahre alt.«

»Wunderschön«, hauchte Troy. Er streckte eine Hand aus, zögerte aber. »Darf ich?«

»Natürlich.« Elle stützte sich auf die Ellbogen und umfasste ihr Gesicht, während sie ihm zusah.

Troy hob das gehärtete Tonobjekt vorsichtig an. Ein Großteil der Farbe war längst verblasst, aber viele der Runen und Bilder waren eingeritzt worden und daher noch sichtbar.

»Ich kann mir nicht vorstellen, wie prächtig das vor tausend Jahren gewesen sein muss«, sagte er beinahe ehrfürchtig.

»Ich bin überrascht, dass es überlebt hat, auch wenn es zerbrochen ist.« Anne betrachtete die Scherbe fachkundig. »Normalerweise findet man so etwas in Grabhügeln, oder mehrere werden zusammen mit einem Häuptling beigesetzt, wenn man ein ganzes Langboot mit dem Leichnam, den Waffen, dem Essen und den Krügen voll Bier beerdigt. Alles, was man in Walhalla zu genießen hofft.«

»So will ich auch mal abtreten«, sagte Troy grinsend.

»Außerdem wurden manche von ihnen in ihrem Lieblingsboot verbrannt.« Anne drehte sich halb um. »Dabei kann ich dir helfen.«

»Wow, ihr beide habt wirklich eine gemeinsame Vergangenheit«, spottete Elle.

»Wie Sie sehen, habe ich ihm verziehen.« Anne lachte leise und wandte sich dann wieder ihrer Aufgabe zu. »Okay.« Sie streckte eine Hand aus und Troy gab ihr die Scherbe. Sie trug sie zu einem hohen Gerät, das wie eine Mikrowelle aussah. »Hier machen wir die Bilder von den Gegenständen, die wir finden. Es hat sechs eingebaute Kameras und macht hunderte Fotos aus jedem Winkel. Aus all denen wird dann ein perfektes Bild erstellt, das wir verwenden können, um ein 3D-Abbild zu machen und es zu drucken, wenn wir wollen. Das dauert etwa fünfzehn Minuten.«

Sie stellte die Urnenhälfte aufrecht auf einen Ständer. Dann stellte sie eine Zeit ein, schloss die Tür und schaltete das Gerät ein. Genau wie in einer Mikrowelle drehte sich die Urne langsam im Inneren, während die Kameras ihre Arbeit machten und das digitale Bild aufbauten.

»Jetzt zu deinem Teil des Puzzles.« Sie streckte Troy die Hand entgegen und er reichte ihr ein Mini-Laufwerk, auf dem er die Bilder gespeichert hatte. Anne lud sie hoch und ließ sie dann von einem Programm bereinigen, um die Auflösung zu verbessern und eventuelle Bildlücken zu schließen.

»Anschließend befehlen wir dem Computer einfach, die Größe der beiden Komponenten anzugleichen.« Sie tippte einige Anweisungen in die Konsole. »Die Bilder bereinigen und dann zweidimensional darstellen.« Sie drehte sich halb um. »Ich kann die Software sogar anweisen, zu schätzen, wie das Farbmuster früher ausgesehen hat, anhand von winzigen Farbstofffragmenten, die sie im Originalabdruck findet.«

Der Kasten beendete das Fotografieren der Urnenscherbe und begann, das flache Bild zu erstellen. Als er fertig war, nutzte er Troys Fotos, um ein weiteres zweidimensionales Bild zu erstellen, und fügte dann die beiden Teile zu einem einzigen, flachen Bild zusammen.

»Oh nein«, seufzte Troy. »Es ist nicht vollständig.«

Tatsächlich fehlte unten ein Stück von der Größe einer halben Faust, dreieckig und von beiden Teilen abgebrochen.

»Ich drucke«, sagte Anne und drückte auf die Taste. In Sekundenschnelle druckte die Hochgeschwindigkeitsmatrize einen Abzug des zusammengefügten Bildes in Postergröße. Es glitt heraus, wunderschön, farbig und scharf. Wegen des fehlenden Segments war es jedoch nur zu etwa neunzig Prozent vollständig.

Anne trug das große Poster zum Tisch und breitete es aus. »Das ist Altnordisch, und ich bin kein Experte.«

»Ich kann das ein bisschen lesen«, antwortete Elle.

»Ich auch«, sagte Troy und nickte Elle zu. »Aber ich wette, du kannst das besser als ich. Also, du bist dran.«

Elle zeichnete die Anfänge der Runen nach, die wie geordnete Striche und Kringel aussahen und nun mit verschiedenen Farben gefüllt waren: Schwarz, Rottöne und Ocker.

Elle runzelte die Stirn, als sie anfing. »*Durch den endlosen Nebel zu den verbotenen Gewässern* … ein Stück fehlt.« Sie bewegte ihren Ausschnitt dorthin, wo die Runenschrift weiterging, »… *von Grœn* … der Text ist wieder weg. Und geht wieder auf dem fehlenden Stück weiter. *Betritt das Tal aus Eis. Dort wartet Odins Tor.*«

Troy runzelte die Stirn. »Was ist das für ein Wort?«

»*Drekafinnari.* Drachenfinder.« Elle richtete sich auf. »Die Formulierung lässt mich vermuten, dass es ein Gegenstand ist.«

Troy nickte und las weiter. *»Schau zum Auge des Drachen.«* Er seufzte. »Da fehlt noch mehr Text. Wenn es ein Objekt ist, ist sein Standort unbekannt.«

»Ist das *Auge des Drachen* ein Ort?«, fragte Anne. »So was wie ein Orientierungspunkt?«

»Gute Frage«, antwortete Troy.

Troy zeichnete den fehlenden Abschnitt nach. »Verdammt, und genau der Teil, auf dem wahrscheinlich das Wo steht, ist weg.«

»Eigentlich hat es uns eine Menge verraten«, sagte Anne. »Ein Tal aus Eis würde selbst während großer Erwärmungsperioden bedeuten, dass es irgendwo weit im Norden lag, der eisbedeckt blieb. Und der Verweis auf ›Grœn‹ – das ist das nordische Wort für Grün. Wenn ich wetten wollte, würde ich sagen, das ist eine Referenz auf Grönland.« Sie drehte sich leicht um. »Aber hieß das damals schon so?«

»Ja, tatsächlich. In den 980er Jahren brach eine Gruppe von Wikingern unter der Führung von Erik dem Roten von Island aus auf und erreichte die Südwestküste Grönlands«, antwortete Elle. »Offenbar fanden sie die Region unbewohnt vor und ließen sich dort nieder. Erik nannte die Insel Grönland, oder *Grœnlund* auf Altnordisch.«

Anne nickte. »Hat Sinn. Damals war ein großer Teil Grönlands von kilometerlangem Grasland bedeckt, anders als heute, wo es immer noch von Schnee und Eis bedeckt ist, auch wenn ein Großteil davon zurückgeht.«

»Gute Information.« Troy gefiel, was er da hörte.

»Woher kommt das Stück?«, fragte Anne Elle.

»Laut dem Mann, der es mir verkauft hat, wurde es an den Stränden von Dunnet angespült. Es befand sich in einem auftauenden Eisblock.«

»Dunnet.« Mit einem leichten Lächeln wandte sie sich an Troy. »Genau wie dein Fleischstück. Wie es scheint, wird dort alles Mögliche angespült.« Sie atmete aus. »Aber das war Glück, denn wenn es aufgetaut wäre, wäre es verloren gegangen.« Sie hob einen Finger in die Luft. »Und wir haben noch mehr Glück. Wir haben seit Jahrzehnten Zugang zu Informationen über die Vermessung der Ströme in diesen Meeren, und wir haben sogar Modelle der Strömungsmuster.«

»Natürlich, die NASA.« Troy schnippte mit den Fingern. »Sie haben Satellitendaten vom Ozean, die wir benutzen können. Vielleicht können wir damit herausfinden, woher das Eis stammt. Schließlich kann es nicht lange im Wasser gelegen haben, Jahre oder auch nur Monate, meine ich, denn dann wäre das Eis geschmolzen, auch wenn es dort oben bitterkalt ist.«

»Genau.« Anne meldete sich an einem Terminal an und rief den Browser auf. Sie loggte sich in die öffentlichen Datenfeeds der NASA ein und rief eine Visualisierung der Meeresströmungen auf einer flachen Weltkarte auf. Sie war eingefärbt, und ein Klick auf eine Schaltfläche zeigte sie in animierter Form, mit den Wirbeln und Kreisen der großen und kleinen Meeresbewegungen, Strömungen und Strudel.

»Das ist eine einfache flache Karte, eine sogenannte zylindrische längengetreue Projektion. Die benutzen wir oft, um zu analysieren, woher manche Fossilien angeschwemmt worden sein könnten.« Sie zeigte darauf. »Die Strömungen sind nach der Meeresoberflächentemperatur eingefärbt, wobei Grün und Blau für kühleres Wasser und Gelb und Rot für wärmeres Wasser stehen. Für jede Sekunde in der Visualisierung vergehen etwa zweieinhalb Tage.«

Anne wechselte zum nächsten Bildschirm. »Interessant. Die Strömungen um Grönland – an der Westküste – verlaufen nach Norden …«

»Das nützt uns nichts«, warf Troy ein.

Anne zeigte auf die Karte. »Aber seht mal, im Osten verlaufen sie nach Süden, an der isländischen Küste entlang, und dann, nahe der norwegischen Küste, ins Europäische Nordmeer. Wenn ich also ein Eisblock wäre, der von der grönländischen Küste abgebrochen ist, würde ich nach Süden reisen, an Island vorbei und dann, je nach Wind- und Wetterbedingungen, von der Nordseeströmung erfasst werden oder … an der schottischen Küste vorbeikommen.«

Elle lachte spöttisch. »Also haben wir den möglichen Ursprungsort auf etwa zweieinhalbtausend Meilen der zerklüfteten, gefrorenen Küste Grönlands eingegrenzt. Das ist ein großes Gebiet, das es zu erkunden gilt.«

Anne nickte seufzend. »Ja, zu groß.« Sie wechselte zwischen den verschiedenen Satellitenkarten. »Größtenteils in Wolken und Nebel gehüllt.« Sie rief eine Karte auf, die die Wetterverhältnisse an der Ostküste Grönlands während des vergangenen Jahres zeigte.

Sie wollte gerade zur Nächsten weitergehen, als sie innehielt und die Stirn runzelte. »Das ist seltsam.« Sie ging zur Filtermatrix und vergrößerte den Zeitraum auf zwei Jahre in der Vergangenheit, dann noch einmal auf fünf und dann auf zehn Jahre, und ließ die Projektion schneller laufen.

Sie klatschte ein Mal in die Hände. »Ich hab's.« Sie richtete sich mit strahlender Miene auf.

Troy grinste. »Okay, du siehst aus, als hättest du gerade das letzte goldene Wonka-Ticket gefunden. Spuck's aus.«

»Die Scherbe hat uns verraten, dass sie *durch den endlosen Nebel zu den verbotenen Gewässern* gefahren sind.« Anne stützte die Hände in die Hüften. »Frage: Was verursacht Nebel?«

»Warmes Wasser, das auf kalte Luft trifft.« Elle zuckte mit den Schultern. »Zumindest ist das eines der Hauptmerkmale von Nebel auf dem Meer.«

»Exakt. Und genau danach habe ich gesucht …« Anne wandte sich wieder dem Bildschirm zu und zeigte darauf. »… und es gefunden.«

Elle und Troy rückten näher.

Anne fuhr fort. »Die Ostküste Grönlands ist weitgehend unbewohnt. Die Gewässer dort oben sind gut zum Fischen …«

»Ich weiß, meine Brüder haben dort ein Fischerboot«, ergänzte Elle.

»Also, es gibt keine nennenswerte menschliche Besiedlung. Keine Industrie, keine Waldbrände oder sonst etwas, das natürliche oder unnatürliche Wärme erzeugt. Was also verursacht dann das …?«

Anne trat vom Bildschirm zurück, damit Elle und Troy die Aufnahmen betrachten konnten. Der Zeitrahmen umfasste das letzte Jahrzehnt, war aber beschleunigt, und zeigte die Bewegung der Wettermuster über der Ostküste Grönlands und der Grönlandsee.

Es gab schnell wandernde Wolkendecken in Wirbeln und Streifen, und manche bedeckten Küste und Meer wochenlang. Es gab auch einige Nebelflecken, die sich bildeten und wieder auflösten. Außer in einem Gebiet. Dort gab es ein Nebelfeld, das sich über drei Viertel der Küste erstreckte und ungefähr auf gleicher Höhe mit Svalbard, der abgeschiedenen norwegischen Insel, lag.

Das Land dort oben war gefroren, zerklüftet und stets mit Eis bedeckt. Aber die Nebelwolke hing über einer Fläche von nur wenigen Quadratkilometern. Und sie bewegte sich nicht.

Troy grinste. »Irgendetwas wärmt dort Luft und Wasser auf.«

»Thermischer Auftrieb, vielleicht eine Art Abfluss oder etwas, das jetzt durch das zurückweichende Eis freigelegt wird«, fügte Elle hinzu.

»Freigelegt oder nach tausend Jahren wieder geöffnet.« Troy drehte sich zu ihr um.

»Odins Tor«, hauchte Elle. »Jetzt ergibt er Sinn, der Film, den mein Bruder aufgenommen hat. Diese Kreatur hat nicht wie eine uns bekannte Wal- oder Fischart ausgesehen, schon gar nicht wie eine Kaltwasserspezies, sondern eher, als wäre sie in wärmeren Gewässern zu Hause.«

»Und in wärmeren Gewässern aus einer anderen Zeit«, stimmt Troy zu. »Und ich wette, sobald sie rausgekommen ist, hat sie versucht, an einen wärmeren Ort zu gelangen.«

»Was? Welcher Film? Welche Kreatur?« Anne stellte sich zwischen sie. »Wer hat was?«

»Zeig es ihr«, forderte Troy. »Sie ist die Expertin.«

Elle schien kurz darüber nachzudenken, bevor sie ihr Handy hervorholte, das Video aufrief und es Anne reichte. »Aufgenommen in der Grönlandsee, etwa vor drei Wochen.«

Anne fluchte leise und nahm das Handy. »Ihr behandelt mich wie einen schottischen Trottel.« Ihre Stirn lag in tiefen Falten, als der Film begann.

Troy beobachtete über ihre Schulter, wie das volle Fischernetz über die Bordwand gehievt wurde und das riesige Ding ausspuckte, das sich auf dem eisigen Deck ausrollte.

»Ich …« Annes Augen weiteten sich, während sie es anstarrte. »*Wow.*«

Die Kreatur schimmerte im diesigen Licht. Sie hatte eine schillernde, blaugraue Schuppung auf dem Rücken, aber einen blassen Bauch, und sie bäumte sich auf und zischte, wobei ihr langer, dreieckiger Kopf aufsprang wie eine Bärenfalle und eine äußere Reihe scharfer, konischer Zähne freigab.

»Heilige Scheiße!« Anne blinzelte und schüttelte den Kopf, während sie zusah, wie die Kreatur angriff, Männer schrien und fluchten und einer schwer verwundet auf das Deck fiel. Die Kamera wackelte, und die Kreatur entfaltete einen sensenartigen Schwanz.

»Der Schwanz. Der Schwanz sagt alles«, sagte sie leise.

Es gab Blut, weitere panische Schreie, und dann war es im Nu über Bord und verschwunden. Der Film war zu Ende.

Sie spielte ihn noch einmal ab. Und dann noch einmal.

»Was denkst du?«, fragte Troy. »Könnte es echt sein?«

Anne stoppte die Aufnahme bei der Kreatur, vergrößerte das Bild und starrte es einfach an.

»Das ist kein Fisch.« Ihre Lippen bewegten sich fast in einem Raunen. »Eine großwüchsige Meeresechse …« Sie hielt den Bildschirm näher ans Gesicht. »Kräftige, konische Zähne und ein langer Zwischenkiefer sowie verlängerte Dentale. Leichter Körperbau, relativ kleiner Brust- und Beckengürtel, Vorder- und Hinterextremitäten. Farbe, Form und Musterung deuten auf einen Lauerjäger hin.

Willkommen zurück, Schönheit.« Ihre Lippen bewegten sich noch kurz, ohne wirklich Worte zu bilden, bevor sie weitersprach. »Möglicherweise Liodon, nein, nein, in dieser Region eher Tylosaurinae, die waren im hohen Norden vorherrschend.« Ihre Augen wurden schmal. »Um die zehn Meter und unter zwei Tonnen, Plus-Minus, die Größe stimmt also.«

»Und, *könnte* es echt sein?«, fragte Troy wieder.

Anne gab Elle das Handy zurück. »Alles kann gefälscht werden. Und meine professionelle, offizielle Meinung lautet, dass es wahrscheinlich eine Fälschung *ist*.« Sie schenkte den beiden ein gequältes Lächeln. »Und ehrlich gesagt *hoffe* ich, dass es eine Fälschung ist. Denn das hat wie eine Spezies von Mosasaurier ausgesehen, und diese Dinger waren die Alpha-Räuber der Meere und beherrschten die globalen Wasserwege um die fünfzig Millionen Jahre lang. Heutzutage würden wir die nicht im Wasser haben wollen.«

»Sagt diesen Sommer das Schwimmen ab«, lachte Troy leise.

»Sagt das Schwimmen ab, das Angeln, das Segeln, alles Saisonale. Ich meine es ernst. Sie waren Luftatmer und haben im Meer gejagt. Aber sie konnten auch Sachen von der Küste zerren. Stellt euch einen Alligator vor, der so schnell schwimmen kann wie ein Delfin. Und einige Arten werden bis zu zwanzig Meter lang.« Anne sah auf. »Und du hast recht: Wenn sich diese Dinger plötzlich in diesen kalten Gewässern wiederfänden, würden sie als Erstes versuchen, an einen wärmeren Ort zu gelangen.«

»Sie ist echt«, beharrte Elle. »Lemuria, die geheimnisvolle Insel im verborgenen Meer, ist echt.« Ihre Augen strahlten vor Aufregung. »Die Wikinger lebten in einer Zeit von Drachen und Seeschlangen und Ungeheuern. Dinge, die wir für Mythen und Magie halten, waren ihr Alltag.« Sie ergriff Troys Hand. »Diese Zeit ist wieder angebrochen. Die Barriere, die sie verborgen hat, ist eingestürzt.«

Troy fühlte sich, als wäre er aus dem Gleichgewicht geraten und alles stürzte auf ihn ein. Er fuhr sich übers Gesicht, dann lehnte er sich zurück und lächelte sie an. »Hör mal, als Kinder wollten wir, dass es echt ist, aber wir sind keine Kinder mehr. Ich glaube, dass es einen Ort geben könnte, an dem die Wikinger einen Schatz versteckt haben, der vielleicht wieder unter dem Eis zum Vorschein kommt. Aber nicht, dass es einen Ort gibt, an dem noch heute monströse Wesen leben. Wir müssen unsere Erwartungen herunterschrauben und auf die Feststellung vorbereitet sein, dass der Mythos ist, was er ist, ein Mythos, eine Fiktion. Wir müssen das mit einem klaren Kopf angehen. Mit Wissenschaft. Sonst verrennen wir uns.«

Anne seufzte laut.

Troy drehte sich zu ihr um. »Anne, du bist Wissenschaftlerin. Unterstütze mich.«

Annes Blick war in die Ferne gerichtet, und sie sprach, ohne sich umzudrehen. »Wrangelinsel.«

»Was?« Troy schüttelte den Kopf. »Was soll das heißen?«

»Es gibt eine Insel im Nordpolarmeer, die Wrangelinsel heißt.« Anne verschränkte die Arme. Ihre Augen waren halb geschlossen. »Sie ist abgelegen und heutzutage größtenteils vom Eis eingeschlossen, und viel gibt es dort nicht. Aber sie ist etwas Besonderes, weil sie früher einmal eine Zeitkapsel war.« Sie lächelte. »Wisst ihr, die letzten Wollmammuts lebten dort tausende Jahre weiter, nachdem sie überall sonst auf dem Planeten ausgestorben waren.«

»Davon habe ich schon gehört. Zwergversionen, nicht?«, fragte Elle.

»Nein, Sie meinen etwas anderes. Es gab einige Arten, die ebenfalls abgeschnitten wurden und im Laufe der Jahrtausende schrumpften, wie die auf den Kanalinseln. Aber nicht diese Tiere. Die Herde auf der Wrangelinsel war normal groß, die meisten mit einer Schulterhöhe um die vier Meter. Und sie sind noch umhergestapft, als die Menschen schon die Pyramiden bauten. Wir haben sie einfach übersehen.«

»Du hast gesagt, die Insel ist jetzt praktisch zugefroren, also schätze ich, dass das Klima sie am Ende erwischt hat«, sagte Troy.

Anne nickte. »Ja, und es gibt Hinweise darauf, dass Jagdtrupps die Insel schließlich gefunden haben. Vielleicht konnten die Menschen damals über das Eis gehen, um zu ihnen zu gelangen. Jedenfalls war damit das Schicksal der alten Riesen besiegelt.«

Elle wandte sich an Troy. »Siehst du?«

»Das ist nicht wirklich das Gleiche«, antwortete Troy.

Annes Mund verzog sich zu einem schiefen Lächeln. »Nein, ist es nicht. Aber ich will damit sagen, dass manche Arten überleben können, falls sie einen abgelegenen Ort finden und in Ruhe gelassen werden. Also ja, das ist ein Präzedenzfall.«

»Es gibt ein altes Sprichwort.« Elle lächelte und beugte sich vor. »Irgendwann kommt alles Verborgene ans Licht. Die Zeit erledigt das für uns, ob wir es wollen oder nicht.«

»Zitierst du jetzt Romanautoren?« Troy stand auf, um auf und ab zu gehen. Er fuhr sich mit einer Hand über sein stoppeliges Kinn. »Aber wo? Nicht mal eine unbewegliche Nebelbank kann eine ganze Insel verbergen. Nichts bleibt vor der ganzen Satellitenbildtechnologie verborgen, die wir heutzutage haben.«

»Wir wissen nicht genau, wo sie liegt. Noch nicht«, sagte Elle. »Aber die Wikinger wussten es.«

»Aber woher?« Troy drehte sich zu ihr um. »Die Wikinger navigierten hauptsächlich nach Sicht. Sie benutzten keinen Kompass, sondern achteten auf die Farbe des Meeres, die Art, wie sich die Wellen bewegten und wie der Wind wehte. Sie hielten nach Vögeln Ausschau und konnten riechen, ob sie in der Nähe von Land waren. Nichts davon funktioniert in dichtem Nebel.«

»Ich weiß nicht, wie sie es fertiggebracht haben. Aber sie haben es fertiggebracht«, beteuerte Elle.

Das Trio saß einige Minuten schweigend da, jeder in seine eigenen Gedanken versunken.

»Und was jetzt?«, fragte Anne.

»Jetzt müssen wir der letzten Reise der *Skidbladnir* folgen. Wohin sie auch gefahren ist, wir müssen ihr folgen.« Elles Blick war auf Troy gerichtet. »Und unsere geheimnisvolle Insel finden.«

»Vielleicht ist gar nichts dran. Aber ich bin dabei.« Annes Augenbrauen waren weit nach oben gezogen. »Aber …« Sie hob einen Finger und zeigte auf die NASA-Wetterkarten über Grönland. »Ein großer Teil der Küstenlinie ist immer noch in Nebel gehüllt. Achtzig, neunzig Kilometer vielleicht, oder mehr. Und fliegen ist bei null Sicht raus.« Sie zuckte mit den Schultern. »Wir müssen unsere Suche noch verfeinern, sonst könnte es Jahre dauern.«

»Egal, wie wir es anstellen. Wenn wir keinen Weg durch den Nebel finden, finden wir gar nichts.« Troy rieb sich die Schläfen.

»Du hast recht. Also brauchen wir das Ding, das Ulf Skarsgard benutzt hat, den Drachenfinder, was immer das ist. Und wo immer es ist.« Elle richtete sich auf. Ihr selbstbewusstes Lächeln wich nicht von ihren Lippen. »Und wo findet man Drachen?«

»Laut der Legende hinter Odins Tor«, antwortete Troy. »Zumindest das, was Ulf Skarsgard für Drachen hielt.«

»Mit dem, was uns der Hautlappen verraten hat, und nachdem ich Elles Video gesehen habe, tippe ich eher auf eine Art großen Saurier«, ergänzte Anne.

»Vergesst das.« Elle runzelte die Stirn. »Wir müssen mal kurz wie ein Wikinger denken. Der Gegenstand wurde als *Drekafinnari* bezeichnet, ein Drachenfinder. Das bedeutet, dass er ihn hatte, bevor er Odins Tor entdeckt hat. Er hat ihn benutzt, um Odins Tor zu *finden.*«

»Gut. Das bedeutet, dass er vielleicht nicht hinter dem Tor ist.« Troy nickte.

»Wo findet man denn sonst noch Drachen?« Sie sah auf. »Kommt schon, denkt wie ein Wikinger.«

»Für Wikinger waren Drachen und Seeschlangen allgegenwärtig«, antwortete Troy. »In ihrer Kunst, ihrem Schmuck, ihrer Schrift, auf der Urne und … ihren Booten.«

»Ihre Boote wurden Drachenschiffe genannt.« Elle grinste. »Und was war am Bug von Ulfs Drachenschiff?«

Troy musste lachen. »Ein grünäugiger Drache.«

»Erinnere dich an die Inschrift. ›Schau zum Auge des Drachen‹«, sagte Elle leise. »Oder vielleicht sollten wir *dahinter* schauen.«

Troy klatschte in die Hände. »Das muss es sein. Dort ist es.«

»Wir müssen nach Norwegen. *Sofort!*«, verkündete Elle.

EPISODE 04

»Die Tore zur Hölle stehen offen, am Tag und in der Nacht«

VIRGIL, ÄNEIS

KAPITEL 13

Das Jahr 1020 – Lemuria, die geheimnisvolle Insel – zu Odins Herz

Das allsehende Auge wies den Weg, und Ulf beobachtete, wie es sich auf seiner Handfläche drehte. Zufrieden verstaute er es wieder im Beutel an seinem Gürtel.

Endlich waren sie den verwünschten Sümpfen entstiegen. Sie hatten drei starke Männer verloren, und er knirschte mit den Zähnen, als er sich daran erinnerte, wie sie der Gruppe entrissen wurden, nicht von einem Tier, sondern von einer Art verfluchter, lebendiger Pflanze. Und ihre Schreie suchten ihn noch immer heim.

Während der letzten Stunden waren sie einem Wasserlauf gefolgt, doch nun mussten sie sich von ihm entfernen. Das Land stieg an, und obwohl er den Himmel nicht sehen konnte, der in einem ewigen weißen Dunst zu liegen schien, als sei er aus Eis oder Schnee, fragte er sich, ob sie zu Walhalla aufstiegen und sich bald über den Wolken wiederfänden.

Arne, der über den scharfen Blick eines Adlers verfügte, war es, der das Gebäude zuerst entdeckte, als sie den Gipfel erreichten.

Ein massiver Baum, der einer Esche nicht unähnlich war, hatte das Bauwerk vollständig in die starke Umarmung seiner riesigen Wurzeln und Äste gehüllt. Doch tatsächlich befand sich im Inneren dieses monströsen Gewirrs eine Burg oder Festung von gewaltigen Ausmaßen, und Ulf merkte, wie sich seine Stimmung hob, als er das rote Leuchten sah, das daraus kam.

»Das scheint nicht das Glühen eines Feuers zu sein, sondern etwas anderes«, flüsterte Arne.

»Es kann nur das Herz Odins sein«, antwortete Ulf.

»Dann neigt sich unsere Suche dem Ende«, bemerkte Njal, während er seine Axt auf seine andere massive, tätowierte Schulter legte.

Ulf nickte, doch er hielt seine Krieger noch einen Moment zurück. In keinem Land hatte er je ein solches Gebäude gesehen. Es war anders als selbst die größten und prächtigsten Bauten der Wikinger, für die üblicherweise viel Holz vonnöten war. Stattdessen war es aus Stein und hatte Säulen, die dicker als Zugpferde waren. Es gab bogenförmige Fenster und eine breite Doppeltür am Eingang, die ebenfalls aus Stein gebaut war.

»Es ist ein Haus von Riesen«, sagte Sten, der Ausdruckslose.

»Nichts anderes erwarte ich von einem Haus Odins.« Ulf nickte. »Du etwa?«

Vor dem Gebäude erstreckte sich ein offenes Gelände, das von einer farnartigen Pflanze bedeckt zu sein schien, die sich an den Boden schmiegte. Alle paar Dutzend Schritte gab es breite Blätter, ähnlich derer riesiger Seerosen, doch sie hatten ungefähr die Größe von Ochsenkarren.

Ulf ließ seinen Blick über den umliegenden Dschungel schweifen und konnte keine Bewegung erkennen. Wenngleich seine Sinne kribbelten und ihn vor Gefahr warnten, konnte er nichts sehen, hören oder riechen.

So blieb er viele Minuten lang stehen und beobachtete, doch noch immer rührte sich nichts. Schließlich drehte er sich um.

»Verteilt euch auf drei Reihen. Rückt vor.«

Die Krieger befolgten den Befehl, und als sie sich vorwärts bewegten, setzten sie die Füße vorsichtig auf. Die meisten trugen Hosen aus verschrammtem Leder, Fellstiefel mit Riemen bis zu den Knien, und die Mehrzahl hatte Brustpanzer aus gegerbtem Rentierfell. Als Häuptling trug Ulf einen handgefertigten Lamellenpanzer, der aus vielen winzigen Metallplatten bestand, die sorgfältig zusammengenäht waren.

Alle Krieger trugen Umhänge aus Tierfell, doch ihre kräftigen Arme waren nackt und nur von ledernen Stulpen geschützt. Wenn man Waffen schwang, hielt man sich am besten frei von Last, um möglichst schnell zu sein.

Brunhilde trat neben ihn und stieß ihn an. »Das gefällt mir nicht«, flüsterte sie.

»Dir gefällt gar nichts.« Er lachte.

»Das ist nicht wahr. Du gefällst mir.« Sie grinste und entblößte einen fehlenden Seitenzahn. »Aber alles andere ist scheiße.«

Ulf lachte. Ja, er würde sie auf jeden Fall zur Frau nehmen, sobald sie zurückkehrten. Wenn Odin es wollte.

Der Häuptling blickte auf die riesigen Blätter hinunter, die funkelten, als wären sie mit Öl oder Schleim bedeckt. Er und die anderen Krieger gingen um sie herum, denn sie sahen glatt aus, und niemand wollte hinfallen, weil der Farn, der den Boden bedeckte, scharfe Dornen hatte, die so lang waren wie Finger.

Sie brauchten eine halbe Stunde, um den riesigen Baum zu erreichen, der die Festung umschloss. Ulf betrachtete die gewaltigen Wurzeln und den Stamm. Es war das größte Gewächs, das er je gesehen hatte.

»Ist das Yggdrasil?«, fragte Brunhilde.

Ulf hob das Gesicht zu seinen gewaltigen, weitreichenden Ästen hinauf. Yggdrasil war der mächtige Lebensbaum und hielt die neun Welten der Wikinger zusammen.

»Groß genug ist er. Und im Nebel kann ich seine Krone nicht sehen«, antwortete er. Dann drehte er sich um. »Njal.« Er nickte zu dem Mann, dann zum Gebäude, und sein Krieger schritt mutig voran.

Njal erklomm die Stufen. Jede war mindestens halb so groß wie er, sodass es keine leichte Aufgabe war. Oben angekommen, stand er vor der ausladenden Tür und spähte hinein, in das rote Licht getaucht, das ihn zum Leuchten brachte. Nach einem Moment drehte er sich zu Ulf um und schwenkte seine Axt.

Ulf und die Krieger gingen rasch zu ihm. Innen war es genau so, wie sie es von außen gesehen hatten: Alles war überdimensioniert, als wäre es für Wesen gebaut worden, die zweimal so groß waren wie sie. Es gab Statuen, Artefakte, alle uralt, aber das Einzige, das ihre Blicke auf sich zog, war das, was auf einem Altar am Ende des Raumes ruhte.

Es war ein roter Stein, so groß wie der Kopf eines Mannes. Und er leuchtete wie ein eingesperrtes Feuer. Kein durchgängiges Leuchten, eher ein Pulsieren. Genau wie ein Herz.

Ulf machte einen Kniefall, und die anderen folgten seinem Beispiel. »Das Herz des Allvaters.« Er neigte den Kopf und streckte beide Hände aus, die Handflächen nach oben gerichtet. »Bitte befinde uns für würdig, oh großer Odin.«

Schließlich stand Ulf auf und sah sich zum ersten Mal in dem riesigen Raum um. Über ihnen war die Decke an einigen Stellen aufgebrochen, da der kolossale Baum die Steinblöcke, die einst die Bedachung gebildet hatten, angehoben hatte.

Im ganzen Raum gab es Schätze: Truhen, Schalen, Urnen, alle übervoll mit Gold, Silber und Edelsteinen. Vieles davon lag auf dem Boden verstreut, ebenso wie Waffen aus glänzendem Silber.

»Überbringt den Tribut«, sagte Ulf.

Mehrere Männer traten vor, um ihre Säcke voller Gold und Edelsteinen über den Stapeln auszuleeren. Viele ihrer Brüder und Schwestern waren gestorben, um so viel Reichtum anzusammeln, doch alle hatten gewusst, dass ihr Lohn darin bestand, nach ihrem Tod über die Regenbogenbrücke in Odins große Halle geführt zu werden. Das war es tausendfach wert.

Ulf wollte nur eines. Er ging auf das Herz zu. Er wollte es nur berühren. Nur ein einziges Mal.

Doch bei jedem Schritt, mit jedem Fuß, den er näher setzte, tat ihm der Kopf weh, und sogar seine Backenzähne schmerzten. Während er den pulsierenden, blutroten Stein anstarrte, traten ihm Tränen in die Augen und seine Sicht verschwamm ein wenig, als zögen Nebelschleier vor ihm auf.

Mühsam streckte er eine Hand aus. Selbst aus einem halben Meter Entfernung spürte er die Wärme, die von dem riesigen Edelstein ausgestrahlt wurde.

»Er ist heiß«, flüsterte er, dann sah er über die Schulter zu seiner Frau.

»Vorsicht, mein Herr«, mahnte Brunhilde. Sie nickte Sten und einem anderen Krieger von ihrem Schiff zu, und die beiden nahmen links und rechts von ihrem Häuptling Position ein, um ihm Beistand zu leisten.

Ulf drehte sich wieder um, spürte das warme Glühen des Edelsteins auf den Wangen und ließ seine Hand darüber schweben. Er starrte in sein Inneres und glaubte, eine Bewegung zu sehen, als wäre es ein tiefes Wasser, in dem sich Dinge träge wanden.

Während er hineinstarrte, fielen seltsamerweise einige Steinchen von oben herab und hüpften über den Boden, sogar über seine Schultern. Langsam löste er den Blick von dem roten Herzen und betrachtete die winzigen, herumspringenden Steine. Dann hob er ebenso langsam das Gesicht zum Dach. Seine Augen weiteten sich, denn durch ein großes Loch starrte ein monströser Kopf herein, fast so groß wie sein Langboot. Seine Augen waren Schlitze, wie die einer Viper, und von der Farbe des Rubins.

Er war so reglos, dass er ein Teil der Decke hätte sein können, und Ulf wich einen Schritt zurück. Jetzt erinnerte er sich an die Legende: Die Insel zu finden, war nicht Odins Prüfung. Das Herz zu finden, war nicht die Prüfung. Sich dem Drachen zu stellen, war die Prüfung.

Weitere Steine regneten herab, als sich die Kreatur Stück für Stück auf sie zubewegte. Sten, der rechts von ihm stand, blickte endlich auf und hob seine riesige Axt.

»*Der Dreka*«, rief der Krieger.

Noch ehe er das Wort ausgesprochen hatte, brüllte die riesige Kreatur. Das Geräusch war so laut und gewaltig, dass Ulf es bis in die Knochen spürte.

Er befahl den Rückzug, doch sobald sich die Krieger in Bewegung setzten, öffnete sich das riesige Maul, und diesmal kam kein Brüllen heraus, sondern ein Schwall seines Speichels. Er bedeckte Sten von Kopf bis Fuß.

Augenblicklich begann der große Mann zu schreien. Dampf stieg von ihm auf. Direkt vor Ulfs jetzt weit aufgerissenen Augen schmolz der große Krieger. Zuerst verschwanden Stens Pelze und Rüstung, dann seine Haut, und als er zu Boden fiel, waren nur noch die Knochen und sein noch dampfender Schädel übrig.

»Rückzug!«, schrie Ulf. »Zurück zu den Schiffen!«

Die Gruppe floh, sprang die riesigen Stufen hinunter und stürmte dann über das Farnkrautfeld. Doch in ihrer Eile traten viele auf die großen, seerosenartigen Blätter. Sobald sie das taten, stellten sie fest, dass die Pflanzen nicht wie erwartet glatt waren, sondern klebrig wie Holzteer, und sie hielten ihre Füße fest.

Einige der Krieger beschlossen, auf die breiten, klebrigen Blätter einzuschlagen. Andere zogen ihre Stiefel aus, doch das bedeutete, dass sie mit bloßen Füßen durch das dornige Gestrüpp laufen mussten.

So oder so, es verlangsamte sie, und von hinten schlängelte sich der Leviathan um den massiven Baum und das Gebäude herum. Rennend drehte Ulf sich um, und in Lemurias düsterem Zwielicht spürte er, wie ihn angesichts der Größe und der Grauenhaftigkeit dieses Dings die Angst wie ein Blitzschlag durchfuhr.

»Odins Schoßtier«, flüsterte er.

Es stand auf vier Beinen und hatte Schuppen, die größer waren als eine Tür. Und diese Schuppen waren mit Moos und anderen merkwürdigen Gewächsen bedeckt, als sei der Drache ein uraltes Wesen aus einer früheren Zeit. Fiese Stacheln und Dornen ragten ihm aus Rücken und Kopf, und jede seiner Klauen erreichte beinahe die Größe eines ausgewachsenen Mannes.

Der Boden bebte unter jedem seiner gigantischen Schritte, und nach nur wenigen erwischte er die ersten der festsitzenden Krieger. Die meisten verschwanden in seinem Maul. Die Knochen knirschten und das Fleisch schmatzte, als es verschlungen wurde. Andere Krieger, nun ohne Stiefel, rannten mit aller Kraft über ein Dornenfeld, das ihnen die Füße zerfetzte, doch da die Alternative ein gewaltsamer, grausamer Tod war, wurde keiner auch nur ein bisschen langsamer.

Während sich Ulf der Grenze zum Wald näherte, betete er, dass dieser zu dicht wäre, um der Bestie Platz zu bieten. Brunhilde wartete dort bereits auf ihn und trieb ihn zu größerer Eile an, und allein ihr Anblick beruhigte seine Nerven; für sie wollte er stark sein.

Sie ergriff seinen Arm. »Wir können es schaffen.«

»Wir *werden* es schaffen.« Ulf nahm ihre Hand und schob sie vor sich her, dann rief er seinen Männern zu, um ihr Leben zu rennen.

Und das taten sie auch. Sie rannten wie verrückt, den ganzen Weg zurück zu ihren Schiffen, während hinter ihnen eine Bestie aus der Hölle in den Wald preschte und mächtige Äste beiseiteschob, als wären sie Anmachholz.

KAPITEL 14

Wikingermuseum, Halbinsel Bygdøy, Oslo, Norwegen – Heute

Anne betrat das Museum durch die Eingangstür, hielt unterwegs ihr Handy hoch und filmte. Sie berichtete leise.

»Eine Wache vor der Tür, groß, respekteinflößend, Mitte dreißig.« Sie ging durch die klimatisierten Räume und entdeckte eine weitere Person. »Zweite Wache drinnen, älter, Mitte fünfzig und nicht in Form.«

Dann ging sie am Schiffsraum vorbei und betrat die Halle, in der die Rekonstruktionsarbeiten an der *Skidbladnir* abgeschlossen worden waren.

Das Schiff war erstens abgesperrt und hatte jetzt zweitens eine Abschirmung aus durchsichtigem Plexiglas vor sich. Sie war dick, und als Anne nach unten sah, erkannte sie, dass sie in den Boden geschraubt war. Sie war jedoch nur so angelegt, dass das Boot nicht entfernt werden konnte, und es gab einen Zwischenraum zwischen ihr und der Wand. Das sollte genügen.

»Ich glaube, dass man nicht mal mit einem LKW durch das Panzerglas käme«, flüsterte sie. »Aber wir kommen dahinter.«

Dann trat Anne so nah wie möglich heran. Der ältere Wachmann ging an ihr vorbei, nickte und lächelte ihr zu.

»God morgen«, sagte sie und lächelte zurück.

Er ging hinaus und sie hatte den Raum wieder für sich allein. Anne ging von einer Seite zur anderen und konzentrierte sich auf das verbliebene Jadeauge.

Sie bemerkte, dass das menschengroße Auge in der Mitte eine Runenverzierung hatte, die als Pupille diente. Das grüne Auge war nach all diesen Jahrhunderten noch immer leuchtend und schön, und sie wettete, dass es, hätte man es poliert, strahlen würde wie grünes Feuer.

Anne warf einen Blick über die Schulter und durchquerte den Raum zu einem der Fenster. Es war mit Stahlstäben gesichert, und der Draht einer Alarmanlage war gerade so zu erkennen, oben, wo er mit einem kleinen Sensor am Glas befestigt war. Sie filmte beides.

In den Zimmerecken standen weitere Lichtsensoren und eine einzelne Kamera. Sie seufzte. Es würde nicht leicht werden.

»Ich hab genug gesehen. Ich komme raus«, sagte sie.

Troy lud Annes Film auf seinen Computer hoch und spielte ihn dann noch einmal für die Gruppe ab.

»Alarmanlagen, Sensoren, Wachen, Kameras und Metallgitter. Wird nicht leicht«, sagte Elle.

»Alles zusammen betrachtet, hast du recht. Also gliedern wir es auf«, antwortete Troy. In seinem früheren Leben bei der CIA hatte er oft in gesicherte Gebäude und Räume eindringen müssen. In jenen Zeiten waren die Orte viel besser gesichert gewesen als dieses Museum außerhalb der Stadt. Doch damals hatte er ein komplettes technisches Team und ein riesiges Budget zur Verfügung gehabt.

Aber auf einer Skala von diesem Museum bis Fort Knox sollte es einfach werden. »Sensoren, Alarmanlagen und Kameras laufen alle mit Strom, also schalten wir den aus.« Er richtete sich auf. »Und wisst ihr, wie man Menschen in Bewegung versetzt, so oder so? Wenn man ›Feuer‹ ruft.«

»Wir legen ein Feuer?« Annes Augenbrauen schossen nach oben.

»Das gefällt mir.« Elle lächelte zur Antwort. »Aber nur ein kleines.«

Anne runzelte die Stirn. »Hey, als jemand, der Museen mag, muss ich mich hier solidarisch zeigen und euch mitteilen, dass ich Einspruch einlege.«

»Es ist nicht ideal, aber wenn du einen anderen Vorschlag hast, dann raus damit«, antwortete Troy.

»*Äh, hm*, wie wäre es, wenn wir sie bestechen?« Anne nickte. »Ja, wir bieten ihnen jeweils tausend Euro an. Troy hat Geld.«

»*Hatte* Geld«, schnaubte Troy. »Zu viele Risiken, davon abgesehen. Sie könnten nein sagen oder es könnte zu lange dauern, und dann müssen wir die Karten auf den Tisch legen. Sie könnten uns melden und dann die Sicherheitsmaßnahmen verdreifachen. Das Spiel wäre vorbei, bevor es überhaupt angefangen hat. Wir müssen reingehen, tun, weswegen wir hergekommen sind, und auf dem Heimweg sein, bevor die überhaupt wissen, was passiert ist.«

»Dann leg das Feuer wenigstens draußen und nicht in der Nähe von Schaukästen. Sonst könnte die Hitze die Artefakte zerstören.« Anne verschränkte die Arme.

Troy dachte darüber nach. »Okay, ich bin einverstanden. Wir werden dafür sorgen, dass es mehr Rauch als Feuer gibt. Gerade genug, um eine Panik auszulösen und die Wachen eine Weile zu beschäftigen.« Troy nickte. »Das kriegen wir hin.«

»Dann bleibt nur noch eins. Vor den Fenstern sind Metallgitter und die Tür ist massiv.« Anne legte den Kopf schief. »Oder schlagen wir die einfach ein?«

Troy schüttelte den Kopf. »Als ich ein Kind war, wurde bei einem meiner Nachbarn eingebrochen. Das war seltsam, weil er diese riesigen Türen, Schlösser und Fenstergitter hatte. Aber dann fanden wir heraus, dass die Einbrecher nicht durch die Tür oder die Fenster gekommen sind, sondern einfach Ziegel von seinem Dach entfernt und ein Loch in den Deckenputz geschnitten haben, und dann haben sie sich runtergelassen. Keiner hat etwas gesehen oder gehört.«

Elle nickte. »Genial.«

»Ich bin jetzt schon nervös. Wir werden das wirklich durchziehen.« Anne atmete durch die geschlossenen Lippen aus. »Wann?«

Elle und Troy sahen einander an.

Troy zuckte mit den Schultern. »Es muss morgen Abend sein.«

»Dann nehmen wir den Nachtflug nach Mitternacht«, sagte Elle. »Am Morgen sind wir wieder in Schottland.«

Troy richtete sich auf. »Machen wir es wahr.«

Anne schloss die Augen. »Oh, Mutter Maria, mir ist schlecht.«

Um zehn Uhr abends half Troy ihnen, ihre Taschen in den Kofferraum des Mietwagens zu laden. Sie würden nicht mehr zum Hotel zurückkehren, und wenn alles nach Plan verlief, würden sie später in einem Flieger sitzen, der kurz nach Mitternacht das Land verließ.

Er stieg ein und drehte sich in seinem Sitz um. »Seid ihr bereit?«

Elles einzelnes grünes Auge leuchtete vor Aufregung, aber Anne war kreidebleich. Beide nickten.

Alle drei waren dunkel gekleidet und hatten etwas zum Wechseln fürs Flugzeug dabei. Außerdem hatten sie eine Tasche mit Werkzeugen mitgebracht, die sie brauchen würden: Scheren, Bolzenschneider, Sprühfarbe, Klebeband, eine Flasche Benzin und alles, was ihnen sonst noch eingefallen war oder was Troy in der Vergangenheit benutzt hatte. Zudem hatten sie eine Leiter, die sie von einem nahegelegenen Bauernhof gestohlen hatten und die Troy früher am Abend in der Nähe des Museums versteckt hatte.

»Welche Geschichte erzählen wir zur Tarnung?«, fragte Anne, als sie einen knappen halben Kilometer vom Museum entfernt anhielten.

»Wir sind amerikanische Touristen.« Troy drehte sich um. »Und so was unternehmen wir doch normalerweise abends zu Hause, oder?« Er zwinkerte.

Anne ließ die Schultern hängen. »Oh, mein Gott. Ich will nicht die nächsten paar Sommer in einem norwegischen Gefängnis verbringen. Außerdem wird das in meinem Lebenslauf ganz schön mies aussehen.«

»Sie wollten dabei sein, schon vergessen?« Elle grinste.

»Wenn ihr eure geheimnisvolle Insel findet, nicht wenn ihr ein anderes Museum beklaut«, erwiderte Anne.

»Keine Sorge, wir sagen ihnen, dass du nicht wusstest, was wir vorhatten.« Troy drehte sich wieder um.

»Ich wusste es auch nicht«, lachte Elle. »Ich werde Sie im Gefängnis besuchen, Mr. Strom.«

Troy stöhnte auf. »Danke für die Unterstützung. *Meine Güte,* Team Mission Impossible sind wir *nicht.*«

Sie stiegen aus und machten sich auf den Weg zu der Baumreihe auf der anderen Straßenseite, wo sie warteten und beobachteten. Die

Nacht war kühl und ruhig, und zum Glück war die Straße leer. Vor dem Haus parkte ein einzelnes Auto, das wahrscheinlich einer der Wachen gehörte.

Nach etwa zwanzig Minuten kam ein Wachmann heraus und zündete sich eine Zigarette an. Troy reichte Elle das Benzin.

»Siehst du das Auto? Wenn der Wachmann wieder reingeht, will ich, dass du es mit Benzin übergießt und es anzündest.« Er zeigte auf einen Sicherungskasten an der Seite des Gebäudes. »Sobald es brennt, werde ich alle Sicherungen rausnehmen. Falls ich in Rauch und Flammen aufgehe, lasst ihr mich zurück.« Er sah auf seine Uhr. »Im schlimmsten Fall haben wir nur zehn Minuten lang Verwirrung. Im besten Fall vielleicht fünfzehn.«

»Was soll ich tun?«, fragte Anne.

»Hol die Leiter und stell sie an der Ostseite des Gebäudes auf, in der Nähe des *Skidbladnir*-Raums«, antwortete er.

Der Wachmann warf ihre Zigarette auf den Boden und stellte einen Fuß darauf. Sie glühte weiter, während er durch die Eingangstür zurückging. Der Schein seiner Taschenlampe wurde schwächer.

»Perfekt. Seine Zigarette hat den Brand verursacht«, kicherte Elle.

»Alle bereit?«, fragte Troy.

Sie nickten, und er holte tief Luft. »Viel Glück allerseits.« Troy drückte die Autotür auf. »Und … los.«

Elle, Anne und Troy eilten zu ihren vorgesehenen Einsatzorten. Elle kam zuerst an und bespritzte das Auto mit Benzin. Sie zündete ein Streichholz an und warf es. Das Auto flog mit einem blendenden *Fump* in die Luft. Dann rannte sie um die Ecke zu Anne.

Troy wartete einige Sekunden lang am Sicherungskasten, bis er den ersten Wachmann schnell herauskommen sah. Die Augen des Mannes weiteten sich. Er fluchte und begann zu rufen. Dann erschien der zweite, ältere Wachmann.

Troy nahm die Sicherungen heraus.

Die Lichter gingen aus.

Er hoffte, dass es drinnen keine sekundäre Stromquelle gab. Sie würden es bald erfahren. Er rannte zu Elle und Anne.

Sobald Troy um die Ecke zur Rückseite des Gebäudes kam, sah er, dass die Leiter bereits aufrecht und ausgezogen war. Anne stand unten und Elle war bereits oben und betrat das Dach.

»Beeilung, Beeilung«, sagte Anne. Sie wirkte panisch.

Sofort machte er sich ans Klettern. »Ich bin gleich zurück. Warte hier«, sagte er.

»Du machst wohl Witze.« Anne folgte ihm nach oben.

Als er bei Elle ankam, war sie bereits auf Händen und Knien und hob einige der Dachziegel mit einem kleinen Brecheisen an. Die Geräusche des Feuers und der Männer, die sich gegenseitig Anweisungen zuriefen, waren genau die großartige Deckung, die sie sich erhofft hatten.

Er gesellte sich zu ihr, und gemeinsam hatten sie schnell ein halbes Dutzend Ziegel entfernt und ein Loch geschaffen, das groß genug war, um hindurch zu schlüpfen. Elle steckte den Kopf hinein und schwenkte eine Taschenlampe.

»Keine zusätzliche Alarmanlage«, sagte sie und ließ sich ohne ein weiteres Wort fallen, gefolgt von Troy und schließlich Anne.

Sie bewegten sich rasch übers Gebälk und fanden die Ecke, in der sie den Bootsraum vermuteten. Dann machten sie sich daran, einen Teil der Gipsplatten in der Decke mit Messern aufzuschneiden, und zogen sie zurück.

Im Museum war es so dunkel, wie sie erwartet hatten. Sie ließen sich leise hinunterfallen und landeten sanft. Kurz darauf waren sie hinter dem Glasschutz und sahen zur *Skidbladnir* hinauf.

Aus nächster Nähe atmete Troy den Geruch des uralten Holzes ein. Er beschwor Bilder von alten, nebelverhangenen Wäldern, Seeluft über gefrorenen Meeren und, aus irgendeinem Grund, von Krügen voll starkem Bier.

Elle richtete ihre Lampe auf die Bugspitze. Das einzelne grüne Auge leuchtete in ihrem Lichtstrahl. *»Dreka«,* flüsterte sie und legte eine Hand auf seine Wange, als ob sie das Gesicht eines Pferdes streicheln würde. »Hallo, alter Freund.«

Troy fand das merkwürdig, machte sich aber an seine Aufgabe. »Tut mir leid, Holzklinge, aber Ulf hat hier etwas hinterlassen, das gefunden werden muss.« Er streckte die Hand hinauf und stieß sein Messer neben dem verbliebenen grünen Auge ins Holz. Nach ein oder zwei Sekunden löste es sich und fiel ihm in die Hand.

Er starrte in das Loch und runzelte die Stirn. »Scheiße«, stieß er hervor. »Da ist nichts dahinter.«

Er sah zum anderen Auge, aber aus der Nähe erkannte er, dass es eine Fälschung war, Plastik, und offensichtlich eine Requisite, die erst kürzlich für die Restauration eingesetzt worden war. Er holte es trotzdem heraus, und auch dahinter war nichts.

»Das Feuer ist aus«, zischte Anne.

Dann ging das Licht wieder an.

Troy wirbelte herum und sah, dass die Alarmsensoren blinkten. Das bedeutete, dass sie zurückgesetzt wurden. Der Gruppe blieben nur wenige Minuten oder vielleicht sogar nur Sekunden.

Er steckte das falsche Auge wieder ein und grub sein Messer tiefer in die leere Höhle des echten Auges, aber da war nichts als uraltes Holz.

»Verdammt«, zischte er.

»Wir müssen gehen.« Elle zog an seiner Schulter.

»Okay.« Troy versuchte, den grünen Stein wieder einzusetzen, aber er blieb nicht stecken, weil sein Messer das Loch vergrößert hatte.

Elle hielt ihn am Arm gepackt und begann, heftig daran zu zerren. »Sie kommen.«

»Ach, ah … verdammt, okay.« Er steckte den Stein ein, dann gingen sie gemeinsam zum Loch. Elle und Anne hievten ihn gemeinsam hoch und Troy drehte sich um, um den Arm auszustrecken und die Frauen eine nach der anderen hochzuziehen.

Als Annes Beine in der Luft schwangen, waren die Bewegungssensoren zurückgesetzt, und der Alarm begann zu schrillen.

Vor Schreck geriet Anne ins Schaukeln und rutschte an seinem Arm hinunter. Troy atmete tief ein und riss die in der Luft hängende Frau hoch. Dann setzte er das entfernte Deckenstück schnell wieder ein, wohl wissend, dass man es im Handumdrehen bemerken würde. Während er das tat, hörte er das Geräusch rennender Füße. Zeit, abzuhauen.

Die drei verließen das Gebäude durch das Loch in den Dachziegeln, liefen schnell übers Dach und nahmen, nachdem sie unten waren, die Leiter mit.

Wenige Augenblicke später saßen sie wieder im Auto und rasten davon. Einen Kilometer weiter schmerzte Troys Arm, weil er die Leiter neben dem Auto und gleichzeitig das Lenkrad festhielt. Er lenkte den Wagen näher an den Straßenrand und warf die Leiter in einen Bereich mit hohem Gras, wo sie verschwand.

Er ließ die Schulter kreisen, griff dann in seine Tasche, holte das Drachenauge heraus und reichte es Elle. Sie sah auf das grüne Steinartefakt hinunter, polierte es an ihrem T-Shirt und hielt es dann hoch. Es hatte die Form eines Auges. Eine Runenschrift mit Symbolen, Wellen und Drachenköpfen war kunstvoll eingeritzt.

»Ich sehe das Herz«, flüsterte sie, während sie die alten Runen las.

»Was bedeutet das?«, fragte Anne.

»Es bedeutet …« Elles Blick glitt zu ihr und sie schüttelte langsam den Kopf. »Nein, ich weiß es nicht.«

Sie rieb die Oberfläche ab und richtete ihre Taschenlampe auf die Rückseite. Der Gegenstand war nicht rein, sondern hatte Einschlüsse. Im Grunde schien es nur ein Jadestück von durchschnittlicher Qualität zu sein, das in die Form eines menschengroßen Augapfels geschnitten worden war.

»Toll, jetzt sind wir Vandalen und Diebe«, stöhnte Anne, während sie sich in den Rücksitz fallen ließ.

»Das war aufregend«, sagte Elle. »Der größte Spaß seit Jahren.«

Anne schüttelte den Kopf. »Ich komme mir vor, als hätte ich gerade eine Kirche entweiht.«

Troy drehte sich beim Fahren halb mit einem Grinsen um. »Ich weiß nicht. Ich komme mir ein bisschen vor wie Indiana Jones.« Er zuckte mit den Schultern. »Aber dieses Mal haben wir Glück gehabt.«

»Zurück auf Anfang.« Elle lehnte sich zurück und schloss die Augen. Ein kleines Lächeln lag auf ihren Lippen.

KAPITEL 15

Nur einen halben Tag später waren sie wieder in Troys Hotelzimmer in Edinburgh. Troy und Anne saßen am Tisch, während Elle es sich auf der Couch gemütlich gemacht hatte.

Er trank einen Kaffee und starrte in die Ferne. Mit einer Hand drehte er das Jadeauge auf der Tischplatte. Er drehte es, es wirbelte herum und blieb liegen. Er drehte es, es wirbelte herum und blieb liegen.

Nach dem vierten Mal griff Anne nach seinem Arm. »Hör auf.«

»Was?« Er schüttelte seine Gedanken ab. »Entschuldige, war das gerade nervig?«

»Nein.« Sie streckte den Arm, um ihm das Auge wegzunehmen, und drehte es selbst. »Schau zu.« Es wirbelte einen Moment herum, wurde langsamer, und blieb dann liegen. Dann aber bewegte es sich wieder, nur ein winziges Stück in die andere Richtung, und zwar ganz von selbst.

»Hey.« Troy runzelte die Stirn, und Elle setzte sich auf, um zuzusehen.

»Und wieder.« Sie wiederholte die Aktion, und wieder drehte sich das Auge, blieb liegen, positionierte sich dann aber neu. Sie grinste. »Das Auge richtet sich selbst neu aus. Es zeigt immer in dieselbe Richtung.«

»Das ist einfach nur seltsam.« Troy stützte sich auf die Ellbogen. »Es sei denn, es ist wie ein Kompass.«

»Als ich es gegen das Licht gehalten habe, habe ich Flecken darin gesehen. Ich hab gedacht, das wären nur Verunreinigungen«, sagte Elle. »Aber vielleicht waren es magnetische Fragmente.«

»Unmöglich.« Anne beugte sich vor. »Wikinger navigierten nach Sternen und Orientierungspunkten. Sie haben keine Kompasse benutzt und deshalb haben die für sie nie existiert.«

»Moment mal. Ich nehme an, die Pupille ist vorn. Und wenn ja, dann schaut oder zeigt sie nicht nach Norden.« Elles Stirnrunzeln vertiefte sich. »Erinnert euch daran, was die Urne uns gesagt hat: *Blickt auf das Meer von Grœn Land.*«

»Ein Kompass, der nicht nach Norden zeigt. Aber er zeigt auf etwas anderes«, flüsterte Anne. »Oder nach *irgendwo* anders.«

Troy hielt den Stein wieder hoch und sah mit schmalen Augen hinein. »Was auch in diesem Jadeauge ist, es schaut nach Norden, aber nicht in den geografischen Norden. Da oben ist etwas Magnetisches. Oder vielleicht etwas mit einer größeren Anziehungskraft als der magnetische Nordpol.«

»Ich sehe das Herz.« Troy blickte von Anne zu Elle. »Könnte es den Weg nach Lemuria zeigen? Denken wir das?«

»Vielleicht zeigt es auf etwas, das dort oben vergraben ist.« Annes Augen leuchteten. »Wusstet ihr, dass man 2018 die Überreste eines Einschlagskraters von achtzig Kilometern Durchmesser im Nordwesten Grönlands entdeckt hat? Er war unter dem Eis begraben, hinter einem Gletscher namens Hiawatha. Aber für einen riesigen Einschlagskrater war er jung, nur um die drei Millionen Jahre alt. Er ist magnetisch, aber nur schwach.« Sie seufzte. »Aber das ist zu jung für das, was wir suchen.«

»Und am falschen Ort. Wir glauben, es ist an der Ostküste«, erwiderte Elle. »Dort wurde der Film von meinen Brüdern gedreht, in dem sie auf den Sjøorm, die Meereskreatur, gestoßen sind.«

»Zu jung«.Troy schnaubte leise. »Zu jung für was?«

Die Gruppe schwieg einen Moment, aber selbst Anne sah aus, als würde sie grübeln und ihre Gedanken kaum für sich behalten können.

»Komm schon, sag es.« Troy grinste. »Anne …?«

Anne sah auf. »Zu jung …«. Ihr Blick war unbeirrt. »… für lebende Dinosaurier.«

»Ganz genau«, antwortete Troy. »Aber die Theorie gefällt mir. Irgendetwas dort oben ist magnetisch oder übt eine andere Anziehungskraft aus. Vielleicht ist es ein uralter Asteroid oder ein Fragment davon.« Er sah tief ins Jadeauge hinein. »Und etwas in diesem Ding wird davon angezogen.«

»Ich sehe das Herz.« Elle streckte die Hand aus und Troy legte das grüne Auge hinein. Sie hielt es hoch. »Das ist der *Drekafinnari*, der

Drachenfinder, und er zeigt uns den Weg. Und zwar nicht zu irgendeinem metallischen Meteoriten, sondern zu Odins Herz.«

Elle hielt es ins Licht. »Das hat Ulf Skarsgard benutzt, um die geheimnisvolle Insel in ihrem verborgenen Meer zu finden. Wenn wir sie finden wollen, müssen wir der Richtung folgen, in die das Auge weist. Wir sind mit Urnen, dem Internet oder Satelliten so weit gekommen, wie wir konnten. Jetzt müssen wir selbst dorthin gehen.« Sie zog die Augenbrauen hoch.

Troy nickte. »Ja, aber vorher müssen wir noch ein paar Sachen bedenken.« Er hielt eine Hand hoch und zählte mit den Fingern ab. »Zum Beispiel: Wie kommen wir nach Nordost-Grönland? Und sobald wir dort sind, wie kommen wir in das Gebiet mit dem Meer aus Nebel?« Er drehte sich um. »Und wenn wir das gefunden haben – *falls* wir es finden – worauf stoßen wir dort unseren Erwartungen nach? Gehen wir von Bord oder bleiben wir auf dem Schiff? Und wie lange genau werden wir dort sein?«

Anne schnaufte. »*Pfft,* das ist ein weiter Weg, nur um auf einem Schiff zu bleiben und ein paar fröhliche Schnappschüsse zu machen.«

»Finde ich auch.« Troy begann, Notizen auf das Briefpapier des Hotels zu schreiben. »Und was müssen wir mitnehmen? Und *wen* müssen wir mitnehmen?« Troy legte den Stift weg. »Und wann?«

»Das *Wann* ist jetzt«, antwortete Elle. »Oder zumindest in den nächsten Wochen, weil da oben nämlich gerade Sommer ist. Wenn wir ein paar Monate warten, kommt der erste Wintereinbruch, und dann kann die Temperatur auf minus zwanzig Grad sinken.«

»Wir teilen die Aufgaben auf«, schlug Anne vor. »Ich kann eine Ausrüstungsliste erstellen. Wir werden zweifellos an Land gehen, und weil wir noch nicht genau wissen, wie das aussehen wird, kann ich eine Menge Ausrüstung für unwegsames Gelände, Eistrekking und Höhlenforschung besorgen. Einiges kann ich mir aus unserem Lager für Außeneinsätze leihen, den Rest müssen wir kaufen.« Sie grinste Troy an. »*Du* musst einkaufen … für uns alle.«

»Ich bezahle«, sagte Elle. »Das ist kein Problem.«

»Wohlhabend auch noch, na, wenn Sie mal nicht ein Komplettpaket sind.« Anne lächelte spöttisch.

Troy lachte leise. »Danke, Elle, und das reicht, Anne. Aber gute Idee. Ich kann die Flüge in den Norden organisieren und sehen, ob ich ein Boot mieten kann …«

»Nicht nötig«, warf Elle ein. »Ich kenne da jemanden mit einem Boot, dass wir mieten können. Es ist groß, und die Crew kennt die Gewässer besser als jeder andere.«

»Deine Brüder?«, fragte Troy.

»Natürlich.« Elle nickte. »Die Jungs, die den Film gedreht haben. Und sie wissen auch schon, wo das Grundgebiet dieses Nebelmeers ist.«

»Dann stehen sie definitiv auf der Pflichtliste.« Anne klatschte in die Hände und rieb sie aneinander. »Das ist verrückt.«

»Schusswaffen?«, fragte Troy. »Ich bin mir nicht sicher, was wir antreffen werden, aber das Ding, das sie aus dem Wasser gezogen haben, hat einem Mann im Nu den Arm abgerissen. Und vergesst nicht, dass auch noch das Arschloch rumläuft, das den alten Blair umgebracht hat.«

Elle stand auf. »Meine Brüder haben Gewehre. Und Ersatzwaffen.«

»Von mir aus«, nickte Troy. »Besser genug Feuerkraft als zu wenig.«

»Wie es scheint, haben wir einiges zu tun«, sagte Elle. »Was meint ihr, schnappen wir uns unsere Hausaufgaben und legen los? Wir können uns morgen Abend in der Bar von Troys Hotel treffen und unsere Notizen vergleichen.« Sie ging zu Anne, die die Urnenscherbe hatte, hinüber und nahm sie an sich.

»Daran muss ich noch arbeiten«, protestierte Anne.

»Nicht heute Abend. Sie ist zu wertvoll, um sie zurückzulassen.« Elle schlug sie in das weiche Tuch ein und steckte sie dann in die Umhängetasche.

Anne seufzte. »Na schön, ich fange an, die Ausrüstung zusammenzustellen, die wir brauchen werden. Angesichts der verschiedenen Umgebungen, die wir vorfinden könnten, werden das wahrscheinlich ein paar Kofferladungen sein.« Sie sah zu Elle auf und rieb sich das Kinn. »Ich schätze, etwa Kleidergröße 44 …«

»42«, schoss Elle mit hochgezogenen Augenbrauen zurück.

»Klar, das geht auch.« Anne drehte sich um und lächelte Troy neckend an. »Troys Maße kenne ich schon. Stimmt's, Troy?«

Er lachte und schüttelte den Kopf. »Du bist schrecklich.«

Anne packte ihre Sachen und ging. Kurz darauf begleitete Troy Elle bis zum Gebäudeeingang, und sie lehnte es ab, dass er sie zu ihrem Hotel zurückfuhr. Es war noch früh, und einige Menschen schlenderten umher, also beschloss sie, ein Taxi heranzuwinken.

Troy beobachtete, wie das Taxi für sie heranfuhr, aber nur gute fünfzehn Meter von ihrem Standpunkt entfernt anhalten konnte. Elle drehte sich um, winkte und ging zum Fahrzeug. Er wollte sich gerade abwenden, als sich zwei große Männer schnell aus den Schatten auf sie zubewegten.

Aus dem Ärmel eines der Männer glitt etwas, das ein Schlagstock oder eine Metallstange sein könnte. Troys altes Training übernahm die Führung, und er bewegte sich binnen eines Sekundenbruchteils auf sie zu.

»Elle!«

Das war wohl das Schlimmste, was er hätte tun können, denn sie blieb stehen und drehte sich um, was es den beiden Männer ermöglichte, sie zu schnappen. Der eine schlug ihr die Stange seitlich an den Kopf, und noch ehe sie auf dem Boden aufschlug, riss ihr der andere die Tasche mit der Urnenscherbe aus den Händen.

Dazu verwendete er noch einen Moment darauf, ihr die kleine Tasche mit ihrem Geldbeutel und ihren persönlichen Gegenständen abzunehmen. Das erlaubte es Troy, näherzukommen, und nur eine Sekunde später war er zur Stelle.

Aus zwei Metern Entfernung hechtete Troy vor, zog die Faust zurück und nutzte den vollen Schwung von Körper, Schulter und Arm, um sie in einer geraden Rechten auszustrecken. Sie traf den Wangenknochen des Mannes, der Elle geschlagen hatte, mit einem zufriedenstellenden Knirschen.

Das hätte den großen Kerl umhauen sollen, und er ging auch zu Boden, aber nur in eine Rolle. Und während Troy sich wieder aufrichtete, traf ihn etwas, das härter war als eine Faust, am Kopf. Sterne explodierten vor seinen Augen, und er fiel auf Hände und Knie.

Sein Vater war Amateurboxer gewesen, als er noch jünger war, und die eine Sache, die er Troy über Straßenkämpfe erzählt hatte, war, dass Stiefel härter waren als Fäuste und Beine stärker als Arme – *also bleib niemals liegen.*

Und das tat er auch nicht.

Er rollte sich ab und kam blitzschnell wieder hoch, verwandelte seinen Körper in einen Speer und rammte seine Schädeldecke gegen das Kinn des anderen Kerls.

Er fluchte, auf Niederländisch, und ging mit einem Hagel von Fäusten und Tritten auf Troy los. Der Typ war groß und kräftig, aber Troy war schneller und besser trainiert, und landete mit Leichtigkeit mehrere neue Schläge auf Augenhöhle und Nase.

Dann schlossen sich die beiden Männer zusammen und verteilten sich zu beiden Seiten von ihm. Troy bereitete sich auf den nächsten Angriff vor, aber ein Schuss ertönte, und der Kerl, dem er gerade einen Kopfstoß verpasst hatte, fluchte wieder und legte sich die große Hand auf sein blutendes Ohr.

»Lass gut sein«, sagte der erste Mann, der jetzt die Umhängetasche in der Hand hielt.

Beide Männer rannten die Straße hinunter, während sich eine Menschenmenge bildete. Troy drehte sich um und sah eine groggy aussehende Elle mit einer kleinen Pistole in der Hand. Er rannte zu ihr, als sie umzufallen drohte, und hielt sie aufrecht.

»Diese Scheißkerle haben die Urne mitgenommen«, schimpfte sie.

»Geht es dir gut?« Er hob ihre Haare an und sah kein Blut. Er betastete ihren Kopf und spürte die Beule, die sich dort bildete.

»Autsch«. Sie zuckte zusammen. »Die haben die verdammte Urne.« Wieder hob sie die Waffe, als ob sie erwog, aus der Ferne zu schießen.

Keine gute Idee, wenn so viele Leute in der Nähe waren.

»Vergiss es. Wir sind am Leben und es geht uns gut.« Er griff nach ihrem Arm und senkte die Waffe. »Steck das weg. Die Polizei wird bald hier sein.«

»Nein, keine Polizei. Die hält uns nur auf, und jetzt müssen wir schnell handeln.« Sie steckte die Waffe in die Tasche und lehnte sich gegen ihn.

»Wo ist die Waffe hergekommen?«, fragte er.

Sie schenkte ihm ein zerbrechliches Lächeln. »Ich hab erwähnt, dass mein Ex gewalttätig war, oder?«

»So gewalttätig?« Er legte seinen Arm um sie.

»Ja.« Sie ließ sich von ihm wegführen. »Ich glaube, ich nehme das Angebot, gefahren zu werden, doch an.«

KAPITEL 16

Tygo lächelte breit, als man ihm die Umhängetasche reichte. Doch als er das fehlende Stück an Ords Ohr sah, verwandelte sich das Lächeln in ein Grinsen.

»Ach, die kleine Wespe hat einen Stachel.«

Dann brachte er die Tasche zu dem großen Tisch in der Mitte des Raumes, griff beinahe ehrfürchtig hinein und hob das zum Bündel geschlagene Tuch heraus.

Er legte es neben die Tasche und wickelte es so vorsichtig auf, als wäre es eine Babywindel. Als die Urne zum Vorschein kam, zog er die Hände zurück, ließ sie direkt über ihr schweben. Seine Augen glühten mit einer fast fiebrigen Intensität.

»Was zerbrochen war, wird wiederhergestellt. Verborgene Wege sollen offenbart werden. Und verlorene Reichtümer sollen ihren rechtmäßigen Besitzern zurückgegeben werden«, flüsterte er ehrfürchtig.

Er richtete sich auf und eilte zu seiner eigenen Scherbe, um sie zum Tisch zurückzubringen. Rasch holte er den Rohling, den er erstellt hatte, aus dem 3D-Drucker und ließ ihn fallen, ohne ihm einen zweiten Blick zu schenken. Dann fügte er die beiden antiken Scherbenhälften zusammen.

Tygos Gesichtsausdruck wechselte von Euphorie über Verwirrung zu Wut. Es war augenblicklich klar, dass ein Segment fehlte, und die Stelle, an der es fehlte, war ein entscheidender Teil in der Geschichte über Ulf Skarsgards Reise.

Rasch hob er den Beutel hoch und untersuchte das Tuch, in das die Scherbe eingewickelt gewesen war. Nichts. Tygo zerquetschte es in einer riesigen Faust und drehte sich langsam zu Ord um, den er mit zusammengebissenen Zähnen ansprach.

»Du hast sie kaputt gemacht.« Seine Faust, die den Beutel hielt, hing in der Luft, und er machte einen Schritt auf den Mann zu. »Du hast ein Stück verloren.«

Ord stand auf. Sein Gesicht wurde kreidebleich. »Nein, mein Häuptling. Wir haben sie nur ausgepackt, um sicherzugehen, dass wir wirklich die Urne an uns genommen haben. Wir haben sie nicht einmal aus dem Beutel geholt.« Er wich einen Schritt zurück.

An einer Wand lehnte ein großer Hammer. Sein Griff war aus starkem, dunklem Holz, mit Lederriemen umwickelt, und der große, doppelseitige Metallkopf war mit einer Runenschrift bedeckt. Tygo drehte sich um, um ihn hochzuheben. Sein Unterarm spannte sich unter dem beträchtlichen Gewicht.

Ord hielt die Hände hoch. »Es gab keine andere Scherbe. Kein fehlender Teil. Ich schwöre es.« Sein Blick huschte zu der Urne, in der ein einziges Stück von der Größe einer halben Faust fehlte. »Schau, mein Häuptling, die Ränder sind brüchig vom Alter. Dieses Stück fehlt schon sehr lange.«

In Tygos Augen brannte eine kaum gebändigte Wut, doch er sah über die Schulter zur Wikingerkeramik. Er starrte sie an. Sein Körper zitterte sichtlich vor Wut. Seine Zähne zeigten sich, er brüllte und schwang den Hammer und hieb damit auf die Kante der dicken Tischplatte, wo er mit einer donnernden Explosion von Splittern ein gut fünfzig Zentimeter langes Stück abschlug.

Nachdem sein Brüllen verklungen war, fiel er in sich zusammen und ließ den Hammer sinken. »Natürlich. Zu hoffen, sie wäre nur in zwei Teile gespalten worden, war zu viel.« Sein Kopf hob sich, und er sprach erschöpft. »Wohin seid ihr der Frau und ihrem Freund gefolgt? Mit wem haben sie sich getroffen?«

»Nach ihrer Rückkehr aus Norwegen sind sie einfach im Hotel geblieben. Und es war noch eine Frau bei ihnen. Aus dem Museum«, antwortete Lars vorsichtig.

»Das Museum?« Tygo schritt einen Moment lang auf und ab. »Sie waren im Wikingermuseum in Oslo, und ich glaube, sie haben sich irgendwie Zugang zu einem Bild oder vielleicht einer Kopie der fehlenden Hälfte verschafft.« Er strich sich kurz über den Bart.

Er drehte sich um. »Sie müssen auch gemerkt haben, dass der Scherbe ein Stück fehlt, also haben sie ihre Ermittlungen fortgeführt.«

Er wandte sich dem Tisch zu und hob die Urne auf. »Sie wissen etwas.«

Er las die alte Schrift mühelos.

»Durch den endlosen Nebel zu den verbotenen Gewässern, zu — von Grœn —. Das ist Grönland, wo sich unsere Sippe vor tausend Jahren angesiedelt hat, als es noch Grasland war, und wärmer. So wie es wieder sein wird.« Er nickte und las weiter. *»Betritt das Tal aus Eis. Dort wartet Odins Tor — Sieh zum Drekafinnari.«*

Tygo kratzte sich am Bart und seine Augen wurden schmal. »Das Auge des Drachen.« Sein Kopf hob sich langsam. »Mein Vorfahre hatte also einen Wegweiser.«

Schließlich ließ er die Urne sinken. »Was haben sie herausgefunden, das wir übersehen haben?« Der riesige Mann schritt einen Moment lang auf und ab. »Wir können ihnen nicht zuvorkommen, bis wir mehr wissen.« Er blieb stehen. »Bis wir mehr wissen, müssen wir beobachten und folgen und bereit sein.«

»Was sollen wir tun?« Lars stand auf.

Tygo drehte sich um. »Ihr tut nichts.« Er lächelte grimmig. »Jetzt bin ich an der Reihe.«

KAPITEL 17

Elle setzte sich auf, stöhnte, berührte den Kopf mit den Fingerspitzen und ertastete die Beule unter ihrem Haar. Sie atmete aus. »Ich bring ihn um.«

Dann drehte sie sich um und sah auf die schlafende Gestalt von Troy neben sich hinunter. Ihre Lippen verzogen sich zu einem kleinen Lächeln. Sie konnte immer noch nicht glauben, wie schnell sie es geschafft hatte, ihn in ihr Bett zu locken.

Sie schnaubte leise. *Männer sind simpel,* dachte sie.

Sie streckte den Arm aus, um das Laken vorsichtig anzuheben, und betrachtete wieder seinen muskulösen Oberkörper und sein kräftiges, stoppeliges Kinn. Sie bedauerte es nicht im Geringsten. Er war ein guter Liebhaber.

Sie musterte ihn weiter. Er hatte sich verändert, war zu einem großen und gut aussehenden Mann herangewachsen. Aber hinter seinen Augen lag so viel – nicht so sehr Traurigkeit, sondern ein gequälter Ausdruck, der von einer Art schwerem Verlust oder Tragödie erzählte. Zudem hatte sie den Eindruck, dass er viel über sich selbst verschwieg.

Eines Tages würde sie ihn danach fragen. Aber nicht heute.

Sie schwang die Beine über den Bettrand. Troy seufzte, und sie spürte seine warme Hand auf ihrem Rücken.

»Tut mir leid«, sagte sie. »Ich wollte dich nicht wecken.«

Troy sah auf die Nachttischuhr. »Es ist acht Uhr morgens, der halbe Tag ist schon vorbei.« Er setzte sich auf. »Hey, was macht dein Kopf?«

»Ich fühle mich, als hätte ich einen Wodka-Kater, wie ich ihn seit meiner Studienzeit in Oslo nicht mehr hatte.« Sie lachte. »Ohne den Spaß des Trinkens vorher.«

Er streckte die Hand aus, um ihr weißes Haar zu teilen und ihre Kopfhaut abzutasten. »Die Haut ist nicht verletzt. Aber du solltest das untersuchen lassen, falls es was Ernstes ist. Kopfschmerzen, Übelkeit, Doppelsehen?«

»Nur Kopfschmerzen.« Sie zuckte zusammen, als sie wieder mit den Fingerspitzen darüber fuhr. »Aber es tut mir mehr weh, dass ich die Urne verloren habe. Wie dumm. Wir wussten doch, dass jemand hinter ihr her sein könnte. Jemand Gewalttätiges.« Sie sah auf. »Aber woher wussten die, wer ich bin? Oder wo ich bin?«

Troy rollte auf sie zu. »Wir müssen davon ausgehen, dass derjenige, der den alten Blair getötet hat, irgendeinen Hinweis darauf gefunden hat, wer du bist. Ich meine, ich habe deinen Namen auf dem Kaufbeleg entdeckt.«

»Ich war zu selbstsicher. Dumm.« Sie ließ sich aufs Bett zurückfallen. »Außerdem bin ich sauer, dass ich mich mitten in Edinburgh habe ausrauben lassen.«

Er stützte sich auf einen Ellbogen. »Es hat eine gute Seite. Wir haben zwar die Urne verloren, aber wenigstens erst, nachdem wir die Gelegenheit hatten, sie zu untersuchen. Und wir haben immer noch die Bilder.«

»Schätze schon«, sagte sie mürrisch und schloss die Augen.

»Wir sind einen Schritt voraus. Und das sollte auch so bleiben, und dafür müssen wir noch eine Menge erledigen«, sagte er und rollte sich näher. »Weil das Tor jetzt offen ist, genau jetzt.«

Sie nickte, die Stirn in Falten gelegt. »Wir können eintreten. Und was mich beunruhigt, ist, dass das, was da drin ist, rauskommen kann. Diese Warmwasserkorridore werden sich bald mit den globalen Meeresströmungen über Hunderte oder Tausende Kilometer erstrecken. Als Erstes müssen wir …«

Er neigte sein Gesicht zu ihrem, um sie zu küssen.

Sie umfasste seinem Hinterkopf, um ihn festzuhalten. Ihre Zunge schlängelte sich in seinen Mund. Sie beendete den Kuss, hielt ihr Gesicht aber weiter dicht an seinem. Sie spürte seine wachsende Erregung.

»Wie es scheint, gibt es zuerst noch etwas *Dringenderes* zu tun.« Sie griff nach unten und zog ihm die Boxershorts aus.

KAPITEL 18

Australien, Ostküste, Bondi Beach – 6 Uhr morgens

Brad Williams lag hinter dem Rest der Gruppe zurück. Er und seine Kumpels schwammen jeden Morgen den Strand in voller Länge ab, bis kurz hinter die Brecher. Wie an den meisten Morgen wurde er zurückgelassen, weil die anderen Jungs bessere Schwimmer waren oder die Ausdauer von Teenagern hatten, obwohl sie ungefähr gleich alt waren.

Verflucht seien diese Zigaretten, dachte er.

Es war später Frühling, das Wasser wurde wärmer, und die Brandung war schwach. Einige hundert Meter weiter entfernt wartete eine Gruppe Surfer auf langen Brettern darauf, als Erste die Wogen zu erwischen, und obwohl der Grund knapp zehn Meter unter ihm lag, und mindestens auf drei Vierteln der Länge der Bucht Hainetze angebracht waren, machte ihn das nervös. Er hatte zu viele Geschichten seines Vaters über früher aufgesogen, über die Sichtungen der riesigen Weißen Haie in der Bucht, und ihm war außerdem zu oft gesagt worden, nicht zu vergessen, dass in der Morgen- und Abenddämmerung »der Mann im grauen Flanellanzug« zu Besuch kam.

Brad erhöhte seine Schlagzahl, aber nur für eine Weile, weil seine Energiereserven zur Neige gingen. Der Neoprenanzug, den er trug, verschaffte ihm ein wenig zusätzlichen Auftrieb, verursachte aber einen Widerstand im Wasser, und, *Mann,* er spürte das Brennen in seinen Schultern. Er wusste nicht einmal, warum er ihn um diese Jahreszeit trug.

Er hob den Kopf und erkannte, dass seine Freunde zu zwei Dritteln fertig waren und sich dem nördlichen Ende der Bucht näherten. Für sie würde das Wasser also flacher werden, während sie über die Sandbänke kamen.

Brad befand sich aber immer noch im tieferen Wasser, und dass sich die Sonne noch am Horizont erhob, bedeutete, dass Schatten die Wassertiefen unter ihm beherrschten.

Aus dem Augenwinkel bemerkte er die Bewegung weiter draußen im tieferen Wasser. Er schrieb es möglicherweise dem ersten Sonnenstrahl zu, der von etwas auf dem Meeresgrund zurückgeworfen wurde. Was das sein könnte, wusste er nicht.

Die Woge zog unter ihm vorbei, und er hätte schwören können, dass ein Stück weiter unten die Andeutung eines Schattens war. Er war nur ein paar hundert Meter vom Beginn der Sandbank entfernt, aber die Sonne war noch nicht hoch genug gestiegen, um Lichtvorhänge herabzuwerfen und goldene Wellen auf dem sandigen Meeresboden zu erzeugen.

Brad hatte das gleiche Gefühl schon einmal verspürt, als eine Schule Delfine unter ihm durchgeschossen war und sich auf die Seite gedreht hatte, um zu ihm hinaufzusehen, die Münder zu jenem Delphinlächeln verzogen. Als würde sein unbeholfener, langsamer Schwimmstil sie amüsieren.

Aber das fühlte sich anders an, größer und länger andauernd. Und aus irgendeinem Grund ließ diese Woge seine Hoden in seinem Neoprenanzug schrumpfen. Wieder hob er den Kopf. *Nicht mehr weit, nicht mehr weit*, sagte er sich. Aber er lag weit hinter seinen Kumpels und den Sandbänken zurück, und er war hundert Meter von der Brandungslinie und den Surfern entfernt. Unterm Strich war er allein.

Er erhöhte seine Schlagzahl; das Adrenalin verpasste seinem Energielevel einen Schub. Er brachte die Strecke schnell hinter sich und zählte die Sekunden, bis er das weiße Riff der Sandbank sah.

Doch dann plötzlich kam ein heftiges Ziehen an seinen Beinen, sowohl als Schock als auch als ein unerträglicher Schmerz. Es fühlte sich wie ein heißer Schraubstock an. Brad drehte sich rechtzeitig im Wasser, um zu sehen, dass er sich inmitten einer anwachsenden Blutwolke befand – sein Blut –, und dass ein riesiger, unheilvoller Schatten in der Tiefe zu schweben schien.

Er senkte den Kopf, um unter Wasser zu sehen, konnte das Ding aber durch die Blutwolke hindurch nicht erkennen. Dann tastete er rasch seinen Körper ab und stellte erleichtert fest, dass beide Beine ganz waren, der Neoprenanzug aber zerfetzt und voller Löcher – genau wie seine Beine.

Scheiße. *»Hilfe!«,* schrie er.

Er paddelte rückwärts, aber der riesige Schatten blieb bei ihm.

Das Ding war gewaltig, und er fand es viel zu breit, um ein Hai zu sein. Zu schwimmen schien es auch nicht, sondern einfach mitten im Wasser zu schweben, als würde es ihn beobachten.

»Hilfe«, schrie er wieder, mit höherer Stimme, und winkte mit einem Arm über dem Kopf.

Binnen Sekunden war die Brandungsrettungsdrohne über ihm, und er winkte ihr verzweifelt zu. Sie kam surrend tiefer, und als er wieder aufs Wasser sah, war der Schatten verschwunden.

Brad schwamm rückwärts ans Ufer und humpelte, blutige Fußspuren im Sand hinterlassend, den Strand hinauf. Ihm war sofort klar, dass er genäht werden musste, mit einer Menge Stichen. Ihm war auch klar, dass seine Tage frühmorgendlicher Schwimmausflüge vorbei waren.

Die Rettungsschwimmer von Bondi Beach hatten während der letzten zwei Jahre Drohnen eingesetzt, um Schwimmer in Not, gefährliches Treibgut und außerdem Haie aufzuspüren. Die Vier-Propeller-Drohnen verfügten über Lautsprecher, um Nachrichten zu übermitteln, waren mit Kameras ausgestattet und konnten sogar eine einzelne kleine Rettungsweste abwerfen.

Der Krankenwagen hatte Brad Williams ins Krankenhaus gebracht, und die Rettungsschwimmer versammelten sich um den kleinen Bildschirm und starrten auf die Bilder, die die Drohne gesammelt hatte, als sie den in Not geratenen Schwimmer angeflogen hatte. Da war Williams, und dann, nur ein paar Meter von ihm entfernt, ein riesiger Schatten mit einer merkwürdigen Körperform, der etwa sechs Meter lang sein musste. Allerdings erstreckte sich von seiner Vorderseite ein schlangenförmiger Hals, dessen Kopf allein noch einmal halb so lang war wie der Mann im Wasser.

Lawrie Wilson, der leitende Rettungsschwimmer, wandte sich an seinen Freund Simon Apps. »Ich habe schon alles gesehen, von weißen

Haien über Delfine bis hin zu Sonnenfischen und allem dazwischen. Aber ich habe keine Ahnung, was das Ding war, das den Kerl angegriffen hat.«

»Bestimmt eine Schattenverzerrung. Oder vielleicht eine Störung.« Apps zuckte schlicht mit den Schultern. »Muss ein Hai gewesen sein.«

»Ja, richtig.« Lawrie richtete sich langsam auf. »Hast du die Wunden gesehen? Haie verursachen klaffende Wunden mit Zähnen wie gezackte Messer. Die Wunden dieses Kerls wurden von etwas Rundem, Konischem verursacht. Hat einfach eine Menge Löcher gemacht.«

Apps zog die sandbraunen Augenbrauen hoch. »Killerwal?«

»In dieser Gegend? *Quatsch.*« Lawrie wandte sich wieder dem Bildschirm zu. »Setz ein paar zusätzliche Patrouillen ein. Und ich will, dass die Drohne sofort wieder da raus fliegt.«

KAPITEL 19

Anne wischte sich die Hände ab, während sie auf die riesige Palette voll Equipment blickte, die sie zusammengestellt hatte. Es gab Ausrüstung für kaltes Wetter, Höhlenausrüstung – inklusive Seile, Stiefel, Handschuhe und ein paar wenigen Nachtsichtbrillen. Es gab Messer und Campingausrüstung, wie Zelte, Kocher und sogar Trockennahrungspakete und Wasseraufbereiter. Alles in einem halben Dutzend übergroßer schwarzer Reisetaschen.

Sie sah auf drei Sets aus Neoprenanzügen, Schwimmbrillen und Flossen hinunter und schüttelte nach einem Moment den Kopf.

»Hmm, ich kann mir nicht vorstellen, dass wir in so kaltem Wasser schwimmen gehen.« Sie wollte sich abwenden, zögerte aber noch einen Moment. Dann packte sie nur die drei Schwimmbrillen in eine der Reisetaschen. »Kann nicht schaden.«

Zufrieden stemmte sie die Hände in die Hüften. Es war eine Menge. Vielleicht zu viel. Aber ihr war klar, dass es ihre Last verringern würde, sobald sie erst einmal den Großteil der Kaltwetterausrüstung anhatten. Außerdem hatte einer ihrer Dozenten an der Universität gesagt, die erste Regel bei Außeneinsätzen lautete: »Sei auf alles vorbereitet, damit du von nichts überrascht wirst«. *Das war ein guter Rat, damals wie heute,* dachte sie.

Wie immer, wenn sie an Aufgaben arbeitete, die Konzentration erforderten, hatte Anne ihr Handy ausgeschaltet. Sie schaltete es ein, und zwei Minuten später klingelte es. Sie sah auf die Nummer. Es war Troy, und das zu sehen, ließ ihr Herz ein wenig höher schlagen.

Hör auf, du dummes Ding, dachte sie. *Er hat keine Augen mehr für dich.* Sie richtete sich auf und nahm ab. »Hi, Troy.«

»Anne, wo warst du?«, sagte er schnell. »Ich hab die ganze Nacht angerufen.«

»Tut mir leid, ich hatte das Handy aus«, schnaufte sie. »Was ist los?«

»Wo bist du gerade?«, wollte Troy wissen.

»Ich bin noch im Museum und stelle die Ausrüstung zusammen. Wir haben einen ganzen Berg …«

»Hör zu«, unterbrach er sie. »Ich will dich nicht beunruhigen, aber wir wurden gestern Nacht angegriffen. Die Urne wurde gestohlen.«

»Was?«. Sie drückte das Handy fester an Ohr.

»Große Kerle, Holländer oder Skandinavier, glaube ich. Sie haben Elle auf den Kopf geschlagen und ihr fast den Schädel gebrochen.« Troys Worte kamen schnell. »Ich dachte mir plötzlich, wenn sie uns beobachtet haben, uns alle, dann wissen sie auch von dir. Und vielleicht wollen sie nachsehen, was wir zusammen gemacht haben.«

»Das werden sie bestimmt, sobald sie entdecken, dass ein Teil der zusammengesetzten Urnenscherben fehlt.« Sie spürte, wie ihr Herz wieder zu rasen begann, nur diesmal vor Furcht. »Tja, das ist einfach großartig.«

»Hör mal, es ist vielleicht nichts, aber diese Kerle waren groß, fit, und dein Wachmann ist keine fünfzig mehr.«

»Er ist sechzig«, gestand sie. »Oh, Scheiße, und ich habe die Darstellungen.«

»Schick sie mir«, bat Troy.

»Ja, danke, Troy, schön, deine Prioritäten zu kennen. Wenn ich erschossen werde, hast du wenigstens deine kostbaren Urnendarstellungen, und tschüs, danke für alles, liebe Anne. Meinst du das? Ach, scheiße«, schnaubte sie. »Du kommst her und holst mich.«

»Das machen wir jetzt«, sagte Elle.

Die Stimme der anderen Frau bei Troy zu hören, ließ Anne noch ein wenig schwerer ums Herz werden.

»Okay, ja, gut«, seufzte sie. »Ich bringe die ganze Ausrüstung runter zur Laderampe. Wir treffen uns dort. Wenn du anrufst und ich weiß, dass du es bist, werde ich die rückwärtigen Türen öffnen.«

»Wir sind unterwegs«, sagte Troy. »Ruf an, wenn du Probleme bekommst. Egal, welche. Und bitte lass dein Handy an.« Er legte auf.

Anne durchquerte den Raum zum Computer und speicherte rasch die vollständige Urnendarstellung auf dem kleinen Laufwerk. Sie überlegte, ob sie sie für sich behalten sollte, schickte sie dann aber doch an Troy. Unterm Strich wusste sie, dass sie ihm vertrauen konnte.

Anne steckte das Mini-Laufwerk in die Tasche und starrte kurz auf den Bildschirm, bevor sie sich entschied. »Scheiß drauf.« Sie löschte alles vom Computer. »Das war's, ich bin raus.«

Anne warf ihre Reisetasche auf den voll beladenen Rollwagen und stöhnte, als sie das Ding in Richtung Wartungsaufzug in Bewegung setzte.

Als sie sich dem Aufzug näherte, sah sie, wie die Ziffern kleiner wurden. Jemand hatte ihn gerufen, und das ergab keinen Sinn. Selbst der alte Watson, der Nachtwächter, nahm aus Sicherheitsgründen immer die Treppe. Die Fahrstühle benutzte er nicht.

»Oh nein, das tust du verflucht nochmal nicht.« Sie drehte die Palette um und steuerte den öffentlichen Aufzug an, von dem sie wusste, dass er zu klein für den Rollwagen war. Sie rief die Kabine, und als sie ankam, fing sie an, die riesigen Taschen hochzuheben und sie hineinzuwerfen, stöhnend und fluchend, möglichst schnell. Als sie fertig war, hörte sie das Klingeln des Wartungsaufzugs, der seine Ankunft ankündigte. Sie sprang in den öffentlichen Aufzug, drückte den Knopf für den Keller und drückte sich flach an die rückwärtige Wand, während sich die Türen im Schneckentempo schlossen.

»Mach schon, mach schon«, flüsterte sie, als sie endlich zugingen.

Sie beobachtete, wie sich die Zahlen änderten. Sie musste nur ein paar Stockwerke weit fahren, aber das schien ewig zu dauern. Sie betete, dass der Aufzug nicht in einem beliebigen Stockwerk anhalten würde – sie wettete, dass ihr ohnehin schon rasendes Herz explodieren würde, falls er das tat.

Sie holte ihr Handy heraus und wollte Troy eine SMS schreiben, erinnerte sich aber daran, dass es in dem verstärkten Betonschacht des Aufzugs keinen Empfang gab. Sie tippte mit dem Fuß auf den Boden, während sie die Kabine gedanklich antrieb, und nach einer gefühlten Ewigkeit war ihr Abstieg endlich vorbei.

Der Aufzug kam an und federte schwach ab, und die Tür glitt auf. Sie streckte den Kopf hinaus und sah niemanden in der Tiefgarage.

Das Gebäude war nicht sehr alt, aber der Keller war groß, leer und nicht gut beleuchtet – und heute Abend war er ihr nicht geheuer.

»Los.«

Sie begann, die Taschen auf den Boden zu werfen. Sie waren schwer und die Muskeln in ihrem Rücken beschwerten sich lautstark.

Als alle sechs draußen waren, folgte sie ihnen und griff in die Kabine, um den Aufzug zu blockieren. Anne wusste, dass der Versuch, alle sechs Taschen zum Carport zu schleppen, vergebliche Mühe wäre, also eilte sie nach draußen und huschte hin und her, bis sie einen anderen Rollwagen fand.

Sie befreite ihn von einem alten Computer, Kabeln und Unmengen von Ordnern und rannte zum Taschenstapel zurück.

Wieder hob und stapelte sie, hob und stapelte, und dann schob sie den Wagen zur Laderampe. Sie blieb lange genug stehen, um es nochmal mit dem Handy zu versuchen, und dieses Mal gelang es ihr, Troy eine Nachricht zu schicken: *Ich bin an der Laderampe. Beeilt euch.*

Fast augenblicklich bekam sie eine Antwort: *Fast da, 3 Minuten, öffne die Türen.*

Sie schaute auf ihre Uhr. Ja, das konnte sie schaffen.

Die Stille wurde plötzlich vom leisen Summen des Wartungsaufzugs gestört, der in die dritte Etage gerufen wurde … *ihre* Etage.

»Oh nein«, flüsterte sie.

Beeilt euch, schrieb sie wieder.

Anne ließ den Wagen zurück und ging zum Rolltor der Garageneinfahrt, um bereit zu sein, wenn Troy ankam. Der Nachteil war, dass sie dadurch ungeschützt war.

Hinter ihr kam der Wartungsaufzug an. Doch jenseits des Garagentors wurde der dunkle Spalt unter dem Rolltor von den Scheinwerfern eines Autos durchschnitten.

Scheiße, dachte sie. Sie hatte keine andere Wahl. *Es muss jetzt soweit sein,* dachte sie und drückte auf den Knopf für das Garagentor an der Wand. Langsam schob es sich nach oben und gab die Rampe zur Tiefgarage frei.

Hinter ihr glitten die Türen des Wartungsaufzugs auf. »*Gott sei Dank*«, flüsterte sie, als Troy die Rampe herunterkam. Diesmal war er allein.

Sie hörte ein leises Geräusch und drehte sich rechtzeitig um, um zu sehen, wie sich ein Schatten bewegte. Sie erstarrte und wartete mehrere Sekunden, aber da war nichts.

Einbildung, dachte sie. Sie drehte sich wieder um, um hinauszugehen und Troy herzuwinken.

Der Kofferraum öffnete sich, und sie rannte dorthin zurück, wo sie den Wagen abgestellt hatte, und schob ihn zum Auto. Troy kam und half ihr. Anne war schwindelig vor Angst.

»Gute Arbeit«, sagte Troy, als er die Taschen sah. Sie schoben den Wagen zum Kofferraum und fingen an, sie hineinzuwerfen, und einige auch auf den Rücksitz. Ihr fiel auf, dass eine einen Spalt breit offen war, und schloss den Reißverschluss rasch.

»Ich glaube, da ist jemand drin«, flüsterte sie.

Troy drehte sich schnell um und schlug den Kofferraum zu. »Tja, derjenige kann da bleiben, denn wir hauen ab. Jetzt gleich. Steig ein.« Troy rutschte auf den Fahrersitz und Anne auf die Beifahrerseite.

In Sekundenschnelle waren sie die Rampe hinauf und verschwunden.

Tygo beobachtete, wie der glänzende, schwarze Mietwagen die Rampe verließ. Für einen so großen Mann schaffte er es, sich unauffällig und leise zu bewegen. Während die Frau das Auto hergewunken hatte, hatte er einen Peilsender in einer der Taschen versteckt.

Er holte sein Mobiltelefon heraus und öffnete die App. Ein Raster wurde angezeigt, und ein kleiner roter Punkt bewegte sich von seiner Position weg.

»Jetzt könnt ihr euch nicht mehr verstecken.« Er grinste unter seinem buschigen Bart und ging die Laderampe hinauf, ehe sich das Rolltor schließen konnte.

EPISODE 05

»Die Wahrheit ist nicht für alle Menschen da,
sondern nur für diejenigen, die sie suchen«

AYN RAND

KAPITEL 20

Flughafen Keflavik, Island

Als Troy, Elle und Anne aus dem Flugzeug stiegen, bissen sie die Zähne gegen den eisigen Wind zusammen.

Troy zuckte zusammen. Schottland hatte kalte Winde, verdammt kalte, aber nichts war besser als eine echte arktische Brise, um die Wangen zu röten und in Nase und Kinn zu beißen. Und man wagte es besser nicht, den Mund zu öffnen, sonst taten einem die Zähne weh, als hätte einen ein Maultier getreten.

»Verdammt«, sagte er, als er die Schultern hochzog.

Elle lachte. »Du hast zu lange im Luxus gelebt.«

»Sie kommen mir nicht wie eine Einheimische vor«, fügte Anne skeptisch hinzu.

»Bin ich auch nicht«, sagte Elle und nickte zwei großen Männern zu, die vom Parkplatz auf der anderen Seite der Gates aus winkten. »Meine Brüder schon. Und ich besuche sie, wann immer ich kann.«

Nach weiteren dreißig Minuten, in denen sie Zoll und Einwanderung passierten und auf die Ankunft der Kisten mit der Ausrüstung warteten, schoben sie alles hinaus, um Elles Verwandtschaft kennenzulernen.

Troy fiel auf, dass die Familienähnlichkeit sehr gering war. Beide Männer hatten dunkle Bärte, zweifellos zum Schutz vor der eisigen Gischt, und ihre Gesichter waren bereits wettergegerbt, obwohl er sie erst auf Mitte dreißig schätzte.

Elle ließ ihre Tasche fallen und lief los, um die beiden Männer zu umarmen. Mit je einem Arm um ihre Schultern gelegt, stellte sie sie vor. Zuerst nickte sie auf den großen Mann links von ihr. »Björn, mein kleiner Bruder.« Dann auf den noch größeren Mann rechts. »Und Elrik, mein großer, *großer* Bruder.«

Sie schüttelten einander die Hände, und Troy dachte, dass sich seine Hand wie weiches Ziegenleder angefühlt haben musste, auch wenn er trainierte, denn diese Jungs hatten Hände, die groß und stark waren und so viele Schwielen hatten, dass sie sich anfühlten, als wären sie mit Rinde bedeckt.

Björn fand sofort Gefallen an Anne und bot ihr an, ihr mit der Tasche zu helfen. Sogar mit der Handtasche.

Nach wenigen Minuten waren sie in einen Pickup geklettert und fuhren zum alten Hafen von Reykjavík, der vor über hundert Jahren gebaut worden war. Heutzutage diente ein Großteil des Hafens vor allem dem Tourismus, mit zwischen die schön gestrichenen Läden und Häusern gesteckten Geschäften und Restaurants, aber es wurde auch noch immer gearbeitet.

Heute lockten der eisige Wind und der stahlgraue Himmel keine Touristen an, und keine Möwen, die die Fischer oder Essensgäste so lange schikanierten, bis sie etwas abbekamen, kreisten am Himmel. Nur das Klirren der Stahlseile an den Masten und das Plätschern der kleinen Wellen am Kai waren zu hören.

Björn und Elrik lachten und plauderten ausgelassen mit Elle, die offensichtlich versuchte, auf den neuesten Stand zu kommen, und sie wechselten zwischen Englisch und Niederländisch hin und her. Einer sprach über den anderen hinweg, während Troy nur Bruchstücke ihrer Unterhaltung aufschnappte.

Bald hielten sie am Ende des Docks, wo nur wenige Menschen unterwegs waren. Einige Fischer führten Wartungsarbeiten auf ihren Booten durch, andere saßen einfach in den Steuerhäusern, tranken aus dampfenden Bechern und rauchten entweder Pfeife oder selbstgedrehte Zigaretten. Alle winkten und beobachteten die Ankunft der Gruppe.

Ein anderer junger Mann kam ihnen entgegen und öffnete Elles Tür. Er trat zurück und breitete die Arme aus.

»*Min vakre, Elle*«, sagte er grinsend.

Elle sprang aus dem Truck und umarmte ihn. »Jorgan, du siehst toll aus, wie immer.«

Der junge Mann verbeugte sich zum Schein, und Troy bemerkte, dass er Elle nicht aus den Augen ließ. *Ein alter Freund?*, fragte er sich. *Oder nur noch ein liebestrunkener Mann, der von Elles Schönheit hingerissen ist?*

Elle zeigte auf ihn. »Ein Schulfreund von Elrik und Björn, der auch immer gern geangelt hat. Und jetzt arbeiten sie zusammen. Fischerei, natürlich.« Sie lachte.

Jorgan zog die Schultern hoch. »Tu, was du liebst, nicht?«

Elrik ging um den Truck herum nach hinten und begann, Taschen und Koffer herauszuziehen.

»Okay«, verkündete er. »Wenn jeder ein oder zwei Taschen mitnimmt, schaffen wir es in einer Tour.«

»Wohin?«, fragte Troy.

»Da rüber.« Elle zeigte auf das größte Schiff am Kai.

»Wow, nicht schlecht«, sagte Anne. Sie wollte zwei Taschen nehmen, aber Björn ließ sie nicht und nahm selbst drei, eine davon mit den Tragegriffen über die Schultern geschlungen wie ein Rucksack.

Das Fünfundzwanzig-Meter-Schiff, auf das sie zuhielten, wirkte alt, aber robust und war vermutlich in den letzten Jahren gestrichen worden. Der Name Arctic Princess stand auf der Seite, und im Augenblick waren die Netzkräne, Seile und die Ausrüstung eingeholt.

Björn sprang aufs Deck und drehte sich um. »Einschließlich uns hat die Princess eine achtköpfige Besatzung. Aber im Moment hat die Crew frei. Also sind nur wir da«, sagte er fröhlich. »Oh, und noch jemand ist an Bord. Unsere Veterinärspezialistin.«

»Sie haben eine Tierärztin dabei? Warum?«, fragte Troy.

Elrik winkte die Frage ab. »*Ach,* Vorschriften.« Er senkte die Stimme verschwörerisch. »Sie arbeitet auch an Menschen – ohne Aufpreis.«

Troy schnaubte. »Lasst mich raten, euer Koch ist gleichzeitig euer Mechaniker.«

»Ja. Das bin ich«, antwortete Elrik todernst.

»Mein Job ist das auch«, fügte Jorgan ebenso ernst hinzu.

»Der war gut, Troy. Du weißt wirklich, wie man die Stimmung runterzieht.« Anne täuschte ein Stirnrunzeln vor, aber ihre Mundwinkel verzogen sich leicht.

»Wir finden alles toll, was ihr gemacht habt«, sagte Elle und drehte sich kurz zu Troy um, um ihm einen finsteren Blick zuzuwerfen. »Und danke, Brüder, dass ihr euch und die Crew zur Verfügung stellt.

Gehen wir an Bord. Ich kann es kaum erwarten, zu sehen, was ihr aus ihr gemacht habt.«

Troy seufzte. *Ein dummer Scherz, und schon bin ich der Paria des Schiffes,* dachte er.

Innen sah das Schiff besser instand aus als von außen. Oder vielleicht hatten sich die Brüder besonders viel Mühe gegeben, als sie hörten, dass ihre kleine Schwester sie besuchen würde.

Es gab frische Farbe, wenig Unordnung, viel Platz, und sie konnten die Kabinen der Besatzung benutzen – kompakt, aber komfortabel. Allerdings waren die Betten maximal eins achtzig lang, sodass sich Troys eins neunzig großer Körper ein wenig krümmen müsste. Er fragte sich, wie Elles Brüder hineinpassten, die noch größer waren als er.

Nachdem sie ihr Gepäck abgestellt hatten, gingen sie in die Kantine, wo die Crew bereits ein Radio laufen ließ, aus dem unerkennbare skandinavische Melodien erklangen. Auf dem Tisch stand eine große Flasche mit einer klaren, aber ölig aussehenden Flüssigkeit.

Außerdem war ein weiteres Besatzungsmitglied da: Die Tierärztin, wie Troy annahm. Sie war eine junge Frau mit zurückgebundenen Haaren und blassen, himmelblauen Augen, die selten blinzelten.

»Darf ich vorstellen: Astrid.« Elrik schenkte ein Glas Schnaps ein und reichte es ihr.

Die Frau musterte Troy und wandte sich dann an die Gruppe.

»Hallo.« Sie hob ihr Glas zur Begrüßung.

»Schön.« Björn hatte weitere Gläser parat und begann, sie zur Hälfte zu füllen.

»Aquavit.« Elle klatschte in die Hände. »Den habe ich seit Jahren nicht mehr getrunken.« Sie beobachtete genau, wie ihr jüngerer Bruder die Flüssigkeit einschenkte.

»Was ist das?«, fragte Troy.

Elle wackelte mit dem Kopf. »Ein Destillat auf Kartoffelbasis, das norwegische Nationalgetränk.«

Elrik lächelte schalkhaft. »Ein bisschen wie Schnaps, ein bisschen wie Wodka, und ziemlich wie Raketentreibstoff. Seien Sie also vorsichtig, der haut rein.« Er schob jedem von ihnen ein Glas zu, dann hob er seins und wartete.

Elle nahm ihres und sah hinein. »Und zwar mit zweiundvierzig Prozent.«

»*Wow.*« Troy nahm sein Glas und hielt es sich unter die Nase. Er roch Kümmel und einen krautigen Unterton mit einem Hauch von Dill, Fenchel, Anis und Nelke. Es erinnerte ihn ein wenig an selbstgebackenes Roggenbrot.

»*Skål.*« Elrik hob kurz sein Glas und leerte es dann in einem Zug.

Alle am Tisch taten das Gleiche, Elle eingeschlossen, mit einem einzigen Schluck. Troy zog nach und spürte das Brennen in der Kehle und die aufziehende Wärme im Bauch. Das Zeug war gut, wirklich gut.

Nur Anne hustete und scheute sich, das ganze Glas auszutrinken. Sie streckte die Zunge heraus. »Raketentreibstoff stimmt.« Wieder hustete sie.

Björn lächelte breit. »Ja, ja, das bringt einen zum Mond.«

»Und macht einen wahrscheinlich blind.« Anne grinste den großen jungen Holländer an. »Aber ich schätze, ich könnte mich daran gewöhnen.«

»Also.« Elrik füllte die Gläser nach. Nur Anne behielt ihres in der Hand. »Was ist das für eine geheime Reise, die dich nach Hause bringt, kleine Schwester?« Er prostete ihr zu und trank wieder.

Auch Elle trank. »Dein Film von dem *Sjøorm* … und eine Wikingerlegende.« Sie drehte sich um und lächelte Troy an. »Und außerdem die Verheißung, eine geheimnisvolle Insel zu finden, die hinter einem Tal aus Eis und Nebel versteckt liegt.«

»Ihr sucht Lemuria?« Björn lachte schallend. »Ich bitte dich, dieser Mythos ist für Kinder und Touristen. Das weißt du doch, Ellie.«

»Ich wette, es war seine Idee.« Elrik nickte zu Troy.

»Aber was, wenn nicht?«, begann Elle. »Was, wenn es ein realer Ort ist, der tausend Jahre lang verborgen war und sich uns erst jetzt öffnet?«

»Viele Legenden haben einen wahren Kern«, setzte Troy nach.

»Troja«, nuschelte Anne.

»*Hm?*« Er drehte sich um.

Anne lächelte. »Nein, *Tro-ja*. Die Stadt. Die hielt man für eine Legende, aber nachdem sie über dreitausend Jahre lang verschollen war, hat man sie 1870 wiederentdeckt. Sie war real. Die Legende wurde plötzlich Wirklichkeit.«

»Und ihr glaubt, Lemuria wird euer Troja?« Elriks Stirn legte sich in Falten.

»Nein, mehr als das.« Elles Augen leuchteten. »Troja war nur noch eine Ruine, als es entdeckt wurde. Was wir suchen, ist mehr als eine Legende. Es ist ein lebendiger, atmender Ort. Eine geheimnisvolle Insel, irgendwo hinter Odins Tor … das offen steht und darauf wartet, dass wir hindurchgehen.«

»Und wenn wir es nicht tun, dann tun es andere«, fügte Troy hinzu. »Das muss der Ort sein, wo Ihr *Sjøorm*, Ihre Seeschlange, hergekommen ist.« Er verschränkte die Arme. »Und die war kein Mythos, oder?«

»Der *Sjøorm* war echt. Aber der Rest …?« Björn zuckte mit den Schultern.

Astrid reckte das Kinn, die Lippen zusammengepresst. »Das muss auf jeden Fall abgeklärt werden.« Ihr Blick wanderte zu Elrik. »Dannys fehlender Arm bezeugt das.«

»Mein armes Besatzungsmitglied Danny.« Elrik seufzte schwer. »Und ich hatte geglaubt, wir würden fischen gehen. Vielleicht versuchen, noch so einen *Sjøorm* zu fangen. Oder vielleicht war das ein russischer Alligator, der uns ins Netz gegangen ist?«

»Alligator«, sagte Anne spöttisch. »Ich bin Paläontologin und Biologin am Königlichen Schottischen Museum. Und das war kein Alligator.« Sie trank ihr Getränk aus, hustete ein Mal und knallte das Glas auf den Tisch. Sie hob den Kopf. »Wisst ihr, was Mosasaurier sind?«

Die drei Holländer blieben stumm.

»Ich schon«, antwortete Astrid. »Das war eine Gruppe großer, prähistorischer Meeresreptilien, die vor langer Zeit ausgestorben ist.«

»Korrekt. Und sie starb am Ende der Kreidezeit aus, vor etwa sechsundsechzig Millionen Jahren.« Anne nickte der Tierärztin zu. »Ich bin der Meinung, dass das Ding, das Sie an Bord der Arctic Princess geholt haben, eine Gattung dieses Meeresreptils war.«

Astrid verschränkte die Arme. »Das sind Reptilien. In diesen kalten Gewässern könnten die nie überleben.«

»Da haben Sie wieder recht.« Anne nickte. »Aber ich glaube nicht, dass das Wasser zu der Zeit so kalt war. Außerdem sind sie nicht im Großraum der grönländischen Meere heimisch, sondern kamen woanders her. Irgendwo, wo es wärmer ist, und irgendwo in der Nähe.«

»Das warme Wasser kam aus Lemuria«, fügte Elle hinzu. »Es könnte einen Korridor in den Nordseeströmungen geschaffen haben, in dem das Ding lange genug überleben konnte, um woanders hinzugelangen.«

»Und du glaubst, es kam von irgendwo aus dem zugefrorenen Grönland?« Elrik grinste. »Und du willst versuchen, diesen Ort zu finden?«

»Vielleicht nicht aus, sondern von irgendwo *unter* Grönland«, antwortete Troy. »Das ist nicht gefroren.«

Björn schüttelte den Kopf. »Wir fischen schon unser ganzes Leben lang in diesen Gewässern und waren in der Nähe des Festlandes und eines Großteils der Küste. So einen Ort gibt es nicht. Da oben ist alles zugefroren. Und dieses Ding war eine Scheußlichkeit. Deformiert. Vielleicht von dieser Reaktorpanne in Tschernobyl.«

»Im Ernst, das glauben Sie? Ach, bitte.« Troy schnaubte.

Astrid griff Troy an. »Im Abklingbecken von Tschernobyl wurden riesige mutierte Karpfen gefunden. Es ist nicht unrealistisch anzunehmen, dass es noch andere Mutationen geben könnte.«

»Zu jedem anderen Zeitpunkt würde ich Ihnen wohl zustimmen«, sagte Anne. »Aber dieses Ding war keine Anomalie oder Mutation. Basierend auf meiner Sachkenntnis über die Skelettstrukturen von Mosasauriern würde ich sagen, dass es perfekt geformt war. Es muss eine Population geben, die sich vermehrt. Und es muss von irgendwo in der Nähe gekommen sein.«

»Grönland ist über zweitausend Quadratkilometer groß. Es ist riesig«, antwortete Troy. »Wir haben einige Nachforschungen angestellt. Das Eis und der Schnee dort oben sind um die dreitausend Meter dick. An einigen Stellen zu dick, um von Radarvermessungssatelliten durchdrungen zu werden, aber anderswo geht das, und wir können ein wenig der einzigartigen, verborgenen geografischen Morphologie sehen. Wussten Sie, dass die Eisdecke dort den längsten Canyon der Welt verbirgt? Er ist siebenhundertfünfzig Kilometer lang, achthundert Meter tief und zehn Kilometer breit.«

Björn, Elrik und Jorgan tauschten Blicke. Die Brüder zuckten nur mit den Schultern.

Troy fuhr fort. »Wussten Sie auch, dass es dort unten Seen voll kristallinem Schmelzwasser gibt, die zwischen zweihundert Metern und sechs Kilometern groß sind – in Durchmesser und Tiefe? Und seltsamerweise ist das Wasser warm. Die Experten vermuten, dass das an der Reibung von der Bewegung des Eises liegt oder auf geothermische Energie von unten zurückzuführen ist. Stellen Sie sich nur vor, was noch alles verborgen ist, das wir nicht sehen können oder wo wir niemals auch nur hoffen dürfen, uns hineingraben zu können.«

»Wärme und Wasser«, wiederholte Anne.

»Die Grundlage für das Leben«, sagte Astrid leise.

»Noch etwas.« Anne fixierte die Brüder mit ihrem Blick. »Unter all dem Schnee und Eis sind zahlreiche riesige Einschlagskrater verborgen. Wir glauben, dass einer von ihnen einige nicht-irdische Fragmente hinterlassen hat. Eine Art magnetisches Gestein, das als unser Signal dient.«

»Signal? Was meinen Sie?«, fragte Elrik.

Troy holte das Jadeauge aus der Tasche. »Das ist ein *Drekafinnari*, ein Drachenfinder. Vor tausend Jahren hat er Ulf Skarsgard gehört, und der betrachtete ihn als sein allsehendes Auge. Er hat ihm den Weg gezeigt, und das Gleiche wird er für uns tun.«

Björn kicherte. »Ich glaube, Sie hatten zu viel Aquavit.«

»Wirklich?« Troy legte das grüne Auge auf den Tisch. Er drehte es, und nach einem Moment blieb es liegen. Und wie erwartet positionierte es sich neu und zeigte beinahe nach Norden.

Die drei Männer starrten es an.

»Vielleicht ist es ein Kompass, vielleicht auch nicht«, sagte Elle. »Aber was es auch ist, wenn wir im Nebel sind, sollte es uns den Weg zu Odins Tor zeigen.«

»Von wo unser Seeungeheuer entkommen ist«, sagte Björn leise. »Wir wollen nicht noch mehr von denen in unserem Meer haben.«

»Dafür ist es vielleicht zu spät«, erwiderte Troy.

Björn sah auf. »Dann wird es noch mehr wie Danny geben, die Gliedmaßen verlieren. Oder Schlimmeres.«

»Frage.« Astrid hatte die Arme verschränkt, während sie das grüne Auge anstarrte.

»Ja?«, sagte Troy.

»Was dann?« Die Tierärztin legte den Kopf schief. »Was passiert dann eurer Erwartung nach?«

»Wir gehen natürlich durchs Tor«, lächelte Elle. »Und finden Lemuria, die geheimnisvolle Insel.«

KAPITEL 21

Am Kai von Reykjavík saßen Tygo und seine drei ungeschlachten Männer in der Kaffibarinn-Bar, und alle vier beobachteten das Schiff mit unverwandter Intensität. Mit am Tisch saß Svenson Olgarr, Eigentümer, Kapitän und Betreiber des Fischkutters Hildur.

Tygo hatte ihn für eine Woche angemietet, und die Mannschaft war gerade dabei, ihre Ausrüstung an Bord zu laden. Im Museum hatte er gesehen, was die andere Gruppe mitnahm, und das hatte er kopiert. Er wusste zwar nicht, wofür all das gut war, aber er wollte auf alles vorbereitet sein.

Der Kapitän leerte sein Bier und knallte das Glas auf den Tisch. »Noch eins für unterwegs.« Er grinste Tygo an und schob ihm das Glas hin.

Tygo sah ihn ein oder zwei Sekunden lang an, als wäre er ein Käfer, bevor er ein Lächeln zeigte, das nicht bis zu seinen Augen reichte.

»Natürlich.« Er nickte Lars zu, der aufstand, um dem Mann noch ein Getränk zu holen. Solange sie noch am Kai waren, hielt Olgarr die Peitsche in der Hand. Aber Tygo wusste, dass sich die Dinge ändern würden, sobald sie auf dem Wasser waren.

Der Blick des großen Wikingers wanderte zum Kapitän. »Haben Sie vollgetankt?«

Olgarr schenkte ihm ein tabakfleckiges Grinsen und nickte, als das nächste Bier vor ihn geschoben wurde. »Das Schiff, ja, und ich bin gerade dabei.« Er nahm einen großen Schluck von dem schaumigen Bier und schmatzte mit den Lippen. »Und wie Sie verlangt haben, haben wir Ersatztreibstoff an Bord. Wir sind bereit.«

Das Gackern des Mannes hob seinen fleckigen Bart an, als er sich vorbeugte. »Und wenn Sie sonst noch was bezahlen wollen, dann gern.«

Tygo ignorierte den kleinen Mann und wandte sich wieder dem Fenster zu, um zu beobachten, wie die Arctic Princess ihre Vorbereitungen abschloss. Sobald sie sich in Bewegung setzte, würde auch er sich in Bewegung setzen.

Nach einer weiteren Stunde war die Mannschaft an Bord der Arctic Princess abfahrbereit. Jorgan und Björn lösten die Bug- und Heckleinen, während Elrik seine Abfahrtsmeldung einreichte. Dann steuerte Elrik das Boot rückwärts hinaus und lenkte das große Schiff geschickt durch die vollen Anlegestellen.

Die Winde war eingeklappt und die Netze verstaut, aber an Deck standen mehrere Fässer mit Treibstoff, denn Elle hatte suggeriert, dass sie womöglich über tausend Kilometer weit fahren müssten, vielleicht sogar viel weiter.

Als sie den Hafen verließen, war es Abend, der Wind hatte nachgelassen, und das Wasser war spiegelglatt. Für die kommende Woche wurde schönes Wetter erwartet.

Elriks Plan sah vor, sie zunächst dorthin zu bringen, wo der ewige Nebel über dem Wasser vor der Küste Nordostgrönlands hing. Dann lag es an Elle, Anne, Troy und seinem mystischen *Drekafinnari*, sie von dort aus zu führen.

Da sie spät ausgelaufen waren, würden sich die Brüder und Jorgan am Steuer abwechseln, während die Passagiere ein wenig Schlaf bekommen konnten. Wenn alles gut ging und sie rund um die Uhr fuhren, sollten sie morgen am späten Vormittag am oder in der Nähe ihres Ziels ankommen.

Elrik überprüfte das Radar und sah ein paar andere Schiffe draußen, was zu dieser Jahreszeit nicht unerwartet war, denn Reykjavik war immer noch ein Arbeitshafen. Hier und da würden sie Fischerbooten begegnen, die nach späten Schwärmen Ausschau hielten, zumindest während des ersten Viertels ihrer Reise.

Nur Astrid war bei ihm in der Steuerkabine, und nachdem sie an ihrer Kaffeetasse genippt hatte, spürte er, wie sie sich ihm zuwandte.

»Glaubst du ihnen?«, fragte sie.

Einen Moment lang sah er zum vorderen Fenster hinaus, bevor er sich mit einem schiefen Lächeln umdrehte. »Ich glaube, da ist was. Wenn es nur dieser Troy Strom oder die andere Biologin wären, dann eher nicht. Aber Elle war immer die Vernünftige und Kluge von uns. Sie würde sich nicht austricksen lassen oder versuchen, uns auszutricksen.« Er wandte sich wieder dem Fenster zu. »Und dann war da noch dieses Ding, das uns ins Netz gegangen ist. Mein Bauchgefühl sagt mir, dass das kein Alligator und keine Mutation war.«

»Das wissen wir alle. Wir haben uns nur geweigert, es laut auszusprechen.« Sie nickte. »Ja, ich glaube ihnen auch. Und dieses Biest muss ja irgendwoher gekommen sein. Warum also nicht von einem verborgenen Ort, der wegen der arktischen Schmelze zum ersten Mal seit tausend Jahren wieder zum Vorschein kommt?«

Astrid trat ein wenig näher und legte ihm die Hand auf den Arm. »Wenn wir dort ankommen, was sollen wir dann tun? Einfach auf sie warten …? Und wie lange?«

Er nickte rasch mit heruntergezogenen Mundwinkeln. »Ich will dir eine Frage stellen: Glaubst du, meine kleine Schwester ist mit ihren Brüdern sicherer oder ohne sie?«

»Zu mehreren ist man sicherer, klar.« Sie lächelte. »Aber mit einer Tierärztin, die sich mit Medizin auskennt, wird sie noch sicherer sein.«

Er lachte leise. »Dann ist es abgemacht. Jorgan kann sich um das Boot kümmern. Und wir werden sie auf ihr Abenteuer begleiten.«

Sie hob ihren Becher. »Zu der geheimnisvollen Insel.«

KAPITEL 22

Als Troy aufwachte, war er im ersten Moment verwirrt, doch dann holten ihn der Geruch von Diesel und Schmierfett, das Dröhnen der Motoren und die winzige Stahlkiste von Kabine, in der er sich befand, in die Realität zurück.

Er drehte den Kopf und sah den kompakten Tisch mit seiner Armbanduhr, dem Glas Wasser und dem grünen Auge aus dem Bug der *Skidbladnir* – der *Drekafinnari* –, das immer noch nach Norden zeigte, aber nicht zum geografischen Norden.

Er griff danach und drehte es halb herum. Sofort richtete es sich auf und zeigte wieder in die Richtung, in die sie unterwegs waren. Wieder drehte er es, und noch bevor er die Finger wegzog, spürte er, wie es sich bewegte. Die Anziehungskraft wurde stärker.

»Was kannst du sehen, Kleines? Wohin führst du uns?«, fragte er die grüne Kugel. Doch das Auge blieb stumm und ausgerichtet.

»Ich sehe das Herz«, flüsterte er.

Dann schwang Troy die Beine über die Bettkante, und sofort spürte er die überraschende Wärme des Stahlbodens. Die Motoren, nahm er an.

Er griff nach seiner Uhr und zog sie an. Es war erst Viertel nach sechs und er erinnerte sich, dass es um halb sieben Frühstück in der Kantine gab. Vielleicht lag es an der Seeluft oder an der langen Reise von gestern, aber ehrlich gesagt war er am Verhungern. Schnell zog er sich an und machte sich auf die Suche nach einem Kaffee.

Eines brauchte er noch. Er griff in seinen Rucksack und holte die Pistole heraus, eine Sig Sauer P228 – stets die Waffe seiner Wahl. Sie war effektiv, zuverlässig und fasste Neun-Millimeter-Parabellum-Munition. Die Waffe war klein genug, um sie leicht zu verbergen, hatte aber eine gute Mannstoppwirkung.

Durch den britischen Zoll und an der Einwanderungsbehörde vorbei konnte er keine Waffe bringen, aber die CIA hatte ihm beigebracht, wo es Händler gab, die Feuerwaffen bester Qualität international verkaufen konnten. Er verstaute sie an seinem Rücken.

Als er durch die ovale Schotttür kam, sah er, dass die Kantine bereits voll war, mit Ausnahme von Jorgan, der die aktuelle Schicht im Steuerhaus übernommen hatte. Elle zwinkerte ihm zu und wandte sich der Kaffeemaschine zu, um ihm eine Blechtasse vollzuschenken. Sie reichte sie ihm.

»Guten Morgen, endlich«, lächelte sie. »Der Tag ist schon halb vorbei.«

Er roch an der dunklen Flüssigkeit. Das Gebräu war stark und hatte einen Hauch von Fisch und Motoröl, doch als er einen Schluck nahm, schmeckte es gut.

»*Ahh,* so ist es besser«, sagte er. »Was habe ich verpasst?«

»Noch zwanzig Meilen«, verkündete Elrik. »Wir sind fast da.«

»Sehr gut«, antwortete Troy.

»Bald betreten wir das Nebelmeer. Und das ist kein sicherer Ort, weil der Nebel dicht ist und wie ein grauer Vorhang über allem und jedem hängt. Die Sicht ist sehr schlecht, also liegt es an Ihrem allwissenden Auge, uns ab dann zu führen. Wir werden mit einem Viertel der Geschwindigkeit unterwegs sein. Selbst wenn das Eis zurückgegangen ist, wird es immer noch Berge auf der Wasserlinie geben, die uns den Rumpf aufreißen können, wenn wir nicht aufpassen.«

Anne drehte sich um. »Sobald wir in der Nähe sind, *ähm,* nehmen wir dann ein Schlauchboot, oder werden wir an Land abgesetzt? Wie funktioniert das?«

»In der Nähe wovon lautet die Frage«, antwortete Björn. »Ich denke, zuerst müssen wir den Eingang finden …«

»Odins Tor«, fügte Troy hinzu.

Björn nickte. »Falls es existiert.«

»Und falls das Tor existiert, ist es vermutlich, anhand eurer Nachforschungen über die Reise der *Skidbladnir,* nur übers Meer zu betreten. Also gehen wir so rein.« Elriks Augen waren auf Troy gerichtet.

»Das ist der Plan.« Troy nickte, doch dann schnellte sein Kopf hoch. »Wir?«

»Klar«, antwortete Elrik. »Glauben Sie, ich lasse meine kleine Schwester nur mit Ihnen und Ms. Walsh als Leibwächter einen Ort betreten, von dem der Seedrache gekommen sein könnte?« Er neigte den Kopf in Annes Richtung. »Nichts für ungut, Ms. Walsh.«

»Nein, keine Chance.« Troy schüttelte den Kopf.

»Troy«, seufzte Elle. »Es ist eine gute Idee. Wir wissen nicht, was auf uns zukommt, und es gibt keine zwei fähigeren Leute, denen wir unser Leben anvertrauen könnten, als meine Brüder.«

»Drei, eine Tierärztin mitgezählt.« Astrid reckte das Kinn. »Mit humanmedizinischer Erfahrung.«

Troy dachte kurz darüber nach. »Hören Sie, ich bin ja Ihrer Meinung, aber je mehr Menschen involviert sind, desto geringer ist unsere Chance, die Sache geheim zu halten. Außerdem würde uns das verlangsamen.«

»Das sehe ich anders. Es wird Ihr Geheimnis bleiben«, entgegnete Björn. »Aber, Mr. Strom, wo Elle hingeht, gehen wir auch hin.« Er sah Troy mit hochgezogenen Augenbrauen an. »Das ist die Entscheidung des Kapitäns, und an Bord dieses Schiffes spielt nur die eine Rolle.«

Anne hob die Hand. »Mir ist es egal, ich stimme dafür.« Elle nickte.

»Ich auch.«

»Fünf gegen einen«, bemerkte Björn.

Troy war bewusst, dass er keine guten Argumente hatte und schlussendlich nur starrköpfig klingen würde. »Nein, nein, es sind sechs gegen keinen. Sie haben recht, und danke, dass Sie uns Ihre Hilfe anbieten. Elle hat recht, wir haben wirklich keine Ahnung, was auf uns zukommt, falls oder wenn wir diesen Eingang finden.«

»Und«, fügte Björn hinzu, »wir haben Waffen.«

Über ihnen knisterte die interne Sprechanlage.

»Elrik, die Nebelwand ist direkt vor uns.«

Der Hörer klickte, als Elrik ihn abhob. »Sehr gut, Jorgan. Ich komme hoch.« Er legte auf. »Und damit betreten wir das Unbekannte. Vielleicht können Sie zu uns in den Steuerraum kommen, Mr. Strom. Und bringen Sie Ulfs allsehendes Auge mit. Wir werden blind sein, aber Ulfs Auge hoffentlich nicht.«

Sie gingen ins Steuerhaus hinauf, und beinahe augenblicklich knisterten Radar und Sonar und die Bilder begannen, sich zu fragmentieren.

»Los geht's. Genau wie immer«, sagte Jorgan.

»Reduziere langsam auf drei Knoten«, sagte Elrik. »Björn, geh an Deck und halte Ausschau.«

»Schon dabei.« Sein Bruder nahm den Feldstecher, stieß die Tür auf, schob sich an der Reling entlang und stellte sich dann vor dem Steuerhaus aufs Deck. Er hielt sich den Fernstecher vor die Augen und streckte einen Arm aus, zeigte gemächlich hier oder dort hin, während sie schiffscontainergroße Eisberge umfuhren, die direkt auf der Meeresoberfläche lagen. Jorgan bewegte den großen Deckscheinwerfer übers Wasser in die Richtung, in die Björn zeigte.

»Beim letzten Mal, kurz bevor wir in den Nebel gefahren sind, hat uns unser Navi auf etwa acht Kilometer vor der Küstenlinie Grönlands positioniert. Bei dieser Geschwindigkeit sollten wir uns in den nächsten dreißig Minuten Land nähern.« Elrik schnaufte. »Solange wir nicht den Bug durchlöchern.«

»Haben Sie den Mosasaurier hier gefangen? *Ah,* ich meine, Ihr Seeungeheuer?«, korrigierte Anne sich.

»Ja, in der Nähe«, antwortete Elrik halb zu ihr gedreht.

Troy platzierte das grüne Auge Jorgans Nähe oben auf den Kontrollen in. »Folgen Sie der Richtung, in die es zeigt.«

Der junge Mann sah zu Elrik, der nickte.

»Der geheimnisvolle Drachenfinder«, schnaubte Jorgan leise. »Dann wollen wir mal sehen.« Er beobachtete Björn an Deck weiter, sah nun aber auch auf das grüne Auge hinunter. Das Objekt mit der Runenpupille bewegte sich leicht, und Jorgan drehte das Steuerrad, bis das Auge wieder direkt geradeaus zeigte.

Nach weiteren zehn Minuten gab Björn an Deck das Signal zum Anhalten.

»Maschinen abstellen«, verkündete Elrik.

Das Dröhnen der Motoren verstummte, und das Boot glitt vorwärts. Björn hob eine Hand, dann schloss er sie zur Faust.

»Rückwärts, bis wir stehen.« Elrik sah stirnrunzelnd in den undurchdringlichen Nebel, der jetzt noch dichter zu sein schien. Björn an Deck begann, darin zu verschwinden, obwohl er nur wenige Meter vor ihnen stand.

Jorgan blieb am Steuer und bewegte den Scheinwerfer auf dem Kabinendach über das Wasser, aber Elrik holte sich eine zusätzliche starke Taschenlampe, und gemeinsam mit Troy, Elle, Astrid und Anne gesellte er sich zu Björn an Deck.

»Was kannst du sehen?«, fragte Elrik, schaltete die Lampe ein und richtete den Strahl auf den dichten Nebel. Das brachte wenig und beleuchtete nur die wogenden Wolken um sie herum.

Björn drehte sich leicht um. »Was ich sehen kann? Nichts.« Er atmete ein. »Aber ich kann etwas riechen.«

Die ganze Gruppe atmete ein – und tatsächlich, der Seenebel enthielt neben Salzwasser noch andere Gerüche: Pflanzensaft, Erde und etwas anderes, das möglicherweise stehendes Wasser war.

»Das hab ich schon mal gerochen«, sagte Astrid. »In einem Dschungel.«

Elrik ging näher an die Reling und sah über die Seite. »Hier gibt es keine Eisberge.« Er legte sich hin und streckte eine Hand flach über dem Wasser aus. Einen Moment später drehte er sich zu ihnen um. »Ich wusste es. Die Luft ist hier immer noch kalt, aber ich kann Wärme spüren, die vom Wasser ausgeht. Kein Wunder, dass hier keine Eisberge sind.«

»Warmes Wasser, das aus Odins Tor fließt«, hauchte Elle. »Lemuria ist hier irgendwo.«

»Wir müssen jetzt ganz in der Nähe sein«, sagte Björn. »Eisklippen gibt es hier trotzdem, also müssen wir sehr vorsichtig sein. Die Wärme könnte sie spalten, dann würden sie uns unter Wasser setzen.«

»Er hat recht.« Elrik drehte sich um. »Wir können die Princess nicht aufs Spiel setzen. Wenn wir noch näher ran wollen, müssen wir auf die Schlauchboote umsteigen.«

»Gute Idee«, sagte Troy.

»Ist das sicher?«, fragte Anne. »Ich meine, näher an der Wasserlinie sind wir in größerer Gefahr. Ihr wisst schon, da, wo der Mosasaurier war.«

»Alles wird gut.« Björn lächelte. »Ich werde nicht zulassen, dass Ihnen etwas passiert.«

»Was sagt man dazu?« Elle grinste. »Sie haben einen Bodyguard und ein Date in einem.«

»Löst die Boote. Björn, du übernimmst Mr. Strom und Anne. Ich nehme Elle und Astrid.« Elrik wandte sich an Jorgan. »Und du darfst dich um die Princess kümmern.«

»Ich krieg die langweiligen Aufgaben.« Jorgan verdrehte die Augen. »Bringt mir wenigstens was Interessantes mit.«

KAPITEL 23

Tygo stand neben Kapitän Olgarr im Steuerhaus, während der ältere Mann eine Hand am Steuerrad behielt und mit einem Auge auf die Instrumente schielte.

»Ich kann gar nichts sehen«, beschwerte sich der kleine Kapitän. »Der schlimmste Nebel, den ich je erlebt hab. Deshalb fahre ich nicht so weit raus. Ich riskiere alles.« Er sah durchs Fenster auf den wogenden, weißen Nebel hinaus.

»Halten Sie den Kurs«, sagte Tygo, während er seinen Tracker-Bildschirm beobachtete. »Wir sind nicht mehr weit hinter ihnen.«

Es gab einen lauten Schlag gegen den Rumpf, den alle durch die Stiefelsohlen spürten. Kapitän Olgarr fluchte. »Und da draußen gibt es Eisberge über der Wasserlinie. Ich werd noch mein verdammtes Schiff durchlöchern.« Er kochte vor Wut. »Ihr zahlt mir nicht genug, damit ich die Hildur versenke. Sie ist alles, was ich habe.«

»Wir haben bezahlt, was Sie verlangt haben«, erwiderte Tygo, während er sich auf seinen Tracker konzentrierte. »Halten Sie die Klappe und verdienen Sie ihr Geld.«

»Nein, die Kosten, um mein Schiff ins Trockendock zu verholen, werden meinen Gewinn aufbrauchen. Sie müssen mir mehr bezahlen.« Olgarr schaltete den Motor ab und die Hildur wurde langsamer. »Oder ich drehe um.«

Tygo stieß den Atem aus, während er den Kopf von dem winzigen Tracker-Screen hob. Sven und Ord waren unten und bereiteten ihre Ausrüstung vor, aber Lars war mit ihm im Steuerhaus. Die beiden großen Männer füllten die Kabine aus.

»Wir sind fast da, und ich denke, ab jetzt finden wir den Weg auch ohne Sie.«

Tygo wandte sich an Lars. »Bring dieses Insekt an Deck, schneid ihm die Kehle durch und wirf es über Bord.«

»Was?« Olgarr wurde blass.

Lars packte den kleinen Mann und hob ihn mit einer Hand hoch, sodass nur noch seine Zehen über den Boden scharrten.

»Warten Sie, nein, das war nur ein Scherz.« Olgarrs Stimme wurde höher, als er grob durch die Tür geschoben wurde.

Nur Sekunden später hörte Tygo das nasse Gurgeln einer aufgeschnittenen Kehle, dann ein Platschen. Lars kam kurz darauf zurück, mit Blut am Ärmel.

»Wie es aussieht, haben wir einen neuen Kapitän«, grinste er und salutierte.

Tygo lachte. »Die Arctic Princess ist weniger als einen Kilometer von uns entfernt. Und sie hat angehalten. Ab jetzt müssen wir leise sein. Lass das Boot runter, von hier aus paddeln wir.«

KAPITEL 24

Sie brauchten weitere zwanzig Minuten, um die Boote mit ihrer Ausrüstung bereitzumachen. Troy, Elle und Anne zogen ihre Dschungel-Tarnanzüge unter ihre Kaltwetterausrüstung und füllten ihre großen Rucksäcke.

Astrid, Elrik und Björn trugen nur ihre verstärkte Arbeitskleidung, aber beide Männer hatten Gewehre und Elrik eine Handfeuerwaffe. Dazu nahmen sie einige Leuchtraketen und Walkie-Talkies mit.

Troy war von den Schlauchbooten überrascht und beeindruckt. Er hatte lausige, alte, schlaffe Boote erwartet, aber diese sahen aus, als hätten sie mal dem Militär gehört, waren um die vier Meter lang und fast zwei Meter breit. Aluminiumsicken boten zusätzliche Stabilität, und sie hatten Außenbordmotoren.

Fürs Erste wollten sie rudern, um den Lärm gering zu halten und um ihre Umgebung besser wahrnehmen und auf sie reagieren zu können. Das war wichtig, weil sie immer noch blind unterwegs waren.

Die Boote wurden über das Seitendeck gesenkt, und sie beluden sie, bevor sie ihrer Ausrüstung folgten. Troy hielt das grüne Auge in der Hand. Wieder drehte es sich. Es zeigte nach Westen.

Er hob den Arm. »Da lang.«

Jeder nahm ein Paddel, und die nächste halbe Stunde lang ruderten sie.

»Da vorn ist etwas«, sagte Björn.

Er musste es gar nicht aussprechen, weil alle es spürten, bevor sie es sahen. Wie eine kolossale, weiße Welle erhob sich vor ihnen eine Wand aus Eis, hunderte Meter hoch, doch ihre Spitze war in den Nebel gehüllt.

Troy sah auf den *Drekafinnari* hinunter. Er hatte sich jetzt so bewegt, dass er nach Nordwesten zeigte, an der Wand vorbei.

»Da lang.« Er zeigte die Richtung an, und sie folgten seiner Führung an der Eisküste entlang.

Nach weiteren dreißig Ruderminuten sahen sie es.

Beide Boote kamen zusammen, und die beiden Besatzungen verschnauften, während sie in den gewaltigen Riss in der Eiswand starrten. Es war ein undurchdringlich dunkler Spalt, aus dem Dampf aufzusteigen schien.

Das Auge zeigte direkt in sein dunkles Inneres.

»Da drin«, flüsterte Anne.

Der Riss in der mächtigen Eiswand war an die zwanzig Meter breit, und während sie zusahen, fiel ein riesiger Eisblock von der einen Seite herab und landete mit einem Platschen im Wasser. Kleine Wellen rollten von dort auf sie zu.

»Gefährlich«, sagte Elrik.

Elle ignorierte ihren Bruder. »Der Weg zu Odins Tor und Lemuria.« Sie lachte leise. »Wo die *Skidbladnir* vor tausend Jahren hingegangen ist.« Sie sah Troy an. »Gibt es da drin wirklich eine geheimnisvolle Insel?«

»Es gibt nur einen Weg, das herauszufinden. Worauf warten wir noch?« Troy packte sein Ruder fest.

»Moment«, sagte Elrik. »Ich wünschte, wir könnten Jorgan Bericht erstatten. Ihn wissen lassen, was los ist.«

»Das geht nicht, weil die Kommunikation hier draußen gestört ist«, sagte Troy. »Hey, wie wäre das …« Er wandte sich an den älteren Bruder. »Wir erkunden erst einmal. Wenn es sicher aussieht, schicken wir ein Boot zurück, um Bericht zu erstatten und eventuell zusätzliche Ausrüstung zu holen, die wir brauchen.«

Elrik nickte. »Okay, gut. Zuerst nur zum Erkunden rein. Dann, falls es sicher ist, können wir für eine längere Mission zurückkehren. Einverstanden?«

Alle nickten.

Troy drehte sich zu dem riesigen Spalt in der Eiswand um und starrte in die undurchdringliche Dunkelheit. »Dann wollen wir mal sehen, wo Odin seine geheimnisvolle Insel versteckt hat.«

Er holte tief Luft, dann stieß er sein Ruder ins Wasser, und die beiden Schlauchboote fuhren in die Dunkelheit des Spalts hinein.

Die Paddler in beiden Booten ruderten langsam, verdrängten das Wasser und hoben dann vorsichtig die Ruder, um möglichst keine Wellen zu verursachen. Elrik übernahm die Führung, und als sie sich zwischen die kolossalen Eiswände wagten, verblasste das wenige Licht, das es noch gegeben hatte, zu einer Unheil verkündenden Dunkelheit.

Elle, Anne und Troy setzten Stirnlampen auf, und Astrid hielt eine kräftige, wasserdichte Taschenlampe in der Hand.

Nach etwa hundert Metern öffnete sich der Riss in der Eiswand zu einem seeähnlichen Wasserbecken, das einen Durchmesser von mindestens dreißig Metern hatte. Regen ergoss sich in Strömen.

»Spürt ihr das?«, fragte Elrik Elle und Astrid.

»Ja. Hier drin ist es warm«, antwortete Elle und sah nach oben. »Das ist kein Regen, wir sind unter dem Packeis, und das ist das schmelzende Eis vom gefrorenen Dach. Aber es öffnet sich von Tag zu Tag weiter.«

»Wird es einbrechen?«, fragte Elrik.

»Ich hoffe nicht. Ich glaube, es ist zu dick, um ganz einzustürzen.« Troy richtete sein Licht zur Decke hinauf, aber es verlor sich im dunklen Nebel. »Das heißt aber nicht, dass es nicht ab und zu einen großen Eisbrocken verliert.«

»Hoffen wir, dass es damit wartet, bis wir durch sind.« Elrik ruderte ein bisschen schneller.

Nach einigen Minuten hatte sich der Nebel ein wenig gelichtet, und ihre Sicht reichte nun bis zur anderen Seite des inneren Sees.

»Da drüben.« Astrid hielt die Taschenlampe hoch.

Auf der anderen Seite des Gewässers befand sich ein großer steinerner Höhleneingang, der etwa fünfzehn Meter breit und zehn Meter hoch zu sein schien. Wenn die Eishöhle, in der sie sich gerade befanden, schon dunkel war, dann war diese neue Höhle so lichtleer, dass sie hätte schwarz gestrichen sein können.

Björn brachte sein Boot näher zum anderen. »Seht ihr das?«, fragte er.

»Ja, die Höhle. Und unser Ziel«, antwortete Elle. »Und sie ist groß genug, dass ein Wikingerschiff hineinfahren kann. Auf geht's.«

Troy suchte das ruhige Gewässer ab. Dämpfe stiegen auf, die von seiner Wärme zeugten, und dank des Dämmerlichts war es unmöglich, unter die tiefschwarze Oberfläche zu sehen.

»Darf ich vorschlagen, dass wir an der Außenseite des Eissees entlang rüberfahren, in der Nähe der Höhlenwände? Das Ding, das ihr eingefangen habt, kam wahrscheinlich aus dem Inneren dieser Höhle, und diese Schlauchboote sind nicht dazu gemacht, sich mit Seeungeheuern anzulegen.«

Elrik sah von Troy zum Wasser. »Gute Idee.«

Die beiden Boote fuhren um den Rand des inneren Sees herum und fanden sich bald am Eingang der Höhle wieder. Sie wurden langsamer.

»Oh, wow, seht mal.« Elle zeigte auf den Felsen am oberen Ende der Höhle.

»Das ist Altnordisch«, sagte Elrik, schüttelte dann aber den Kopf. »Diese Art von Runenschrift kann ich nicht lesen. Viel zu alt.«

»Eine uralte Schriftform. Man nennt das Petroglyphen – Worte und Bilder, die direkt in den Fels geritzt sind.« Anne richtete ihre Stirnlampe darauf, tastete aber gleichzeitig nach einer anderen, kleineren Lampe, die sie anknipste und fest in die Hand nahm, bevor sie auch ihren Strahl darauf richtete. »Aber sie sehen viel älter aus, als aus der Wikingerzeit.« Sie bewegte die Lampe. »Es gibt viele angesehene Wissenschaftler, die glauben, dass sich die Wurzeln der Wikingerkultur bis in die Bronzezeit erstrecken. Um die fünftausend Jahre.«

»So alt?« Björn runzelte die Stirn. »Das habe ich noch nie gehört.«

»Es ist wahr«, sagte Troy. »Tatsächlich gibt es berühmte Höhlenmalereien an einer küstennahen Wand bei Fredrikstad, in Südostnorwegen, die wikingerähnliche Langschiffe darstellen. Nur ohne Segel. Aber sie haben den bezeichnenden Drachenbug. Und sie wurden auf ein Alter von weit über fünftausend Jahren datiert – so alt wie die Pyramiden.«

Björn pfiff. Die hohen Töne trugen über das stille Wasser.

»Ich glaube, die Wikinger kommen schon seit vielen Jahrtausenden hierher.« Troy drehte sich um. »Ulf Skarsgard war nicht die Legende. Er folgte einer noch viel älteren Legende, die von seinen eigenen, weit entfernten Vorfahren überliefert wurde.«

Björn sah zu den Symbolen hinauf. »Wir können nicht entziffern, was sie uns sagen wollten.«

»Ich glaube, ich kann es. *Wir* können es.« Elle wandte sich an Troy. »Nur den Anfang verstehe ich nicht. Kannst du es versuchen?«

»Okay.« Troy betrachtete die Symbole und Bilder, die in einem Bogen über dem Höhleneingang eingeritzt waren. »Wahrscheinlich verstehe ich vieles falsch, aber es geht los.« Er fand, was er für den Anfang der kurzen Botschaft hielt. *»Alle, die die Höhle des Drachen betreten«*, übersetzte er, »*gehören dem Drachen*, oder *zum Drachen*, vielleicht.«

Anne schnaubte. »Das ist ungefähr so fröhlich wie: *Lasst, die ihr eintretet, alle Hoffnung fahren.*«

Troy nickte. »Ja, aber die Wikinger hatten andere Arten von Dämonen.« Er wandte sich wieder dem dunklen Höhleneingang zu und hob den Kopf. »Ich kann Land riechen.«

Elrik nickte. »Aus dem Inneren des Tunnels kommt ein warmer Luftzug. Er muss zur Oberfläche führen.«

»Wenn es so wäre, wäre es keine warme Brise«, erwiderte Elle. »Da oben ist alles zugefroren.«

Troy hielt seine Lampe noch einen Moment lang in die tunnelartige Höhle gerichtet. »Gut, wir fahren weiter, außer, falls jemand Einwände hat, dann sagt das jetzt.«

Er wartete, aber die Augen aller waren fest auf den dunklen Höhleneingang gerichtet.

»Na schön. Wir gehen es langsam an ... und leise.« Elrik stieß das Boot an, und hinter ihm begannen Elle und Astrid zu paddeln.

Dahinter, im nächsten Boot, folgten Björn, Troy und Anne.

Nur wenige Meter hinter dem Eingang war alles Licht verschwunden, und sie mussten sich auf ihre Lampen verlassen. Sie schoben ihre Kapuzen zurück, weil die Temperatur schnell anstieg, dafür wurden sie aber durchnässt, da immer noch Wasser von der Decke tropfte.

»Woher kommt die Wärme?«, fragte Björn. »Was könnte dieses Phänomen verursachen?«

»Heiße Quellen vielleicht, oder andere geothermische Aktivitäten«, antwortete Troy.

»Oder der Meteorit, der hier vor Jahrmillionen runtergefallen ist. Die können radioaktive Hitze für immer speichern«, sagte Anne leise. »Hat jemand einen Geigerzähler mitgebracht?«

»Du hast uns sogar Ersatzsocken eingepackt, aber den Geigerzähler hast du vergessen?«, spottete Troy. »Danke, Anne.«

Sie lachte leise. »Ja, und einen Fallschirm habe ich auch nicht eingepackt, genauso wenig wie meine Lieblingsbratpfanne.«

»Spielt jetzt alles keine Rolle«, erwiderte Elle. »Wir haben uns entschieden.«

Die Höhle wurde zu einer breiten Grotte mit einer tiefen Decke. Elrik schaffte es, das Boot an einer der Wände entlang zu manövrieren und hielt an einer Nische an. Er hielt die Taschenlampe hoch.

»Heilige Scheiße« Björn schnaubte. »Sie waren wirklich hier.«

In der Nische befand sich ein Skelett, das auf einen thronförmigen Felsvorsprung gesetzt worden oder darauf zusammengesackt war. Auf seinem Kopf befanden sich die Überreste eines Metallhelms, und eine längst verrostete Waffe, die einmal eine Axt gewesen sein mochte, lehnte am Körper. Über den mittlerweile skelettierten Schultern lag etwas, das wohl einst ein Fell gewesen war. Jetzt waren nur farbige Streifen von Pilzbewuchs zu sehen.

»Weiter ist dieser Krieger nicht gekommen«, flüsterte Elrik.

»Es ist, als ob er Wache gehalten hätte«, fügte Troy hinzu.

»Vielleicht hat er das. Wahrscheinlich wurde er hier platziert, damit sein Geist über die Langboote wacht, ob sie nun kommen oder gehen«, sagte Elle, dann drehte sie sich um. »Es ist genau wie in der Legende von Lemuria. Odin hat seine Krieger an diesen Ort geschickt, um zu sehen, ob sie würdig waren, sein Tor zu durchschreiten.«

»Und war dieser Kerl würdig oder nicht?«, fragte Elrik.

»Vielleicht war sein Kampf vorbei und sein Geist war bereits hinübergegangen«, sagte Anne. »Seht euch die Beine an.«

Eines fehlte. Es gab Überreste eines einzelnen Stiefels, und das andere war nur ein scharfer, hervorstehender Knochensplitter.

»Irgendetwas hier drin hat sein Bein abgetrennt. Wahrscheinlich hat ihn das umgebracht«, sagte Elrik. »Haltet die Augen offen.«

Sie fuhren zwanzig Minuten lang weiter, und die Umgebung wurde von Sekunde zu Sekunde wärmer und feuchter. Außerdem wurde die Höhle breiter.

»Dieser Ort ist riesig«, bemerkte Troy, während er den Reißverschluss seiner Jacke öffnete. »Locker groß genug, dass mehrere Langboote reinpassen.« Er leuchtete mit seinem Licht zur Decke. »Da oben wachsen Moose oder irgendwelche Pflanzen.«

»Sie gedeihen in Wärme und Feuchtigkeit. Sie sind die Grundlage verschiedener Nahrungsketten«, fügte Anne hinzu. »Da es hier unten kein Licht gibt, handelt es sich wahrscheinlich um eine Flechten- oder Moosart, die sich vermutlich von Mineralien ernährt, die aus dem Gestein austreten.«

Elrik tauchte sein Ruder ins Wasser, dann fluchte er, als ein Ruck durch seinen Arm fuhr. »Mist, ich hab was erwischt.«

»Ich hoffe, es war der Grund?«, fragte Astrid.

»Ich glaube nicht.« Elrik starrte ins schwarze Wasser.

»Hat es sich so angefühlt, als ob Sie etwas getroffen haben oder als ob Sie etwas getroffen hat?«, flüsterte Anne und sah ebenfalls übers Wasser.

Alle hörten auf zu paddeln, und einen Moment lang glitten die Boote dahin. Die Gruppe drehte sich langsam in alle Richtungen. Und dann hob sich das führende Boot einen halben Meter in die Luft, bevor es wieder aufs Wasser knallte.

»Nicht gut. Wir haben Gesellschaft«, sagte Elrik. »Mr. Strom, wir müssen in Bewegung bleiben.« Troy stieß das Paddel tief ins Wasser und zog kräftig, während Elrik sein Gewehr nahm.

Hinter ihnen tat Björn das Gleiche. Astrid und Elle paddelten, hielten dabei aber ihre Körper von den Seiten des kleinen Bootes fern.

»Ich kann nichts sehen. Da unten ist es nachtschwarz«, erklärte Elrik.

Auch Troy starrte über die Bootswand. »Ja, aber von dort unten aus gesehen fallen unsere Lampen auf wie Leuchttürme.«

Elrik drehte sich um. »Sollen wir sie ausschalten?«

»Nein, ich denke, wir sollten weiterfahren, schneller, weil jetzt gerade nämlich niemand im Wasser landen will.« Troy paddelte schneller und zog sein Ruder tief an der Seite des Bootes entlang.

Was immer gegen sie gestoßen war, es behelligte sie nicht wieder, und nach weiteren zwanzig Minuten hob Elrik eine Hand und das Paddeln hörte auf.

Abgesehen vom Plätschern des Wassers, das auf sie herabtropfte, legte sich Stille über die beiden Boote.

»Was ist das?«, fragte Astrid. »Es riecht komisch.«

»Noch mehr Eisschmelze?«, fragte Elrik.

Um sie herum fielen Tropfen herunter, verursachten kleine Spritzer auf der dunklen Wasseroberfläche und trommelten auf die Außenhaut ihrer Boote. Elle streckte eine Hand aus, spürte, wie ein Tropfen aufschlug, und zog dann einen Handschuh aus, um eine Fingerspitze hineinzustecken. Sie rieb Finger und Daumen aneinander und hob sie dann an die Nase.

»Puh. Das ist kein Wasser.« Sie wischte es an ihrem Hosenbein ab.

»Wonach riecht es denn?«, fragte Anne.

»Es riecht wie … *igitt!* Kotze.« Elle wedelte mit der Hand in der Luft, und Daumen und Zeigefinger blieben aneinander kleben. »Ziemlich klebrig ist es auch.« Sie wischte die Hand fest an ihrem Oberteil ab, dann tauchte sie sie rasch über den Bootsrand ins Wasser.

»Bestimmt eine mineralische Flüssigkeit, die von der Decke tropft«, sagte Anne.

»Wenn es nur Sickerwasser ist, warum fällt es dann einfach auf uns?«, fragte Troy und richtete sein Licht auf die Wasseroberfläche. Tatsächlich schien es nur in einem Bereich von etwa fünf Metern um die Boote herum zu geschehen.

»Ich hab ein ungutes Gefühl bei der Sache.« Astrid sah sich langsam um.

»Wir sind wahrscheinlich unter einem Spalt.« Anne hob die Taschenlampe und schaltete sie ein.

Sie schrie.

Im Lichtkegel ihrer zitternden Lampe war etwas, nur drei Meter über ihrem Boot. Es sah aus wie ein langes, bleiches, abstoßendes Kissen. Noch schlimmer war, dass es sich langsam an einem funkelnden Faden herabließ. Alle hoben ihre Lampen und beleuchteten die Decke.

Direkt über ihnen befand sich etwa ein halbes Dutzend riesiger, wurmartiger Kreaturen, viele in seidenen Kokons an der Höhlendecke, aber noch mehr ließen sich zu ihnen herab. Da wurde ihnen klar, woher der klebrige Regen kam: Aus den Mäulern der grauenhaften Würmer, zwischen großen, gebogenen Zangen hindurch, tropfte eine Art Speichel, vielleicht, weil ihnen in Erwartung des bevorstehenden Festmahls das Wasser im Mund zusammenlief.

Die Höhlendecke war mit einem Geflecht aus Netzen überzogen, und in diesen wenigen chaotischen Sekunden umhertanzender Lichter sahen sie uralte Skelette, die sich in dem Netz verfangen hatten oder, was wahrscheinlicher war, von den Decks der Wikingerschiffe längst vergangener Zeiten heraufgezogen worden waren und nun als grausige Andenken an frühere Mahlzeiten zurückblieben.

»Schießt, schießt!«, schrie Elle, und Elrik und Björn begannen, auf die großen, gepolsterten Körper zu feuern.

Troy schob eine Hand in seinen Rucksack und zog eine Leuchtpistole heraus. Schnell steckte er eine der dicken Signalpatronen in die Trommel, klappte sie zu und hob die Pistole.

»Volle Deckung.« Er schoss, direkt nach oben.

Die Leuchtrakete sauste hinauf und verfehlte sämtliche Würmer, aber als sie die Decke mit den Netzwegen und Kokonbehausungen der riesigen Monstrositäten traf, gingen die in Flammen auf.

Das Feuer breitete sich rasant über die dicke Seide aus und erhellte einige Augenblicke lang die gesamte Höhle, machte alle Leichen von Tieren und Menschen sichtbar, die in der Vergangenheit in die Falle gegangen waren. Doch das sich ausbreitende Feuer brannte auch die Fäden durch, mit deren Hilfe sich die riesigen, wurmartigen Kreaturen auf die Boote herunterlassen wollten.

Riesige Würmer platschten ins Wasser. Einer verfehlte sie um weniger als einen Meter. Doch als er an die Oberfläche kam, machte er eine kräftige, schlängelnde Bewegung auf das nächstgelegene Boot zu. Die anderen taten das Gleiche. Die Kreaturen suchten nach dem nächstbesten trockenen Land: den Booten.

»Oh, Scheiße.«

Troy hob sein Paddel und bereite sich darauf vor, die monströsen Passagiere abzuwehren.

Doch das war nicht nötig. Unter ihnen hob sich das Wasser, und die Würmer, die gerade am Dollbord angelangt waren, verschwanden.

Dann noch einmal, und schon bald sprudelte das Wasser um sie herum, weil, was immer sich unter der Oberfläche befand, begann, sich an dem Geschenk gütlich zu tun, das in ihre Mitte gestürzt war.

Im Nu war das Feuer über ihnen ausgebrannt und ließ sie wieder in Dunkelheit zurück. Alle Würmer waren verschwunden, und nur wenige plätschernde Wellen schwappten gegen die Seite der Boote, der einzige Beweis dafür, dass sie jemals dagewesen waren.

Troy lehnte sich zurück und richtete nach einem Moment die Lampe nach oben. Es gab keine Würmer mehr und nur noch ein paar Stellen, an denen dicht gedrängte, glitzernde Kugeln am Dach klebten, die womöglich Eigelege gewesen waren.

Er lachte leise und senkte seine Lampe. »Das war krass.«

Astrid hielt ihre Lampe weiter auf die Decke der riesigen Höhle gerichtet. »Diese Dinger wollten uns aus den Booten schnappen. Und angesichts der Überreste der Leichen dort oben, tun sie das schon lange. Seit Jahrhunderten.«

»Jahrtausendelang«, antwortete Elle.

»Lampyris noctiluca.« Anne atmete schwer.

Astrid schnaubte leise. »Glühwürmchen.«

Anne nickte. »Eine monströse Version davon. Sie ernähren sich mithilfe klebriger Fäden, mit denen sie ihre Beute fangen.«

»Tja, diesmal haben sie sich mit der falschen Crew angelegt.« Elrik hob sein Paddel wieder. »Verschwinden wir.«

Die Gruppe legte sich in die Riemen und bewegte die Boote wieder einige Minuten vorwärts, bevor Elrik zu paddeln aufhörte und sich aufrichtete. Er sprach über die Schulter. »Macht die Lampen aus.«

Björn sah sich um. »Bitte sag mir nicht, dass da noch mehr Würmer sind.«

»Nein. Tu es einfach«, drängte sein Bruder.

Eine nach der anderen erloschen die Taschen- und Stirnlampen. Troys war die Letzte. Die Dunkelheit drang auf sie ein. Doch dann gewöhnten sich ihre Augen daran.

»Da ist Licht.« Elle grinste. Ihre Zähne leuchteten weiß in der Dunkelheit. »Wir kommen raus.«

»Pscht.« Elrik bedeutete ihnen, zu schweigen. »Hört hin.«

Die Gruppe blieb reglos und still. Das letzte Tröpfeln des Wassers von den Rudern verstummte, und einige Mitglieder der Gruppe hielten den Atem an. Dann hörten sie es.

Insekten, dachte Troy. Er konzentrierte sich und war sich sicher, dass da das Summen von Insekten war. Entweder Grillen oder Zikaden. Es erinnerte Troy daran, wie er an warmen Sommerabenden in Kansas auf einer Veranda gesessen hatte. *Aber wir sind weit von Kansas weg,* dachte er.

»Fahren wir weiter. Schön langsam«, sagte Elrik. »Und reden wir ein bisschen leiser.«

Sie ruderten weiter, und alle paar Meter wurde die Höhle heller. Und dann erreichte sie der Duft von süßen Blüten, vermischt mit verrottender Vegetation und erdigen Gerüchen, wie der von fruchtbarem Boden nach einem Regenguss. Es rief Erinnerungen an Lebewesen wach, die sich durch feuchte Erde wühlten, unter Blättern umherkrochen, oder unter verrottenden Baumstämmen, und über ausgedehnte Waldböden.

Doch da war noch etwas anderes. Als Troy ein Kind war, hatte sein Vater ihn in den Zoo von Los Angeles mitgenommen, und sie hatten einige Zeit im Regenwaldgehege verbracht. Er hatte früher schon Frösche, Schlangen und Eidechsen gesehen, aber in diesem Regenwaldraum kamen sie an den Reptiliengehegen vorbei, und zum ersten Mal in seinem Leben hatte er sie gerochen. Nur sie. Ihr Geruch war moschusartig, süßlich und ein wenig unangenehm. Genau das roch er jetzt.

»Wir kommen raus«, sagte Elrik leise, vielleicht nur zu sich selbst.

Sie erreichten das Ende der Höhle und Elrik hielt an einem Felsvorsprung, noch innerhalb der Höhlenöffnung. Björn brachte sein Boot neben ihnen zum Halten.

Elle nutzte die Gelegenheit, um nach Troys Hand zu greifen und sie zu drücken. Er drückte zurück und lächelte. Ihr einziges Auge leuchtete nahezu vor Aufregung, aber es war nicht auf ihn gerichtet. Es war auf das Land vor ihnen gerichtet.

»Wie kann das sein? Ich habe mir nie vorgestellt, dass es real ist«, flüsterte Björn.

»Wir sind vielleicht die ersten Menschen seit tausend Jahren, die das sehen. Die Ersten seit Ulf Skarsgard«, sagte Elle.

»Es ist keine Legende mehr«, flüsterte Troy. »Das hier war für jenseits von Odins Tor vorhergesagt. Das verborgene Land Lemuria, die geheimnisvolle Insel der Wikinger.«

»Sieht ruhig aus.« Björn richtete sich auf und legte das Ruder quer über seine Oberschenkel. »Nur, wie gefährlich wird es wohl sein?«

»Das kommt ganz darauf an, wer daheim ist.« Troy packte sein Paddel und begann zu rudern.

EPISODE 06

»Welche Feder kann dieses wundersame Grauen beschreiben, welcher Stift kann es abbilden?«

JULES VERNE

KAPITEL 25

Lemuria, die geheimnisvolle Insel – Heute

Die Gruppe saß stumm da und starrte auf das, was vor ihr lag. Unglaublicherweise war es ein dichter Regenwald unter einem gefrorenen Kontinent. Und nicht nur ein gewöhnlicher Wald, sondern gewaltig, überwuchert von riesigen, polsterähnlichen Wedeln und mit Bäumen, die bis in den Himmel reichten.

Aber welcher Himmel? Troy reckte sich vor, um unter dem Höhlenrand zum Himmel, oder dem, was sie dafür hielten, zu sehen.

»Er ist ganz weiß«, sagte er stirnrunzelnd. »Ist das eine Wolke? Ich meine den Nebel.«

»Nein, der Nebel kommt von der Feuchtigkeit, die in der Luft schwebt.« Anne stützte sich weit vorn auf dem Bug des Schlauchbootes auf die Ellbogen. »Aber da oben sieht es aus, als würde das Licht gebrochen. Das muss eine Eisdecke sein, die ein diffuses Licht durchlässt, ohne die bittere Kälte.«

»Natürlich, so bleibt der Ort versteckt«, grinste Elle. »Es ist wie ein riesiges Gewächshaus. Allerdings groß genug, um einen ganzen Regenwald zu überdachen. Ich meine, eine ganze Insel.«

»Wie ist das möglich?« Elrik runzelte die Stirn. »Wie kommt es, dass es im Winter nicht gefriert und von solidem Eis eingeschlossen wird?«

»Dafür gibt es viele Präzedenzfälle«, antwortete Anne. »Es gibt tiefe Seen unter dem antarktischen Eis, die seit Jahrmillionen flüssig sind und Leben enthalten. Allerdings hat man bisher nur kleinere Lebensformen wie Krill, Algen und Bakterien darin gefunden.«

Troy drehte sich um. »Ich habe mal einen geheimen Militärbericht gelesen, der ins Internet geleakt wurde, und in dem behauptet wird, dass man etwas viel Größeres unter dem dunklen Eis der Antarktis entdeckt hat, das dort lebt und gedeiht.«

Anne grinste. »Den habe ich auch gesehen, Troy. Es wurde behauptet, das sei der Kraken.« Sie schnaubte. »Glaub nicht alles, was du online liest.«

Troy starrte wieder geradeaus auf den Strand. »Du meinst, wie die Dinge über Lemuria?«

Sie lächelte schwach. »Okay, kapiert. Jedenfalls hat das Eis in diesen vergrabenen Seen wie eine Isolierdecke gewirkt, und Reibung oder geothermische Aktivität haben verhindert, dass das Wasser gefriert. Ich schätze, dass hier das Gleiche passiert ist.«

Auch Elrik beugte sich vor und sah sich nach beiden Seiten um. Sie befanden sich in einer Höhle in einer massiven Felswand, und die erstreckte sich links und rechts von ihnen, bis sie im Nebel verschwand. Bevor sie das Land erreichen konnten, mussten sie eine Wasserfläche überqueren.

»Das ist kein Fluss«, sagte Troy. »Es ist eher so was wie ein Graben.«

Direkt hinter dem Wasser lag ein schmaler Strand, und östlich von ihnen mündete ein ziemlich großer Wasserlauf in den kleinen See.

Anne zeigte darauf. »Da ist ein Fluss. Das könnte derjenige sein, aus dem euer Mosasaurier gekommen und dann in grönländische Gewässer gelangt ist.« Sie blickte ins tiefschwarze Wasser hinunter. »Oder er kam von genau hier.«

»Dann hoffen wir mal, dass er sich daran hält, Fisch zu fressen.« Troy stand im Boot auf. »Aber ich frage mich, wie groß dieser Ort sein muss, um Lebewesen dieser Größe beheimaten zu können.« Er wandte sich an Anne. »Meinst du, es könnte ein alter Asteroideneinschlagkrater sein, der vereist ist?«

»Ja. Sieh dir diese Felswände an. Die sehen genau wie ein tiefer Krater aus.« Anne drehte sich langsam um und betrachtete die Küstenlinie. »Der größte Krater der Welt ist der Vredefort-Krater in Südafrika.« Lächelnd wandte sie sich wieder an die anderen. »Der hat einen Durchmesser von um die dreihundert Kilometer breit, je nachdem, von wo aus man misst.«

»Dreihundert Kilometer? So groß könnte dieser hier sein?« Björn atmete durch die geschlossenen Lippen aus. »Wie lange genau wollen wir hier rumforschen?«

»Das ist nur ein Erkundungsgang«, rief Elrik ihnen in Erinnerung. »Wir sehen uns an, womit wir es zu tun haben, und errichten vielleicht ein Basislager, dann gehen wir zur Arctic Princess zurück, um unsere Vorräte aufzufüllen und später wiederzukommen.«

Astrid tauchte ihre Hand über die Bordwand. »Hier ist das Wasser warm. Aber die Lufttemperatur ist kühler, als ich erwartet hatte. Ich hätte gedacht, es wäre zu kalt für einen Dschungel.«

»Das ist eine andere Art von Dschungel: ein gemäßigter Regenwald. Dieser Waldtyp ist sehr alt und in Südostaustralien, auf der Südinsel Neuseelands und im südlichen Südamerika verbreitet. Man nimmt an, dass es sich um die Überreste von Gondwana handelt.« Anne schnippte mit den Fingern nach Björns Feldstecher und hielt ihn dann vor ihre Augen. »Wusstet ihr, dass die Überreste dieses Waldtyps in der Antarktis gefunden wurden?«

»Ich hab gehört, dass die Antarktis mal ein Regenwald war«, antwortete Troy. »Vor Millionen von Jahren.«

»Vor vielen, vielen Millionen Jahren, als es dort noch Dinosaurier gab.« Anne suchte den Dschungelrand ab. »Ich kann massive Baumstämme sehen, Klettergewächse, Epiphyten, Baum- und Bodenfarne, Flechten und sogar etwas, das wie primitive Orchideen und farbige Pilze aussieht.«

Anne senkte den Feldstecher und sah auf. »Als die Wälder auf der Oberfläche ausgelöscht wurden, haben die massiven Eisschichten diesen Ort vor dem Asteroideneinschlag und den Auswirkungen des Aussterbeereignisses abgeschirmt. Darum ist er noch hier.« Sie drehte sich zu Björn um. »Wir müssen an Land gehen.«

»Nicht so schnell. Angesichts des Meerestiers, das unserer Meinung nach von hier stammt, mache ich mir keine Sorgen um die hübschen Pilze und Orchideen«, erwiderte Elrik. »Welche Art von Tierleben könnten wir antreffen?«

Björn blickte aufs Wasser hinunter. »Soweit wir wissen, könnte eins von diesen Dingern jetzt gerade da unten sein.«

Anne sah Troy an. »Die Haut.«

»Die was?«, fragte Elrik.

Elle seufzte. »Wir … ich meine, Troy hat ein Stück Haut gefunden, das von hier stammen könnte. Es war nicht identifizierbar, aber Anne hat ein paar Tests gemacht, und …«

Anne unterbrach sie. »Und es könnte von einer sehr alten Linie von Reptilien stammen.«

Elrik lachte leise. »Wie groß?« Er wartete ein oder zwei Sekunden. »Schätzen Sie.«

Anne wackelte mit dem Kopf, während sie nachdachte. »Sehr groß. Die Probe und das Muster der Schuppen, *äh*, Knoten und Höcker, deuten auf ein Wesen hin, das möglicherweise die Größe eines Nashorns erreichen kann.«

Björn schnaubte. »Mit einem Nashorn werden wir fertig.«

»Was immer hier lebt, ob groß oder klein, ich schlage vor, wir halten die Augen offen«, kommentierte Astrid. »Elrik, lass uns einfach anlanden und sehen, womit wir fertig werden müssen.«

Elrik wandte sich wieder der Wand aus Regenwald zu, die beinahe bis zum Wasser reichte und nur einen Streifen Sand, etwa dreieinhalb Meter breit, übrig ließ. Das Summen von Insekten war zu hören und etwas, das ein Vogelruf sein könnte weit in der Ferne, nur dass es keinen schönen Singsang hatte, sondern eher ein schroffes, abgehacktes Kreischen, das auf eine größere und gröbere Kehle hindeutete.

»Also gut. Schön langsam.« Elrik begann, langsam zum Strand zu paddeln.

Als sie sich der Sandlinie näherten, sah Troy über den Bootsrand. Das Wasser wurde flacher und klarer, und einige Sprotten flitzten nach links und rechts, um ihnen aus dem Weg zu gehen. Dann kamen die gekräuselten Linien eines sandigen Bodens und ein paar grasähnliche Meerespflanzen.

Die Spitzen der Boote liefen unter dem Knirschen von Sandkörnern ein, und die Gruppe sprang heraus, um sie an den Strand zu ziehen. Elriks Blick folgte der Baumgrenze. Es gab einige Wege oder potenzielle Tierpfade, aber an manchen Stellen war der Wald undurchdringlich dicht.

Er hielt sein Gewehr in den Händen und ließ den Blick langsam weiter über die grüne Wand schweifen. Nach einer Weile wandte er sich ab.

»Hat jemand einen Richtungsvorschlag?«, fragte er.

Elle streckte den Arm aus. »Da ist ein Felsvorsprung am südlichen Ende des Strands. Versuchen wir es erst einmal da und gehen dann ein Stück weiter ins Landesinnere.«

»In Ordnung«, antwortete Troy. »Dann können wir das Auge wieder einsetzen. Mal sehen, ob es uns immer noch verraten will, ob wir auf dem richtigen Weg sind.«

»Moment mal. Auf dem richtigen Weg wohin?« Elrik drehte sich mit leicht zusammengezogenen Augenbrauen um. »Ich dachte, ihr wolltet nur beweisen, dass dieser Ort existiert.«

Elle und Troy tauschten einen Blick.

Elrik richtete sich auf. »Was gibt es hier, nach dem ihr in Wirklichkeit sucht?«

Troy und Elle blieben stumm.

Anne zuckte mit den Schultern und griff in ihre Tasche, um ihr Handy herauszuholen. »Ich bin jetzt schon im Himmel. Ich will einfach nur alles dokumentieren, was ich sehe. Dann schreibe ich eine Abhandlung, wenn ich zurückkomme. Das ist womöglich die größte Story in der Geschichte der Paläontologie überhaupt.« Sie sah sich um. »Ich hoffe nur, dass wir etwas von der einheimischen Fauna sehen.«

»Also, Mr. Strom?« Elrik wartete.

Troy sah zu Elle und zog die Augenbrauen hoch. Sie rollte nur mit den Augen, und er drehte sich wieder zu Elrik um und seufzte.

»Na schön, die Legende von Lemuria, von seiner Existenz, ist nur ein Teil der Geschichte. Der andere Teil der Legende besagt, dass diese geheimnisvolle Insel, die hinter Odins Tor verborgen liegt, der Ort war, an dem sich die Wikinger als würdig erwiesen haben.« Troy lächelte schwach und sah auf. »Und es ist der Ort, an dem Odin sein glühendes, rotes Herz versteckt hat.«

»Von Wikingerprüfungen habe ich schon gehört, aber nicht von Odins Herz oder was das bedeuten soll. Reden Sie weiter.« Elriks Augen wurden schmal.

»Ich dachte, du hältst das alles nur für ein Märchen.« Elle reckte das Kinn.

Elrik gestikulierte zum dichten Dschungel hinter sich. »Offensichtlich hat sich meine Meinung geändert. Erzählt mir alles. Unwissen könnte uns gefährlich werden.« In seiner Stimme lag eine Warnung.

Elles Auge war wie grüner Feuerstein, als sie die Legende erzählte. Elrik, Björn und Astrid hörten wie gebannt zu. Sie erzählte ihnen von den Herausforderungen und Prüfungen und auch davon, wie Odin sein noch schlagendes Herz in die Mitte der Insel legte, um als Signal zu dienen, zu dem die Krieger hingezogen wurden.

»Du hast gesagt, die Krieger würden von seinem Herzen angezogen werden. Was ist dieses Herz?«, fragte Björn.

»Was dieses Herz ist?« Elles Augen wurden schmal. »Das Herz ist alles.«

Elrik runzelte die Stirn. »Das bedeutet n…«

»Es soll ein Rubin sein«, fügte Troy hinzu. »So groß wie ein Fußball, von perfekter Reinheit und von einem puren, leuchtenden Rot.«

»Diesen Teil der Legende habe ich noch nie gehört«, sagte Björn. »Und er wäre eine Menge Geld wert?«

»Er ist mehr wert als Geld.« Elle wandte sich ab.

»Aber um ihm einen Wert zu geben«, sagte Troy lächelnd, »etwa hundert Millionen US-Dollar.«

Björn blieb der Mund offen stehen.

»Wir sind gekommen, um zu beweisen, dass Lemuria existiert. Und das haben wir. Aber wenn Odins Herz echt ist, dann wäre das eine angemessene Belohnung für uns.« Troy betrachtete die Gesichter der beiden.

»Das wäre es in der Tat«, sagte Elrik und war im Begriff, sich abzuwenden, hielt aber inne. Langsam drehte er sich wieder zu Troy um. »Das Auge – der *Drekafinnari* – das ist es, wonach es sucht.«

»Das steht sogar da.« Troy nahm das Auge heraus und betrachtete die Pupille. »*Ich sehe das Herz,* so steht es hier in den ältesten bekannten Wikinger-Runen.«

Elrik holte seine Handfeuerwaffe hervor und hielt sie Troy hin. »Nehmen Sie das, *Partner*.«

Troy steckte das Auge wieder in seine Tasche und schüttelte den Kopf. Dann holte er die Sig Sauer P228 von hinter seinem Rücken. »Ich bin versorgt.« Er steckte sie vorn in den Gürtel.

Elrik lachte leise. »Eine hübsche Waffe für einen Geschäftsmann.«

Elle grinste. »Also …« Sie zog eine Augenbraue nach oben. »Es steckt *wirklich* mehr in dir, als wir wissen, *hmm*?«

Dann hielt sie ihrem Bruder die Hand hin. »Ich nehme sie aber. Meine konnte ich nicht mitbringen.«

»Natürlich tut meine kleine Schwester das«, lachte Elrik, als er ihr die Waffe überreichte.

»Und wo ist meine?« Anne legte den Kopf schief.

Elle steckte die Waffe in ihren Gürtel. »Haben Sie Erfahrung mit Schusswaffen?«

»Nein, gar nicht. Aber ich wäre wenigstens gern gefragt worden«, antwortete Anne.

»Bleiben Sie einfach in meiner Nähe«, sagte Björn zu Anne. »Ich werde Sie beschützen.«

»Mein Held«, grinste Anne.

Anschließend bewegten sie sich rasch über den Strand. Das Knirschen der Sandkörner unter ihren Stiefeln wurde vom Kreischen und Summen von Wesen übertönt, die weiterhin hinter der dichten Wand des Waldes verborgen blieben.

Troy ging direkt hinter Anne und Elle und sah kontinuierlich in den Dschungel. Gerippte Farnwedel bildeten Kragen um den unteren Teil massiver Baumstämme, die sich hunderte Meter in die Luft reckten, bis hin zu einer kristallklaren Decke von unbekannter Höhe, und an ihre Seiten schmiegten sich struppige Elefantenohr-Epiphyten.

Ein kühler Nebel schlängelte sich durch schmale Pfade und um Äste, die so groß wie Häuser waren. Einmal glaubte Troy, einen Schatten direkt hinter der Baumgrenze zu sehen, aber nachdem er den Blick mehrere Sekunden lang auf die Stelle gerichtet hatte, schien es nichts weiter als schummriges Licht und sich bewegender Nebel zu sein … das sagte er sich zumindest.

Anne musste sein Starren bemerkt haben. »Siehst du was?«

»Ich weiß es nicht. Wahrscheinlich nicht.« Wieder sah er zu der Stelle. »Vermutlich sollte ich dankbar sein, dass Drachen kaltblütig sind, richtig?«

»Tja, das hängt davon ab, was genau die Wikinger für Drachen gehalten haben«, antwortete Anne. »Denn neuen Informationen aus der chemischen Analyse von Dinosaurier-Eierschalen zufolge hat sich herausgestellt, dass viele von denen Warmblüter waren. Wir wissen jetzt, dass sie an einem Evolutionspunkt zwischen Vögeln, die Warmblüter sind, und Reptilien, die Kaltblüter sind, existierten haben. Wahrscheinlich hatten sie also eine Art einzigartige Quasi-Biologie.«

Das gefiel Troy ganz und gar nicht. »So kalt ist es hier nicht. Aber warm auch nicht.«

»Das spielt keine Rolle. Die Landriesen existierten an Orten, wo es kalt oder sogar gefroren war. In der Arktis, in Kanada, Alaska, der Antarktis und genau hier in Grönland ging es Dinosauriern bei kalten Temperaturen gut. Es gibt sogar einen Namen für sie: Polardinosaurier. Und zum besseren Schutz vor der Kälte könnten sie mit einer primitiven Form von Federn bedeckt gewesen sein.«

»Du hilfst meiner Nervosität nicht gerade.« Troy lächelte sie an.

»Bleib einfach in der Nähe. Ich werde dich beschützen.« Dann beugte sie sich näher, um ihm zuzuflüstern. »Mehr als jeder andere hier.« Anne lächelte, als sie einen Blick auf Elles Rücken warf. »Hey, eine kurze Frage, die ich dir stellen wollte. Hat deine Freundin ein Glasauge?«

Troy sah im Gehen von Elle zu Anne. »Ja, sie kam nur mit einem Auge zur Welt.«

»Oh, armes Ding.« Ihre Mundwinkel verzogen sich. »Also doch nicht so perfekt.«

»Hör auf, Anne«, seufzte Troy.

»Was denn? Ich meine das nicht böse.« Sie wandte den Blick ab, drehte sich dann aber mit einem Grinsen wieder um. »Es wirft nur die Frage auf, was an ihr sonst noch falsch ist.«

Nach weiteren zehn Minuten näherten sie sich dem Felsvorsprung, den sie gesehen hatten, und Elle ging schneller. Sie blieb vor etwas stehen, das halb im Sand vergraben war.

»Schaut mal, hier.« Langsam umrundete sie das Objekt.

Die Gruppe beeilte sich, zu ihr zu kommen.

»Das ist ein Langboot. Oder das, was davon übrig ist.« Troy legte eine Hand auf das Holz, und etwas davon zerbröselte unter seiner Berührung. »Alt.« Er zog die Augenbrauen hoch. »Vielleicht so alt wie die *Skidbladnir*.«

»Die tausend Jahre alte *Skidbladnir*?«, fragte Elrik.

Anne grub ihre Stiefelspitze in den Sand, dann ging sie in die Hocke, um mehr Sand beiseitezuschaffen. Angestrengt stöhnend zerrte sie an etwas, und Björn half ihr, es herauszuziehen.

Dann hielt sie es hoch. »Ein Axtkopf. Und da ist noch mehr. Helft mir mal.«

Sie, Troy und Björn zogen mehr Sand weg und gruben dort, wo der Bauch des Schiffes gewesen sein musste. Im Inneren des Bootes fanden sich weitere Artefakte: Die Überreste alter Eisenhelme, die korrodierten Bänder von Metallringen, die einst hölzerne Schilde eingefasst hatten, und einige zerfetzte Felle.

»Keine Leichen«, stellte Elrik fest. »Warum sollten sie das hier zurücklassen?« Er betrachtete das Boot. »Es ist beschädigt, aber gib einem Wikinger eine Axt und Holz, und er kann alles reparieren.« Er sah sich um. »Und Holz gibt es hier genug.«

»Vielleicht haben sie es gar nicht aufgegeben«, erwiderte Troy. »Vielleicht war es ein letztes Gefecht.«

Die Gruppe schwieg einen Moment lang und wandte sich dann dem Waldrand zu. Er lag dunkel und geheimnisvoll vor ihnen.

»Die Prüfung von Lemuria«, seufzte Elle.

»Um herauszufinden, ob sie würdig sind.« Troy sah wieder auf die zerfetzten Felle. »Sie kommen hierher, hinter Odins Tor, auf die geheimnisvolle Insel Lemuria, um sich den Drachen zu stellen und zu kämpfen. Danach werden sie für würdig befunden.«

»Und wenn nicht, verlassen sie diesen Ort nicht«, antwortete Elrik. Er blickte auf das halb im Sand versunkene Boot zurück. »Ich glaube, hier gibt es eine Menge Wikingergeister.«

Anne grub weiter und hob eine Scherbe von etwas auf. Sie hielt sie hoch. »Noch mehr Geister.«

Es war die Hälfte eines Schädels. Er war vom Alter verfärbt, sah aber merkwürdig aus. Sie drehte ihn in den Händen. »Jung. Er hat noch alle Zähne. Und der Größe nach von einem Mann.« Sie strich über den Rand, wo die andere Hälfte fehlte. »Seltsam, der Knochen sieht nicht gebrochen aus, sondern ist glatt, als ob er irgendwie geschmolzen wäre.«

»Das Meer kann das anstellen«, sagte Björn. »Es kann eine Weinflasche in kleine Steinchen verwandeln, wenn es genug Zeit hat.«

Anne nickte, aber ihre Brauen zogen sich zusammen, während sie mit dem Daumen über den Rand des Schädels strich. »Ja, vielleicht.«

»Was es auch war, es ist vor langer, langer Zeit passiert.« Björn nahm ein Stück des morschen Holzes in die Hand und zerbröselte es. »Hoffentlich ist das, was sie angegriffen hat, schon seit tausend Jahren tot.«

Astrids Blick war über den Waldrand gewandert. Sie hielt kurz inne und starrte, dann machte sie einige Schritte. »Nein, ich glaube nicht, dass die möglichen Bedrohungen mit den Jahren verschwunden sind. *Schaut.*« Sie zeigte auf etwas.

Am Rand des Waldes, genau dort, wo der Sand auf eine Linie aus dunklerer Erde traf, waren Tierspuren zu sehen. *Große* Tierspuren.

Sie wandte sich wieder zur Gruppe um. »Bei der Größe dieser Abdrücke sollten wir besser aufpassen, dass sich *unsere* Geister nicht zu unseren Wikingerfreunden gesellen.«

Anne ging zu den Spuren und umkreiste einige der Abdrücke langsam. Den Mund zu einem Grinsen geöffnet, sah sie auf. »Das sind Theropodenabdrücke.«

»Thero-was?« Björn runzelte die Stirn.

»Dinosaurier«, antwortete sie.

KAPITEL 26

Troy beobachtete, wie Anne auf die Knie ging und die Hände über einen der Abdrücke hielt, um ihn aus der Luft zu vermessen. »Ein Theropode ist eine Dinosaurierart …« Sie blickte auf, nur kurz, mit leuchtenden Augen. »Sie zeichnen sich durch dreizehige Gliedmaßen aus, sind zweibeinig und werden im Allgemeinen zu den Echsenbeckensauriern gezählt.«

Sie setzte sich auf die Fersen und sah zu Björn hinauf. »Sie waren Raubtiere und Fleischfresser und tauchten erstmals vor etwa zweihundertdreißig Millionen Jahren in der späten Trias auf. Und sie waren äußerst erfolgreich, weil sie nämlich zu den dominierenden Landraubtieren wurden, bis vor etwa sechsundsechzig Millionen Jahren.« Sie stand auf und wischte sich die Hände ab.

»Aber die sind so groß«, sagte Björn mit ungläubiger Stimme. »Sie haben gesagt, so groß wie ein Nashorn. Der Abdruck von diesem Ding ist riesig.«

»Ein großer Abdruck von einem großen Fuß. Und ich habe nie behauptet, dass Nashorngröße das Maximum ist.« Anne nickte, den Blick wieder auf die Spuren gerichtet. »Ein erwachsenes männliches Nashorn kann leicht ein paar Tonnen wiegen. Aber ein ausgewachsener Spinosaurus aegyptiacus oder Tyrannosaurus wurde um die sieben bis acht Tonnen schwer, die waren also wirklich sehr groß. Das hier ist nicht mal annähernd so groß, aber ich würde trotzdem gerne ein paar Abdrücke nehmen.«

»Eines weiß ich: Die sollten alle längst ausgestorben sein.« Elrik starrte auf die riesigen Abdrücke hinunter. »Diese Fährte wurde erst vor wenigen Tagen oder Stunden hinterlassen.«

»Genau wie Ihre Seeschlange haben sie einen Ort gefunden, an dem sie weiterleben können.« Troy sah auf, um den Spuren in den Wald zu folgen, und drehte sich dann um, um den Blick über dunkleren Boden am Rand des Strandes in die Richtung schweifen zu lassen, in die er verlief, bevor er in der Waldgrenze verschwand. »Unsere Theorie lautet, dass diese Dinger vielleicht das sind, was die Wikinger für Drachen gehalten haben.« Er zog die Augenbrauen hoch. »Vielleicht stammt ihre gesamte Drachenmythologie daher. Erinnert ihr euch, was Anne gesagt hat? Dass dieser Ort von der Außenwelt isoliert wurde, als der Asteroid einschlug? Was hier drin war, hat überlebt.« Er zeigte auf die Spuren. »Und überlebt immer noch.«

Anne schritt eine Weile neben den Abdrücken auf und ab. »Das ist faszinierend. Die machen das Gleiche wie viele Raubtiere an Flüssen und Küsten.« Sie drehte sich wieder um. »Sie kommen ans Wasser, um zu sehen, ob was Essbares angeschwemmt wurde. Oder wenn es sich um einen See oder Fluss handelt, halten sie Ausschau nach Beutetieren, die zum Trinken herkommen.«

Sie blieb stehen und ging mit den Unterarmen auf den Unterschenkeln in die Hocke. »Dieses Tier … vielleicht nur ein paar Tonnen schwer und vermutlich sechs Meter lang«, sagte Anne, während sie auf die dreißig Zentimeter großen Abdrücke hinunterblickte. »Ich kann nicht sagen, welche Spezies es ist, oder ob es sich nur um ein Jungtier oder ein ausgewachsenes Tier von mittlerer Größe handelt.« Sie sah auf. »Aber ich hoffe, dass es nicht zu den Megatheropoden gehört, die können nämlich doppelt so lang und doppelt so schwer werden wie ein Elefantenbulle und wären wirklich furchterregend.« Sie stand auf und verfolgte die Spuren weiter.

»Elefantengewehre haben wir nicht dabei«, antwortete Elrik. »Ich sage, wir geben uns Mühe, diesen Kerl oder seine Mama nicht von Angesicht zu Angesicht treffen.«

»Ich bin dafür«, sagte Astrid mit einem schmalen Lächeln.

»Oh, wow.« Anne bückte sich und hob etwas auf, das wie ein haariger Ast aussah. Sie untersuchte es kurz, ehe sie sich umdrehte und es hochhielt. »Ratet mal, was das ist?«

»Ein Staubwedel?«, fragte Elle.

Anne betrachtete es einen Moment lang. »Das würde klappen.« Sie lächelte breit. »Hey, erinnert sich jemand an den Dinosaurierfilm, in dem der Junge am Ende so was sagt wie: *Ich glaube, jetzt verstehe ich es.*

Die Dinosaurier sind nicht verschwunden. Sie haben sich einfach nur in Vögel verwandelt und sind weggeflogen.«

»Jurassic Park«, antwortete Troy.

»Genau.« Anne nickte. »Tja, die Debatte darüber, ob die Dinosaurier Federn hatten oder nicht, tobt schon seit Jahren, sogar seit Jahrzehnten. Es war schwer zu sagen, weil so Sachen wie Haare und Federn nicht so gut versteinern. Aber dann wurden zehn in der Antarktis gefundene, gut erhaltene fossile Federn zum soliden Beweis dafür, dass gefiederte Dinosaurier an den Polen der Erde gelebt hatten, und das vor hundertachtzehn Millionen Jahren. Also, wisst ihr …« Sie zwirbelte das riesige Ding zwischen den Fingerspitzen. »… ich glaube, das ist eine Dinosaurierfeder.«

Troy kam zu ihr, nahm ihr das Ding aus der Hand und musterte es. Es war etwa einen Meter lang, dick wie ein Bleistift und statt der nachgiebigen, breiten Form einer normalen Feder, erinnerte es an Borsten und war grün und braun gestreift.

»Troy, du hast dich gefragt, wie die Dinosaurier in der Kälte überleben konnten. Tja, die Umwelt hier ist viel wärmer als in der Antarktis, und die Dinosaurier, die ein Federkleid trugen, mussten im Winter wohl eisige Temperaturen aushalten.« Sie lächelte. »Nicht alle Dinosaurier haben in feuchten Sümpfen oder heißen Wüsten gelebt, wie in den Filmen.«

»Daran habe ich gerade gar nicht gedacht.« Troy bewegte die riesige Feder in den Fingern, und sie schimmerte schwach. Er hielt sie vor den Waldrand.

»Woran dann?«, fragte Anne.

»Camouflage«, sagte er und drehte die Feder langsam. »Zwischen dem Laub würde etwas, das damit bedeckt ist, nicht auffallen und wäre geradezu unsichtbar.«

Elrik und Björn drehten sich um und sahen in den Dschungel.

»Oh.« Einen Moment lang machte Anne ein erstauntes Gesicht. »Du hast recht.«

»Meine Güte.« Elrik schüttelte den Kopf. »Da sind riesige Reptilienwesen, die wahrscheinlich nur darauf warten, uns aus dem Hinterhalt anzugreifen, und wir werden sie nicht einmal kommen sehen. Und wir haben nur ein paar Gewehre und Handfeuerwaffen.«

»Uns passiert nichts«, versicherte Elle ihrem Bruder. »Wir bleiben einfach nur zusammen, leise und wachsam.«

»Vermutlich sollten wir nicht zu lange am gleichen Ort bleiben. Vor allem nicht, falls diese Dinger zum Jagen ans Wasser kommen«, sagte Astrid.

»Guter Vorschlag«, sagte Elrik leise. »Mr. Strom, wo lang?«

Troy sah mit gerunzelter Stirn über den Strand.

»Benutz das Auge«, schlug Elle vor.

Troy holte die grüne Kugel aus seiner Tasche und legte sie auf seine Handfläche. Nach ein oder zwei Sekunden begann sie, sich zu drehen. Zuerst blickte das Auge zum Wald, dann drehte es sich langsam und zeigte auf die Sandlinie des Strandes. Er hob den Kopf. In der Ferne stand eine Ansammlung extrem hoher, aber abgestorbener Bäume, die keine Äste zu haben schienen, an der Wasserlinie, dort, wo die Insel eine Kurve beschrieb und außer Sicht geriet.

»Wir gehen zu diesen toten Bäumen und machen dann wieder eine Sichtprüfung«, sagte er.

»Gehen Sie voraus, Mr. Strom.« Elrik machte eine Kopfbewegung.

Troy wandte sich wieder dem Strand zu und ging los. Elle schloss sich ihm an und lief neben ihm. Direkt hinter ihnen waren Anne und Astrid, gefolgt von Elles Brüdern.

Sie waren nur wenige Schritte von dem ruhigen, dunklen Wasser entfernt, und in der kühlen Luft stiegen kleine Dampfschwaden aus der wärmeren Flüssigkeit auf.

Unterwegs war Troy in Gedanken versunken. Er fragte sich, wie viel Zeit sie auf der Insel verbringen würden. Sein Blick wanderte über den Sandstrand, an dem es zerdrückte Muscheln, winzige Knochen und Treibholzstücke gab. Und er registrierte keine Verschmutzung – es gab keine alten Fischerbojen, Flaschenverschlüsse oder sogar verrottende Plastiktüten. *Das ist doch mal was,* dachte er.

Er fragte sich, ob die Eisschmelze, die das Tor geöffnet hatte, auch dafür sorgte, dass der Wasserspiegel an diesem versteckten Ort anstieg, weil das Eis mehr Wasser freigab. Er drehte sich um und betrachtete das ruhige, dunkle Wasser. Er fragte sich auch, wie tief es wohl war. Einige Meter, dutzende, hunderte?

Während er hinsah, erhob sich weiter draußen eine V-förmige Welle, nur ganz kurz, dann verschwand sie wieder. Er beobachtete die Wasseroberfläche weiter, und dann erschien die V-Welle erneut, näher, und diesmal verlief sie parallel zum Strand und hielt mit ihnen Schritt.

Das riss Troy aus seinen Gedanken.

»Hey, aufpassen! Etwas verfolgt uns.« Er zog seine Waffe und hielt sie neben seinem Bein.

»Wo?« Björn wandte sich dem Dschungel zu und hob das Gewehr.

»Andere Richtung. Im Wasser«, sagte Elle.

»Zurück«, sagte Troy und führte sie höher auf den Strand hinauf.

Aber auch damit war er nicht glücklich, weil es bedeutete, dass sie sich zum dunklen Wald zurückzogen, und zwar mit dem Rücken zu ihm.

Troy warf einen Blick über die Schulter und erkannte, dass sie genauso blind für alles wenige Schritte jenseits der Baumgrenze wären wie für alles unter dem dunklen Wasser.

Er drehte sich wieder zum Wasser um und sah, dass die V-Welle jetzt aufs Ufer zusteuerte und direkt auf sie zukam.

»Los geht's«, sagte er und hob die Waffe mit beiden Händen.

Was es auch war, es beschleunigte. Fünfzehn Meter, zehn, fünf, und dann sahen sie den riesigen, dunklen, gebogenen Kopf der Kreatur, die ins seichte Wasser glitt, um einen Blick auf sie zu werfen.

»Es ist ein schwarzer Alligator.« Björn zielte mit seinem Gewehr.

»Nicht schießen. Nicht schießen«, rief Anne.

Das Ding war groß, sein Kopf war schaufelförmig und einen Meter lang, wahrscheinlich ein Drittel der Körperlänge. Und auf jeder Seite des Kopfes befanden sich winzige, starre Augen. Das Maul öffnete und schloss sich mit nadelscharfen Zähnen, die an eine Bärenfalle erinnerten.

»Es ist nicht wie das Ding, das ihr gefangen habt. Kein Meeresreptil, sondern eine Amphibie.« Anne sah sich um. »Das Wasser hier muss zum größeren Teil aus Süßwasser von der Eisschmelze bestehen, und dieser Kerl ist aus einem der Flüsse gekommen.«

»Was ist das?«, fragte Elrik. »Die Zähne und Beine sagen mir, dass es an Land kommen kann, wenn es will.«

»Vielleicht stürzt es sich auf mich, wenn ich ihm zu nahe komme«, sagte sie, »aber es müsste sich hauptsächlich von Fischen und Krustentieren ernähren. Ich glaube, es ist eine Riesenamphibie, möglicherweise ein *Cyclotosaurus naraserluki*. Die haben während der späten Trias in dieser Gegend gelebt, also vor zweihundertachtundzwanzig bis zweihundert Millionen Jahren.« Vorsichtig holte Anne ihre Kamera heraus und ging ein paar behutsame Schritte näher.

»Was machen Sie da?« Elrik hob sein Gewehr an die Schulter.

»Nur eine Sekunde.« Anne hob die Kamera. »Ich glaube, das Wasser ist zu dunkel, aber …« Sie machte ein Foto, und die Düsternis veranlasste die Kamera, den Blitz zu verwenden.

Der Lichtblitz ließ das Ding reagieren, und mit einem Schlag seines ruderartigen Schwanzes erzeugte es eine Welle, die Anne durchnässte. Und dann war es fort.

Anne prustete und schüttelte sich das Wasser aus dem Gesicht. »Und es hat ein schlechtes Sehvermögen und ist normalerweise ein Nachtjäger.« Sie seufzte und sah sich ihr Bild an. »*Ach,* ich bin ein mieser Fotograf.«

»Keine Sorge, ich bin sicher, ihr werdet euch wiedersehen«, sagte Elle.

Elrik trieb sie vom Wasser weg und weiter den Strand entlang. Wieder ging die Gruppe schweigend, und Troy versuchte, seine Aufmerksamkeit zwischen der Waldgrenze und dem Sand vor ihm aufzuteilen. Ein Plätschern im Wasser neben ihnen ließ ihn schnell den Kopf drehen. Dieses Mal war da nichts als ein Wirbel auf der dunklen Oberfläche.

Er sprach im Gehen über die Schulter hinweg. »Elrik, behalten Sie das Wasser im Auge.«

»Verdammt, das werde ich«, erwiderte der Mann.

»Björn, Sie übernehmen den Wald«, sagte Troy.

»Schon dabei.« Björn trug sein Gewehr auf dem Arm, während er neben Anne lief, die immer noch daran arbeitete, das Bild zu verbessern, das sie aufgenommen hatte.

Sie marschierten noch zehn Minuten lang weiter und konzentrierten sich auf die Ansammlung hoher, gebogener Bäume, die immer näher kam. Troy verengte die Augen, während er versuchte, sie zu identifizieren. Es beunruhigte ihn nicht, dass er das nicht konnte. Vielleicht handelte es sich um eine Spezies, die in der Außenwelt nicht existierte, vielleicht schon seit Millionen von Jahren nicht mehr. Aber er wettete, dass Anne mehr Ahnung hatte.

Doch dann kamen sie näher. Und er dachte, vielleicht doch nicht.

»Großer Gott«, hauchte Elle.

Die Gruppe stand auf der Spitze eines Hügels aus niedrigen, im Sand vergrabenen Steinen und betrachtete die großen Objekte.

»So viel zu den Bäumen.« Troy drehte sich um. »Anne, was denkst du?«

Anne kam dazu und näherte sich um ein paar Schritte. Sie drehte sich um und schüttelte langsam den Kopf.

»Das … das ist unglaublich.« Ihr Mund war offen und sie zeigte darauf. »Das sind keine Bäume.«

»Verdammt richtig, das sind sie nicht.« Troy sah zu den Dingern hinauf.

Was sie für Baumstämme gehalten hatten, waren Rippen, eine ganze Reihe, die noch immer an einer Wirbelsäule hingen, die irgendwo im Sand versunken war. Sie ragten dreißig Meter in die Luft hinauf und bogen sich leicht zur Mitte hin. Viele Meter weiter lag ein teilweise vergrabenes Objekt, das einst ein kolossaler Schädel gewesen sein musste.

»Was ist das?«, hauchte Elle.

»Was es ist?« Elrik blickte zu den kolossalen Knochen hinauf. »Ein Monster von eurer verlorenen Insel.«

KAPITEL 27

Die Gruppe starrte zu den massiven Knochen hinauf, die über ihnen aufragten. Keiner sprach. Anne ging um die Basis einer der rüsseldicken Rippen herum.

»Irgendeine Art Mega-Saurier.« Sie starrte weiter zu den Rippen hinauf. »Aber selbst der größte Dreadnoughtus oder Titanosaurus oder sogar der gewaltige Argentinosaurus mit einer Länge von fünfunddreißig Metern werden von diesem Ding in den Schatten gestellt.« Während sie sprach, legte sie eine Hand auf eine der Rippen, als stünde sie unter einem Bann. »Dieses Ding verstößt gegen alles, was wir über prähistorische Kreaturen wissen. Aber …«

»Aber nicht gegen die Evolution«, fügte Astrid hinzu. »Wenn man Tiere in eine kontrollierte Umgebung bringt und die Bedingungen konstant hält, ihnen reichlich Nahrung und Platz bietet, dann reagieren sie, indem sie groß werden.«

Anne nickte. »Das stimmt.« Sie drehte sich wieder um. »Was dieses Ding auch war, diese Spezies ist zu echten Kolossen geworden. *Colossusaurus Anne Walshi.*« Sie drehte sich um und grinste. »Recht auf Namensgebung und so.«

»Hoffen wir, dass wir nach Hause kommen, um das zu feiern«, fügte Elle hinzu.

»Wie hat das wohl mit Fleisch auf den Knochen ausgesehen?«, fragte Elrik.

»Für diese Dinger wären wir nur Ameisen«, sagte Björn. »Ich hoffe, es frisst nur Gemüse.«

»Hochstwahrscheinlich«, sagte Anne und machte mehrere Fotos. »Aber dieses Ding wäre derart schwerfällig, dass man schon zerquetscht werden könnte, wenn man ihm nur über den Weg läuft.« Ihre Augenbrauen zogen sich zusammen. »Wisst ihr, vielleicht ist diese Kreatur nicht einzigartig.«

»Was meinen Sie?«, fragte Astrid.

»Vor einigen Jahren war ich an einer paläontologischen Untersuchung beteiligt. Bei einer Ausgrabung im schwedischen Kristianstad-Becken haben wir die Überreste eines gigantischen Wesens gefunden, aber wir konnten es nie identifizieren.« Sie strich mit der Hand an einem der massiven Rippenknochen hinauf. »Außerdem gab es Gerüchte über einen Mega-Fund in China. Aber die wurden nie bestätigt.«

»So groß wie das da?«, fragte Troy.

»Riesig, aber nicht ganz so riesig. Das Seltsamste ist, dass die meisten der größten je existenten Dinosaurier Pflanzenfresser waren. Aber an der Ausgrabungsstätte mit der Kreatur haben wir die großen, rückwärtsgebogenen Zähne eines Fleischfressers gefunden. Wir haben angenommen, dass sie irgendwie vermischt wurden. Zwei verschiedene Spezies. Aber was, wenn nicht?« Sie sah zum Vorderteil der Kreatur. »Ich würde gern den Schädel ausgraben und nachsehen, ob er genauso aussieht.«

»Nicht heute«, sagte Elrik.

»Es muss ein Pflanzenfresser sein«, sagte Astrid.

Anne lächelte nur und zuckte mit den Schultern. »Das wissen wir erst, wenn wir einen Lebenden sehen.«

»Es könnte einen Lebenden geben? Nein, das war's, wir können nicht weitergehen.« Björn wandte sich an seinen älteren Bruder. »Darauf sind wir nicht vorbereitet.«

Elrik sah wieder zu den mächtigen Rippen, die in die Luft ragten. »Große Beutetiere bedeuten normalerweise auch große Raubtiere, nicht?« Er drehte sich Anne zu.

Sie nickte. »Die Evolution passt die Jäger normalerweise der Beute an.«

Elrik stieß den Atem aus. »Dann hat er recht. Wir haben keine so, *äh,* große Gefahr erwartet. Wir müssen wieder zurück ...«

»Zum Schiff?«, fragte Troy.

Elrik schüttelte den Kopf. »Nein, zum Hafen. Wir füllen die Vorräte auf, besorgen mehr Waffen mit mehr Feuerkraftkraft. Außerdem Munition und Proviant. Vielleicht sogar mehr Leute.«

»Nein, das wird Wochen dauern«, erwiderte Troy scharf. »Bis wir wieder hier sind, falls wir überhaupt wieder herkommen *können*, wird der Eingang wahrscheinlich wieder vereist sein.«

»Ich bin nicht hierher gekommen oder habe meine Schwester hierher gebracht, um sie oder jemand anderen sterben zu sehen.« Björns Blick war todernst.

Elle hob die Hände. »Blas nicht in meinem Namen zum Rückzug. Wenn wir die Entdeckungen nicht machen, werden es andere tun. Und ich glaube nicht, dass die weit hinter uns waren.«

Troy sah Elle an und fragte sich, ob sie etwas wusste oder ihn nur unterstützte. Es spielte keine Rolle. Er wandte sich wieder an die Brüder. »Alles, was wir tun, jeden Tag, ist mit Risiken verbunden. Man kann umkommen, wenn man daheim die Straße überquert«, mahnte er. »Wir gehen damit um, vermeiden Gefahr und begrenzen unsere Zeit hier. Wir können das schaffen.«

»Nein. Sie haben doch diese Thero-was-auch-immer-Spuren gesehen. Anne hat gesagt, das war ein großer Fleischfresser und vielleicht noch nicht mal ausgewachsen. Und vielleicht lässt die Gefahr an diesem Ort gar nicht zu, dass wir sie vermeiden, egal, wie vorsichtig wir sind oder für wie schlau Sie sich halten. Tut mir leid, Mr. Strom, aber mein Entschluss ist gefasst. Wir gehen.« Elrik wollte sich an seinen Bruder wenden.

»Blödsinn, Sie sprechen nicht für alle. Wer hat Ihnen das Kommando übertragen?«, wollte Troy wissen.

»Das Schiff«, sagte Elrik und drehte sich wieder zu ihm um. »Als Kapitän bin ich verantwortlich. Selbst für Ihr Wohlergehen.«

»Wir sind aber jetzt nicht auf Ihrem verdammten Schiff.« Troy spürte, wie seine Wut begann, sein Denken zu bestimmen.

»Wollen Sie nach Hause schwimmen?« Elriks Stimme war leise.

Troy wandte sich an Elle. »Ich hab gewusst, dass es ein Fehler ist, diese Typen mitkommen zu lassen.«

»Das reicht«, sagte Elle. Sie stellte sich zwischen die beiden Männer und stemmte die Hände in die Hüften. »Ihr habt beide recht«, sagte sie.

Elle drehte sich um und warf Troy einen *Spiel-mit-*Blick zu. Dann wandte sie sich wieder ihren Brüdern zu.

»Ich stimme euch zu, dass wir mehr Feuerkraft und Leute brauchen. Ich stimme aber auch Troy zu, dass wir diese Gelegenheit vielleicht nie wieder bekommen, wenn wir sie jetzt nicht nutzen.«

»Schön, und wie stellen wir beides an?«, fragte Björn.

Elle verschränkte die Arme. »Wir haben mehr Feuerkraft und mehr Männer.« Ihre Miene war angespannt. »Wir gehen zum Schiff zurück und holen Jorgan. Er hat das große Gewehr und ist ein guter Schütze. Zusätzlich holen wir die gesamte Munition und alles, was wir sonst noch brauchen könnten.«

»Ein zusätzlicher Mann mit einem Gewehr«, schnaubte Elrik. Er zeigte auf den hoch aufragenden Brustkorb hinter ihm. »Gegen das.«

»Gegen das bräuchte man einen Granatwerfer.« Elles Lachen war ein Bellen. »Und so einen wirst du selbst zu Hause nicht finden.« Sie sah zu den Knochen hinauf. »Bei diesen Jungs verstecken wir uns, und wir bleiben unter ihren Füßen weg. Wir sind nur Mäuse für sie.« Sie zuckte mit den Schultern. »Außerdem kann es nicht schwer sein, etwas so Großes frühzeitig zu sehen. Wenn sie überhaupt noch existieren.«

»Also werfen wir einfach den Anker und verlassen das Schiff?« Björn zog eine Augenbraue nach oben.

»Wenn das Wetter ein paar Tage hält, dann ja, das wird schon gehen«, antwortete Elle.

Elrik seufzte. »Na hoffentlich. Wenn der Princess nämlich was passiert, werden wir es nicht mit den Schlauchbooten bis nach Hause schaffen.« Er machte eine ausladende Handbewegung. »Dann wohnen wir am Ende hier.«

»Je früher wir loslegen, desto früher können wir mit unserer Erkundung beginnen.« Sie zuckte mit den Schultern. »Und dann heimfahren.« Elle legte den Kopf in den Nacken. »Also, wer meldet sich freiwillig, um Jorgan zu holen?«

»Ich mach es«, sagte Troy. »Ich nehm eins der Boote. Ich bin in einer Stunde zurück.«

Elrik lachte schallend. »Wenn Sie, ein Fremder, versuchen, Jorgan zu überreden, das Schiff zu verlassen, wird er Sie wahrscheinlich über Bord werfen.«

»Dann gehe ich mit«, sagte Elle und drehte sich zu Elrik um. »Kommt ihr hier für ein paar Stunden klar? Anne?«

Anne nickte, wirkte aber unsicher.

Elriks Lippen formten einen Moment lang eine schmale Linie, ehe er schließlich nickte. »Verlauf dich nicht, Schwesterchen.«

Nachdem sie durch die Flusshöhle zurückgepaddelt waren, erreichten sie schließlich den Riss in der Eiswand, und Troy beschloss, auf den Motor zu wechseln, um ihre Fahrt zu beschleunigen. Er hielt die Geschwindigkeit auf etwa drei Knoten, und da Elle für ihn am Bug Ausschau hielt, kamen sie gut voran.

Er wusste, dass er nur etwa einen Kilometer zurücklegen musste, bis er hoffentlich die Lichter der Arctic Princess sehen würde, die Jorgan laut Anweisung anlassen sollte.

Nach einigen Stößen von kleineren Eisbergen dauerte es nicht lange, bis sie den Schein des Schiffes durch den Nebel sehen konnten.

»Das ist seltsam.« Troy richtete sich auf. »Hatte die Arctic Princess mehr Schlauchboote?«

Elle reckte sich vor. »Vielleicht, aber ich glaube nicht.«

An der Seite des Schiffes war ein weiteres Boot festgemacht. Ein Schlauchboot, sicher, aber größer und älter aussehend. Eher wie etwas, das jahrelang den Elementen ausgesetzt gewesen und verdächtig nahe an der Seeuntüchtigkeit war.

»Vielleicht hat Jorgan es hier draußen treibend gefunden«, schlug Elle vor.

»Hmm.« Troy verlangsamte ihr Boot, als sie um die dreißig Meter entfernt waren. »*Ahoi,* Jorgan.«

Sie erhielten keine Antwort.

»Er muss da sein. Der Kerl ist so zuverlässig wie ein Fels«, erklärte Elle.

Troy manövrierte sie neben die Princess, wo die Leiter das Wasser berührte, stellte den Motor ab und glitt den Rest des Weges dahin. Er streckte eine Hand aus, griff nach der Leiter und band das Boot fest.

Troy klopfte mit der Faust gegen den Stahl des Rumpfes, und das Geräusch hallte bis ins Herz des Schiffes wider. »*Ahoi,* Jorgan«, rief er wieder.

Die beiden warteten eine volle Minute, bekamen aber immer noch keine Antwort. »Bleib hier«, sagte er.

»Von wegen«, antwortete Elle, griff nach der Leiter und erklomm sie zuerst.

»Verflucht noch mal, warte, *warte.*« Troy hatte Mühe, Schritt zu halten.

An Deck konnten sie immer noch nicht viel sehen, weil der schwere Nebel über ihnen hing wie Dunst über London.

»Jorgan!«, rief sie.

Sie warteten einige Augenblicke, aber mehr als unheimliche Stille antwortete nicht.

»Das gefällt mir nicht«, sagte Troy leise.

»Irgendwas stimmt ganz und gar nicht.« Elle drehte sich zu ihm um, und er bemerkte, dass der Blick in ihrem Auge wachsam, aber auch ein wenig ängstlich war.

Sie gingen in Richtung Steuerhaus. Troy zog seine Waffe. Als Elle das sah, tat sie es ihm nach.

Sie stiegen die kleine Treppe zum Ruderhaus hinauf, und Troy spähte durchs Fenster hinein. Es war leer. Auf der Schalttafel stand ein Becher Irgendwas und die Instrumente leuchteten, also war der Strom an.

Er drehte sich zu Elle um, zählte von drei herunter und zog dann die Tür auf. Er trat zügig ein. Elle war dicht hinter ihm. Sofort teilten sie sich auf und untersuchten den kleinen Raum.

»Ich versteh das nicht. Wo kann er denn hingegangen sein?«, fragte sie.

Rasch überprüfte Troy die Kontrollen und stellte fest, dass das Schiff in Ordnung zu sein schien. Er schüttelte den Kopf. »Wir müssen das Schiff von oben bis unten durchsuchen. Vielleicht hat er sich unter Deck verletzt.«

»Trennen wir uns?«, fragte sie.

»Nein, das können wir gemeinsam machen, so groß ist das Schiff nicht. Wie gesagt, vielleicht hat er irgendwo einen Unfall gehabt.« Troy war klar, dass das keine Erklärung für das andere, festgemachte Schlauchboot war.

»Dann lass uns loslegen. Wir fangen in der Kantine an«, sagte Elle und schob die Tür zur inneren Gangway auf.

Selbst Troy spürte, wie ihn ein Schreck durchfuhr, als der große Mann die Türöffnung füllte. Eine seiner riesigen Hände schoss vor, um Elles Waffe zu ergreifen und sie ihr zu entreißen. Dann hatte die andere Hand blitzschnell ein Messer an ihre Kehle gehalten. Er drehte sie um, hielt sie vor sich und bahnte sich dann einen Weg in den Raum.

Weitere Männer folgten, alle groß. Einer der größten hatte Runen-Tätowierungen am Hals und ein böses Lächeln klebte ihm im bärtigen Gesicht. Troy hatte diesen Blick schon oft in den Augen von Männern und Frauen gesehen: kalt, grausam und ohne jeglichen Respekt vor dem menschlichen Leben. Der Kerl war ein Killer, und seine Größe bedeutete, dass er nicht zu unterschätzen war.

»Mr. Strom und Ms. Elleanor Kristiansen, oder Burgan, mittlerweile, glaube ich.« Sein Ausdruck war grimmig. »Geben Sie mir Ihre Waffe, Mr. Strom.« Troy zögerte. »Es wäre unschön, wenn mein Mann hier die Frau verletzen müsste«, sagte der Riese.

Troy berechnete die Wahrscheinlichkeit, alle vier Männer ausschalten zu können. Wenn er allein wäre, würde er es riskieren. Er war darauf trainiert, mit mehreren Gegnern in geschlossenen Räumen zu kämpfen. Aber konnte er sie alle ausschalten, ohne dass Elle verletzt wurde? Unwahrscheinlich.

»Ich stecke sie weg«, sagte er.

Der große Kerl nickte seinem Kollegen zu, der begann, in Elles Hals zu schneiden. Blut floss. Sie biss die Zähne zusammen, gab aber keinen Laut von sich.

»Aufhören!« Er ließ die Waffe von einem Finger hängen und streckte sie vor sich aus. Der große Kerl riss sie ihm aus der Hand, brach ihm dabei fast den Finger, und steckte sie dann in seinen Gürtel. Wieder nickte er, und Elle wurde zu Troy gestoßen.

»Ihr habt uns verfolgt«, spie Elle aus, während sie sich den Hals hielt.

Der große Mann zuckte mit den Schultern. »Ja, natürlich. Wir sind die Hüter der Flamme.« Seine Miene verfinsterte sich. »Und was seid ihr, außer Plünderern, Schatzjägern und Dieben?«

»Sie wissen, wer wir sind«, antwortete Troy ausdruckslos. »Und wir suchen nur nach Wissen. Wer sind Sie?«

Elle hatte die Zähne zusammengebissen. »Wo ist Jorgan?«

Der große Mann wischte ihre Frage beiseite, und Troy war überrascht, wie selbstbewusst Elle vor diesen vier riesigen Männern auftrat.

»Ich heiße Vissen Tygo.« Er drehte sich um und grinste. »Und ich bin der Häuptling dieses Stammes.«

»Häuptling, *hm*?« Troys Augen wurden schmal. »Haben Sie den alten Blair getötet?«

»Den alten Ladenbesitzer? Ja, das war ich«, sagte Tygo, ohne zu zögern.

»Und Sie haben mich angegriffen.« Elle fletschte die Zähne. Ihre Augen waren voller Wut.

»Das habe ich auch befohlen.« Tygos Lächeln war ausdruckslos. »Ihr Teil der Urne hat mir genügend Informationen geliefert, um mich hierherzuführen. Mehr aber auch nicht. Sie mussten mir den Rest des Weges nach Lemuria zeigen.« Er breitete die Arme aus. »Und hier sind wir nun.«

Elle nahm die Hand von ihrem Hals und ballte sie zur Faust. *»Ich habe gefragt, wo Jorgan ist.«*

Tygos Blick glitt zu ihr. »Er hat gekämpft. Tapfer.« Er lächelte mit gespielter Traurigkeit. »Aber er hat verloren. Und dann habe ich seine Leiche über Bord geworfen.«

»Oh nein, Jorgan!« Elles Gesichtsausdruck veränderte sich binnen eines Wimpernschlags von Trauer zu Wut, und ihre Worte kamen zischend zwischen ihren gebleckten Zähnen hervor. »Ich bring dich um!«

»Jorgan hat das Gleiche gesagt. Und wo ist Jorgan jetzt?« Tygos Lächeln blieb. »Aber jetzt ist es an der Zeit, unsere Mission abzuschließen. Ihr werdet uns durch Odins Tor führen.«

»Lieber sterbe ich«, sagte Elle.

»Gut.« Tygo zog die Waffe und richtete sie auf ihre Stirn. »Ich brauche nur einen von euch.«

Elle zuckte nicht einmal mit der Wimper, aber Troy registrierte den Druck des Fingers am Abzug und die Entschlossenheit im Ausdruck des Mannes. Er wusste, dass er es tun würde.

»*Aufhören!*«, rief Troy.

Tygo wartete. Hinter ihm standen seine Männer schweigend da. Keine grinsenden, hirnlosen Schläger, sondern diszipliniert. Alle waren konzentriert und entschlossen. Troy war klar, dass er und Elle waffen- und kräftemäßig unterlegen waren.

»Wir zeigen Ihnen den Weg«, sagte er.

»Nein!«, forderte Elle.

»Lebe für etwas. Stirb nicht für nichts«, erwiderte Troy.

Elle wandte sich ab.

»Gehen wir. Wir kennen den Weg und können Sie führen«, sagte Troy.

»Ja, ihr kennt den Weg.« Tygo stand einfach nur da und starrte sie mit ausdrucksloser Miene an. »Sagen Sie mir, Troyson Strom, wie sind *Sie* hierhergekommen?«

»Ich wurde von der Urne hierhergeführt, genau wie Sie«, antwortete er gleichmütig.

»Ich habe die Urne auch gesehen. Und es fehlt ein Teil. Das Stück, das die Reise von *Skidbladnir* vervollständigt. Also, wie seid ihr hierhergekommen, wie habt ihr den Weg durch den Nebel gefunden? Welchen Hinweisen seid ihr gefolgt, die wir nicht hatten?« Tygo sah ihm tief in die Augen.

Troy wollte ihm auf keinen Fall von dem jadefarbenen *Drekafinnari*-Auge erzählen. Denn wenn Tygo das erst einmal besäße, würden sie nicht mehr gebraucht werden und sich ganz schnell zu Jorgan gesellen.

Tygos Augen wurden schmal. »Was verheimlichen Sie, Mr. Strom? Haben Sie etwas? Haben Sie oder Ms. Burgan etwas gefunden, das ich übersehen habe? Eine Karte vielleicht?« Er trat einen Schritt vor.

»Nein.« Troy wich einen Schritt zurück und stieß mit Elle zusammen. Er hatte heimlich in seiner Tasche nach dem Auge gesucht. Ihm war klar, dass sie ihn durchsuchen würden, und er musste es irgendwo verstecken.

Plötzlich spürte er Elles Hand auf seiner, und er schob die Jadekugel hinein. Dann trat er vor und stemmte die Hände in die Hüften.

»Wir haben nur gute, alte Intelligenz eingesetzt. Sollten Sie auch mal versuchen«, sagte er.

Tygo starrte ihn einen Moment lang an. »Durchsucht ihn.«

Der Mann neben ihm trat vor, und es sah aus, als wollte Elle sich einmischen, doch sie wurde rückwärts gestoßen. Ihr Kopf wurde zurückgeschleudert, und sie legte eine Hand an ihren Kiefer.

Sie tasteten Troy ab und durchsuchten dabei auch seine Taschen.

»Und sie auch.« Tygos Augen waren vor Ungeduld halb zugekniffen.

Das beunruhigte Troy, aber Elle zuckte nicht einmal. Sie machten das Gleiche mit ihr, aber ihre Miene blieb starr und sie gab keinen Ton von sich.

Troy musste sie aufhalten. »Eines Tages werde ich Sie für das, was Sie Jorgan angetan haben, töten«, sagte er ruhig.

Tygo schnaubte leise. »Aber nicht heute, ja?« Er war einen halben Kopf größer als Troy, und der Wikinger reckte den Kopf zu ihm herunter. »Das haben schon viele versucht. Und die sind alle tot. In dem Moment, in dem Sie nicht mehr nützlich sind, werden auch Sie tot sein.« Er zeigte mit dem Finger auf Troys Gesicht. »Seien Sie nützlich.« Seine Augen wurden schmal. »Werden Sie nützlich sein?«

Elle muss gespürt haben, wie die Spannung gestiegen war. »Wir haben es gefunden. Lemuria«, sagte sie rasch.

Tygo wandte sich von Troy ab. »Ihr habt sie gefunden, die tatsächliche Insel?«

»Ja. Die geheimnisvolle Insel aus der Legende. Hinter Odins Tor liegt eine komplette, verborgene Welt. Aber sie ist gefährlich, deswegen sind wir zurückgekommen, um mehr Waffen zu holen«, sagte sie. »Und Jorgan.«

»Es ist real. Ich wusste es.« Tygo schloss die Augen und atmete ein, füllte seine riesige Brust. »Gelobt sei Odin.« Seine Augen öffneten sich zu Schlitzen. »Und Odins Herz?«

»Nein. Wir haben die Insel noch nicht erkundet«, sagte Elle.

Tygo grunzte. »Gut. Und mehr Waffen braucht ihr nicht. Ihr habt jetzt uns.«

»Dann sind wir hier fertig«, erwiderte Troy.

Tygo starrte ihn einen Moment lang an, vielleicht auf der Suche nach einer List oder einem Trick, aber Troys starrer Blick verriet nichts.

Der große Mann drehte sich um. »Wir nehmen beide Boote. Ms. Elle wird mit mir und Lars gehen. Sven und Ord können Mr. Strom mitnehmen.« Er schnippte mit den Fingern. »Abfahrt.«

»Warten Sie. Ich muss mein Auge rausnehmen«, sagte Elle.

»Was hat sie gesagt?«, fragte Lars mit gerunzelter Stirn. »Sie müssen was?«

Elle hielt sich die Hand vors Gesicht und nahm ihr Glasauge heraus, sodass nur eine rote Augenhöhle übrig blieb. »Menschen mit Glasaugen müssen sie rausnehmen, um die Augenhöhle zu schonen, sonst kann sie sich infizieren.« Sie hielt das entfernte Auge hoch und steckte es dann in ihre Tasche. Sie holte ihre Augenklappe heraus und bedeckte die leere Augenhöhle.

Tygo lächelte. »Ich glaube, Sie haben schon immer mehr mit einem Auge gesehen als viele mit zweien, Ms. Burgan.« Er machte eine kleine Verbeugung. »Und Ihrem Aussehen tut das keinen Abbruch.«

»Flirten Sie nicht mit mir. Für das, was Sie Jorgan angetan haben, will ich immer noch Ihren Tod«, spie Elle aus.

»Dann müssen Sie sich hinten anstellen.« Tygo lachte laut und klatschte dann ein Mal in seine großen Hände. »*Jetzt* sind wir fertig.« Er streckte einen kräftigen Arm aus. »Bringen Sie uns nach Lemuria.«

KAPITEL 28

Troy wurde nach vorn gezwungen, als sie auf Deck gingen, und Elle stieß ihn an. Er sah sie an und formte die Worte, *wo ist es?*

Elle warf einen kurzen Blick auf die drei Männer, die mit sich selbst beschäftigt waren, und streckte die Hand hoch, um ihre Augenklappe anzuheben. In ihrer Augenhöhle steckte jetzt die Kugel des grünen Drachenfinders.

Sie beugte sich näher. »Fühlt sich komisch an. Ich kann spüren, wie sie sich bewegt.«

»Du bist verrückt.« Troy grinste und schüttelte den Kopf. »Und unglaublich.«

Tygo trennte sie, und Elle kletterte in das vordere Boot. »Ich zeige euch den Weg«, sagte sie.

Lars schnaubte, während er auf den undurchdringlichen Nebel hinausblickte. »Wie?«

Sie lachte spöttisch.

»Wissen Sie nicht, dass Frauen einen besseren Orientierungssinn haben als Männer?« Sie wandte sich wieder dem Wasser und dem dichten Nebel zu. »Ich erinnere mich an den Weg.«

»Nur zu«, sagte er lachend.

Sie machten sich auf den Weg, und der Nebel schloss sie ein und wogte in ihrem Kielwasser, als sie ihn durchquerten. Die Sicht reichte kaum einen Meter weit, und selbst die Gestalten der Besatzung im führenden Boot waren für einander undeutlich.

Von Zeit zu Zeit hob Elle eine Hand und leitete sie an Eisblöcken vorbei, die unter Wasser so groß wie Autos waren, sich aber an der Oberfläche nur als seichte Stelle präsentierten.

Sie kamen der Küste immer näher, und nach weiteren zehn Minuten wurde das Wasser wärmer und die Eisblöcke verschwanden. Dann erhob sich vor ihnen die mächtige Eiswand, und binnen Kurzem fanden sie den massiven Riss darin und fuhren hinein.

Sie durchquerten die hoch aufragenden Eiswände und Elle ließ sie wieder langsamer werden, als sie sich durch die Höhle bewegten.

Ord schnüffelte. »Es riecht, als würde hier was brennen.«

Troy sah den Mann über die Schulter hinweg an. »Wir hatten auf dem Weg hierher ein kleines Ungezieferproblem.«

Sie fuhren weiter durch das dunkle Wasser, und nach einer Weile hielt Tygo das Boot für einen Moment an, damit Troy, Sven und Ord im anderen Boot zu ihm aufschließen konnten. Er sprach leise, aber mit einer gewissen Warnung.

»Wir wissen, mit wem und zu wie vielen Sie hier sind.« Seine Stimme war tief und bedrohlich. »Ich muss Ihnen nicht sagen, dass Schüsse und Tod folgen werden, falls Sie versuchen, die anderen zu warnen.« Er sah von Troy zu Elle. »Sie beide werden die Ersten sein.«

Troy sah den Mann und seine Handlanger, Lars, Ord und Sven, an. Ihre ausdruckslosen Blicke bedeuteten, dass sie bereit waren, Tygos Befehle ohne Zögern auszuführen. Trotzdem konnte er sich nicht herumschubsen lassen, ohne sich in Widerstand zu üben. »Vergessen Sie's. Wenn Sie glauben, dass ich Sie als verloren geglaubte Freunde vorstelle, können Sie sich zum Teufel scheren.«

Tygo schnaubte. »Es ist mir egal, wie Sie uns vorstellen. Aber zuerst werden Sie sie entwaffnen. Dann dürfen sie am Leben bleiben. Habe ich mich klar ausgedrückt?«

Troys Blick huschte zu Elle, die kaum merklich den Kopf schüttelte. Leider blieb ihnen nichts anderes übrig. Wenn er Elrik und Björn die Wahl ließe, würden sie versuchen, die Angelegenheit mit Schüssen zu regeln.

Und zwar ganz sicher, sobald sie von Jorgan erfuhren.

Der Zeitpunkt zum Kämpfen würde später kommen. Aber nicht jetzt, wo die Chancen so entschieden gegen sie standen.

Er nickte ein Mal.

»Kluge Entscheidung.« Tygo startete das Boot wieder, und sie fuhren weiter, direkt über die Wasserfläche zum Strand.

Troy und Elle entdeckten ihr Team sofort, das sie anstarrte, sichtlich verwirrt von dem zweiten Boot und den vielen Menschen.

Tygo und Troys Boot fuhr voraus, und Tygo gab Gas, um auf den Sand hinauf zu beschleunigen. Das andere Boot folgte und tat das Gleiche. Nachdem beide nun fixiert waren, drehte sich Tygo zu Troy um. Sein Gewehr hielt er, knapp unter dem Dollbord verborgen, auf die Gruppe gerichtet.

»Sie bleiben hier«, sagte er zu Elle. »Gehen Sie und retten Sie ihnen das Leben, Mr. Strom«, sagte er dann ruhig.

Troy sprang heraus. »Geben Sie mir fünf Minuten«, sagte er über die Schulter.

»Sie haben zwei«, erwiderte Tygo ausdruckslos.

Troy ging los. Elrik und Björn warteten mit ihren Gewehren in den Armen auf ihn. Astrid und Anne standen direkt dahinter.

»Wer sind die?«, sagte Elrik, den Blick auf die Neuankömmlinge statt auf Troy gerichtet.

»Die halten sich für Nachfahren der echten Wikinger und verfolgen uns schon seit Wochen«, antwortete Troy. »Sie sind schwer bewaffnet und werden uns, wenn nötig, töten.«

Dann mal los, dachte Troy. »Ihr müsst eure Waffen aushändigen.«

»Was?« Björn machte ein finsteres Gesicht. »Den Teufel werden wir tun.«

»Jetzt ist nicht der richtige Zeitpunkt«, mahnte Troy. »Elle werden sie zuerst töten. Und ich glaube ihnen. Ich weiß, dass sie schon einmal getötet haben.«

Elrik ließ den Kopf hängen und fluchte. Dann senkte er sein Gewehr.

»Was? *Nein!*«, rief Björn aus. »Wir können es mit ihnen aufnehmen.«

»Björn«, seufzte Elrik. »Wenn es nur um uns ginge, würde ich bis zum Tod kämpfen. Aber schau deine Schwester an und denk an Astrid und Anne. Willst du, dass sie verletzt werden?«

Der zweite Bruder sah von Elrik zum zweiten Boot, und Wut und Frustration verzerrten seine Züge. Nach einem Moment schloss er die Augen.

»Jetzt ist nicht der richtige Zeitpunkt«, sagte Troy.

»Jetzt ist nicht der richtige Zeitpunkt«, bestätigte Björn nickend.

»Aber wenn dieser Zeitpunkt kommt, und das wird er, sind wir bereit«, fügte Troy hinzu.

Elrik grunzte und streckte sein Gewehr aus. Nach kurzem Zögern tat Björn das Gleiche. Troy nahm die Waffen an sich.

»Weiß Jorgan davon?«, fragte Björn.

Troy drehte sich um, um die Gewehre in Tygos Richtung zu werfen, und daraufhin zogen Tygo und sein Team die Boote ein Stück weiter auf den Sand, neben das andere Schlauchboot der Arctic Princess.

Wohlwissend, dass das sehr schmerzlich sein würde, drehte Troy sich wieder um. »Jorgan ist tot.«

Die Wut ließ Elriks Augen fast aus den Höhlen treten. Björn schrie auf und holte zu einem Schlag gegen Troy aus, aber der konnte sich leicht darunter wegducken. Er stieß dem Mann in den Rücken, sodass er auf alle viere ging.

»Sparen Sie sich das«, zischte Troy mit zusammengebissenen Zähnen. »Wir bekommen unsere Rache.«

Björn blieb am Boden liegen und hämmerte mit einer Faust in den Sand. Elrik legte seinem jüngeren Bruder eine Hand auf die Schulter.

»Unsere Zeit wird kommen. Sei stark, kleiner Bruder«, flüsterte er.

»Ich entschuldige mich dafür.« Tygo ließ seine Männer die Gewehre holen. »Aber bis wir uns besser kennen, ist es gut, dass keine Unfälle passieren. Meine Männer sind bezüglich Krieg gut geschult. Und Sie sind nur Fischer.« Er warf einen Blick auf Troy. »Und Sie ein gescheiterter Geschäftsmann«, sagte er abwertend.

Troy war nicht im Geringsten beleidigt, sondern sogar erleichtert, dass sie das dachten. Das bedeutete, dass Tygo sie flüchtig überprüft hatte, aber nicht in der Lage gewesen war, die Firewalls der CIA zu durchdringen und an seine Akten zu gelangen. Er fragte sich, ob diese Schurkentruppe, falls sie herausgefunden hätte, wer er war und worin er ausgebildet worden war, ihn als zu großes Risiko betrachtet und ihn auf der Stelle erschossen hätte.

Lars sah die Brüder an. »Oh, Sie haben gerade von ihrem Freund erfahren.« Er zuckte mit den Schultern. »Besser er als Sie, schätze ich.«

Troy beobachtete Tygo und sein Team und fragte sich, warum sie sie nicht einfach direkt töteten. Tygo war an sein Ziel geführt worden. Er hatte die Waffen und die Boote. Vielleicht hatte er vor, sie hier gestrandet zurückzulassen, was auf das Gleiche hinausliefe, wie sie zu töten. Was immer er mit ihnen vorhatte, Troy hatte das Gefühl, dass er es bald herausfinden würde.

Vielleicht hoffte er, dass sie ihm noch als Führer dienen konnten, denn die eine Sache, die ihm fehlte, war das Auge.

Aber diese Illusion wurde bald zerstört.

Tygo drehte sich um. »Lars, bring sie her.«

Der große Mann mit dem geflochtenen Bart holte etwas Zusammengerolltes aus ihrem Boot und trug es vorsichtig in beiden Händen zu seinem Anführer. Er hielt es hoch und neigte tatsächlich den Kopf.

Tygo rollte es auf, und sie sahen, dass es eine Reihe großer Fotografien war.

»Aus der Gruft von Hagarr dem Großen.«

Die meisten Fotos sortierte er aus, ließ sie in den Sand fallen, und behielt nur das letzte. Er hielt es hoch.

»Und jetzt haben wir eine Karte.«

Während Tygo die Gruppe organisierte, näherte sich Troy Elle. Er konnte erkennen, dass sie immer noch wütend auf ihn war, weil er ihre Waffen abgegeben hatte.

»Ich weiß, was du denkst«, flüsterte er.

»Das bezweifle ich.« Sie wandte sich ab.

»Es ist nicht der richtige Zeitpunkt«, warnte er sie. »Wenn man tot ist, kann man keine Rache nehmen.«

Sie atmete schwer aus und ging von ihm weg. Er folgte ihr.

»Im Moment müssen wir tun, was sie sagen. Wenn sich eine Gelegenheit ergibt, können wir ihnen entkommen.«

Sie drehte sich um. »Und dann was? Sie haben eine Karte. Sie haben die Waffen und unsere Boote.«

»Nein.« Er streckte die Hand nach ihr aus. »Wir haben auch einen Wegweiser, das Auge, und das ist wahrscheinlich genauer als eine zwölfhundert Jahre alte Karte.«

»*Ich* habe das Auge.« Sie drehte sich um, den Blick ihres einzelnen, grünen Auges neben der Augenklappe streng auf ihn gerichtet. »Warum brauchen sie uns dann noch?«

»Tun sie nicht«, antwortete er. »Und das beunruhigt mich.«

Tygo ging einige Meter am Strand entlang und sah auf seine Karte hinunter. Er schien Orientierungspunkte abzugleichen. Dann kehrte er zur Gruppe zurück und drehte dem Wald den Rücken zu.

»Wir müssen dem Strand einen Kilometer weit folgen, dann erreichen wir einen Felsvorsprung. Dort betreten wir den Dschungel. Mr. Strom wird die Führung übernehmen.«

»Wenn das so ist, brauche ich mein Gewehr«, antwortete er.

»Das glaube ich nicht. Aber Sie können Ihr Messer als Machete behalten. Sie geben einen guten Köder ab.« Tygo lachte leise. »Und um Ihre Chancen zu verbessern, erlaube ich, dass die Brüder sich Ihnen vorn anschließen.«

Er schnippte mit den Fingern. »Lars und Ord, dahinter. Dann die drei Frauen. Sven und ich bilden die Nachhut.« Er drehte sich um.

»Wir sollten die Boote schützen. Es ist ein bisschen kalt, um zurückzuschwimmen, falls ihnen was zustößt«, sagte Elrik.

Tygo wackelte kurz mit dem Kopf. »Gute Idee.« Er drehte sich wieder um. »Sven, du bleibst hier.«

Der große Mann nickte, ohne Fragen zu stellen.

Dann verengte Tygo die Augen, während sein Blick dem schmalen Sandstreifen folgte. Zufrieden schnippte er mit den Fingern. »Vorwärts, Mr. Strom.«

Troy sah zum Wald zurück. In der dunkleren Erde waren schwache Tierspuren zu sehen, viele, wo etwas zwischen Wald und Strand hin und her gelaufen war. Vielleicht war es der riesige, dreizehige Theropode, den Anne erwähnt hatte.

Er atmete leise aus, während er den dichten Wald absuchte. Weiter drinnen standen massive Baumstämme mit Rinde, die wie Schuppen oder Schindeln aussah. Einige waren sogar mit etwas bedeckt, das ein wenig wie drahtiges Fell aussah, und sie hatten keine Äste, sondern gipfelten in einer gefiederten Krone, wie schmale Palmen.

Zwischen den Ästen mancher der größeren Bäume erstreckten sich große Palmwedel und Hängeranken, an denen vereinzelte Knollen wuchsen, die wohl Früchte oder Samenkapseln waren. Sie erstickten alles, woran sie sich festhalten konnten.

Überall breiteten sich riesige Blätter aus, vielleicht in dem Bestreben, die schwachen Lichtstrahlen einzufangen, die vereinzelt von oben herabfielen.

Troy konnte die kühle Feuchtigkeit auf dem Gesicht spüren, und der Nebel kräuselte sich und waberte über die Tierpfade. Tiefer im Wald gab es hunderte Möglichkeiten, einen Mack-Truck zu verstecken, ganz zu schweigen von irgendwelchen getarnten Lauerjägern. Und er wettete, dass sie da drin waren, während er unbewaffnet hier stand.

»Was kann schon schiefgehen?«, murmelte er. Er streckte die Hand nach einem der nahen Baumstämme aus und markierte ihn mit seinem Messer. Er wollte daran denken, das alle hundert Schritte zu tun.

»Bewegung«, mahnte Tygo.

Troy drehte sich um und sah Astrid, Anne und Elle, die ihn mit großen Augen anstarrten. Er nickte beruhigend. Dann wandte er sich an Elrik und Björn. Beide hatten die Kiefer angespannt und wirkten eher wütend als verängstigt.

»Bereit?«, fragte er sie.

»Bereit, diese Arschlöcher umzubringen«, flüsterte Elrik. »Und dann Sie.«

»Sparen Sie sich das. Bleiben Sie erstmal am Leben. Das ist unsere Priorität«, antwortete Troy und drehte sich um.

Er tastete nach dem Messer an seinem Gürtel. Es war ein rasiermesserscharfes, Jagdmesser mit einer Klinge von zweieinhalb Zentimetern. Das war nicht viel, aber besser als nichts.

Er atmete tief durch die Nase ein und roch Holz, verstreutes Laub und schlammiges Wasser. Er trat hinter die Baumreihe.

Nur fünf Minuten vom Strand entfernt waren sie von der üppigen Pflanzenwelt umzingelt, und damit verschwand ein Großteil des Lichts. Tiere huschten ihm aus dem Weg, während er einen Weg bahnte. Die meisten waren klein, aber einige so groß wie Hunde, und obwohl sie sich zu schnell bewegten, als dass er sie vernünftig hätte sehen können, hinterließen einige den Eindruck, dass sie gestreift waren. Bei anderen sah er ein schillerndes Schimmern, das von Schuppen stammen könnte. Oder vielleicht waren es, wie Anne vorgeschlagen hatte, verflachte Daunenfedern.

Troy schnupperte und nahm den Geruch von etwas Seltsamem wahr. Er hob eine Hand. Die Gruppe hinter ihm hielt an.

Er drehte sich um.

»Anne, Astrid.« Er winkte sie zu sich.

Anne kam näher, Lars direkt neben sich. Der große Mann hob eine Hand, um den Rest der Gruppe zurückzuhalten.

»Riechst du das?«, fragte Troy.

Anne schnupperte, dann nickte sie. »Ja. Scheiße.« Gehockt bewegte sie sich ein paar Schritte vorwärts, dann hielt sie an und schob einen großen Wedel aus dem Weg.

Sie drehte sich zu ihm um und winkte ihn her. »Hier.«

Er ging zu ihr. Auf einer kleinen Lichtung aus zertretenen Pflanzen lag eine Reihe brauner, gefleckter Ansammlungen, fußballgroß.

Sie lächelte mit offenem Mund. »Wow. So was hab ich bisher nur als Koprolithen gesehen. Aber ich bin mir ziemlich sicher, dass das Dino-Dung ist«, sagte sie.

»Das ist riesig«, flüsterte Troy.

»Ja, große Kacke, großer Hintern, großer Hinternbesitzer.« Anne nickte und drehte sich um.

Astrid kam zu ihnen und ging in die Hocke. »Und noch etwas: Die Form verrät mir, dass es wahrscheinlich ein großer Fleischfresser war, der das fallen gelassen hat. Und dem Geruch nach zu urteilen, ist das noch nicht lange her.«

»Wie groß?«, fragte Troy.

»Ich hab mal die Kacke eines fünf Meter langen Salzwasserkrokodils gesehen.« Astrid drehte sich zu ihm um. »Die war weniger als halb so groß.«

»Was dauert denn da so lange?«, fragte Lars, der Björn und Elrik im Auge behielt, die ihm wiederum mörderische Blicke zuwarfen.

Troy trat zurück und zeigte vor sich. »Da ist Dinosaurierscheiße. Ein großer Haufen.«

Lars sah sich kurz um, dann zuckte nur mit den Achseln. »Na, dann treten Sie nicht rein. Bewegung, kleiner Mann.« Er hielt die Waffe im Arm, während er einige Schritte zurücktrat, um Troy Platz zu machen, damit er vorausgehen konnte. »Keine Sorge, ich gebe Ihnen Deckung«, sagte er.

»Ja, klar doch.« Troy schüttelte den Kopf. Er seufzte und drehte sich dann zu Anne und Astrid um, die beide in der Nähe des Kots hockten.

»Schön, ihr geht besser wieder hinter Bluto. Es reicht, einen Kopf zu riskieren«, sagte er und wartete, aber Anne blieb in der Hocke sitzen.

»Das ist seltsam.« Sie deutete auf einen großen, polsterartigen Fußabdruck. »Das ist wie ein Reptilienabdruck, aber die Ballen sind anders. Sie weisen fast schon Säugetiermerkmale auf.«

»Ich weiß nicht, was das bedeutet«, antwortete Troy.

»Ich auch nicht. Noch nicht.« Anne stand auf.

»Na, wenn uns diese Spuren sagen, dass es kein Dinosaurier ist, dann ist was Gutes«, sagte er.

»Ich weiß nicht.« Sie lächelte schwach. »Es könnte was Schlimmeres sein.«

»Was Schlimmeres?« Troy schnaubte. »Oh ja, großartig, danke. Falls du mich brauchst, ich bin der dumme Idiot, der vorgeht.«

Sie lachte leise. »Nein, tut mir leid, ich meine etwas anderes. Etwas, *hm*, Älteres, als ich dachte. Viel älter. Soweit wir wissen, gibt es hier Lebewesen, die in den Fossilienaufzeichnungen der Außenwelt nicht auftauchen. Sie könnten seit dutzenden oder sogar hunderten Millionen Jahren abgeschnitten sein.«

Troy seufzte. »Tja, es geht nichts über einen Aufenthalt in einem urzeitlichen Dschungel voller riesiger Bestien, während man nur mit einem Jagdmesser bewaffnet ist.«

»Tarzan hat das geschafft«, sagte Elle hinter ihm.

»Und der hatte die Affen auf seiner Seite.« Er nickte Lars zu. »Die da sind nicht auf meiner Seite.«

»Bewegung!«, rief Tygo von hinten.

»Die Stimme seines Herrn.« Troy zeigte mit dem Daumen nach hinten. »Geht schon, Astrid, Anne. Ich komme klar.«

Er wartete, bis sie bei Elle hinter Lars und Ord waren, und machte sich dann wieder auf den Weg. Eine Weile hielt er stand, dann sah er zu Lars' großer Gestalt hinauf.

Zeit, ein Risiko einzugehen, dachte er.

»Ich rühre mich nicht weiter vom Fleck, bis Sie mir etwas geben, womit ich mich verteidigen kann«, sagte er. »Ich werd wohl kaum weglaufen oder Sie angreifen, während Sie den anderen Deckung geben, nicht?«

»Nein. Los«, antwortete Lars.

Troy verschränkte die Arme.

»Hören Sie, wenn mir etwas zustößt, seid ihr die Nächsten. Falls etwas auf uns zu gerannt kommt, kann ich es zumindest verlangsamen, wenn ich eine Waffe habe.«

Ord schob sich an Lars vorbei, schnell, drehte sein Gewehr um und rammte es Troy in den Bauch. Prompt entwich die Luft aus seinem Zwerchfell und er krümmte sich. Das tat verdammt weh.

»Da haben Sie Ihre Antwort«, knurrte Ord.

»Ja, Nachricht erhalten.« Troy richtete sich auf. »Ich schulde Ihnen was.«

»Jederzeit«, sagte Ord, und um noch einen drauf zu setzen, trat er nach Troy, um ihn weiter über den Pfad zu treiben.

Troy fing das massige Bein und hielt es ein oder zwei Sekunden lang fest. Ihm war klar, dass er Ords Knie mit einem Ellbogenschlag auf die Kniescheibe hätte brechen und den großen Mann im Handumdrehen außer Gefecht setzen können. Aber er hatte keine Waffen, und nur einen Schritt entfernt starrte Lars ihn düster an, und der würde ihn wie einen Hund zur Strecke bringen.

Er ließ das Bein los. »Okay, ich geh ja schon, ich geh ja schon.«

Dann packte Lars ihn am Kragen und schob ihn vorwärts.

Troy riss sich los und wandte sich wieder dem dunklen Dschungel zu. Er würde auf den richtigen Augenblick warten, und früher oder später würde sich eine Gelegenheit ergeben.

Selbst wenn er nur einen der Männer ausschalten könnte, würde das die Chancen zu ihren Gunsten verändern.

Er lief einige hundert Meter weiter. Der Dschungel wurde immer dichter und er verlor den Tierpfad, dem er gefolgt war, aus den Augen. Sein Jagdmesser war der Aufgabe, als Machete für die dickeren Ranken zu dienen, nicht gewachsen. Der kühle Nebel legte sich auf alles. Seine Kleider waren bereits feucht, und wenn er unter einigen der größeren Wedel hindurchging, schütteten sie manchmal Wasser auf ihn.

Von Zeit zu Zeit raschelte es im Gestrüpp, als Kreaturen ihm aus dem Weg huschten. Einige hielt er für Eidechsen, die auf den Hinterbeinen davonflitzten, andere waren größer, und einige Male hörte er auch, wie sich etwas in den Ästen über ihm bewegte.

Aber erst, als der Dschungel verstummte, wurde ihm klar, dass da noch etwas anderes war. Die Andeutung einer Bewegung ließ ihn den Kopf zur Seite reißen, gerade rechtzeitig, um zu sehen, wie sich etwas ungefähr so Großes wie er selbst langsam in die Schatten zurückzog.

Das ist nicht gut, dachte er.

KAPITEL 29

Troy ging weiter, langsam, und versuchte dabei, den Wald vor sich, auf beiden Seiten und über sich im Auge zu behalten. Nach einer Weile war er sich sicher, dass sie verfolgt wurden. Irgendein *Ding*, oder mehrere *Dinger*, waren links von ihm, direkt hinter der vordersten Laubreihe, und hielt mit ihnen Schritt.

Troy hatte genügend Natursendungen gesehen, in denen Raubtiere einer Herde folgten, die einzelnen Tiere abschätzten und eines der kleineren oder schwächeren Mitglieder auswählten, bevor sie einen Blitzangriff starteten.

Er wusste, dass eine Finte, ein vorgetäuschter Angriff, der die Gruppe zerschlagen würde, genug wäre. Und wenn die kleinere Anne oder Astrid oder sogar Elle auch nur einen Schritt tiefer in den dunklen Dschungel gingen, würden einer oder mehrere von ihnen verschleppt werden.

Er konzentrierte sich, doch es fiel ihm schwer, mehr als ein paar Schritte weit zu sehen. Aber er wettete, dass es irgendwo weiter vorn einen Platz gab, den die Jäger für ihren Hinterhalt ausgesucht hatten.

Troy war klar, dass er einen Gang höher schalten musste, bevor das passieren würde. Er blieb stehen und sprach über die Schulter hinweg. »Ich muss mal pinkeln.«

»Nein, gehen Sie weiter«, sagte Lars.

»Dringend.« Troy trat näher zum Dschungelrand und öffnete seinen Reißverschluss. Er spähte durchs Laub. Seine Augen gewöhnten sich an die Dunkelheit. Ja, da waren sie. Große Körper, die fast reglos dastanden. Sie waren um die zwei Meter groß und balancierten auf ihren Hinterbeinen wie Strauße, aber da endete die Ähnlichkeit auch schon. Ihre Hälse waren stark und muskulös. Die Köpfe waren eckig und die Haut war straff über Gesichter gespannt, die hauptsächlich aus vorwärtsgerichteten Augen und großen Mäulern bestanden.

Troy verengte die Augen und konzentrierte sich. Obwohl sie im Dunkeln standen, erkannte er, dass ihre Körper mit Fell bedeckt waren. Oder Federn. Anne hatte recht gehabt.

Ihre Augen waren groß und rund, und sie waren zu Statuen erstarrt, beobachteten ihn, warteten, ob er näherkam, was ihn sofort zur Beute ihrer Wahl machen würde.

»Warum haben wir angehalten?«, fragte Tygo, denn von weiter hinten auf dem Pfad konnte der große Mann die Spitze der Gruppe nicht sehen.

»Bewegung!«, warnte Lars.

Troy ignorierte ihn und blieb stehen, die Hand am Hosenschlitz, aber er würde ihn auf keinen Fall rausholen. Außerdem hatte er irgendwo gelesen, dass der Geruch von Urin oder Fäkalien Raubtiere anlockte, weil sie wussten, dass ein Beutetier während des Moments, in dem es pinkelte oder kackte, wehrlos war.

Lars' Ungeduld gewann die Oberhand. Er fluchte und stürmte, Björn und Elrik mit dem Ellbogen aus dem Weg stoßend, vor. Die beiden Männer stolperten beiseite, schlossen sich aber umgehend wieder zusammen und bildeten eine Mauer zwischen Troy und Lars und dem Rest der Gruppe. Ein perfekter Schutzschild für das, was Troy vorhatte.

Der Weg war eher ein Tierpfad und zwang sie quasi in eine Linie. Ord blieb vor den Frauen, versuchte aber, über ihre Köpfe hinweg etwas zu sehen, und auch Tygo bewegte sich jetzt vor.

Troy war klar, dass es ein Risiko war, und er blieb mit dem Rücken zu Lars, der auf ihn zugestürmt kam, stehen, als würde er noch pinkeln. Allein am Geräusch der Schritte musste Troy abschätzen, wo der Mann war.

Als er glaubte, Lars sei direkt hinter ihm, und gerade die Waffe an seinen Rippen spürte, drehte er sich, trat ein Stück zur Seite und griff nach dem Lauf.

Lars wollte ihn reflexartig zurückziehen, und Troy nutzte den Schwung des Mannes und seine ganze Kraft, um Lars die Waffe aus der Hand zu reißen und den Mann vorwärts in den Dschungel zu werfen.

Schnell drehte Troy sich um, um zuzusehen. Er beobachtete, wie der große Mann der Länge nach hinfiel. Er beobachtete auch, wie die drei Statuen plötzlich zum Leben erwachten.

Lars rollte sich herum und fluchte laut, während er ungelenk aufstand. Doch eines der Dinger sprang, die Krallen wie eine Reihe Küchenmesser ausgebreitet. Mit enorm muskulösen Beinen landete es mit einem Zischen von Luft auf seinem Rücken und streckte ihn nieder.

Ein zweites Ding schoss vor, schloss das Maul um seinen Nacken und biss zu. Augenblicklich wurde Lars' Schrei zu einem erstickten Wimmern.

Ord preschte vor. »Wo ist Lars?« Er richtete seine Waffe von Elrik zu Björn und schließlich Troy, der Lars' Waffe rasch heimlich in seinen Gürtel steckte.

Troy zeigte auf den Dschungel. »Etwas ist rausgekommen und hat ihn gepackt. Es ist immer noch da drin.«

Ord zögerte nicht. Er stürmte durch Wedel und Ranken in den Wald. Troy beobachtete, wie der Mann sofort entdeckt wurde, und anstatt vor ihrer Beute zu fliehen, hob das Reptilien-Trio den mittlerweile kaum noch wehrhaften Lars auf und rannte, ihn zwischen ihnen ausgestreckt, davon.

Troy sah zu, wie sie verschwanden. Sie machten keinen Mucks. Auch Lars nicht. Troy hoffte, dass er bereits tot war, oder dass sie ihn wenigstens töten würden, bevor sie anfingen, ihn in Stücke zu reißen. Irgendwo hatte er gelesen, dass Eisbären es vorzogen, ihre Beute lebendig zu fressen. Eine furchtbare Art, zu sterben.

»Was ist passiert?«, brüllte Tygo. »Wo ist Lars?«

Die Gruppe rückte dicht zusammen, und Tygo rief nach Lars, befahl ihm, aus dem Dschungel zu kommen.

»Was war das?«, fragte Anne mit großen Augen.

»Drei Viecher«, sagte Troy. »Deine Theropoden, glaube ich. Um die zwei Meter groß und mit Fell oder Federn bedeckt. Sie sind aus dem Wald gekommen und haben Lars geschnappt.«

»Heilige Scheiße.« Annes Mund blieb einen Moment lang offen stehen. »Das ist typisches Rudel-Lauer-Verhalten.« Sie runzelte die Stirn, während sie nachdachte. »Aber sie greifen selten einen der Starken an, sondern warten auf eine Gelegenheit, eines der schwächeren oder kleineren Mitglieder einer Herde zu reißen.«

»Vielleicht finden sie uns alle schwach«, antwortete Astrid.

»Ja, gutes Argument«, sagte Anne.

Tygo erreichte die Spitze der Gruppe, als Ord aus dem Dschungel zurückkam.

»Er ist weg«, sagte Ord. »Aber da ist Blut.«

»Was ist passiert?«, sagte Tygo mit zusammengebissenen Zähnen.

»Ich hab nicht alles gesehen. Nur Schatten.« Ord nickte auf Troy. »Aber er hat es gesehen.«

Tygo trat vor, packte Troy vorn am Hemd und zog ihn dicht an sein bärtiges Gesicht. »Wo ist mein Mann?«

»Ihr *Mann* wollte pinkeln. Er ist zu nah an den Dschungel gegangen und wurde von etwas überrascht, das da drin gewartet hat.«

»So etwas würde Lars nie tun. Er war ein kluger Soldat.« Tygo schüttelte Troy.

»Ein einziger Fehler reicht. Und jetzt ist er tot.« Troy packte die Hand des großen Mannes, konnte seinen Griff aber nicht lösen. »Ich schlage vor, dass wir extra wachsam sind. Wir werden beobachtet.«

Troy konnte das Misstrauen in den Augen des großen Mannes erkennen, verließ sich aber darauf, dass er die Geschichte für plausibel genug hielt, und dass sie immer noch einen Zweck für ihn zu erfüllen hatten.

Tygos Blick war wütend, aber berechnend. Er hielt Troy weiter fest.

»Jetzt müssen also zwei von uns versuchen, mit fünf von euch fertig zu werden. Darunter drei Männer. Glauben Sie, die Chancen stehen jetzt gut für Sie?« Tygo lächelte Troy grausam ins Gesicht.

Troy starrte einfach nur zurück. Genau so sah er die Sache.

Blitzschnell zog Tygo ein langes Jagdmesser, wirbelte herum und stieß es Björn seitlich in den Hals. Der junge Mann reagierte mit einem schockierten Blick und einem feuchten Glucksen, während er zu Boden glitt.

Astrid warf sich schreiend über den gefallenen Mann. Ihre Hände wanderten zu seinem Hals, aus dem dickes Blut pulsierte. Anne schrie, und Elrik brüllte und griff an.

Ord fing ihn ab und schlug ihm mit dem Gewehrschaft an die Schläfe, sodass er zu Boden ging. Tygo stieß Troy zurück und packte Elle an den Haaren. Sie schlug nach ihm, aber er schüttelte die Frau so heftig, dass ihre Beine marionettengleich unter ihr tanzten.

Er wollte sie schlagen, während sie sich wehrte, aber sie sah ihn an, und seltsamerweise ließ er die Hand sinken. Stattdessen hielt er ihr das blutige Messer an die Kehle, wo es einen feuchten, roten Streifen hinterließ. Troys Hände ballten sich zu Fäusten, während er abwartete, was der Mann tun würde. Sollte es aussehen, als würde er sie abstechen, würde Troy es riskieren, die Waffe zu benutzen. Er warf einen Blick auf Ord, der sein Gewehr auf sie gerichtet hielt, und schätzte, es wäre Selbstmord, wenn er es durchziehen müsste.

Elrik stand auf. Seine Augen waren feucht. »Ich bringe euch um. Jeden Einzelnen von euch.«

»Das haben Sie schon mal gesagt«, erwiderte Tygo ruhig. »Ihr Bruder ist tot. Wollen Sie, dass Ihre Schwester auch stirbt?«

Elrik starrte ihn an, mit gefletschten Zähnen, und brachte einen angestrengten Laut hervor. In seinen Augen glänzte pure, frustrierte Wut.

»Björn, bleib bei uns«, heulte Astrid. »Nicht, bitte nicht …«, flehte sie.

Tygo schnaubte leise. »Solange sich die Gruppe benimmt, wird keiner mehr getötet. Aber wenn Sie irgendwas versuchen, oder wenn es einen weiteren *Unfall* gibt, dann wird noch einer von Ihnen sterben. Vielleicht die Schwester, vielleicht die Museumslady oder die Tierärztin. Oder vielleicht der Geschäftsmann. Oder vielleicht auch Sie. Es ist mir egal, wer. Ich brauche nur ein paar von Ihnen.«

»Wozu?«, wollte Troy wissen, aber er wurde ignoriert.

Elrik ging neben seinem Bruder in die Hocke und legte ihm eine Hand über die Augen. Er weinte.

Tygo nickte. »Ich weiß, Verlust ist schmerzhaft. Aber jetzt habe ich einen Mann verloren und Sie haben einen Mann verloren. Wir sind quitt.« Er schob Elle gegen Anne.

»Wir müssen ihn begraben«, sagte Elle mit Mordlust in den Augen.

»Besser nicht. Es tut mir leid, aber dafür ist keine Zeit.« Anne verzog das Gesicht. »Der Geruch von frischem Blut wird durch den ganzen Dschungel ziehen, ob er nun begraben ist oder nicht. Wir müssen schleunigst von hier weg. Astrid?«, fragte sie.

Die Tierärztin blickte mit feuchten Augen auf und nickte nach einem Moment.

»Wir haben die kluge Frau gehört. Lassen wir ihn liegen.« Tygo nickte Ord zu. »Mr. Strom übernimmt wieder die Führung. Wenn er Mätzchen machen will, tötest du ihn.«

Troy seufzte und wandte sich wieder dem Dschungel zu. Es war ihm gelungen, einen ihrer Entführer loszuwerden und Björn töten zu lassen. Die Kacke war am Dampfen, und sie liefen immer weiter hinein.

Troy blickte in die Tiefen des Dschungels vor ihm. Er seufzte. Wenigstens hatte er jetzt eine Waffe.

Er setzte sich in Bewegung.

KAPITEL 30

»Das ist ein Grab«, sagte Anne.

»Es ist so klein«, antwortete Elle.

Es war ein flacher Stein, einen Meter lang, und ein Ende eines verrottenden Holzkreuzes steckte im Boden.

Troy warf einen raschen Blick in Richtung Dschungel, dann kniete er sich daneben. »Da ist was eingeritzt.« Er beugte sich näher vor und betrachtete das Kreuz mit schmalen Augen. »Auf Englisch.«

In den waagerechten Balken waren mehrere Worte eingeritzt. Troy las sie vor.

»Treuer Top. Bester Hund. Leb wohl, kleiner Freund. Gideon Spilett.« Er schaute auf. *»1864.«*

»Ein Engländer?« Tygo runzelte so stark die Stirn, dass sich seine dicken Augenbrauen wütend trafen. »Wie ist der hierhergekommen?«

»Nicht per Schiff oder über den Landweg. Er muss über die Luft gekommen sein, aber das erste Flugzeug war die Kitty Hawk der Gebrüder Wright, und deren Jungfernflug fand 1903 statt.« Anne kratzte sich am Kopf, dann zog sie die Augenbrauen hoch. »Vielleicht per Ballon?«

»Dann wurden sie wahrscheinlich aus Versehen reingeweht«, sagte Elle, während sie das winzige Grab anstarrte.

»Fällt euch das nicht auf? Top. *Topper.«* Troy senkte den Kopf und schüttelte sich vor Lachen. Anne legte ihm von hinten eine Hand auf die Schulter. Vermutlich glaubte sie, er würde weinen.

»Alles in Ordnung?«, fragte sie.

Troy sah auf. »Topper, der Hund, und Gideon Spilett, aus der Geschichte von Jules Verne.« Jetzt musste er laut lachen. »Alle haben gedacht, sie wäre Vernes Fantasie entsprungen.«

Troy stand auf und wischte sich die Hände ab. »Ich hab sie als Kind gelesen. Jules Verne hat 1874 über die geheimnisvolle Insel geschrieben.«

»Zehn Jahre später. Wie haben sie überlebt?«, fragte Anne.

»Ich glaube nicht, dass sie überlebt haben.« Troy nickte auf das kleine Grab hinunter. »In der Geschichte sind die meisten von ihnen in Kapitän Nemos U-Boot davongefahren. Aber dieser Teil war wohl reine Fiktion.« Er seufzte. »Irgendwie hat Verne erfahren, dass sie hier gewesen sind. Aber ich glaube, dieser Funke Wahrheit war in viele Schichten seiner blühenden Fantasie gehüllt. Ich wünschte, ich hätte das Buch jetzt hier.«

»Eine große Hilfe.« Tygo stupste Troy mit dem Stiefel an. »Bewegung.«

Die Gruppe zog weiter und erreichte nach einer Viertelstunde einen kleinen, trägen Fluss. Das Wasser sammelte sich und sah seicht aus, aber an den meisten Stellen war es schmutzigbraun, sodass sie die genaue Tiefe nicht erkennen konnten, was bedeutete, dass es wesentlich tiefere Stellen geben konnte.

Nachdem Anne sie ermahnt hatte, sich vor Lauerjägern in Acht zu nehmen, sowohl hinter der Waldgrenze als auch unter Wasser, folgten sie dem Fluss. Sie kamen gut voran, erreichten jedoch bald ein Riff aus großen Felsen, das ihren Weg versperrte.

Troy musterte die Größe der blanken Felsen, dann den Fluss. »Das sind unsere Möglichkeiten: Wir können versuchen, hochzuklettern – nicht einfach, weil sie eine glatte Oberfläche haben –, oder wir kehren um und gehen in den Dschungel, um einen Weg außen herum zu suchen. Oder …« Er streckte den Arm aus. »… wir überqueren den Fluss und gehen am anderen Ufer weiter.«

Er zog sich in Elles Nähe zurück, die ihn am Arm festhielt, während Tygo und sein Mann die Möglichkeiten besprachen.

Sie beugte sich näher. »Das Auge spielt in meinem Kopf verrückt. Es will, dass wir weiter dem Fluss folgen.«

»Wer sind wir, mit ihm zu streiten?« Troy sah auf das fließende Wasser zurück.

Es war etwa zehn Meter breit. An einigen Stellen bildeten sich Wirbel und kleine Wellen erhoben sich, als flösse das Wasser über unter der Oberfläche verborgene Felsen. Das Problem war, dass das Wasser dunkel und trüb war, und ob es fünf Zentimeter oder fünf Meter tief war, war unbekannt.

»Ich sage, wir bleiben am Fluss«, seufzte er. »Aber es gefällt mir nicht.« Er reckte den Hals und suchte flussauf- und flussabwärts nach einer Stelle, an der sie leichter hinüber kämen.

Tygo hatte zusammen mit Ord die Karte studiert. Er nickte und rollte sie zusammen. »Wir gehen weiter geradeaus.« Er winkte mit der Hand. »Mr. Strom, Sie zuerst.«

Troy lachte. »Warum wusste ich, dass mir diese Ehre zuteilwerden würde?«

Elrik zog seinen Rucksack ab und kramte rasch darin herum. Er zog ein Stück weiches Seil heraus und warf Troy ein Ende zu.

»Binden Sie sich das um die Taille. Sobald Sie drüben sind, binden Sie es an etwas Stabilem fest.« Dann studierte er das Wasser. »Es fließt nicht besonders schnell, aber es wäre besser, eine Führungsleine zu haben.«

»Einverstanden, und gute Idee.« Troy band sich das Seil um die Taille, und Elrik befestigte das andere Ende an einem Baumstamm.

»Viel Glück«, sagte Astrid.

Elle stand neben ihm, während er auf das bewegte Wasser blickte.

»Das ist wahrscheinlich eine dumme Idee.« Er lächelte schwach.

Sie legte ihm sanft eine Hand auf die Schulter. »Ich wünschte, ich hätte meine Waffe.«

Er drehte sich zu ihr, unsicher, ob sie sich Sorgen um ihn machte und die Waffe zu seinem Schutz haben wollte, oder ob sie nur wieder stichelte, weil er die Waffen aufgegeben hatte.

Troy spürte die Waffe, die er Lars abgenommen hatte, am Rücken. Falls ihn etwas angriff, wäre er gezwungen, sie zu benutzen und damit seinen Vorteil aufzugeben. Und er bezweifelte, dass Tygo oder Ord versuchen würden, ihn zu retten. Sie würden eher lachen, während er gefressen wurde, und dann einfach den Fluss woanders überqueren.

»Dann los.« Er stieg ins kühle Wasser, sank bis zur Wade ein und tastete den Boden mit der Stiefelspitze ab. Wenigstens war er nicht schlammig, sondern so steinig und fest, wie er gehofft hatte. Die Steine unter seinen Füßen fühlten sich klein und rund an, genau wie man es in bewegtem Wasser erwarten würde.

Er machte noch einen Schritt, und das Wasser reichte ihm bis über die Knie. Er atmete durch und ging weiter. Das Gute war, dass die Bewegung des Wassers es etwaigen Raubtieren erschweren würde, ihn zu hören oder zu sehen. Zumindest redete er sich das ein.

Troy streckte den Arm nach dem hinter seinem Rücken verknoteten Seil aus und zog daran. »Etwas mehr Leine.« Falls er sich schnell bewegen musste, wollte er nicht, dass Elrik das Seil festhielt und ihn verlangsamte.

Er machte einen weiteren Schritt und fiel in ein tiefes Loch, das ihm das Wasser bis zur Brust reichen ließ. Der plötzliche Fall und die Kälte des Wassers pressten ihm die Luft aus den Lungen. Außerdem glaubte er, dass etwas Weiches am Boden des Lochs war, das sich von seinem Stiefel weg schlängelte; das erschreckte ihn mehr als alles andere. Rasch kletterte er heraus und ging weiter, schneller jetzt.

Er hatte es nicht weit, und nachdem er noch ein paar Löcher und einen untergetauchten Baumstamm passiert hatte, kletterte er auf den Boden gegenüber. Er löste das Seil und band es an einen dicken Ast, sodass es nicht einmal einen halben Meter über dem Wasser hing.

»Ungefähr einen Meter tief. Aber manche Stellen sind tiefer. Folgt dem Weg, den ich genommen habe, und nutzt das Seil als Führungsleine. Wer ist der Nächste?«, rief er.

Tygo wählte aus. »Sie.«

Anne drehte sich um. »Ich?«

»Ja, Sie, los«, sagte er. »Und beeilen Sie sich.«

»Na toll.« Anne zog eine Grimasse und drehte sich wieder zu dem dunklen Wasser um.

»Du schaffst das«, sagte Troy. »Langsam und gleichmäßig, und pass auf die Löcher auf. Habt keine Angst, und lasst das Seil nicht los.«

Sie schnaufte, als müsse sie einen Kilometer weit schwimmen. »Vor dem Fluss habe ich keine Angst. Nur vor dem, was in den Urflüssen gelebt hat.«

Annes Lippen bildeten eine entschlossene Linie. Sie trat ins Wasser und schob und zerrte sich hinüber, den Blick stets auf Troy gerichtet. Nach kurzer Zeit näherte sie sich dem Ufer. Es gab einen Bereich, an dem das Wasser zu einer Biegung hin seichter wurde, und ohne die Turbulenzen des Flusses einen kleinen Teich bildete, der klar war. Sie schaute hinunter. »Hey.« Sie sah sich um und griff dann ins Wasser. »Hallo, mein Kleiner.«

»Was machst du da?«, fragte Troy, während er eine Hand ausstreckte, um sie herauszuziehen.

Stattdessen hob sie das kleine Ding hoch. Es sah aus wie ein Baby-Alligator, aber es war geschmeidiger, schlanker und hatte keine knochigen Schuppen auf der Haut.

»Weißt du, was das ist?«, fragte sie.

Troy schüttelte den Kopf. »Abendessen?«

Sie schnaubte. »Ich glaube, es ist ein Pannoniasaurus, eine längst ausgestorbene Gattung der tethysauriden Mosasaurier aus der späten Kreidezeit. Er ist einzigartig, weil er einer der ganz wenigen, wenn nicht sogar der einzige, echte Süßwasser-Mosasaurier ist, der je gelebt hat.«

»Ist das ein Baby von dem Ding, das das Schiff von Elles Brüdern angegriffen hat?«, fragte er.

Sie schüttelte den Kopf. »Nein, das war eine Meeresspezies. Der hier hat sich nur fürs Süßwasser entwickelt. Stell es dir vor wie bei den Delfinen im Amazonas, die in den Flüssen gelebt haben und nie aufs Meer hinausgelangt sind. Sie haben sich entwickelt, um im Süßwasser zu leben.«

»Klein.« Troy wandte sich dem Seil zu.

Sie lächelte, als sie das Tier hochhielt. Es gab ein kleines Krächzen von sich. »Jetzt ist er noch klein, aber die werden um die fünf, sechs Meter groß.«

Troy wirbelte wieder herum. »Scheiße.« Dann wandte er sich wieder dem Fluss zu.

Anne sah nach unten und runzelte die Stirn. »Ich bin nicht sicher, wo die anderen sind, aber es ist seltsam, dass er allein ist.« Sie sah auf. »Vielleicht ist er der Letzte, der noch nicht von Raubtieren gefressen wurde.«

Hundert Meter weiter flussabwärts, in einem tieferen Bereich unter einem umgestürzten Baum, hob das schleimüberzogene Wesen seinen Kopf aus der Nische, in der es ruhte. Es nahm den chemischen Geruch von warmblütigen Tieren wahr, und ein Paar faustgroßer Augen blickte durch das schlammige Wasser. Sie sahen klar und deutlich, weil sie sich dazu entwickelt hatten, in der brackigen Umgebung hervorragend sehen zu können. Hier verbrachte das Wesen sein ganzes Leben, hier paarte es sich, schwamm und jagte.

Eine andere der Kreaturen etwas weiter flussabwärts tat das Gleiche. Und dann noch weitere. Bald bewegten sich mehrere der etwa zwei Meter langen Kreaturen mithilfe ihrer großen, paddelartigen Schwänze den bewegten Fluss hinauf, zu der Stelle, an der die Beute ihn überquerte.

Elle meldete sich freiwillig als Nächste, und Troy passte ganz genau auf sie auf, aber mit ihren langen, athletischen Gliedmaßen kam sie problemlos hinüber. Tygo folgte, dann Elrik. Astrid und Ord sollten als Letzte herüberkommen, und der Mann schickte die Tierärztin vor. Er machte sich nicht die Mühe, zu warten, bis sie drüben war, sondern löste das Seil, das er mitnahm, als er ihr folgte.

Ohne die Führungsleine wurden sie von der Strömung ein Stück weiter flussabwärts gezogen. Dank seiner kräftigen Arme konnte Ord sich festhalten, aber Astrid verlor den Halt und rutschte ein wenig ab.

Und dann musste ihr Fuß in ein Loch geraten sein, denn sie tauchte unter, und als sie wieder hochkam, war sie über einen Meter vom Seil entfernt und sie prustete.

Ord blieb stehen und drehte sich kurz zu der Frau um, doch dann schien ihn etwas abzulenken, und er starrte aufs Wasser hinunter.

»Hey!«, rief er.

Die Gruppe drehte sich von der Frau zu Ord um, und Tygo ging zum Flussufer zurück.

»Hier drin ist was«, sagte Ord und begann, sich mit beiden Händen an der Leine entlang zu ziehen, ohne Astrid einen weiteren Blick zu schenken.

Gute fünf Meter weiter flussabwärts hatte Astrid endlich flacheres Wasser gefunden, aber sie hatte einige Mühe, weil die Strömung dort hinfloss. Immer wieder geriet sie in Löcher und kämpfte gegen den schneller fließenden, schlammigen Fluss.

Dann schrie sie.

Und Ord begann, ins Wasser zu schlagen.

»Es hat mich erwischt!«, rief er. »Hai!«

Tygo trat näher, änderte dann aber seine Meinung und drehte sich um, um Troy vorn am Hemd zu packen.

»Holen Sie ihn.«

»Scheiß auf ihn.« Troy schlug die Hand des großen Mannes weg und hechtete stattdessen zu Astrid.

Troy durchbrach die Wasseroberfläche, prustend und fluchend, und er schwor sich, dieses Riesenarschloch umzubringen, selbst wenn es das Letzte wäre, was er tat. Aber jetzt war Astrid in Gefahr. Und er auch.

Ord strampelte. Das trübe Wasser um ihn herum färbte sich rot. Troy bewegte sich halb schwimmend, halb paddelnd zu der Stelle, an der die Tierärztin gestanden hatte, aber er konnte sie nicht mehr sehen.

Dann tauchte ihr Oberkopf kaum zwei Meter von ihm entfernt auf, und mit ihm ein blubbernder Blutstrom. Troy griff an seinen Gürtel, zog sein langes Messer heraus und tauchte zu ihr.

Unter Wasser konnte er überhaupt nichts sehen, aber dank puren Glücks erwischte er ihr wallendes Haar. Daran zog er sie zu sich, aber sie schien zu schwer zu sein, und außerdem schien sie tatsächlich in die Gegenrichtung zu ziehen. Nein, das stimmte nicht: Sie wurde von ihm weggezerrt.

Er hielt sie mit einer Hand fest, tauchte auf, um Luft zu schnappen, dann tauchte er wieder unter. Ihm war klar, dass ihr die Atemluft ausgegangen sein musste, und er vermutete, dass sie sich in etwas unter der Wasseroberfläche verfangen hatte.

Troy tastete an ihrem Körper hinunter, und zu seinem Entsetzen berührte seine Hand etwas Schleimiges, das an ihr hing. Es war groß, fast einen halben Meter breit, und er spürte, wie es an ihr riss, den Kopf hin und her warf, wie ein Hund mit einem Knochen.

Er stach zu.

Seine Klinge versank in dem weichen Körper.

Dann versuchte er, Astrid wegzuziehen, spürte aber, wie etwas gegen ihn stieß, und als er sie fester packen wollte, spürte er noch mehr von den Dingern, die an ihr hingen, manche groß, andere kleiner.

Er konnte nicht sehen, was es war, aber sein Geist beschwor etwas Aalähnliches herauf, mit Haizähnen und einem großen Kopf. Aber schlimmer war, dass mit jeder Sekunde mehr dieser Viecher kamen.

Als er seine Hände bewegte, spürte er eine Wunde auf Astrids Rücken. Eine große. Und noch etwas fiel ihm auf: Sie bewegte sich nicht mehr.

Wieder stieß etwas gegen Troy, und dieses Mal drückte es sich an ihn. Er geriet in Panik und stach nach dem Ding, woraufhin es abließ. Aber sein Atem war erschöpft, und er begann, Lichtblitze zu sehen, weil sein Gehirn an Sauerstoffmangel litt.

Er hatte genug und ließ Astrids Körper in der Hoffnung, dass sie bereits tot war, los. Er tauchte auf, holte tief Luft und schwamm in Richtung Ufer.

Troy war ein guter Schwimmer und näherte sich schnell dem Flussufer. Sobald er den Grund spüren konnte, sprang er, um die Dinger unter der Oberfläche hoffentlich abzuhängen. Nach Luft schnappend, machte er eine Rolle durchs Gras. Elle kam herüber und legte eine Hand auf ihn.

»Astrid?«, fragte sie.

Er drehte sich weg, hustete schlammiges Wasser aus, und schüttelte den Kopf. »Da war was im Wasser. Es hat sie erwischt.«

Halb verschwommen sah er zu, wie die Gruppe den schreienden Ord aus dem Wasser zog. Das Seil war um ihn geschlungen, und er hielt sich mit aller Entschlossenheit daran fest.

»Zieht! *Schnell, schnell!*«, schrie er.

Tygo, und widerwillig auch Elrik, begannen, ihn zu ziehen, aber die Kombination aus dem Gewicht des großen Mannes und dem bewegten Wasser machten ihn außerordentlich schwer.

Dann kam auch Anne dazu, und langsam zogen sie ihn näher an den Rand. Eine Blutspur floss den Fluss hinunter.

Binnen kürzester Zeit zogen sie ihn aufs Ufer, und Tygo packte seinen Mann unter den Armen und zog ihn komplett aus dem Wasser. Der große Mann kam weiterbrüllend heraus. Und etwas anderes kam mit ihm.

Jetzt erkannte Troy, was Astrid angegriffen hatte. An Ords Bein hing eine um die anderthalb Meter lange Kreatur, wie ein riesiger, schleimiger Blutegel. Sie hatte faustgroße schwarze Augen, und ihr Maul hing an seinem Oberschenkel, wo Blut zu beiden Seiten eines breiten Mauls voller dunkler, dreieckiger, haiartiger Zähne heraussickerte.

Ord wurde aufs Ufer hinaufgezogen, und Tygo drehte sich um, um dem Ding in den Hals zu stechen. Die Klinge durchdrang das Tier komplett und fuhr Ord in den Oberschenkel, was ihm einen weiteren Schmerzensschrei entriss.

»Entschuldigung«, sagte Tygo, aber er sah nicht so aus, als ob es ihn kümmerte, während er wieder auf das Ding einstach.

Elrik ließ das Seil fallen und setzte sich ans Ufer, den Blick zum Wasser gerichtet, wo Astrid verschwunden war. Er stützte die Ellbogen auf die Knie und hielt den Kopf in beiden Händen.

Die anderen schafften es, das Ding vom Oberschenkel des Wikingers zu hebeln. Es hinterließ zerfetzte Kleidung und eine halbmondförmige Wunde, wo sich seine Rasiermesserzähne hineingefressen hatten.

Tygo zeigte auf Elle. »Holen Sie Ihren Erste-Hilfe-Koffer. Versorgen Sie ihn.«

Elle zögerte einen Moment, öffnete dann aber ihren Rucksack und holte das Medipack heraus, das sie alle hatten. Mit etwas Jod und einem Tuch reinigte sie alle Wunden an seinen Oberschenkeln und seinem Arm, dann verband sie die schlimmsten.

Anne nahm Troys Messer und drehte die muskulöse, zwei Meter lange Kreatur damit um. Sie sah wie ein riesiger, schwarzer Salamander aus, nur dass sie winzige, nahezu nutzlose Hinterbeine hatte. Sie lebte noch, aber außerhalb des Wassers war sie hilflos.

»Es ist erstaunlich«, sagte sie.

»Es ist nicht erstaunlich«, brüllte Ord. »Was ist es? Ist es giftig?«

Anne sah grinsend auf. »Es ist eine Kaulquappe.«

»Was?« Elrik runzelte die Stirn. »Eine Kaulquappe hat Astrid getötet?«

»Crassigyrinus, das bedeutet dicke Kaulquappe.« Sie hebelte das Maul auf und zeigte die Doppelreihe fieser schwarzer Zähne. »Aber dieser Kerl hat sich zum Jagen und Fleischfressen entwickelt.«

»Er wollte *mich* fressen«, heulte Ord.

»Amphibisch, aber hauptsächlich aquatisch. Zwei Reihen scharfer Zähne, die zweite mit einem Paar Gaumenzähne. Hier, seht ihr?« Sie hielt das Maul auf und zeigte auf den vorderen Bereich. »Es ist ein mächtiges Raubtier mit einem kräftigen Biss. Schaut nur, wie groß die Kiefer sind.«

»Ich weiß, verdammt«, sagte Ord, der sich das Bein hielt.

»Wir glauben, er ist ideal an den Fischfang angepasst. Der Paddelschwanz macht ihn zu einem starken, schnellen Schwimmer. Und seht euch diese Augen an. Entweder ist es ein nachtaktiver Jäger oder an sehr trübes Wasser angepasst. Genau wie hier.«

Anne sah sich um. »Diese Kreatur ist sehr alt, älter als die Dinosaurier, aus der Zeit der Amphibien. Und wir sind in der richtigen Gegend. Überreste davon wurden bisher nur im Norden Schottlands gefunden.« Sie setzte sich auf die Hacken und sah bewundernd auf das Ding hinunter. »Ich würde zu gern …«

»Anne«, schimpfte Troy. »Diese Dinger haben Astrid getötet.«

Das enthusiastische Funkeln in ihren Augen erlosch. Sie nickte. »Oh Gott. Entschuldigung. Ich wollte nur … es tut mir leid.«

Der Schuss ließ alle zusammenzucken, und Anne sprang schreiend rückwärts.

Ord setzte sich auf, die Waffe auf das Ding gerichtet, durch dessen Schädel sich ein Loch gebohrt hatte. Er schoss wieder. Eines der runden Augen explodierte.

»Jetzt sind wir quitt«, sagte er.

»Sie Idiot.« Anne sprang auf, die Fäuste geballt.

Auch Ord stand auf, hüpfte kurz auf einem Bein, und steckte seine Waffe weg. »Tut mir leid, dass ich Ihr Haustier getötet habe.«

»Das Ding ist mir scheißegal. Ich mache mir mehr Sorgen, dass Sie jedes Raubtier im Umkreis von fünf Kilometern auf unseren Standort aufmerksam gemacht haben könnten.« Sie wollte sich abwenden, blieb aber stehen und fuhr wieder herum. »Und raten Sie mal, wer von uns beiden nach frischem Blut riecht?«

KAPITEL 31

Die Gruppe folgte dem Fluss weitere fünfhundert Meter stromaufwärts. Sie kamen langsam voran, nicht nur, weil der Wald nah ans Wasser wucherte, sondern auch, weil Troy sie oft anhalten ließ. Er machte sich Sorgen wegen der Gefahr durch versteckte Lauerjäger.

Nur ein Mal trafen sie auf eine Kreatur, die im Unterholz wartete, aber sie war nicht größer als ein großer Hund, und Ord, immer noch sauer wegen des Angriffs am Fluss, schoss ihr mehrere Kugeln in die geschuppte Haut und jagte sie quiekend ins Laub.

Mittlerweile hinkte der Mann deutlich, was Troy ein Lächeln entlockte, aber gleichzeitig bewunderte er seine Ausdauer und Kraft, weil er ohne zu murren weitermachte.

Troy sah nach oben. Ihre nächste Herausforderung bestand darin, einen steilen Berghang zu erklimmen, neben einem Wasserfall, der den Fluss speiste. Er kämpfte sich hinauf, doch oben angekommen, konnte Troy nur mit den Händen in den Hüften dastehen und den Kopf schütteln.

»*Ah*, Scheiße.«

Es schien ein seichter Sumpf zu sein, aber er war sicher, dass dieser, genau wie der Fluss, tiefere Stellen verbarg. Eine primitive Form von Entengrütze bedeckte die Oberfläche, was es unmöglich machte, ins Wasser zu sehen.

Die Gruppe schloss zu ihm auf und Anne atmete mit zusammengepressten Lippen aus. »Die Wahrscheinlichkeit, dass da drin etwas lebt, das einen Happen von uns abbeißen will, liegt um die neunzig Prozent.«

»Ja, das ist Selbstmord.« Troy wandte sich an Tygo. »Für uns alle.«

»Vielleicht sollten Sie vorgehen und es auskundschaften«, sagte Tygo grinsend.

»Sie können mich mal«, antwortete Troy. »Lieber lasse ich mich erschießen als zerfleischen.« Er breitete die Arme aus. »Nur zu.«

Tygo hob seine Waffe, senkte sie aber nach einigen Sekunden wieder. »Es hat keinen Sinn, meinen besten Vorteil zu verschenken.«

Da haben wir es, dachte Troy. *Er benutzt uns als Minenräumer. Aber wofür hebt er uns auf, und was weiß er, was wir nicht wissen?*

Troy blickte auf den Sumpf hinaus. Einige der Bäume standen auf Stelzwurzeln, was bedeutete, dass das Wasser sauerstoffarm und stagniert war. Über dem Wasser hingen übel aussehende Dämpfe, und weiter draußen zerplatzten Blasen an der Oberfläche. In der Hoffnung, einen anderen Weg zu finden, auf dem sie hinübergelangen konnten, sah Troy nach oben, aber über ihm hingen fransige Pflanzen wie zerrissene Flaggen, und von ihnen tropfte eine schleimige Flüssigkeit ins Wasser. Sie boten keinerlei Halt.

»Es führt kein Weg drumherum«, sagte Troy.

»Wir können ein Boot bauen«, sagte Ord.

Troy zuckte mit den Schultern. »Wahrscheinlich könnten wir ein Floß bauen, aber das meiste Holz hier ist triefnass, also bezweifle ich, dass wir weit übers Wasserniveau kämen.«

»Ich will nicht mehr ins Wasser gehen«, sagte Elle leise.

Troy drehte sich um und lächelte beruhigend. »Keine Sorge, das werden wir nicht.«

Tygo trat vor und stellte sich an den Rand des Wassers. »Wir können nicht herumgehen. Wir können nicht hindurchgehen.« Er sah zu dem glitschigen, triefenden Blätterdach über ihnen hinauf. »Wir können nicht darüber gehen.«

Er hob einen Stein auf und warf ihn fünfzehn Meter weit aufs moderige Wasser hinaus, wo er platschend unterging. Augenblicklich sauste etwas unter der Oberfläche auf die Stelle zu.

Troy wandte sich an Anne. »Ich korrigiere: Die Wahrscheinlichkeit, dass da drin etwas lebt, liegt bei hundert Prozent.«

Troy verengte die Augen und konzentrierte sich auf die Stelle, um zu sehen, was als Nächstes geschehen würde. Tatsächlich, zwei Stiele mit faustgroßen Knollen daran tauchten auf, erhoben sich wie Periskope. Sie schienen die Menschen am Ufer einen Moment lang zu betrachten, ehe sie abtauchten. Aber das untrügliche Zeichen von etwas, das sich unter dem Wasser bewegte, verriet ihnen, dass es, was immer es war, verstohlen auf sie zu glitt.

Der große Mann wich vom Wasserrand zurück. Er zog seine Waffe, und Ord stellte sich neben ihn, ebenfalls mit gezogener Waffe. Zusätzlich hielt er auch noch Troys konfiszierte Sig Sauer in der anderen Hand.

»Bereitmachen«, sagte Tygo, und Troy, Elrik, Elle und Anne wichen direkt vom Wasser zurück.

Dann tauchte das Ding im flachen Wasser auf. Die Kreatur war wie eine riesige Platte, sechs Meter im Umfang, und aus ihrer Vorderseite ragte ein riesiges Paar muskulöser Zangen.

»Es ist ein Krustentier … eine Krabbe!«, rief Anne.

Sie war ziegelrot, mit schwarzen Spitzen an Zangen, die extrem kräftig und stachelbewehrt waren. Auf spitzen Beinen begann sie, das Ufer hinaufzukrabbeln. Ihre Knollenaugen zuckten. Beide fixierten Tygo.

Man musste ihm und Ord anrechnen, dass sie nicht von der Stelle wichen. Sie begannen, Kugel um Kugel in das unmöglich zu verfehlende Ziel zu feuern. Die meisten trafen den Panzer der Krabbe, und obgleich einige Teile davon wegrissen, wurden die meisten von ihm abgelenkt.

»Das Gesicht«, schrie Tygo, und die beiden Männer konzentrierten ihr Feuer auf die beweglichen Mundwerkzeuge, wo der Panzer dünner war.

Die Krabbe hatte sie fast erreicht, und der größte der Zangenarme streckte sich nach vorn. Troy hatte keinen Zweifel daran, dass er jeden der beiden Männer mit Leichtigkeit zerquetschen oder wie ein Papiertuch zerreißen könnte, wenn er sie nur zu packen bekäme.

Aber ihre Munition reichte, und die kleinen Platten um den Mund herum nahmen Schaden. Widerlicher Schleim tropfte heraus. Die Krabbe blieb stehen, dann trat sie den Rückzug an.

Tygo zielte höher, hielt die Waffe in beiden Händen, zentrierte sich und schoss zweimal. Einer der Augäpfel explodierte. Das war es, die Krabbe verzog sich und sank ins stehende Wasser zurück.

Binnen Sekunden hatte sich die Oberfläche über ihr geschlossen, und das Wasser wurde still. Pistolenrauch mischte sich in die ohnehin schon dampfende Luft, und die Gruppe stand schweigend da und beobachtete das Wasser.

»Sie ist wahrscheinlich noch da«, sagte Anne. »Oder andere.«

Tygo nickte. »Ja, wahrscheinlich.« Er wandte sich mit einem Grinsen an Ord. »Dann müssen wir ein wenig aufräumen.«

Er griff in seine Tasche und holte zwei Granaten heraus. Er zog den Stift der einen und warf sie dorthin, wo die Krabbe aufgetaucht war. Er wartete, und nach zwei Sekunden folgten ein dumpfer Schlag und eine Wasserfontäne.

Sofort entstanden Wellen, die sich jedoch in viele Richtungen wegbewegten, weil alles, was sich unter der Oberfläche befand, ob Krabben oder andere Tiere, vor der unerträglichen Erschütterung der Explosion flüchtete.

»Eine, um ihre Aufmerksamkeit zu erregen.« Er zog den Stift der zweiten Granate. »Und eine zweite, um alle zurück in die Hölle zu schicken.« Er warf die zweite Granate weiter hinaus, wo sie in einem ähnlichen Geysir aus trübem Wasser und Schlamm explodierte.

Diesmal bewegte sich nichts mehr davon.

Tygo grunzte und nickte. »Und jetzt sind sie fort.« Er wandte sich an Troy. »Gehen wir, Mr. Strom. Nach Ihnen, versteht sich.«

EPISODE 07

*»Es heißt, die Nacht bringt Rat, aber nicht,
dass dieser Rat gut sein muss«*

JULES VERNE

KAPITEL 32

Das Jahr 1020 – Lemuria, die geheimnisvolle Insel – im Auge des Drachen

Ulfs verbliebene Wikingertruppe rannte schnell durch das Gewirr des Waldes. Njal schwang seine Axt, spaltete Bäume und Ranken in ihrem Weg, während die anderen ihm dichtauf folgten.

Das Geräusch des Verfolgers hinter ihnen blieb unvermindert; es schien, als hätte die riesige Bestie jetzt Geschmack an ihnen gefunden. Der Häuptling drehte sich um, um über die Schulter zu sehen, und beobachtete, wie ein mächtiger Baum beiseitegeschoben wurde, als wäre er nichts als ein Schilfrohr.

In diesen wenigen Sekunden sah er die Umrisse der Kreatur vor dem dämmrigen Glanz, der durch das Blätterdach kam: massiv, mit kolossalen Schultern. Sie schien eine Art stacheligen Pelz zu haben, der schimmerte und wogte und immer wieder mit verschiedenen Flecken von Waldfarben verschmolz, während sie heranstürmte.

Manchmal rannte das Ding auf vier kolossalen Beinen, manchmal auf zweien, und dann waren die beiden vorderen Beine wie Arme erhoben. Jedes hatte drei Klauen und lange Krallen, die das Fleisch seiner Männer zerschnitten wie Messer.

Doch an seinem Kopf begann der wahre Albtraum. Er war groß wie ein Haus, mit hauerartigen Zähnen, zwischen denen Streifen von Kleidung und Fleisch seiner Krieger hingen.

»*Jörmungandr*«, hauchte Ulf. Es musste einfach die Midgardschlange sein, der Feind Thors, und er senkte den Kopf, um weiter zu rennen. Er stieß Brunhilde an, damit sie schneller lief, und sie prallte mit dem alten Frode zusammen, der diesen Moment gewählt hatte, um über seine eigenen Füße zu stolpern.

Einige Männer rannten über ihn hinweg, aber Ulf und Njal blieben stehen und zogen ihn wieder hoch.

Doch während dieser wenigen Sekunden rückte ihnen die Kreatur zu Leibe.

Ulf war zwischen der Wahl, zu fliehen und seine Krieger anzuführen oder bei seinem ältesten Freund Frode zu bleiben, gefangen.

In diesem kurzen, unentschlossenen Moment tauchte Brunhilde auf, packte den Pelz seines Mantels, zog sein Gesicht zu ihrem und küsste ihn leidenschaftlich. Dann stieß sie ihn zurück und richtete ihre Klinge auf Njal.

»Geh! Bring unseren Häuptling zum Schiff.« Sie grinste ihn an. »Wir sehen uns wieder, mein Herr. *In Walhalla.*«

Njal warf ihr seinen hölzernen Schild zu. Die Riesin nickte ihm zu, dann drehte sie sich um und schlug ihr Langschwert gegen das gehärtete Holz.

»Nein!«, brüllte Ulf, als Njal ihn rückwärts zog und gleichzeitig weiterhin den Mantel des alten Frode festhielt.

»Meine Königin«, sagte er. Er wollte kämpfen, wollte bei ihr bleiben.

Doch die Kraft von Njal und seinen breiten Schultern war zu viel für ihn, und er wurde weggetragen.

»Ich werde dich wiederfinden!«, schrie Ulf. Während er weggeschleppt wurde, sah er kontinuierlich über die Schulter zu ihr.

Brunhilde drehte sich ein letztes Mal um und starrte ihn an. Ihr einzelnes grünes Auge blitzte von der Hitze des Kampfes. Dann wandte sie sich wieder dem Ungeheuer zu und nahm breitbeinig Stellung ein. Sie hielt Schwert und Schild hoch, und obgleich die Kreatur sie um das Zehnfache überragte, wurde sie langsamer. Ihre roten Augen glühten wie die brennenden Kohlen eines Feuers. Vielleicht fand sie die Herausforderung des winzigen Wesens verwirrend.

»*Walhalla!*«, brüllte Brunhilde wieder, und sie hielt nicht nur die Stellung, sondern sie griff an.

Doch die Kreatur tat, was sie auch mit Arne und all den anderen getan hatte, und spie giftigen Speichel auf sie. Etwas davon bespritzte den Wald um sie herum und traf das Ende von Frodes Arm. Doch Ulfs Frau bedeckte es vollständig, und augenblicklich zersetzte sich ihr Schild. Dann begann ihr gesamter Körper zu dampfen, und das sichtbare Fleisch wurde rot. Die Stimme seiner geliebten Brunhilde sang unter Qualen, und jeder Ton brannte in seiner Seele.

Tränen füllten Ulfs Augen, und er spürte, wie seine Kehle eng wurde, als der Körper der tapferen Kriegerin niedersank wie heißes Wachs, bis nur noch ihre Knochen hervorragten. Dann beugte sich die große Bestie über sie und saugte den dampfenden Haufen auf.

Das war genug. Obwohl Tränen von Wut und Verlust Ulfs verschwommene Sicht durchzogen, drehte er sich um und rannte schneller als je zuvor, bis er den Strand erreichte. Den alten Mann, der vor Schmerzen stöhnte und von dessen Hand rotes Blut und flüssiges Fleisch tropfte, zog er mit sich.

Seine Männer schoben die *Skidbladnir* bereits hinaus, ebenso wie die SvalBjörn. Er griff nach Frode, aber der alte Mann hielt seine verrottende Hand hoch, und während er zusah, wanderte das schmelzende Fleisch seinen Arm hinauf. Was immer mit ihm geschah, das Brennen hatte nicht aufgehört.

Ulf stieß seinen alten Freund einen Schritt zurück, zog sein Schwert und trennte mit einem raschen Hieb die zerstörte Hand und den Unterarm ab, der inzwischen nur noch aus geröteten, stabartigen Knochen bestand, an denen noch einige Fäden aufgeweichten Fleisches hingen.

Er ließ ihn den Stumpf in seinen Mantel wickeln, schob ihn dann zum Seitendeck der *Skidbladnir* und hievte ihn über die Bordwand wie einen Sack. Auch er sprang hinein und brüllte Befehle. In Sekundenschnelle hatte ihr Schiff als Erstes das Ufer verlassen.

Aber ohne Brunhilde, ihre Bootsführerin, war die Besatzung der SvalBjörn unorganisiert und nur Sekunden zu langsam, und das bedeutete, dass Odins Glück ihnen nicht hold war. Direkt vor dem Schiff explodierte die Dschungelwand, als die monströse Bestie hindurchbrach und angriff. Einige der Männer stellten sich auf und zogen die Waffen, andere kauerten sich in den Bauch des Langbootes, und wieder andere sprangen über die Bordwand und begannen, wegzuschwimmen.

Es spielte keine Rolle. Sie spie ihren höllischen Speichel auf das Schiff, dann zerstampfte sie einen fliehenden Mann und riss einen anderen entzwei. Roh oder verbrannt, sie verzehrte sie alle. Sobald sie mit dem Schiff fertig war, watete sie ins Wasser, um die schwimmenden Seelen zu holen. Niemand entkam.

Ulf senkte den Kopf und schloss einen Moment lang fest die Augen, um einen Schwur zu leisten. In dieser Nacht würden viele Seelen nach Walhalla aufbrechen. Er blickte auf und ihm stockte der Atem, als er die brennenden Augen des Drachens auf sie gerichtet sah. Dann schwamm das Tier los. Auf sie zu. Ulf stürzte sich an eines der Ruder und begann, daran zu zerren.

»Rudert! *Rudert um euer Leben!*«, donnerte er.

KAPITEL 33

Troy wischte sich über die Stirn. Es war zwei Stunden her, dass sie den Sumpf hinter sich gelassen hatten, und abgesehen von Insektenstichen und ein paar bananengroßen Blutegeln waren sie in Ruhe gelassen worden.

Troy führte die Gruppe weiterhin an, gefolgt von Elrik, und er stolperte, weil er die Baumwurzeln in den Schatten nicht sah.

»Bilde ich mir das nur ein, oder wird es immer dunkler?«, fragte Elle.

»Das bildest du dir nicht ein.« Er sah sich um. »Alle unsere Uhren sind stehen geblieben, aber es muss bald Nacht werden.«

»Es ist vielleicht nicht die klügste Idee, hier draußen zu übernachten«, sagte Anne.

»Ich glaube nicht, dass das unsere Entscheidung ist.« Troy sah über die Schulter zu Ord, der den Arm ausstreckte, um ihm einen Stoß mitten in den Rücken zu verpassen.

Einige Minuten später erreichten sie einen Teil des Waldes, in dem mehr offenes Land zwischen den riesigen Bäumen lag. Das Blätterdach über ihnen war nähergerückt, und wegen des ohnehin schwachen Lichts bedeutete das, dass sie fast im Dunkeln unterwegs waren. Und Troy wusste, dass das an diesem urtümlichen Ort Wahnsinn war.

Anne zog eine Nachtsichtbrille aus ihrer Tasche, und Elrik, Elle und Troy taten das Gleiche. Augenblicklich nahmen Ord und Tygo Elrik und Elle ihre Brillen ab und zogen sie selbst auf.

Troy ging langsam, und da alles grün fluoreszierte, war es schwierig, eine vernünftige Tiefensicht zu erhalten. Nachdem sie einige Minuten weiter gewandert waren, schlug ihm der Geruch entgegen. Und er gefiel ihm nicht.

Troy drehte sich langsam um, suchte zuerst den Boden ab und hob dann den Blick. Dann höher. Sein Herz zersprang fast in seiner Brust, und er streckte die Hand aus, um Elle zu packen, die in der Dunkelheit nahezu blind war.

»Geht alle …«, flüsterte er, »… hinter einen Baumstamm.«

»Was ist?« Anne schlich vor und stellte sich neben ihn.

Tygo und Ord blieben auf freiem Feld und sahen sich um, was Troy nur recht war, und Elrik drückte sich rasch an Troys Baumstamm.

Elle stand mit dem Rücken am Baum neben ihm. »Ich kann überhaupt nichts sehen«, sagte sie. »Aber ich kann etwas riechen.«

Ord und Tygo suchten sich ihren eigenen, riesigen Stamm. Troy nahm seine Brille ab und setzte sie Elle auf. Anne beugte sich näher.

»Schaut. Zwischen den beiden größten Bäumen, ungefähr auf elf Uhr.«

Elle und Anne drehten sich in diese Richtung.

»Nur Bäume«, flüsterte Elle.

»Seht weiter hoch«, sagte Troy leise.

Die Frauen taten wie geheißen.

»*Heilige* Maria.« Anne wich unwillkürlich zurück, und Troy stoppte sie, damit sie nicht wieder ins Freie stolperte.

»Ist das ein Dinosaurier?« Elles Stimme blieb ihr fast im Hals stecken.

»Groß. So groß«, sagte Anne. »Ich habe immer nur Knochen gesehen, oder vielleicht Darstellungen von Spezialeffekten in Filmen. Aber einen Lebenden zu sehen, ist …«

»Ja, ich weiß. Und es ist ein Fleischfresser, richtig?«, fragte Troy. »Es war der Geruch seines Atems, der mich gewarnt hat. Ich war schon öfter in der Nähe von Großkatzen und da ist es genauso.«

»Definitiv ein Dinosaurier. Und diese Hörner auf dem Kopf; vielleicht ein Carnosaurus oder ein Allosaurus.« Anne schüttelte den Kopf. »Nein, halt, der hier ist größer. Vielleicht ein *Epanterias*, eine Unterart, die sind seltener, aber größer. Neun Tonnen, fünfzehn Meter, sechs Meter Schulterhöhe, locker.«

»Warum hat er uns nicht angegriffen?«, fragte Troy. »Wir wären fast in ihn reingelaufen.«

»Der leichte Wind weht uns ins Gesicht, und sieh dir diese winzigen Augen an. Der hat keine gute Sehkraft und ist definitiv kein Nachtjäger«, antwortete sie.

»Er schläft also?«, fragte Elrik hoffnungsvoll.

Wie zur Antwort hob die riesige Kreatur den Kopf und atmete tief ein.

»Nein. Wie gesagt, er hat keine gute Nachtsicht, kann aber trotzdem nachts jagen, indem er seinen außergewöhnlichen Geruchssinn einsetzt.« Anne streckte die Hand aus und packte Troy am Arm. »Er hat unsere Fährte noch nicht aufgenommen, aber das wird er bald. Dann wird er uns finden. Wir müssen von hier verschwinden.«

»Verdammt richtig.« Troy drehte sich um, um über die Schulter zu sehen, aber ohne die Brille war er nachtblind.

»Das einzig Gute ist, dass sich hier keine kleineren Raubtiere rumtreiben sollten, solange dieses Monster in der Nähe ist«, sagte Anne.

»Wir sollten uns auch nicht hier rumtreiben.« Troy drehte sich um. »Ich kann nichts …«

Elle zog die Nachtsichtbrille vom Kopf und gab sie ihm zurück. Er setzte sie auf und entdeckte einen möglichen Weg von der Lichtung und in die Richtung, in die sie gehen mussten. Sie mussten nur einen kleinen Umweg um die Bestie machen.

»Okay, wir gehen in Richtung des großen, pelzigen Baumstamms. Direkt dahinter kann ich eine Reihe kleinerer Bäume sehen, die uns Deckung geben können. Wenn wir es bis dorthin schaffen, können wir uns tief halten und etwas Abstand zwischen uns bringen.« Er atmete aus. »Es würde unsere Chancen verbessern, wenn wir eine Ablenkung hätten.«

»Was ist los?«, sagte Tygo in einem rauen Flüstern.

Es war laut genug, dass alle es deutlich hören konnten. Der riesige Dinosaurier eingeschlossen. Er senkte seinen massiven, eckigen Kopf und schnüffelte eingehend in ihre Richtung.

»Arschloch«, zischte Troy.

»Gleich wird er uns sehen. Er sucht uns.« Anne stupste ihn an. »Uns läuft die Zeit davon, und wenn dieser große Kerl loslegt, kann er wahrscheinlich mit vierzig, fünfzig Stundenkilometern rennen.«

»Okay. Okay.« Troy drehte sich um. »Dann brauchen wir eine Ablenkung.« Er sah sich um und hob einen faustgroßen Stein auf.

Währenddessen schuf Ord seine eigene Ablenkung: Er entzündete eine Leuchtrakete und warf sie. Auf sie. Tygo und Ord rannten davon. Troy war sicher, dass er sie lachen hörte.

»Diese Scheißkerle«, spie Troy aus. Er sprang auf, schnappte sich die Fackel und warf sie in Richtung der riesigen Kreatur.

Ihr riesiger Kopf drehte sich ihr nach. Sie starrte auf den winzigen Punkt aus flackerndem, rotem Licht und war wahrscheinlich für wenige Sekunden geblendet.

»Los!«, rief Troy, und die vier rannten zu dem großen Baum, umrundeten ihn und suchten Schutz in den kleineren Büschen.

Hinter ihnen ertönte das donnernde Geräusch von Bäumen, die zertrümmert wurden, und unter ihren Füßen spürten sie die Vibrationen der stampfenden Schritte der riesigen Kreatur.

»Schneller!«, schrie Troy. Er hielt Elle am Arm, um sie zu führen.

Anne lief neben Elrik und führte ihn genauso durch den dunklen Wald, und gemeinsam folgten sie einem Weg, aber zu langsam, denn das Geräusch des tödlichen Verfolgers kam immer näher.

Rechts von ihnen sahen sie Tygo und Ord in die gleiche Richtung rennen, und gemeinsam erreichten sie eine kleine Lichtung von etwa dreißig Metern Durchmesser. Troy betrat sie als Erster, und weiter unten am Waldrand sah er Tygo und Ord, die dabei waren, sich für einen Weg auf die andere Seite zu entscheiden.

Troy wollte sein kleines Team hinüberführen, doch dann sah er etwas, das ihn abschreckte. »Anhalten!«, rief er.

»Wir haben keine Zeit zum Anhalten!«, rief Anne zurück.

Troy holte eine Signalfackel heraus und zündete sie an. Er warf sie auf die Lichtung und sah die vielen hundert spitzen Beine, die unter kanalschachtgroßen Deckeln hervorragten und von seidenen Netzen umgeben waren.

»Sind das Spinnen?« Elle verzog das Gesicht, sodass ihr Zähne zu sehen waren.

»Für mich sehen sie so aus«, sagte Troy. Er drehte sich um. »Anne?«

»Falls ja, sind es wahrscheinlich *Nephila jurassica. Megarachnen.* Es gab mehrere riesige Arten von Spinnentieren. Wir wissen nur nicht, ob sie tödliches Gift hatten oder nicht«, antwortete Anne. »Aber tödlich oder nicht, Gift hatten sie alle, und die Größe bedeutet, dass sie eine Menge in einen reinpumpen konnten.«

»Selbst wenn das Gift einen nur betäubt, bin ich jetzt wirklich nicht scharf auf ein steifes Bein.« Troy sah über die Schulter zurück, als ein Baum keine dreißig Meter hinter ihnen umgestoßen wurde. »Scheiße.« Er wirbelte wieder zum Feld herum, um eine Entscheidung zu treffen.

»Schaut mal, um die Fackel herum«, sagte Elrik.

Tatsächlich, die Falltüren, die der hellen Fackel am nächsten waren, waren fest verschlossen, und ein Stück weiter weg im dunklen Feld warteten die Spinnen weiterhin in ihren Fallen.

»Nachtjäger also«, sagte Anne. Sie nahm zwei Fackeln, eine in jeder Hand, und zündete beide. *»Geronimo!«,* rief sie und hielt sie vor sich, während sie auf die Lichtung hinaus rannte.

»Verrückt.« Troy grinste voll Bewunderung. Doch dann zündete er seine eigene Fackel.

Die anderen taten das Gleiche, und die vier Menschen rasten auf die Lichtung. Wann immer sie sich einer Falltür näherten, schlug der Deckel zu, und die muskulös aussehenden Riesenspinnen zogen sich darunter zurück, um dem Licht zu entfliehen.

Als sich die Gruppe der anderen Seite der Lichtung näherte, nahmen explodierendes Laub und splitternde Äste den riesigen Fleischfresser in Empfang. Er brüllte, als seine winzigen Augen die zurückweichenden Menschen mit den Fackeln erblickten, und das Geräusch war wie eine physische Kraft, die Troy tief im Magen Übelkeit bescherte.

Es erinnerte Troy an eine Mission, bei der sie an einem Strand in Südaustralien tief tauchen mussten, um empfindliche Fracht aus einem abgestürzten Flugzeug zu bergen. Er und seine Taucherkollegen waren von einem fast sieben Meter langen Weißen Hai bedroht worden. Mit dem Monster im Wasser zu sein, hatte ihm eine Heidenangst eingejagt, weil er wusste, dass es viel schneller und aggressiver war, als er es je sein konnte. Und schlimmer noch, er befand sich in seiner Welt, und der Hai wusste das.

Genau so fühlte er sich jetzt.

Die Gruppe rannte vom Feld in den Wald. Zum Glück wurde das Terrain überwucherter und verworrener, und auch wenn genug Platz war, dass Menschen zwischen den knorrigen Ästen, Lianen und dichten Farnen hindurchkamen, verlangsamte es den riesigen Theropoden genug, damit sie ihren Vorsprung halten konnten.

Troy war klar, dass sich etwas ändern musste, denn wenn das Tier langsamer würde, dürften sie noch ein wenig länger überleben. Aber wenn sie langsamer würden, wären sie tot. Und gefressen.

Im nächsten Augenblick durchdrangen sie den letzten Schleier aus dichten Waldranken. Die Gruppe hielt an und starrte.

Dreißig Meter weiter unten kam Tygo ebenfalls durch die grüne Wand. Auch der große Mann starrte, dann streckte er die Hände aus, als wollte er zu beten beginnen.

»Odins Festung«, flüsterte Elle.

Das Gebäude sah so alt aus wie die Zeit selbst. Es stand auf einer Anhöhe direkt hinter einer morastig aussehenden Ebene voller breiter, funkelnder Seerosenblätter. Es war mit massiven Säulen, Bogenfenstern und kolossalen Stufen geschmückt, und alles war aus gigantischen Blöcken errichtet, die aus Granit sein mochten, der sicher einst poliert gewesen war, wie Troy gewettet hätte, nun aber von unzähligen Jahrtausenden verwittert war.

Doch der interessanteste Aspekt war ein rotes Leuchten, welches aus der Türöffnung und durch die gewölbten Fenster kam. Und es pulsierte sanft.

Tygo und Ord kamen zu ihnen.

»Die Festung des Allvaters.« Tygo kniff für einen Moment die Augen zusammen, als wäre er in religiöser Ekstase. »Sie bewacht das Herz eines Gottes.«

»Wir haben es geschafft«, flüsterte Ord.

Troy fletschte die Zähne. »Aber nicht dank dir und deiner Fackel, du elender …«

Ein allmächtiges Brüllen kündigte die Ankunft des Carnosaurus an, und die Gruppe fuhr zusammen, als ein großer Baum nur wenige Meter hinter ihnen im Dickicht umgestoßen wurde.

»Los, los, los!«, rief Troy.

Er wandte sich dem freien Gelände zu, ging ein paar Schritte und erkannte, dass die großen, flachen Blätter von einer Art Schleim glitzerten. Er erkannte auch, dass die Ranken, die zwischen den Blättern verliefen, grausige, zentimeterlange Dornen hatten, aber die sollten ihren Lederstiefel nichts anhaben können.

»Tretet nicht auf die Blätter«, sagte er. »Das könnte eine Art Venusfliegenfalle sein.«

Die Gruppe rannte vorsichtig zwischen ihnen hindurch. Troy führte Elle und Anne führte Elrik. Das sanfte, rote Leuchten aus der Burg oder der Festung vor ihnen spendete ihnen jetzt etwas mehr Licht. Auch Tygo und Ord bewegten sich vorwärts und überholten die Gruppe dank ihrer längeren Beine rasch.

»Auf offenem Gelände erwischt er uns«, sagte Elrik, als der Waldrand hinter ihnen explodierte, als Kopf und Schultern der riesigen Bestie hindurchbrachen. Sein limousinengroßer, eckiger Kopf reckte sich vor, seine winzigen Augen suchten das Feld ab, und sein Maul öffnete sich.

Troy warf einen Blick über die Schulter und sah, dass das Monster einen Schritt machen wollte, dann aber stehen blieb. *Seltsam,* dachte Troy. *Er rührt sich nicht.* Die riesige Kreatur atmete ein, schnüffelte eingehend, dann zog sie sich unerklärlicherweise lautlos in den Wald zurück. Nach wenigen Sekunden war sie verschwunden.

Die ganze Gruppe war stehen geblieben, um zuzusehen, erleichtert, aber auch verwirrt. Troy wusste, dass alle erwarteten, das Ding wieder auftauchen zu sehen, aber seine bebenden Schritte wurden leiser, bis es fort war. Dann war es wieder still.

Tygo und Ord zuckten mit den Schultern und machten sich wieder auf den Weg zum Gebäude.

Troy beobachtete weiterhin die Waldgrenze. »Was ist gerade passiert?«

»Irgendwas hat ihm nicht gefallen«, sagte Anne. »Etwas, das er gerochen oder gespürt hat.«

Sie hockte sich vor eines der großen, flachen Blätter, streckte eine Hand aus und berührte den Rand. Sie zog sie zurück, und ihr Finger blieb einen Moment lang kleben, dann zogen sie lange Fäden aus zähflüssigem, leimartigem Material mit sich.

Sie stand auf und wischte sich die Hand am Hosenbein ab. »Gute Idee, nicht draufzutreten. Das *sind* Fallen.«

»Vielleicht hat der große Dinosaurier schon Erfahrung damit«, bemerkte Elle.

Anne schüttelte den Kopf. »Das Ding wiegt zehn Tonnen. Diese Blätter, oder die Dornen, würden ihm nichts ausmachen.«

Elle drehte sich zu Troy um und bedeckte ihre Augenklappe mit einer Hand. Sie verzog das Gesicht.

»Wund?«, fragte er.

»Die Kugel, sie spielt verrückt«, flüsterte sie zurück. »Und sie fühlt sich heiß an.«

»Nimm sie raus. Ich gebe dir Deckung.«

Troy trat einige Schritte zur Seite und hielt Wache, während Elle rasch die Kugel herausnahm und sie durch ihr Glasauge ersetzte. Sie wollte sie in die Tasche stecken, aber Troy streckte die Hand aus. Elle zögerte einen Moment, dann reichte sie sie ihm und er steckte sie ein.

Troy nickte und machte sich auf den Weg dorthin, wo Tygo und Ord etwa dreißig Meter vor dem Bauwerk entfernt stehen geblieben waren, das vollkommen von den Wurzeln eines gigantischen Baumes umschlossen war, und die massiven Stufen hinauf starrten. In kürzester Zeit stand die Gruppe neben ihnen.

Tygo sprach, ohne sich umzudrehen. »Ich denke, wir werden gemeinsam gehen. Aber natürlich haben Sie die Ehre, uns hineinzuführen, Mr. Strom.« Dann zeigte Tygo auf Elle und ihren älteren Bruder. »Sie gehen auch. Ich will, dass Sie drei vor uns hergehen. Die Wissenschaftlerin kann an meiner Seite bleiben. Sie hat sich als wertvoller erwiesen als Sie alle drei zusammen.«

»Großartig«, sagte Anne mit wenig Begeisterung.

Troy drehte sich um. »Geben Sie mir einen Moment.«

Er ging vorwärts, wich sorgsam den klebrigen Blättern aus und stand bald vor der ersten der massiven Stufen, von denen jede über einen Meter hoch war.

Das Heim eines Gottes trifft es, dachte er.

Die Neugier, nachzusehen, was dort im Inneren sanft pulsierte, quälte ihn. Falls es das riesige Rubinherz war, würde er auf keinen Fall ohne es nach Hause gehen. Tygo hin oder her, er hatte vor, den Preis einzuheimsen. Er brauchte ihn.

Ohne Troys Sicherheitsbewertung abzuwarten, schob der große Wikinger Elle und Elrik vorwärts. Er gab ihnen einige Schritte Vorsprung, bevor er, Ord und Anne folgten.

Troy erklomm die erste der riesigen Stufen und drehte sich um, um den umliegenden Wald noch einmal zu betrachten. Was ihm auffiel, war die scheinbare Abwesenheit anderen tierischen Lebens. Er hatte erwartet, dass sich die nächtlichen Aktivitäten hier in Grenzen halten würden, aber es gab überhaupt keine Bewegung und nur sehr wenige Geräusche.

Er zog sich noch ein paar Stufen hinauf und blieb stehen, um zur Gruppe zurückzusehen. Alle waren still, und die meisten sahen zu ihm auf, beobachteten ihn aufmerksam und warteten. Er legte den Finger an die Lippen und drehte sich wieder um, um sich die nächsten Stufen hochzuziehen.

Es waren etwa zwanzig, die sich über zwanzig Meter hoch über die Seerosenebene erhoben, und oben angekommen machte er sich nicht die Mühe, sich umzudrehen oder gar zu warten, sondern spähte stattdessen durch die Tür ins Innere.

»Oh, wow.« Ein breites Lächeln erschien auf seinem Gesicht, und er trat ein.

Der gesamte Raum war in einen sanften, roten Schein von dem pulsierenden Licht in seinem Zentrum getaucht. Troy warf einen Blick auf die Schätze im Raum: riesige Wannen und Truhen, übervoll mit Goldmünzen und Edelsteinen, manche roh und ungeschliffen, und in allen Farben. Es gab silberne Waffen und Schmuckstücke, von denen er annahm, dass sie geplündert und dem höchsten Wikingergott, Odin, als Tribut dargereicht worden waren.

Er sah auch seltsame Flecken auf dem Boden, aus deren Rändern Knochen ragten. Etwas war dort verbrannt worden. *Oder eher geschmolzen,* dachte er.

Doch sein Blick wurde von dem gewaltigen roten Stein auf dem Sockel angezogen. Sein Schein pulsierte mit einem Eigenleben, und als er sich ihm näherte, spürte er, wie seine Backenzähne zu schmerzen begannen, und seine Augen tränten, wie wenn man einem Kamin zu nahe kommt und die Hitze die Augen austrocknet.

Wie in Trance näherte sich Troy dem riesigen, blutfarbenen Edelstein. Er sah, dass er bearbeitet war, gewissermaßen. Statt eines facettierten oder rohen Steins war er geschliffen und leicht oval, und seine Reinheit war atemberaubend.

Als Troy keine zwei Meter von dem Stein entfernt war, hob er wie in Trance einen Arm und streckte langsam eine Hand aus.

»Stopp.« Troy erstarrte.

Tygo hatte seine Waffe direkt auf ihn gerichtet. »Berühren Sie das Herz des Allvaters *nicht* mit Ihren unwürdigen Händen.«

Troy schnaubte und drehte sich um. Er senkte den Arm. »Wie Sie wollen.« Er trat einen Schritt zurück.

Tygo sprach kurz mit Ord, der seine Waffe zog und von Elrik zu Troy sah, um sie beide abzusichern.

Dann näherte sich der Wikinger-Anführer langsam dem großen, roten Stein. Sein Gesicht wurde von seinem Schein erhellt und seine Augen waren weit geöffnet.

Troy erkannte den Ausdruck des großen Mannes als Verzückung.

»Ich kann es spüren«, flüsterte Tygo, und dann lauter: *»Ich kann es spüren!«*

Hinter ihm füllte Ord seine Taschen mit Münzen und Edelsteinen. Elrik zuckte mit den Schultern und tat das Gleiche.

Mit schmalen Augen trat Tygo direkt an den glühenden Edelstein heran und umfasste ihn mit beiden Händen. Er stöhnte, beinahe sinnlich. »Es. Fühlt. Sich. Seltsam. An.«

»Vielleicht ist er radioaktiv. Oder hoch magnetisch«, flüsterte Anne.

Dann hob der Wikinger den Edelstein an, und sobald er ihn vom Sockel nahm, hörte er auf zu pulsieren und sein Schein verblasste. Als Tygo ihn jedoch in die Höhe hielt, war er trotzdem noch das Schönste, das Troy je gesehen hatte.

»Manche sagen, der Herzstein sei vom Himmel gefallen.« Er blickte auf den Edelstein. »Aber wahre Wikinger wissen, dass er aus der mächtigen Brust des Alten Vaters stammt.« Tygo drehte sich um und bemerkte, dass die Gruppe ihn anstarrte. Er runzelte die Stirn. »Seht weg, Abschaum. Ihr seid nicht würdig.«

Troy schnaubte. »Sie auch nicht.«

Tygo ignorierte ihn und starrte weiter wie gebannt auf den Rubin. Troy war klar, dass er jetzt, wo er seinen Edelstein hatte, keinen von ihnen mehr brauchte. Jetzt begriff er, dass der Wikinger sie nur am Leben gelassen hatte, um sie als menschliche Schutzschilde gegen etwaige Angriffe zu benutzen. Je mehr sie waren, desto größer waren die Chancen, dass er selbst mit dem Leben davonkam.

Während er über seine Flucht nachdachte, bemerkte er plötzlich den überwältigenden Gestank, der sich über den Raum legte. Er drehte sich zu Anne um, die die Stirn runzelte, und wandte sich jedem Eingang und jeder Tür zu, um die Quelle des üblen Geruchs zu finden.

Da war ein Geräusch wie ein feuchter Husten. Und dann schrie Elrik.

KAPITEL 34

Alle fuhren zu ihm herum und sahen, dass der Mann seinen kahlen Kopf hielt.

»Was ist los?« Troy runzelte die Stirn und ging einige Schritte auf ihn zu.

Aus der Nähe erkannte er, dass Elrik jetzt mit etwas bedeckt war, das wie eine Art klebriger Schleim aussah. Noch während er hinsah, stieg Dampf von ihm auf, und dann glitt die Kleidung an seinem Körper hinunter.

»Elrik!«, schrie Elle und wollte zu ihm laufen, aber Troy stoppte sie und hielt sie fest.

Elrik schaffte es, ihren Namen zu rufen, und es war das Qualvollste, was Troy je in seinem Leben gehört oder gesehen hatte. Denn dann hielt der Mann die Hände hoch und starrte sie an, während sie sich blutrot färbten. Vor ihren Augen rutschten seine Haare herunter, gefolgt von der Haut, die sich zuerst von seinen Händen abschälte, und dann, in einem grauenhaften Bild, an das sich Troy sein ganzes Leben lang erinnern würde, von seinem Gesicht.

Elrik war jetzt ein Schädel, dessen Augen sich zu leeren Höhlen aufgelöst hatten, aber sein gequälter Schrei dauerte an.

Auch Anne schrie und stolperte rückwärts. Troy biss die Zähne zusammen, um sich nicht zu übergeben, als der Mann zunächst auf die Knie sank und dann vorwärts auf alle viere fiel, wie zum Beten, während sich sein gesamter Körper in einen dickflüssigen, blubbernden Brei verwandelte.

Elle sank in seinen Armen zusammen, wofür er sehr dankbar war. Denn nach wenigen Sekunden war Elrik nur noch ein dampfender Haufen klumpiger Flüssigkeit, aus dem ein paar Knochen ragten. Jetzt wusste Troy, was die Spuren auf dem Boden waren: Andere Menschen, die das gleiche Schicksal erlitten hatten.

»Das ist nicht möglich.« Anne klang atemlos und entsetzt, und als Troy sich umdrehte, sah er, dass sie sich rückwärts zur Tür bewegte, aber nicht Elrik anstarrte, sondern die Decke.

Er folgte ihrem Blick und bemerkte, dass das Dach über ihnen von den kräftigen Baumwurzeln und Ästen, die das Gebäude umschlossen, aufgebrochen worden war. Was ihm aber wirklich einen Schock durch den Körper jagte, war, dass der Kopf der größten Kreatur, die er je in seinem Leben gesehen hatte, gierig zu ihnen hereinstarrte.

Er sah zu groß aus, um echt zu sein, und seine roten Augen waren nicht auf sie gerichtet, sondern auf Tygo, der den Edelstein hielt.

Tygo hatte Elriks sterbliche Überreste angestarrt, musste das Ding aber gespürt haben, denn sein Kopf fuhr hoch, sodass auch er die riesige Bestie sah.

»Der Drache kommt«, rief er und hob seine Waffe, um dem Ding mehrmals ins Gesicht zu schießen. Dann wirbelte er herum und rannte zum Eingang. Ord war direkt neben ihm.

»Lauft, lauft!«, schrie Troy.

Anne war bereits zur großen Tür heraus, gefolgt von Tygo und Ord. Nur Troy blieb zurück; Elle rührte sich leicht in seinen Armen.

»Wach auf, bitte …« Er schüttelte sie.

»Was …? Ich hab geglaubt, mein Bruder …« Ihre Augen öffneten sich ganz, und sie blinzelte einige Male. Dann fokussierte sich ihr Blick … auf den Drachen. Ihre Augen öffneten sich so weit, dass es aussah, als würden sie ihr aus dem Kopf springen. Sie schnappte nach Luft.

»Wir müssen los.« Troy zog sie durch den Eingang hinaus. In Sekundenschnelle sprangen sie die Treppe hinunter und hatten Mühe, auf den überdimensionalen Stufen nicht das Gleichgewicht zu verlieren.

Tygo und Ord hatten Anne bereits überholt und waren ihr sechs Meter voraus. Hinter sich konnte Troy den massiven Körper des Dings hören, als es sich in das Gebäude hinunter ließ.

Er warf einen Blick über die Schulter zurück und stellte erleichtert fest, dass das Ding noch nicht beschlossen hatte, ihnen zu folgen, weil es jetzt nämlich die flüssigen Überreste von Elrik aufsaugen wollte. Grauenhaft, aber es verschaffte ihnen ein paar zusätzliche wertvolle Sekunden.

War das die große Bestie, die die Wikinger im Laufe der Jahrhunderte versucht hatten, an ihren Schiffsbugen darzustellen? War das der

Drache aus unzähligen Legenden, der Menschen bei lebendigem Leib verbrannte, nicht mit Feuer, sondern mit Säure?

Im Nu bahnten sie sich einen Weg an den klebrigen Blättern vorbei. Anne stolperte und streckte eine Hand aus.

Troy blickte zurück und sah, dass das Ding mit Elles älterem Bruder fertig war. Er kam auf gleiche Höhe mit Anne. »Was zum Teufel ist das für ein Ding?«

»Ich habe keine Ahnung. Im Fossilbericht hat es niemals Fleischfresser dieser Größe gegeben. Vielleicht ist es eine Anomalie …« Sie drehte sich nach hinten, dann wieder nach vorn, und versuchte, ihr Tempo zu erhöhen. »Oder vielleicht ist es nur an diesem Ort endemisch. Denk an die Knochen am Strand.« Sie warf Troy einen Blick zu. »Wer weiß, welche Strahlung dieser Edelstein abgegeben hat.«

»Es ist eindeutig: Der *Dreka* und Lemuria sind keine Legenden«, sagte Elle, mittlerweile hellwach.

Endlich erreichte die Gruppe die Waldgrenze und hielt an, um durchzuatmen. Troy blickte zurück und sah mit Entsetzen, wie sich der Landleviathan über das Dach schlängelte, um den kolossalen Baumstamm herum und die Stufen hinunter.

Auch Anne drehte sich um und stand wie gebannt da. Zum ersten Mal sahen sie die Gestalt des Wesens. Es stand auf vier Beinen und hatte Schuppen, die größer waren als eine Tür. Und diese Schuppen waren mit Moos und anderen seltsamen Gewächsen bedeckt, als wäre das drachenähnliche Wesen so alt wie die Insel selbst. Aus seinem Rücken und Kopf ragten fiese Stacheln und Dornen, und jede seiner Klauen war beinahe so groß wie ein ausgewachsener Mann.

Der Boden bebte unter jedem seiner gigantischen Schritte.

»Sieh mal, es bewegt sich sowohl auf zwei als auch auf vier Beinen«, sagte Anne mit großen Augen.

»Keine Zeit für Sightseeing.« Troy griff nach ihr und drehte sie um. »Wir verschwinden.«

Weiter vorn hörten sie zwei schnelle Schüsse, und Troy tastete nach der Waffe, die immer noch hinten in seiner Hose steckte.

»Was machen diese Idioten?«, schimpfte Anne wütend.

»Hoffentlich locken sie ihn von uns weg«, antwortete Elle.

»Soweit wir wissen, schießen die auf uns, um uns zu verlangsamen und sich selbst zu retten«, setzte Troy nach.

Sie erreichten die Spinnen-Lichtung und holten Tygo und Ord dort ein. Doch die beiden standen wie versteinert da. Tygo drehte sich zu Troy um und legte einen Finger an die Lippen. Dann nickte er auf das offene Gelände.

Troy blinzelte in die Dunkelheit und konnte dann die riesige Gestalt des Carnosaurus ausmachen, der auf freiem Feld stand und dessen großer, eckiger Kopf direkt auf sie gerichtet war.

»Oh, Scheiße. Nicht jetzt.« Troy sah über die Schulter. Von hinten erklang das Geräusch von massiven Bäumen, die zerquetscht und beiseitegeschoben wurden, während etwas Gigantisches auf sie zukam, und er begriff, dass sie festsaßen.

»Wir stehen zwischen Ofen und Feuer. Wir sitzen in der Falle«, sagte er.

Tygo schnaubte. »Dann wähle ich das Feuer.« Er holte eine Signalfackel heraus, aktivierte sie mit einem Knall und schwenkte sie vor sich, als er sich auf den Weg über die Ebene voller Spinnen machte. Ord, die Waffe gezogen, blieb dicht hinter ihm. Während das grelle Licht die Spinnen in ihren Höhlen hielt, hob er es hoch, um hoffentlich auch den Dinosaurier zurückzuhalten.

Das funktionierte nicht.

Der Carnosaurus rückte vor. Ein riesiger, krallenbewehrter Fuß senkte sich. Die dreizehigen Füße erinnerten Troy an einen übergroßen Strauß, wenn man etwa zehn Tonnen Muskelmasse hinzurechnete.

Während Tygo die Fackel hin und her schwenkte, hielt sich Ord geduckt hinter ihm und spähte am Körper seines Anführers vorbei, um sich im grellen Schein der Fackel zu halten. Doch von hinten schoss eine der Spinnen aus ihrem Bau und hängte sich an sein Bein.

Troy biss die Zähne zusammen. Beinahe konnte er Ords Schmerz fühlen, als der Mann aufheulte und sich umdrehte, um mit dem Gewehrkolben auf das hundegroße Spinnentier einzuschlagen. Er konnte sich vorstellen, wie sich die fingerlangen Reißzähne in die

Rückseite seines Beins gruben, und er vermutete, dass sie bald herausfinden würden, ob die Tiere giftig waren oder nicht.

Ord schlug immer wieder zu, während die Kreatur, die wie eine Mischung aus einem muskulösen dunklen Körper und Plastikschläuchen aussah, versuchte, sich zurückzuziehen und den großen Mann mitzuzerren. Die Spinne musste enorm stark sein, denn Ord war ein großer und muskulöser Mann, und er knickte vor Anstrengung ein.

Eine weitere Spinne stürzte sich auf Tygo, hängte sich an ihn, und er ließ den Edelstein fallen. Er rollte davon, während der große Mann seine Handfeuerwaffe zog und etwa vier Schüsse in die Kreatur jagte, was sie in ihr Loch zurückflitzen ließ wie ein Springteufel. Dann schoss er auf die, die sich an Ord festhielt. Auch sie ließ los und verschwand.

Doch die hektischen, kreiselnden Bewegungen der beiden Männer mussten den Dinosaurier aufgebracht haben, der so laut brüllte, dass sich Troy die Haare auf der Kopfhaut sträubten. Und dann startete das Tier seinen Angriff.

Tygo war hin- und hergerissen. Sein Blick konzentrierte sich auf den Edelstein, der einige Meter von ihm entfernt lag, dann richtete er sich wieder auf den angreifenden Dinosaurier. Der brüllte wieder, während er auf Tygo zuhielt. Das Tier hatte sich für ihn entschieden, und er trat die Flucht an.

Bei Ord aber musste das Gift gewirkt haben: Er humpelte mit einem steifen Bein davon. Tygo erreichte die gegenüberliegende Baumgrenze zuerst und verschwand.

Ord war langsam und drehte sich um, um ergebnislos über die Schulter zu schießen. Doch dann, keine hundert Meter weiter unten in den Baumwipfeln, erhob sich der gewaltige Kopf des Drachens über das Blätterdach.

Ord erstarrte, aber die Augen des Carnosaurus waren nicht auf den hilflosen Menschen gerichtet, sondern auf den Dinosaurier. Wie ein Erwachsener, der einem Kind gegenübersteht, drehte sich der zehn Tonnen schwere Sauropode um, um etwas entgegenzusehen, das hundert Tonnen wiegen musste. Ord ergriff die Chance und verschwand im dichten Laub.

»Deswegen hat der Dinosaurier vorhin seinen Angriff abgebrochen. Er hat gewusst, dass es das Territorium des Drachens ist«, flüsterte Anne.

Der Carnosaurus musste seine Grenzen kennen, denn er wandte sich sofort zur Flucht, aber nicht ehe der Drache einen langen Strahl seines Giftes auf den zurückweichenden Dinosaurier gespuckt und dessen halben Rücken damit überzogen hatte.

Noch nie zuvor hatte Troy eine riesige, fleischfressende, prähistorische Bestie gesehen. Und ganz sicher hatte er noch nie eine in Todesqualen schreien hören. Aber er stand mit offenem Mund da und sah zu, wie der Dinosaurier vor Schmerz und Angst floh. Und der monströse Drache verfolgte ihn.

»Jetzt!«, schrie Troy, zündete eine Fackel, und gemeinsam rannte das Trio über das offene Feld, sprang über die Spinnenlöcher oder wich ihnen aus.

Während Troy die Fackel schwenkend über das Spinnenfeld lief, war sein Ziel nicht die gegenüberliegende Waldgrenze, sondern Odins Herz, und er hob den riesigen Rubin auf wie einen hingefallenen Football, ohne ins Stolpern zu geraten. Sein Gewicht und seine Wärme überraschten ihn. Er zerrte den Rucksack von seinen Schultern, um ihn rasch hineinzustecken. Die ganze Zeit über beobachtete Elle ihn aufmerksam, und er spürte ihre Augen auf sich wie Laserstrahlen.

Hinter ihnen wich Anne einem Spinnenloch aus und wollte dann ein weiteres umgehen, als die Kreatur plötzlich ganz herauskam. Sie war viel größer, als sie vermutlich erwartet hatte, mit einem Durchmesser von mindestens einem Meter. Die langen Vorderbeine waren in ihre Richtung aufgestellt.

Troy stand einige Schritte vor ihr, und er drehte sich um und hielt die Fackel hoch. Der Schimmer der Flamme spiegelte sich in den vielen, glasähnlichen Augen des Monstrums. Es erwischte die Frau mit Leichtigkeit, und da seine Vorderbeine winzige Haken an den Enden hatten, verfingen sie sich in ihrer Hose, sodass sie stolperte und schwer stürzte. Einen anderen Vorteil brauchte die riesige Spinne nicht.

Blitzschnell begann sie, Anne zurück in die Sicherheit und Abgeschiedenheit ihres Tunnelbaus zu zerren.

»Hilfe!«, schrie Anne.

Elle war ihr am nächsten und hielt inne, um sie anzusehen, aber stehenzubleiben würde anderen Spinnen die Gelegenheit geben, sie zu erreichen. Elle wandte sich ab und rannte auf die Waldgrenze zu.

Anne fluchte und versuchte, sich von der Spinne wegzurollen, aber die tastete nach besserem Halt, und dann gruben sich ihre Reißzähne in Annes Oberschenkel.

Sie schrie wieder auf, diesmal vor Schmerz, und ließ den Boden los. Ihre Hände griffen nach dem Kopf der Spinne, um auf sie einzuschlagen, doch in diesem Moment zog die Spinne sie vollständig in das stockdunkle Loch und schleifte sie hinunter.

Noch immer schreiend folgte Anne ihr.

»Anne!« Troy rannte auf sie zu und kam gerade an, als sie im Loch verschwand und sich die kanalschachtgroße Falltür über ihr schloss.

Aus zweieinhalb Metern Entfernung sprang Troy ab und rutschte zum Loch. Mit roher Kraft zog er den Netzdeckel hoch, der jetzt festklebte, konnte ihn aber nicht ganz abreißen, so stark waren die seidenen Fäden, die ihn festhielten. Darunter befand sich nur ein dunkles, mit Seide ausgekleidetes Loch.

Von drinnen hörte er Anne schreien. Er steckte den Arm hinein und leuchtete mit seiner Fackel. Etwa anderthalb Meter weiter unten sah er ihr Gesicht, tränen- und schmutzverschmiert und von Angst zerfurcht – und er verstand, warum. Sie wurde in ein riesiges Spinnenloch gezerrt, um allein in der Dunkelheit verspeist zu werden, und zwar während sie noch lebte.

Er sprang ihr nach. Sein Rucksack, mit dem riesigen Rubin darin, schwang nach vorn, aber er schlängelte sich hinunter und schaffte es, ihre Fingerspitzen mit seiner ausgestreckten Hand zu erreichen.

Sein einziger Halt waren seine weit gespreizten Oberschenkel, und er wusste, wenn er noch weiter hineinginge, würde er sich niemals wieder herauswinden können, geschweige denn Anne aus dem Griff des Monsters befreien.

»Nimm meine Hand!«, schrie er.

»Sie hat mich«, heulte sie. »Ich kann nicht … sie hat mich.«

Troy bemühte sich nach Kräften und spürte Hände, wie er hoffte, auf seinen Beinen landen, auf seiner Taille und dann auf den Riemen des Rucksacks. Sie versuchten, ihn rauszuziehen.

Er drehte halb den Kopf. »Noch nicht«, rief er, bezweifelte aber, dass Elle ihn hören konnte.

Er strengte sich noch mehr an, und Anne war anzurechnen, dass sie das Gleiche tat. Sie streckte die Hand aus. Ihre Finger suchten nach seinen. Im selben Moment erkannte er, dass sie weiter gezerrt wurde, und sie rutschte einige Zentimeter tiefer in die Grube.

Troy hatte keine Ahnung, wie weit das Versteck der Spinne reichte, aber er hatte gehört, dass die Falltürspinnen Australiens Höhlen bauen konnten, die um die dreißig Zentimeter tief waren – und die waren nur zwei, drei Zentimeter lang. Dementsprechend könnte dieses Ding eine Höhle haben, die fünf, sechs Meter weit nach unten reichte. Wenn sie Anne mehr als zwei Meter hinein bekäme, wäre sie für immer verloren.

Troy riskierte es, noch ein wenig tiefer hineinzurutschen. Er hoffte, dass Elle zur Stelle war, um ihn hochzuziehen. Er streckte sich so weit, bis seine Schulter knackte und seine Finger endlich ihre berührten. Der Körperkontakt ermutigte sie beide, sich noch ein klitzekleines Bisschen mehr anzustrengen, und er schaffte es, ihre Hand zu ergreifen.

Anne brach in Tränen aus, und beide hielten sich fest.

Er versuchte, sich mithilfe seiner Beine herauszuziehen, brachte aber nicht genug Hebelkraft auf. Mit seiner freien Hand drückte er gegen den Grubenrand, was ein wenig half, aber er hatte nicht die Kraft, sie beide herauszuheben.

»Elle, *zieh* …«, schrie er im geschlossenen Tunnel.

Er spürte, wie sie seine Beine packte und zog. Die vereinte Kraft beförderte Anne und ihn nach oben. Die Hand auf ihm bewegte sich, um ihn hinten an der Hose zu packen, und binnen Sekunden kamen sie aus dem Loch wie ein Korken aus einer Flasche.

Elle stand über ihnen, eine Signalfackel in der Hand, und sobald Anne frei war, stürzte die Spinne wütend heraus, um ihre Beute einzufordern.

»Ha!« Wie eine Fechterin stach Elle mit der brennenden Fackel in das vieläugige Gesicht des Tieres, was es in seinen Bau zurückschnellen ließ.

Weinend klammerte sich Anne an ihn, unkontrolliert zitternd. Troy sah zu Elle auf.

»Danke.«

Sie nickte. Ihr Blick wanderte von ihm zum Rucksack, der um seinen Hals hing. »Ich schütze nur meine Investition.« Sie lächelte matt. »Wir sind noch nicht außer Gefahr. Gehen wir.«

Troy nickte. Er fand ihren Galgenhumor etwas unangebracht, aber sie waren wohl im Moment alle nervös.

Er sah wieder zu Anne. »Okay?« Er wischte ihr den Schmutz vom tränenüberströmten Gesicht. »Kannst du laufen?«

»Um hier zu verschwinden, renne ich sogar mit gebrochenen Beinen.« Sie stand auf, aber ihr Bein knickte ein wenig ein. Sie betastete es und an ihrer Hand klebte ein wenig Blut, als sie sie wegnahm. »Zum Glück kein Gift, nur ein paar tiefe Löcher.« Sie nickte. »Ich schaffe das.«

Troy nahm ihre Hand, dann liefen sie zu Elle und gemeinsam weiter in den Wald hinein. Wenngleich das nicht der Weg war, auf dem sie hergekommen waren, hoffte Troy, dass die Richtung, in die sie gingen, sie zurück zum Ufer führte.

Sie hatten viele Stunden gebraucht, um Odins Haus zu erreichen, aber da waren sie gegangen, und jetzt rannten sie schnell. Troy befürchtete, dass sie in ihrem blinden Lauf in irgendeine tödliche Gefahr stolpern würden. Zumal in ihrer Nähe keine Verfolgungsgeräusche mehr zu hören waren und der Wald, abgesehen vom Keuchen der Menschen, die sich durchs Unterholz schlugen, still war.

»Langsam«, zischte Anne. »Hier gibt es bestimmt nachtaktive Raubvögel, und ich glaube, wir sind nicht weit von der Stelle entfernt, wo Lars geschnappt wurde«, fügte sie hinzu.

Das brachte sie umgehend zum Anhalten. Das Trio schnappte nach Luft, aber das Adrenalin ließ ihre Herzen wie Trommeln in der Brust schlagen.

»Wo sind Tygo und Ord?«, fragte Anne.

»Wen juckt das?«, fragte Troy. »Von mir aus können die hier verrotten. Wir gehen zu den Booten und hauen ab.«

»Wir lassen sie zurück?«, fragte Elle.

»Klar doch«, antwortete Anne. »Meinen Sie, die würden uns nicht das Gleiche antun?« Anne drückte wieder auf ihr durchbohrtes Bein und zuckte zusammen. Sie sah auf. »Und hey, danke für die Hilfe vorhin.«

Elle schüttelte den Kopf. »Ich war in Panik. Tut mir leid, ich habe Sie nicht gesehen.«

»Ja, klar, Sie haben mich direkt angesehen.« Annes Blick war starr. »Sie haben mich sehr wohl gesehen.« Anne machte schmale Augen.

Troy holte den Rubin heraus und hielt ihn hoch. »Wenn wir den nach Hause bringen, sind wir bis ans Lebensende versorgt.«

»Erst mal müssen wir nach Hause *kommen*«, sagte Anne. »Und außerdem als Erste die Boote erreichen.«

»Wir haben noch mindestens einen halben Tagesmarsch vor uns. Wir haben das Auge. Wir müssen es nur einsetzen, um rückwärts zu reisen«, antwortete Troy. »Diese anderen stümperhaften Möchtegern-Wikinger-Trottel werden im Dunkeln umherirren, bis ein Dino sie aufsammelt.«

Anne zuckte mit den Schultern. »Ist mir recht.«

»Nein. Wir müssen sie finden«, beharrte Elle.

Troy schüttelte den Kopf. »Nein, müssen wir nicht. Denk daran, was sie mit deinem Bruder gemacht haben.«

»Ich weiß. Aber wir lassen sie nicht hier, das wäre, *äh*, unmenschlich«, drängte Elle.

Troy schnaubte. »Unmenschlich? Was stimmt mit dir nicht? Die haben deinen kleinen Bruder kaltblütig ermordet. Und Jorgan auch.«

»Ich weiß.« Elle nickte langsam, dann seufzte sie. »Aber sie es war ihr Schicksal, zu sterben.«

Troy runzelte die Stirn. Er verstand nicht, was sie meinte. »Was hast …?«

Elle zog die Waffe. »Ich kann sie nicht zurücklassen.«

»Was?« Troy runzelte die Stirn. »Was ist hier los, Elle?«

»Ich wusste es«, schimpfte Anne. »Sie hat mich absichtlich zurückgelassen. Ich wusste, dass es einen Grund gab, warum ich dieser Schlampe nicht trauen konnte.«

Troy drehte sich um. »Anne, nicht …« Er wandte sich wieder an Elle. »Ich verstehe nicht, was hier vor sich geht. Bitte sag es mir.«

»Es wird dir bald klar werden.« Elle streckte die Hand aus. »Gib mir den Rubin, Troy. Sofort.«

Troy war fassungslos. Er stand nur da und starrte Elle an. Selbst ihr Gesicht sah anders aus: Ihre Miene war härter und entschlossener.

»Warum?« Mehr brachte er nicht heraus.

»Ich brauche ihn.« Sie richtete die Waffe auf seine Brust. »Verdirb es nicht. Du bist ein netter Kerl. Du hast uns hergebracht, und ich bezweifle, dass jemand anderes das geschafft hätte. Aber jetzt ist deine Arbeit getan.« Sie zeigte mit der Pistole. »Das Auge auch.«

»Nein«, sagte er.

»Es tut mir leid, dass du glaubst, dass ich es nicht ernst meine«, antwortete sie emotionslos.

Troy sah, wie sie den Kiefer anspannte und die Waffe auf Anne richtete, und er sah auch, wie sich ihr Abzugsfinger krümmte.

»Nein!«

Er sprang, als sie schoss, und schob Anne aus dem Weg.

Die Kugel traf ihn ins Fleisch der Schulter und wirbelte ihn herum. Sofort deckte Anne ihn mit dem Körper, während Elle erneut zielte. Schnell holte Anne den Rubin aus seinem Rucksack und ließ ihn über den Boden zu Elles Füßen rollen.

»Danke, Miststück.« Elle lächelte und hob den Rubin hoch. Doch dann sah sie zurück. »Oh, und ich hab gesagt, dass ich auch das Auge haben will.«

Troy stöhnte und nahm das Auge aus der Tasche. Er warf es ihr zu, und sie fing es gekonnt auf.

»Warum?«, sagte Troy zwischen Stöhnen.

»Du hast nur ein Leben gelebt und würdest es nie verstehen.« Elle hielt den riesigen, roten Stein hoch und starrte in seine Tiefen. »Und ich habe tausend Jahre lang nach diesem Preis gesucht.«

Dann richtete sie die Waffe von Anne auf Troy. »Du warst ein guter Kerl und deshalb werde ich dich nicht töten.« Sie richtete die Waffe wieder auf Anne. »Aber dich kann ich wirklich nicht leiden. Noch ein Wort und du bist tot.«

Sie hielt die Waffe noch einen Moment lang auf sie gerichtet, dann wich sie langsam zurück, und der Dschungel schloss sich um sie. Einen Moment später war sie verschwunden.

KAPITEL 35

Die beiden beobachteten weiter die Stelle im Wald, an der sie verschwunden war. Troy rechnete fest damit, dass sie zurückkommen und … was? Sich entschuldigen würde?

»Sie ist weg«, sagte Anne und half Troy, sich aufzurichten »Ich wusste es.«

»Ich verstehe das nicht«, sagte er.

»Sie hat dich manipuliert. Uns alle.« Anne zog sein Hemd zur Seite. Sie schob ihr Nachtsichtgerät nach unten und überprüfte rasch den Wald, dann griff sie in ihre Tasche.

»Aber ihre Brüder. Das hab ich nicht …« Er war verwirrt und Elles Doppelspiel tat ihm mehr weh als seine Wunde.

»Was nicht? Kommen sehen? Ich weiß, sie war gut. Und offensichtlich ein Psycho«, spottete Anne. »Halt still.«

Anne wusch die Wunde mit Wasser aus. »Nur gestreift. Zum Glück ist sie eine miserable Schützin.« Dann trug sie einen Spritzer Jod auf, um die Wunde zu desinfizieren und außerdem möglichst den starken Geruch von frischem Blut zu überdecken. Anschließend verteilte sie ein wenig antibiotisches Pulver darauf, um die Blutung zu stillen, und zuletzt legte sie eine Kompresse und ein Pflaster darüber. Sie zog sein Hemd wieder über die Wunde.

»Das wird höllisch wehtun. Aber morgen wird es noch schlimmer, wenn es anschwillt. Dann kannst du dich nur noch eingeschränkt bewegen«, sagte sie.

Troy nickte. »Danke.« Er stöhnte, als er aufstand und die Schulter kreisen ließ. »Ja, nur das Fleisch, aber das wird schon.« Er lächelte schwach. »Aber mein Ego wird nie wieder heilen.«

»Gut.« Sie lachte leise. »Du hattest nur einen guten Geschmack bei Frauen, als du mit mir ausgegangen bist. Und jetzt müssen wir los. Und zwar schnell«, sagte sie. »Wenn diese Schlampe vor uns bei den Booten ankommt, sitzen wir hier fest.«

»Das würde sie nicht wagen«, antwortete Troy.

Anne fuhr ihn an. »Willst du mich verarschen, Troyson Strom?« Anne packte die Vorderseite seines Shirts. »Sie hat zugelassen, dass ihre Brüder getötet werden, hat einfach so auf dich geschossen, dich ausgeraubt und ist mit einem Lächeln im Gesicht weggegangen.«

»Okay, okay.« Er fuhr sich mit einer verschwitzten Hand übers Gesicht.

Anne wandte sich wieder dem dunklen Wald zu. »Aber in welche Richtung? Sie hat das Auge, und jetzt sind wir beiden die stümperhaften Trottel, die im Dunkeln herumirren und einen halben Tagesmarsch vor sich haben, bis sie überhaupt die Küste erreichen.«

Troy zeigte in die Richtung, die Elle eingeschlagen hatte. »Wie praktisch, dass ich einen guten Orientierungssinn habe.« Er lachte leise. »Ich schlage vor, wir versuchen, Elle zu folgen. Sie hat keinen großen Vorsprung. Noch nicht.« Er drehte sich um. »Außerdem halten wir die Augen nach unseren Markierungen an den Bäumen offen, und nach allen Orientierungspunkten, die wir erkennen.« Er zuckte mit den Schultern. »Was anderes bleibt uns nicht.«

Anne nickte. »Wir verhalten uns leise. Und bete, dass wir keinen nachtaktiven Raubtieren begegnen.«

Troy ergriff ihre Hand und hob sie hoch, um ihren Handrücken zu küssen. »Danke. Und es tut mir leid. Normalerweise bin ich nicht so dumm.«

»Doch, bist du.« Sie tätschelte sein Gesicht. »Und du kannst mir danken, indem du mich nach Hause bringst.«

»Bereit?«, fragte er. Anne nickte, und dann rannten die beiden in den dunklen Wald hinein.

Troy verließ sich auf sein Glück, denn im Moment mussten sie Geschwindigkeit gegen Risiko eintauschen, während sie durch den urtümlichen Dschungel auf der geheimnisvollen Insel stürzten.

KAPITEL 36

Troy ging voran, wurde aber langsamer und blieb schließlich stehen, was auch Anne zum Anhalten veranlasste.

»Was ist?«, fragte sie.

»Irgendwas stimmt hier nicht.« Er drehte sich um.

Der Wald war hier dichter und ähnelte eher einem Regenwalddschungel. Unter ihren Füßen wurde der Boden sumpfig, und der Nebel wurde mit steigender Luftfeuchtigkeit immer dichter. Sogar wärmer war es.

»Ich erkenne nichts davon wieder. Das ist nicht einmal die gleiche Art von Regenwald«, sagte er.

»Du hast recht.« Sie sah sich um. »Sollen wir umkehren?«

Troy sah nach oben. Der Himmel über ihnen war vollkommen schwarz und ohne Sterne, weil die Eisdecke über einer Nebelschicht lag und es noch immer Nacht war. Aber selbst am Tag gäbe es keine Sonne, die ihnen den Weg weisen könnte, denn dort oben war nichts als Weiß.

»Vielleicht sollte ich auf einen Baum klettern«, sagte er. »Rausfinden, ob ich die Küste sehen kann.«

»Du wurdest gerade angeschossen, weißt du noch?« Anne runzelte die Stirn.

Troy ließ die Schulter kreisen. »Fühlt sich gut an. Und ich mache es besser, solange ich noch die Energie und die Beweglichkeit dazu habe.«

Sie schnaubte. »Hör mal, Troy, wenn diese Wunde zu bluten beginnt, läutest du für uns beide die Essensglocke.«

Er betastete die Wunde und befand sie für schmerzhaft, aber in Ordnung. »Ich werde aufpassen, versprochen, Mami.«

Sie grinste. »Idiot.«

Dann sah sie sich um und entdeckte einen massiven, Banyan-ähnlichen Baum mit einem Stamm von etwa fünfzehn Metern Umfang und mit herabhängenden Wurzeln, die sich wie ein Vorhang über den

Waldboden spannten. Er war riesig und wuchs hoch hinauf; seine oberen Äste berührten die Nebelschicht. Der Vorteil war aber, dass sich die anderen Äste von weit unten nach oben ausbreiteten, sodass er leicht zu erklettern war.

»Der da.« Sie zeigte darauf. »Eine Art vorzeitlicher Ficus. Alt, stark und hoch. Mit seinen dicken Ästen solltest du in der Lage sein, über die Baumkronen hinaus klettern und sehen zu können.«

Troy sah auf. »Ja, machbar.«

Gemeinsam näherten sie sich dem Stamm. Troy zog seinen Rucksack ab und reichte ihn ihr.

»Ich bleibe unterhalb der Nebelgrenze«, sagte er.

Er sah hinauf und plante seinen Weg von Ast zu Ast. Die oberen Äste waren in dichtes Laub gehüllt, aber er war zuversichtlich. Die Pistole steckte noch in seiner Hose, sein Nachtsichtgerät trug er momentan auf der Stirn, und außerdem hatte er sein langes Messer. Das war hoffentlich alles, was er brauchen würde.

»Bleib nicht zu lange. Hier unten ist es verdammt unheimlich.« Anne schenkte ihm ein schwaches Lächeln.

»Das ist der Plan.« Er ging auf einen riesigen Ast zu, der so breit wie ein Elefant war und einen Vorhang aus herabhängenden Wurzeln hatte, die den Boden berührten und sich hineingruben. Er legte eine Hand darauf, den Blick weiter nach oben gerichtet.

»Und vergiss deine Handschuhe nicht«, sagte sie eilig, während sie rasch seinen Rucksack durchwühlte.

»Gut mitgedacht.« Er streckte die Hände aus und sie drückte ein Paar dunkler Handschuhe hinein. Die Rückseite war mit gehärtetem Gummi überzogen, aber die Innenseite war flexibel, damit sie griffig waren.

Er zog sie an und schnallte sie fest, dann sah er wieder hinauf. »Es geht los.« Er begann seinen Aufstieg.

Der Anfang war leicht, weil die Äste breit und dicht beieinander waren, sodass er eine weitreichende, trockene Rampe zu erklimmen hatte. Er brauchte nur etwa zehn Minuten, um fünfzehn Meter weit zu kommen, und wenn er nach unten blickte, konnte er immer noch Anne sehen, die zu ihm hochschaute.

Es wurde jetzt heller. Die Dämmerung musste näherrücken, und die Nebeldecke über ihnen begann zu leuchten. Am Boden war es noch dunkel, aber er wettete, dass sie in einer Stunde genug Licht haben würden, um sich ein wenig sicherer zu fühlen.

Er kletterte weiter. Er befand sich mitten auf der Höhe der Baumkronen und hatte noch keine Aussicht. Je höher er kam, desto feuchter wurde es, und er tauchte in die unterste Schicht des am Himmel hängenden Nebels.

Erst nachdem er an die fünfundvierzig Minuten lang geklettert war, sah er, dass er sich über die anderen Bäume erhoben hatte, und wählte dann einen Ast, um sich ein wenig weiter nach außen vorzuarbeiten.

Troy passierte die dicken Äste und sah zunehmend mehr Licht. Unter seinen Füßen wurden die Äste etwas dünner, waren aber immer noch beinahe einen halben Meter dick, sodass sie sein Gewicht problemlos tragen konnten, und es gab aufrechte Äste, an denen er sich festhalten konnte.

Auf dieser Höhe zogen vereinzelte Nebelschwaden durchs Geäst. Manchmal hatte er gute Sicht und manchmal musste er warten, bis eine besonders dicke Schwade durch den Baum gezogen war.

Troy war sich sicher, dass er ein leises Raunen hörte, und im ersten Moment hatte er den wahnwitzigen Gedanken, dass Anne ihm nach oben gefolgt war. Er drehte sich dem Hauptstamm zu, sah aber nichts. Und auch weiter draußen war nichts, weder auf seinem Ast noch unter ihm.

Er sah nach oben und bekam einen kurzen Schreck. Dort, auf einem höheren Ast, saß, was sein Gehirn als drei Totengräber erkannte. Die drei Gestalten sahen aus wie große Männer in dunklen Mänteln, deren Arme eng um den Körper geschlungen waren.

Troy blinzelte. Drei Totengräber, die nur darauf warteten, dass er fiel, damit sie ihn für einen hübschen Sarg ausmessen konnten.

Eine weitere dicke Nebelwolke zog durch den Baum, und wieder hörte er das Raunen. Als sich die Wolke lichtete, waren seine Totengräber weg und er war allein.

Er schnaubte und schüttelte den Kopf. *Totengräber,* dachte er. *Das nenne ich Vorahnung.*

»Reiß dich zusammen, Kumpel«, flüsterte Troy sich zu.

Er sah wieder nach oben. Der Nebel schwebte immer noch träge über ihm, und dahinter konnte er glasigen Schimmer von etwas erkennen, das er für Eiskristalle hielt. Er konnte nicht einschätzen, wie viel höher sie waren, ob hundert Meter oder tausend.

Seine Schulter tat weh und fühlte sich klebrig an, und er sah Blut durch sein Hemd sickern. *Anne wird mich umbringen,* dachte er. Aber er hatte keine wirklichen Schmerzen, also ignorierte er es.

Fast geschafft, dachte er und folgte dem Ast weiter nach außen. Und dann musste er zweimal hinsehen. Zwischen den Nebelschwaden glaubte er, etwas wie ein kleines Flugzeug durch die Luft gleiten zu sehen.

Vielleicht hatte das Morgenlicht etwas geweckt. Es war naiv von ihm, anzunehmen, dass es auf dieser geheimnisvollen Insel keine Vögel gab. Schließlich gab es überall Vögel, auf jedem Kontinent und jeder Insel der Welt. Selbst unter der Erde gab es Lebewesen, die das Fliegen gelernt hatten, wie Fledermäuse und Eidechsen.

Troy schob sich ein wenig weiter hinaus. Er wollte die Sache endlich hinter sich bringen. Er war so weit gekommen, wie er konnte, ohne das Gleichgewicht zu verlieren. Das Land erhellte sich gerade, und er befand sich etwa fünfzehn Meter über den anderen höheren Bäumen, von denen nur vereinzelte so waren wie seiner.

Er sah sich langsam um. Die Insel war riesig. In der Ferne stand ein kleiner Berg, dem Anschein nach voller Höhlen. Es gab stark bewaldete Gebiete und weite Ebenen. Er konnte die Waldgrenze ausmachen, die eine gekrümmte Linie beschrieb und sich teilte, was wohl auf einen großen Fluss dazwischen hinwies, ein viel größerer als der, den sie überquert hatten.

Dann gab es merkwürdige Bereiche ohne Pflanzen, die einen etwa fünfzehn Meter breiten Pfad bildeten. Er ging ein paar Schritte weiter, dann erkannte er, dass der Wald dort endete, wo er Westen vermutete. Und dahinter lag das dunkle Wasser. Ihr Ziel. Die Küste.

Er wünschte sich, dass er ein Fernglas hätte, und drehte sich in die Richtung, aus der sie vermutlich gekommen waren. Er konnte das Gebäude, das Odins Haus war, nicht genau erkennen, aber es gab noch einen massiven Baum, größer als alle anderen, der derjenige sein konnte, der es umschloss.

Noch weiter draußen gab es noch mehr Bauten, wie er hätte schwören können, aber falls ja, wer hatte sie errichtet? *Die Wikinger?,* fragte er sich. Oder vielleicht ein noch älteres Volk.

Troy sah sich ein letztes Mal um, um die Position ihres Ziels zu bestimmen. Da war ein dichter Wald, mit einem ungewöhnlich kahlen Gebiet in der Mitte, wie eine Wunde. Gleich dahinter lag die Küste, und er schätzte, dass sie noch etwa sechs, im schlimmsten Fall sieben Stunden unterwegs wären, falls sie ein gutes Tempo hielten und nicht angegriffen wurden.

Er hatte genug gesehen, wandte sich ab und bewegte sich am Ast entlang. Doch dann stürzte etwas aus dem Nebel, landete auf seinem Rücken und klammerte sich dort mit dolchähnlichen Klauen fest. Es drückte ihn auf den Ast hinunter, an dem er sich mühsam festhielt, selbst als seine Stiefel abrutschten.

Er schlug rückwärts mit dem Ellbogen nach dem Ding und traf auf etwas Schweres. Er drehte sich halb um und sah ein langes Gesicht, das vorwärts schnellte und versuchte, an seine Augen zu kommen. Ledrige Flügel umhüllten ihn, und wieder bewegten sich die Krallen, um seinen Körper an anderer Stelle zu durchbohren. Das ganze Gerangel drohte, ihn von seinem Ast zu werfen.

Troy hatte keine andere Wahl, als zum Angriff überzugehen. Er drehte sich um und hielt sich mit den Beinen fest. Kurzzeitig war sein Bauch ungeschützt, aber er riss eine Hand nach oben und packte das Ende einer Schnauze, in deren äußerem Rand der Länge nach Zähne steckten: Starke Kiefer, die einen Schnabel bildeten.

Das Tier krächzte und schüttelte sich heftig, aber Troy hielt es fest. Er war froh, dass Anne ihn daran erinnert hatte, die verstärkten Handschuhe anzuziehen, denn die Kreatur hätte seine nackte Haut zerfetzt. Winzige rote Augen glühten beinahe vor Wut, während es verzweifelt versuchte, seine Hand abzuschütteln.

»Das gefällt dir nicht, *hm?*«

Jetzt konnte er es deutlich sehen. Es war groß, um die zwei Meter, und mit einer Flügelspannweite, die locker vier, fünf Meter betragen musste. Was die Masse betraf, schätzte er allerdings, dass er gute zehn Kilo schwerer war.

»Du hast Glück, dass ich dich nicht umbringe.« Er ließ los und schlug dem Tier mit der anderen Faust seitlich an den Kopf. »Also, verpiss dich.«

Das Ding kreischte und flatterte hoch, flog aber nicht weg, sondern landete weiter draußen auf seinem Ast und starrte ihn an.

Troy sah auf sein zerfetztes Shirt voller Blutflecke hinunter. »Du Mistvieh«, murmelte er. Er wandte sich ab, um seinen Abstieg zu beginnen, und fand sich Auge in Auge mit einem anderen dieser Tiere. Dieses hatte sich zu seiner Totengräbergestalt eingerollt.

»Klasse.«

Einem dieser Dinger war er gewachsen, aber ein ganzer Schwarm dieser riesigen, fliegenden Fleischfresser war zu viel, und ihm war klar, dass sie ihn überwältigen würden, falls sie gleichzeitig angriffen.

So wie er balancierte, blieben ihm nicht viele Möglichkeiten: Kampf, Flucht oder beides. Er zog sein Messer, als ein Schatten über ihn hinwegzog. Gerade als eine weitere dieser Kreaturen auf ihm landen wollte, stach er nach hinten, und diesmal bohrte sich seine Klinge in den ledrigen Bauch, der mit einer Art flaumigem Fell oder Federn bedeckt war.

Das Ding kreischte, breitete aber sofort die Flügel aus und flatterte unbeholfen davon, wie ein kaputter Winddrache in einer starken Brise.

Als weitere dieser Vogelwesen landeten, wusste Troy, dass es Zeit war, zu gehen. Er warf einen Blick nach unten, dann sprang er, ohne weiter darüber nachzudenken, ab. Sein Ziel war der Ast etwa zweieinhalb Meter unter ihm, aber er war aus dem Gleichgewicht geraten und verfehlte ihn. Stattdessen bekam er nur einen der dünnen Äste zu fassen, die vom Hauptast abzweigten.

Dieser brach, und er fiel weiter nach unten. *»Oh, Scheiße.«*

Troy stürzte weitere fünf Meter in die Tiefe, bevor er schwer auf einem unteren Ast aufschlug. Das raubte ihm den Atem, und sein Messer hüpfte davon. Er hoffte, dass Anne nicht im Weg stand.

Er klammerte sich einige Augenblicke lang an den riesigen Ast, atmete tief durch und wartete darauf, dass sein Herz langsamer schlug. Doch dann erinnerte er sich an die Gefahr und sah rasch nach oben. Es gab keine Anzeichen dafür, dass die Totengräber die Verfolgung aufgenommen hatten. Einen Moment später setzte er sich auf und betastete seinen Brustkorb. Keine vom Aufprall gebrochenen Rippen, aber verdammt empfindlich, und bei der Menge an Schürfwunden, Schnitten und Prellungen wusste er, dass er morgen fix und fertig sein würde.

Dann kletterte Troy vorsichtig hinunter. Dauernd sah er nach oben, suchte die Äste ab, um sicherzugehen, dass er nicht verfolgt wurde oder über ein anderes Baumwesen stolperte, das gerade ein Nickerchen machte oder auf ihn lauerte.

Nach etwa zehn weiteren Minuten sprang er vom letzten Ast auf den Boden und setzte sich dann mit dem Rücken an den riesigen Stamm gelehnt hin, die Unterarme auf die Knie gestützt und den Kopf gesenkt.

Anne wartete bereits auf ihn und hielt ihm sein Messer hin.

»Jetzt geht's aber los, Tollpatsch«, schalt sie ihn. »Das hätte mich fast erstochen, weißt du.«

»Wurde mir aus der Hand geschlagen.« Er nahm das Messer. »Die fliegenden Totengräber. Hast du sie nicht …?«

»Die was?«, fragte sie. »Hast du dir den Kopf gestoßen?«

»Vergiss es einfach.« Er streckte eine Hand aus, damit sie ihm hochhelfen konnte. »Das nächste Mal kletterst du, ja?«

»Klar.« Sie lächelte, doch dann machte sie ein unglückliches Gesicht. »Hey, du blutest ja wieder. Und zwar an ganz anderen Stellen. Bleib, wo du bist.«

Sie holte den Verbandskasten, schälte ihn aus seinem Shirt und betrachtete die Stich- und Platzwunden stirnrunzelnd. »Waren da Dornen?«

»Ja, fliegende«, sagte er mit einer Grimasse.

»Fliegende Totengräber. Du hast es gesagt.« Sie verband seine neuen Wunden und wechselte den Verband an seiner Schulter. »Sie sind ein Wrack, Mr. Troyson Strom.«

»Das merke ich.« Troy orientierte sich. »Okay, es gibt eine kürzere Route von etwa zehn Kilometern.« Er zeigte in die Richtung. »Da lang. Aber unwegsames Gelände, deshalb schätze ich, dass wir an die fünf Stunden brauchen, weniger, wenn wir rennen. Und natürlich abhängig davon, worauf wir stoßen.«

»Klingt gut.« Sie hatte bereits zwei Proteinriegel in der anderen Hand und reichte ihm einen. »Iss was.«

Plötzlich fiel ihm ein, dass er am Verhungern war. Er nahm den Riegel, riss die Folie auf und verschlang ihn in Windeseile. Sie biss zweimal von ihrem ab und gab ihm den Rest.

Sie saß da und sah ihm beim Essen zu, dann legte sie den Kopf schief. »Also, verrat's mir.«

»Hmm?« Er drehte sich zu ihr um.

»Warum hast du mich wirklich verlassen?« Ihr Gesicht wurde ein wenig rot. »Ich hatte gedacht, wir hätten gerade angefangen, uns einzugrooven.«

Er lachte. »Jetzt? Du willst jetzt darüber reden, während wir mitten in einem prähistorischen Dschungel sitzen, auf einer verlorenen Insel, mit fleischfressenden Kreaturen überall? Ist das ein guter Zeitpunkt?«

Sie lächelte. »Klar, scheint so. Außerdem habe ich deine ungeteilte Aufmerksamkeit.«

»Du bist unglaublich.« Er lachte leise, dann sah er sie an. »Ja, wir waren dabei, uns einzugrooven. Aber ich hatte viel zu tun. Ich hab versucht, meine Firma zu retten, was nicht geklappt hat, und, na ja, du weißt ja, wie ich mit Verpflichtungen umgehe.«

Sie atmete durch die Nase aus. »Weißt du was? Dein Problem ist, dass du den falschen Dingen nachjagst.« Sie schniefte.

»Die Geschichte meines Lebens«, seufzte er.

»Tja, eins sag ich dir.« Sie lächelte ihn an. »Ich kann dir nicht versprechen, dass ich nicht auf dich schießen werde. Junge, was hab ich davon geträumt.« Sie zog die Augenbrauen hoch. »Aber ich kann dir versprechen, dass ich dich nie hintergehen werde.«

Er lachte. »Ehre ist dein zweiter Vorname.«

»Eigentlich Shauna. Aber Ehre ist auch gut.« Sie zog sein Shirt zurück und warf einen letzten Blick auf seine Schulter. »Es hat aufgehört zu bluten. Dann machen wir uns mal besser auf den Weg.« Sie ließ ihre Hand auf ihm liegen. »Und weißt du, was mein Problem ist? Dass ich dich immer noch für ziemlich cool halte. Auch wenn du ein Arsch sein kannst.«

»Das ist das Netteste, was man je zu mir gesagt hat.« Er streckte die Hand nach ihrem Kopf aus und zog ihn zu sich, um ihre verschwitzte, schmutzige Stirn zu küssen. »Und jetzt lass uns weitergehen.«

KAPITEL 37

Elle blieb stehen und wich behutsam hinter einen Baum zurück, als sich das Gebüsch keine fünfzehn Meter vor ihr bewegte. Während sie hinsah, verzog sich ihr Mund zu einem Lächeln und sie schüttelte den Kopf, als Tygo und Ord auftauchten. Die beiden waren mit Kratzern übersät und ihre zerrissene Kleidung hing an ihnen herunter.

Sie trat vor. »Ihr müsst das Glück von Odin haben, dass ihr noch am Leben seid.«

Die Männer fuhren mit gezogenen Waffen zu ihr herum. Doch als Tygo sie sah, begann er zu lachen. »Und wer passt auf dich auf, meine Prinzessin?«, fragte er stirnrunzelnd und sah sich um. »Und wo sind deine treuen Begleiter?«

»Ich habe sie auf dem Weg zurückgelassen, einen mit einer Kugel im Körper. Wo sie auch bleiben werden, bis etwas sie findet und auffrisst.« Elle näherte sich.

»Mitleidlos, wie immer.« Tygo lachte leise, dann breitete er die Hände aus. »Das Herz?«

Sie griff in ihre Tasche und holte den riesigen Edelstein heraus. »Muss ich alles selbst machen?«

Ord klatschte in die Hände und sah zum Himmel, bevor er einen Freudenschrei ausstieß. Tygo kam, nahm den Stein und beugte sich vor, um sie zu küssen.

»Meine Brunhilde, du bist wirklich wundervoll.« Er umfasste ihr Gesicht mit einer Hand, während er sie ansah. »Du hast deine Rolle gut gespielt. Und alles verlief nach Plan.«

»Nach deinem Plan.« Sie lächelte in sein breites Gesicht hinauf.

Tygo grunzte, dann wandte er sich dem riesigen Stein zu. »Ein Preis, der einem König würdig ist.«

»Mein Häuptling, es ist ein Preis, der unseren lange umherwandernden Seelen würdig ist. Sie haben danach gerufen.« Ihr einzelnes grünes Auge leuchtete beinahe, während sie zu ihm aufsah. »Aber wir werden mehr Freude daran finden, wenn wir weit weg von hier sind.« Sie hielt den Drachenfinder in der offenen Hand hoch. Er drehte sich, zeigte aber nicht auf Odins Haus, sondern auf den riesigen Rubin.

»*Ah,* ich hatte gehofft, wir könnten ihn benutzen, um das Boot wiederzufinden.« Sie ließ die Hand sinken. »Jetzt ist er nutzlos.« Sie ließ ihn zu Boden fallen und sah zu dem Wikinger auf. »Ich schätze, deine Seefahrtserfahrung wird sich als nützlich erweisen.«

»Wir werden das Boot finden.« Er hielt den Stein hoch. »Weil Odin jetzt bei uns ist.«

Elle machte sich auf den Weg, gefolgt von Ord und Tygo, der den riesigen Edelstein in einer großen Hand hielt und weiter wie gebannt in dessen Tiefen starrte.

Elle ging hinter Tygo und vor Ord. Sie streckte eine Hand aus und ließ sie über aufgereihte Ranken gleiten, die voller kleiner, weißer Blüten hingen. Sie spürte eine Verbindung zu dieser geheimnisvollen und magischen Insel, und obwohl sie noch nie einen Fuß darauf gesetzt hatte, war es, als sei ihr alles vertraut.

Schon als Kind hatte sie das Gefühl gehabt, einen Geist in sich zu spüren, der aus einer früheren Zeit stammte. Später hatte sie einen nordischen Spiritualisten konsultiert, der die Präsenz heraufbeschworen und bestätigt hatte, was sie in ihrer Seele wusste. Es war eine Wikingerin namens Brunhilde, die dazu bestimmt war, die Reinkarnation von Ulf Skarsgard zu treffen, ein großer Häuptling, der sich jedoch im Nebel der Zeit verloren hatte und aus der Geschichte verschwunden war.

Als Kind hatte sie die Tonscherbe im Museum gesehen und von der vergessenen Reise des Häuptlings zu einer verborgenen Insel erfahren. Danach war ihr vorherbestimmt worden, Vissen Tygo zu treffen, und als das geschah, fügte sich alles zusammen.

Ihre Brüder Elrik und Björn, Jorgan, Troyson Strom und sogar die armselige Frau aus dem Museum waren allesamt Mittel, um sie hierherzubringen. Sie empfand nichts für sie, denn ihre Geschichte war lange vor deren Geburt geschrieben worden.

Elle legte Tygo eine Hand auf den Rücken, und er drehte sich um und lächelte sie an. Der Plan lautete, Odins Herz zurück nach Hause zu bringen. Dann sollte eine größere Mission ausgearbeitet werden, um einen Teil des Schatzes zu bergen, mit besseren Waffen.

Sie lächelte. Sie würden wie König und Königin leben. Wie Brunhilde und Ulf nie die Chance dazu hatten.

KAPITEL 38

»Schwefel«, sagte Anne, hob den Kopf und schnupperte wieder.

»Ich rieche es«, antwortete Troy. »Ich dachte, Grönland sei geologisch stabil, also ohne Vulkane.«

»Ist es, weil es eine sehr alte Landmasse ist, also ziemlich stabil? Aber das kann man unmöglich mit absoluter Sicherheit sagen, weil das Eis in einigen Gebieten so dick ist, mehrere Kilometer, sodass die Wissenschaftler keine klaren Messwerte erhalten.« Sie sah auf. »Das könnte der Grund sein, warum dieser Ort nicht zufriert.«

Die beiden gingen weiter durch den Wald, der immer dichter wurde. Hier gab es keine Pfade mehr, und an einigen Stellen mussten sie sich durch Bereiche mit dicken Palmwedeln und faserigen Ranken voll klebrigem, glitzerndem Saft schlängeln oder Bestände hoher, haarig aussehender, mit Grasbüscheln gekrönter Bäume umgehen.

Anne holte ein Tuch aus ihrer Tasche und wickelte es um ihre untere Gesichtshälfte, und bald darauf tat Troy das Gleiche; der Geruch der vulkanischen Gase wurde zunehmend stärker.

Wenige Augenblicke später endete ihr Weg in der toten Zone, die Troy von der Baumkrone aus gesehen hatte. In ihrem Zentrum befand sich ein gewaltiger Riss im Boden. Gas stieg träge aus der Tiefe auf, und weit unten in der Spalte glühte es sanft. Troy schaute sich um und entdeckte, dass auf mehreren Seiten massive Wege entstanden waren, wo die Pflanzenwelt dem Erdboden gleichgemacht worden war. Die größeren Felsen sahen sogar so aus, als wären sie poliert worden. Dann entdeckte er etwas anderes, das ihn sofort in Alarmbereitschaft versetzte.

Er griff nach Anne. »Duck dich.« Die beiden gingen in die Hocke. »Auf zwei Uhr. Siehst du, was ich sehe?«

Anne sah in diese Richtung. Und dann bemerkte sie es. »Oh, Scheiße.«

Etwa sechzig Meter entfernt lag der massive, abgetrennte Kopf des Carnosaurus. Der autogroße Schädel starrte ausdruckslos direkt an ihnen vorbei, und der Hals wirkte an einigen Stellen geschmolzen, statt zerfetzt oder durchgebissen.

»Der *Dreka*. Der Drache«, flüsterte Troy.

»Wohnt er hier?«, fragte sie.

Wie zur Antwort erklang ein knirschendes, schabendes Geräusch, als ob etwas ungeheuer Schweres über Felsen geschleift würde.

»Zurück, zurück.« Troy hielt Anne am Arm, und gemeinsam schlichen sie zu einem einsamen Baum und legten sich dahinter.

Aus dem gewaltigen Riss in der Erde tauchte der Kopf des *Dreka* auf. Er hielt inne. Seine riesigen Augen mit den schlitzförmigen Pupillen erkundeten die Landschaft, und dann entdeckte er den Kopf. Vielleicht ein vergessener Happen. Er zwängte sich weiter heraus, dann öffnete er das Maul und stieß einen Strom klebrig aussehenden Schleims aus, der Blasen schlug, sobald er den Dinosaurierkopf bedeckte.

Der Schädel begann zu dampfen und aufzuweichen, dann fiel er in sich zusammen. Der *Dreka* streckte sich, um die halbe Tonne aus schmelzendem Fleisch und Knochen ins Maul zu nehmen, und zermalmte den Bissen mit einem schmatzenden Geräusch. Fleisch und Hirnmasse spritzten umher, dann schluckte er ihn hinunter.

»Wenn sich die Tore der Hölle öffnen, wird der Leviathan als erste Bestie hindurchgehen«, flüsterte Anne.

»Und wir sind gerade bei ihm zu Hause reingeplatzt«, antwortete Troy.

Troy konnte nicht anders, als die Kreatur anzustarren. Sie war ein wahrer Titan und größer als alles, was je auf dem Planeten gelebt hatte. Sie sah so alt aus wie die Felsen und der Boden, und er fragte sich, ob sie die Einzige war, oder ob es unten in der Schlucht noch mehr davon gab, oder vielleicht ein Gelege voller Eier, von denen jedes einzelne so groß wie ein kleines Auto war.

Das Biest zog sich aus dem dampfenden Spalt heraus. Sie konnten die Vibrationen seiner Bewegung bis in den Boden hinein spüren, als sein massiger Körper über Felsen und Erde schabte.

Anne und Troy machten sich noch flacher. Sie hofften, dass der überwältigende Geruch von Methan, Schwefel und den Überresten des geschmolzenen Kopfes des Carnosaurus ihren Geruch überdecken würde.

In Sekundenschnelle hatte sich der Drache in den Wald gestürzt, und mächtige Banyan-Bäume wurden aus dem Weg geräumt. Noch viele Minuten lang war sein kolossaler Rücken in den Baumwipfeln zu sehen.

Die beiden beobachteten noch eine Weile, wohin er ging, bis sie ihn nicht mehr spüren oder hören konnten.

Anne stand auf. »Ich brauche einen Beweis dafür.« Sie ging ein wenig näher an den Rand der Schlucht heran.

»Wie? Wie kommt die heiße Flüssigkeit aus ihm raus?«, fragte Troy.

»Das ist gar nicht so einmalig.« Anne sah sich rasch um und ging zu der Stelle, an der der Dinosaurierschädel gelegen hatte. Kurz vor einer Pfütze aus *Dreka*-Speichel, von der immer noch Dampf aufstieg, wurde sie langsamer. Die Pflanzen, die den Boden bedeckt hatten, hatten sich verflüssigt, und selbst die Erde war verfärbt.

»Es ist offensichtlich eine biochemische Reaktion.« Sie sah sich um, fand einen kleinen Stock, und kehrte zurück, um neben der Pfütze in die Hocke zu gehen. Troy stellte sich neben sie. Eigentlich wollte er Wache halten, aber er war fasziniert von dem, was Anne ihm erzählte.

»Es gibt Reptilien wie die Speikobras, die mittels ihrer Reißzähne Gift versprühen. Das tun sie, indem sie die Muskeln um die Giftdrüsen herum anspannen. Sie sind erschreckend akkurat, und für etwas so Kleines treffen sie zu neunzig Prozent die Augen ihres Opfers aus einer Entfernung von einem Meter. Gerät das Gift in die Augen, wird das Opfer geblendet.«

Sie drehte sich um und sah zu ihm auf. »Es ist ein Neurotoxin, das heißt, es wirkt auf das Nervensystem. Wenn man genug Pech hat, Kobragift in den Mund zu bekommen, schmeckt es bitter, sagt man. Das weist darauf hin, dass es eine Säure ist.«

Sie zog den Stock durch den Schleim und hielt ihn hoch. Dampf stieg von ihm auf, und sein Ende wurde weich und hing herab wie erwärmtes Wachs.

»Aber das ist heiß«, betonte Troy. »Das ist nicht nur Säure, sondern auch physikalisch heiß.«

Anne bewegte ihre freie Hand mit der Handfläche nach oben näher an den Stock heran und nickte. »Ja, ich kann es fühlen. Aber auch dafür gibt es einen Präzedenzfall im Tierreich. Es gibt einen Käfer namens Bombardierkäfer, der die Fähigkeit hat, erhitzte Chemikalien aus seinem Hinterleib zu schießen. Genau genommen ist es eine Mischung aus Chemikalien und kochendem Wasser.« Sie drehte sich halb um. »An der Spitze des Hinterleibs befinden sich zwei Drüsen. In jeder ist ein Wasserstoffperoxid- und ein Säurereservoir. Bei Gefahr drückt der Käfer den Inhalt der Reservoire in eine spezielle innere Explosionskammer, die mit Wasser und Enzymen gefüllt ist. Dabei entsteht eine chemische Reaktion, die das Wasser auf etwa hundert Grad erhitzt. Dann richtet er den Hintern auf dich, drückt, und Bingo …« Sie hielt den geschmolzenen Stock hoch. »Du wurdest gerade lebendig gekocht.«

»Wenn diese riesigen Kreaturen schon immer diese Fähigkeit hatten, dann sind die Legenden über feuerspeiende Drachen offensichtlich daher gekommen«, merkte er an.

»Ich denke, du hast recht.« Sie warf den jetzt schlaffen Stock beiseite. »Das ist seltsam. Die Legende vom feuerspeienden Drachen gab es nämlich in der englischen, skandinavischen, chinesischen und in vielen anderen Kulturen. Vielleicht haben die Menschen sie irgendwann oder irgendwo schon einmal gesehen. Vielleicht waren sie an irgendeinem Punkt unserer fernen Geschichte weltweit verbreitet.«

Anne stand auf, näherte sich dem Rand der Schlucht und starrte hinunter. »Bin ich die Einzige, die sehen will, was da unten ist?«

Troy ging zu ihr und packte sie. »Ja, bist du, Anne. Du bist die Einzige. Jetzt lass uns gehen.«

Sie brauchten nur noch zwei Stunden, um die Küste zu erreichen. Anne streckte die Hand nach seinem Arm aus, um ihn aufzuhalten. Sie legte einen Finger an die Lippen, dann formte sie einen Trichter an ihrem Ohr.

Troy blieb stehen und lauschte. Dann hörte er sie: Elles Stimme. Schlimmer noch, ihr Lachen. Er spürte den stechenden Schmerz des Verrats von Neuem.

Dieses Miststück, formulierte Anne lautlos.

»Runter«, flüsterte Troy.

Die beiden tauchten ins verstreute Laub, wo Troy direkt etwas auf dem Boden entdeckte. Er runzelte die Stirn, weil er nicht wusste, was es zu bedeuten hatte, aber langsam erahnte er es. Er nahm es, steckte es in seine Tasche und sah wieder zur Wasserlinie.

Sie waren weiter oben am Strand, etwa hundert Meter von der Stelle entfernt, von der die Stimmen kamen, und als sie durch die Reihe von Bäumen und herabhängenden Farnwedeln spähten, sahen sie, dass Elle und Tygo bereits in einem der Schlauchboote saßen.

Aber wo ist Ord? Und wo ist Sven, den wir hier gelassen haben, damit er sich um die Boote kümmert?, fragte er sich.

Dann schrie Tygo etwas, und Ords Stimme antwortete, noch weiter unten am Strand. Troy und Anne schoben sich ein winziges Stück vor und spähten gerade rechtzeitig aus dem Dickicht, um zu sehen, wie Sven einen Dolch in die Seite eines der übrigen Boote rammte und ihn dann nach hinten riss, sodass ein großer Spalt entstand. Der schwere Körper wurde schlaff.

Währenddessen holte Ord Dinge aus dem Boot und warf sie ins dunkle Wasser hinaus: all die zusätzliche Ausrüstung.

Dann gingen die beiden zum letzten Boot.

»Diese Scheißkerle. Die wollen uns hier im Stich lassen.« Troy kochte vor Wut. *»Hey, ihr …«,* schrie er.

»Troy. Halt!« Anne stürzte sich auf ihn, aber es war zu spät, denn Troy stand bereits auf freiem Feld.

KAPITEL 39

Sven und Ord drehten sich um, und Sven sagte etwas zu seinem Begleiter, der nickte und schnell auf Troy zulief. Sven wandte sich einfach wieder seiner Aufgabe zu, das letzte Boot zu zerstören.

Mit unbändiger Wut kam Troy über den Strand gerannt. Ord hatte seine Handfeuerwaffe gezogen. Hinter sich hörte er Tygo schallend lachen, aber auch den Motor ihres Bootes starten.

Ord richtete seine Waffe auf ihn, aber Troy zog seine eigene Waffe hinten aus dem Hosenbund. Ords Augen weiteten sich ein wenig, als er die unerwartete Waffe sah. Sie wurden noch größer, als er feststellte, dass Troy schneller und ein besserer Schütze war.

Ord schoss und verfehlte. Und da hatte Troy selbst schon zwei Mal in rascher Abfolge geschossen. Beide Kugeln schlugen in die Stirn des Mannes ein, warfen seinen Kopf zurück, als ob ihn ein Maultier getreten hätte, und spritzten Hirnmasse und Blut über den Sand.

Als Sven sah, dass Troy eine Waffe hatte und damit umgehen konnte, beschloss er, seine Pläne zu ändern. Schießend rannte er zu Tygos Boot zurück.

Troy sprang unter den Kugelhagel, rollte sich ab und hob seine Waffe. Der einzige Schuss, den er abfeuerte, drang in eines der Ohren des großen Mannes ein, kam aber nicht wieder heraus. Vermutlich sprang die Kugel in seinem dicken Schädel hin und her und verarbeitete sein Gehirn zu Brei.

Sven fiel wie ein Baum ins Wasser.

Troy war auf den Beinen und rannte hastig auf das verbleibende Boot zu. Doch Tygo und Elle hatten offensichtlich genug gesehen, und während Elle Anweisungen rief, hielt Tygo den Rubin in einer Hand und den Steuerhebel des Motors in der anderen.

Troy rannte über den Sand. Ihm war klar, dass er das Boot durchlöchern konnte, aber wie sollten sie dann entkommen? Er wollte dieses Boot unbedingt haben.

Er musste sie zum Umkehren bringen. Und dazu musste er ihnen einen Grund geben. Also blieb Troy breitbeinig stehen, hielt die Waffe in beiden Händen und zielte sorgfältig. Er schoss ein Mal, und die Kugel traf ihr Ziel: Tygos Hand, die den riesigen Edelstein hielt.

Die Hand des großen Mannes wurde nach hinten gerissen und ließ den Stein los, der durch die Luft flog und prompt über die Bordwand ins dunkle Wasser fiel. Tygo schrie vor Schmerz und Wut auf und sah in die Tiefe.

»Kehrt um, oder du bist die Nächste«, schrie Troy, die Waffe auf Elle gerichtet. Sie beachteten ihn nicht, also ignorierte Troy, was immer im Wasser lauern mochte, und watete hinein. Ihm war klar, dass er in weniger als einer Minute zu ihnen schwimmen könnte, und da Tygo verwundet war, hatte er eine gute Chance, das Boot zurückzubekommen.

»Troy!«, schrie Anne.

Er war brusttief im Wasser und drehte sich um, und dann lief ihm ein Schauer über den Rücken. Einige hundert Meter weiter am Strand tauchte der Kopf des monströsen Drachens aus dem Wald auf.

Troy sah von dem Monster zum Boot und dann zu Anne, die ihn zurückwinkte. Er hatte zwei Möglichkeiten: zum Boot hinausschwimmen und darum zu kämpfen, was die Aufmerksamkeit des Monsters auf sich ziehen würde, oder zu ihr zurückzukehren.

Er entschied sich. Troy sprang aus dem Wasser und rannte über den Sand zu Anne. Hinter sich hörte er Elle etwas auf Dänisch rufen, während Tygo immer noch seinen Frust über den verlorenen Edelstein herausschrie. Doch dann startete das Boot wieder, und die beiden fuhren in Richtung des Höhleneingangs, der zur Außenwelt führte.

Troy und Anne rannten in den Wald, warfen sich zu Boden und drehten sich um, um zuzusehen. Der riesige *Dreka* kam schnell aus dem Wald und lief direkt ins Wasser. Die Geräusche und Bewegungen zogen seine Aufmerksamkeit auf das Boot.

Troy und Anne beobachteten, wie es immer kleiner und kleiner wurde und schließlich in der Höhle verschwand.

Der *Dreka* wurde nicht langsamer, sondern schwamm los. Er sah aus wie eine bewegliche Insel. Doch als das Geräusch des Bootes verstummte, hielt das riesige Biest am Höhleneingang an. Es brüllte ein Mal in die dunkle Höhle hinein, ein Lärm wie von Donner, wie um die kleinen, lästigen Kreaturen zu warnen. Dann wandte es sich ab und schwamm langsam an der hoch aufragenden Felswand entlang und die Küste hinunter, weg von ihnen.

Anne und Troy warteten noch einen Moment, dann setzte sich Anne auf und lehnte sich mit dem Rücken gegen einen Baum. Troy setzte sich neben sie, den Kopf gesenkt, denn er konnte nicht glauben, was gerade passiert war.

»Diese Scheißkerle«, flüsterte er.

Anne strich ihm über den Rücken. »Ich hab dir doch gesagt, dass sie dir das Herz brechen wird.«

Troy schnaubte leise. Dann nickte er, weil er sich daran erinnerte, dass Anne das gesagt hatte. Er erinnerte sich auch daran, dass er ihr nicht geglaubt hatte.

Er seufzte und lehnte sich zurück. »Tja, das war's dann.«

»Was machen wir jetzt?«, fragte sie.

Troy dachte über die Frage nach. Sie hatten den Inhalt ihrer Rucksäcke und das, was nicht im Wasser gelandet war, sondern sich noch in den Überresten des letzten Schlauchboots befand. Er fragte sich, ob sie es reparieren könnten, einen Baum mit klebrigem Saft finden und …

Er schnaubte. Selbst wenn sie das fertigbrächten, wäre das Boot niemals seetüchtig genug, um es durch die eisigen Gewässer zu schaffen, und dann die vielen hundert Seemeilen zu einem Hafen. Ohne die Arctic Princess wäre das Selbstmord.

Aber er hatte eine Idee. »Wir lernen, von der Erde zu leben, finden oder bauen einen Unterschlupf.«

»Tarzan und Jane, *hm*?« Sie lächelte leicht. »Aber ich kann helfen. Ich kenne mich gut genug mit Biologie aus, um zu wissen, was essbar ist und was nicht.« Sie atmete aus und drehte sich zu ihm um. »Aber für wie lange? Ist das jetzt unser Leben?«

Er sah sie an. »Nein. Fürs Erste bleiben wir am Leben«, sagte er. »Und wir warten.«

»Worauf?«, fragte sie.

»Dass sie zurückkommen«, sagte er.

»Zurückkommen?« Ihre Augenbrauen wanderten in die Höhe.

»Klar. Sie müssen zurückkommen, und zwar bald, um den Rubin zu holen. Dieses große, dumme Arschloch hält es für sein Geburtsrecht, ihn zu besitzen.« Er lachte. »Er wird ihn auf keinen Fall hierlassen, jetzt, wo er weiß, dass er real ist. Und wo er ist.«

»Und dann sind wir bereit«, sagte sie. »Aber …« Sie sah aufs dunkle Wasser hinaus. »Sie müssen nicht mal einen Fuß an Land setzen, sondern können einfach im Wasser ankern und den Stein von dort aus holen.«

Troy griff in seinen Rucksack und holte die einzige Taucherbrille heraus, die Anne für sie eingepackt hatte. »Nicht, wenn wir ihn zuerst holen.«

Sie lachte und schüttelte den Kopf. »Du willst ins dunkle Wasser tauchen, obwohl wir wissen, dass es dort riesige fleischfressende Kreaturen gibt? Du bist irre, Troyson Strom.«

Sie stand auf, ging ein paar Schritte auf das Wasser zu und betrachtete die Oberfläche mit schmalen Augen. »Ich kann mich nicht einmal mehr daran erinnern, wo er fallengelassen wurde.« Sie sah ihn wieder an. »Wie um alles in der Welt willst du ihn finden? Schnell? Denn mit jeder Sekunde, die du da drin verbringst, riskierst du einen grausamen Tod.« Sie drehte sich mit einem kleinen Lächeln um. »Und schlimmer noch, mich allein zu lassen.«

Troy griff in seine Tasche und holte heraus, was er zwischen den Blättern gefunden hatte: das grüne Auge.

»Der Drachenfinder«, flüsterte Anne. »Du denkst, dass er in Wirklichkeit auf Odins Herz zeigt.«

»Finden wir es raus.« Er streckte ihn in der Handfläche aus, und tatsächlich drehte er sich und zeigte in eine bestimmte Richtung im Wasser. »Ja, wir werden ihn finden. Und wir werden bereit sein.«

»Wir kommen nach Hause.« Sie legte ihm eine Hand auf die Schulter. »Wenn Ulf Skarsgard es am Ende geschafft hat, dann schaffen wir das auch.«

EPISODE 07

Fürchte nicht den Tod, denn die Stunde deines Untergangs ist festgelegt, und niemand kann ihr entrinnen.

VÖLSUNGA SAGA,

altnordische Übersetzung, 13. Jahrhundert

EPILOG

Jahr 1020 – Ostgrönland – letzte Reise der Skidbladnir

»Rudert! *Rudert um euer Leben!*«, donnerte Ulf.

Das Brüllen hinter ihnen dröhnte aus der kalten Dunkelheit der Höhle, und die Hände der Männer bluteten, während sie an den Rudern zerrten. Obwohl sie so erschöpft waren wie noch nie in ihrem Leben, trieb die Angst sie immer stärker an.

Sie hatten nur noch die Hälfte ihrer Ruderer übrig, und das bedeutete, dass die *Skidbladnir* dank weniger Muskelkraft an den Riemen langsam im Wasser lag. Sie vermissten Sten mit der steinernen Miene, Arne mit den Adleraugen und Brunhilde, die Riesin und Kapitänin ihres Schwesterbootes, schmerzlich. Und auch all die anderen, die sie an die Schrecken hinter Odins Tor verloren hatten.

Sogar Ulf Skarsgard, ihr Häuptling, ruderte, und er brüllte sie an, sich in die Riemen zu legen, bis ihre Rücken brechen und ihre Herzen zerspringen würden. Einzig der alte Frode war von seinen Pflichten befreit, denn der Stumpf am Ende seines Arms war in ein blutgetränktes Tuch gehüllt, das rot schimmerte, da er noch immer blutete. Die verstümmelte Hand hatte dort abgetrennt werden müssen, wo das Fleisch mit dem Knochen verschmolzen war.

In der Beuge seines verbliebenen unverletzten Arms hielt der alte Krieger seine Urne, die jetzt fertig war. Sie spendete ihm Trost. Das prächtige Stück Keramik war mit Runen und Bildern verziert, und er hielt es fester als eine frischgebackene Mutter ihr Erstgeborenes. Die Urne erzählte die Geschichte von Ulf und ihrer Reise, und von dem Weg, den sie genommen hatten, um Lemuria zu finden, die geheimnisvolle Insel der Legenden.

Ulf biss die Zähne zusammen, als sie das verborgene Meer überquerten und die Insel hinter sich ließen. Sie hielten auf die Höhle zu, die zu einem langen Eiskorridor wurde, und während sie das taten, nagte die Kälte an ihnen und ihr Atem dampfte in der eisigen Luft. Nach so vielen Tagen in der Wärme des Landes hinter Odins Tor war die beißende Kälte für keinen ein Ungemach, sondern vielmehr eine wohltuende Verheißung der Flucht.

Ulf sah in die dunkle Leere der Höhle zurück. Er dankte Odin für den Blick auf seine geheimnisvolle Insel. Sie ließen einen Ort voller monströser Bestien und Sümpfe und Schrecken und zum Leben erwachter Märchen zurück, und während Ulf sein Ruder durchs Wasser zog, spürte er endlich einen winzigen Funken Hoffnung, dass sie das überleben würden, um diese Geschichte erzählen zu können.

Das Brüllen erklang wieder, noch näher. Das große Ungeheuer holte auf. Ulf nahm eine Hand vom Ruder, um seine Streitaxt zu ergreifen. Er starrte in den gähnenden Schlund der Höhle zurück, konnte aber nicht sehen, dass ihnen etwas folgte. Er trieb die Männer zu noch größeren Anstrengungen an.

Sie durchquerten das schmale Tal aus Eis, dessen Wände den Himmel berührten.

Bald sind wir im offenen Meer, betete er stumm. Doch dann ertönte wieder ein Brüllen, diesmal so laut und nah, dass sie spürten, wie die Vibrationen ihre Knochen erschütterten und das Eistal, durch das sie sich bewegten, zertrümmerten.

Ulf ruderte immer schneller, und seine Hände am Ruder wurden klebrig vom Blut, weil längst aufgeplatzte Blasen nun bis aufs rohe Fleisch abgerieben waren.

Er sah zum Drachenbug der *Skidbladnir* hinauf. Das grüne Auge, der *Drekafinnari*, drehte sich, als wäre es ein lebendiges Wesen, und blickte zu dem Ort zurück, von dem sie geflohen waren. Vielleicht verlangte es, dass sie es nach Hause brachten.

Doch das würde nicht passieren, denn um sie herum brüllte es wieder, immer lauter und tiefer, und dann begriff der Häuptling, dass es nicht das Brüllen eines Tieres war, das er hörte, sondern das tiefe Knacken von dickem Eis.

Langsam sah Ulf nach oben und sein Herz wurde schwer. »Bei Odins Bart«, flüsterte er.

Die hohen Wände des Eistals knackten und zersprangen wie weiße Blitze, die ein blaues Gefüge durchziehen.

Da wusste der Wikinger-Anführer, dass Odin gerufen hatte. Er ließ sein Ruder los und stand langsam auf, während die Welt über ihnen einzustürzen begann. Er breitete die Arme aus und warf den Kopf zurück. »*Walhallaaa!*«, rief er, als die Eiswände mit dem Tosen von tausend Gewittern auf sie herabfielen.

Einige Männer sprangen über die Bordwand ins eiskalte Wasser, wählten einen Tod statt eines anderen, als berghohe Brocken auf das Langboot niederregneten. Andere Männer wurden auf dem Deck zerquetscht, und wieder andere wurden weggefegt, wie der alte Frode und seine wertvolle Urne.

Die *Skidbladnir* wurde auseinandergerissen, und Ulf und der Höhleneingang verschwanden unter Millionen Tonnen von Eis und Schnee.

Nach wenigen Minuten hatte sich das Eis beruhigt. Es kehrte wieder Stille ein.

Die Jahreszeiten vergingen. Dann die Jahrzehnte. Dann Jahrhunderte.

Wieder wurde das Klima kälter, und das Packeis breitete sich aus, um eine größere Meeresfläche zu verschlingen und das Land unter vielen weiteren hunderten Metern von Eis zu begraben.

Andere große und kleine Wärmeperioden würden kommen, doch für den Moment war Odins Tor geschlossen und die Legende von Lemuria, der geheimnisvollen Insel, wurde erneut zu einem geflüsterten Märchen.

– E N D E –

LUZIFER
VERLAG